BESTSELLER

Niklas Natt och Dag (Niklas «Noche y Día»), miembro de una de las familias más antiguas de la nobleza sueca, nació en 1979 en Estocolmo, ciudad en la que reside con su mujer y sus dos hijos. *1793*, su primera novela, cuyos derechos de traducción se han vendido a más de treinta idiomas, fue galardonada en Suecia con el premio al Mejor Libro del Año y considerada por la Academia Sueca de Novela Negra el mejor debut en 2017. El éxito de público y crítica de *1794*, la segunda entrega de su trilogía sobre el Estocolmo de finales del siglo XVIII, lo ha consagrado como el gran renovador de la novela negra y la novela histórica. Y *1795*, el cierre de la serie, lo ha situado entre los narradores más reconocidos del panorama literario actual.

NIKLAS NATT OCH DAG

1795

Traducción de
Pontus Sánchez

DEBOLS!LLO

Papel certificado por el Forest Stewardship Council®

MIXTO
Papel | Apoyando la silvicultura responsable
FSC® C117695

Penguin Random House Grupo Editorial

Título original: *1795*

Primera edición en Debolsillo: mayo de 2024

Diseño de la cubierta: Penguin Random House Grupo Editorial
basado en el diseño original de Niklas Lindblad, Mystical Garden Design
Imagen de la cubierta: © Utsikt Från Nuvarande Mynttorget Över Slaktarhusbron, Blasieholmen Och Lejonbacken, Johan Sevenbom, Stadsmuseet i Stockholm
Mapa de las páginas 8-9: David Atkinson - handmademaps.com

Printed in Spain – Impreso en España

ISBN: 978-84-663-7740-9
Depósito legal: B-5.944-2024

Impreso en Novoprint
Sant Andreu de la Barca (Barcelona)

P 3 7 7 4 0 9

¿Quién sostiene en su mano el hilo que nos marca la senda por el oscuro laberinto de nuestras pulsiones?

Donatien Alphonse François de Sade, 1795

Küngsholmen
BAHÍA
GULLFJÄ
LÅNGHOLMEN
RIGUROSO MAPA
de
ESTOCOLMO,
CAPITAL DEL
REINO DE SUECIA.
Una milla

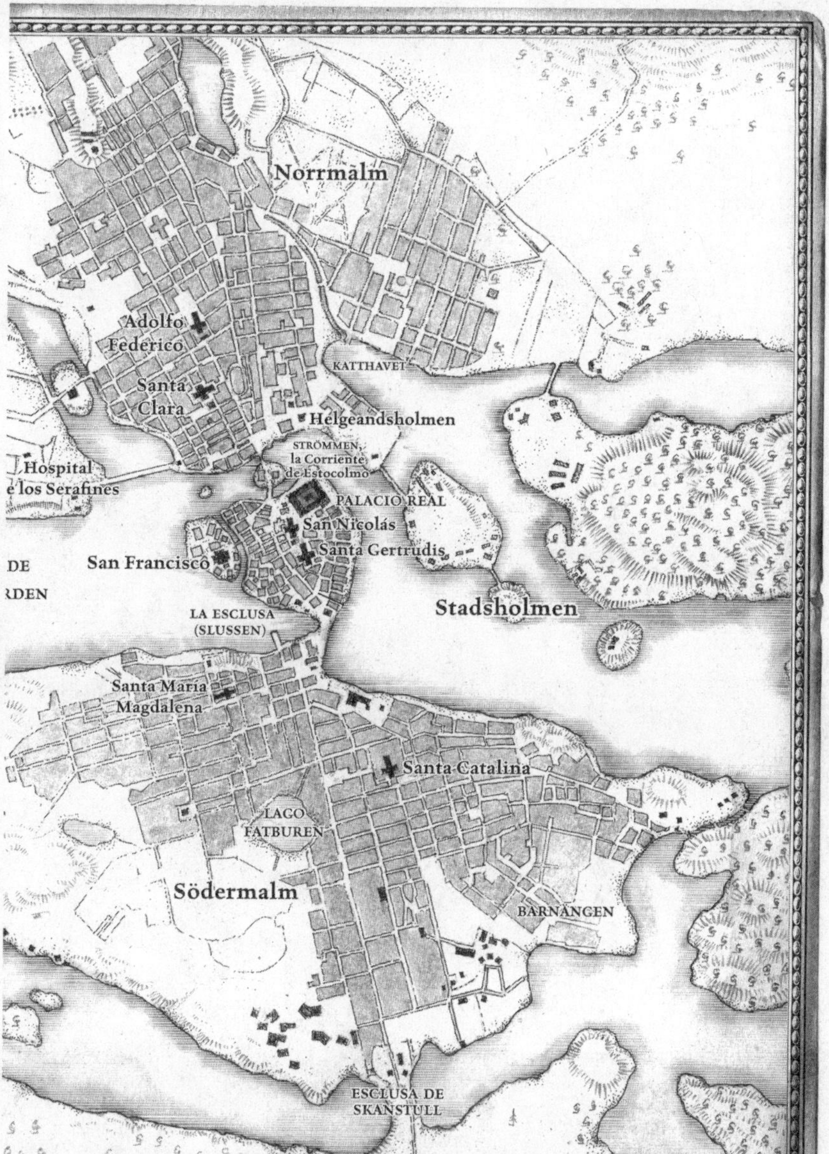

Norrmalm
Adolfo Federico
Santa Clara
KATTHAVET
Helgeandsholmen
STRÖMMEN, la Corriente de Estocolmo
Hospital
e los Serafines
PALACIO REAL
San Nicolás
Santa Gertrudis
San Francisco
DE
RDEN
Stadsholmen
LA ESCLUSA (SLUSSEN)
Santa María Magdalena
Santa Catalina
LAGO FATBUREN
Södermalm
BARNÄNGEN
ESCLUSA DE SKANSTULL
Hacia el patíbulo

PREFACIO

OTOÑO DE 1794

1

Tycho Ceton camina encogido mientras abandona el resguardo de los callejones y se dirige a paso ligero hacia la ruidosa Esclusa de Polhem. Atrás ha quedado la música de los arcos y las cuerdas que hasta hace un momento llenaba de paz el mundo y lo hacía olvidarse de todo. Oye doblar las campanas en la noche otoñal: sabe que alertan del incendio del orfanato, pero siente como si tañeran por él y por nadie más, como si avisaran de su presencia y lo mostraran vulnerable ante todo el mundo. Da un mal paso en el hueco que ha dejado un adoquín ausente y se arranca la hebilla del zapato, pero no quiere detenerse, simplemente anda un poco más despacio para no quedarse descalzo. De pronto se da cuenta de que está solo: Jarrick, su ayudante y hombre de confianza, el que siempre estaba a su lado, lo ha abandonado. Seguro que se ha marchado por alguna callejuela, sin despedirse, tras recibir el dinero exigido por darle el funesto mensaje de que se ha quedado sin defensa, sin protección. No lo sorprende, no se esperaba otra cosa: la lealtad no es más que traición postergada. Su vida tiene precio y muchos querrán ganarse unas monedas. Más le vale alejarse de allí cuanto antes en lugar de ver las cuerdas de la avaricia, tan distintas de las de los violines, tensarse hasta reventar esa misma noche.

Llega al puente levadizo y mira el Báltico extenderse hasta donde alcanza la vista. Sus aguas agitadas espumean bajo la luz de las estrellas, pero el viento parece concentrarse en azuzar al lago Mälaren, cuyas olas iracundas salpican entre los tablones del puente. Tiene que cogerse de la barandilla para no patinar y caer. La resaca que resbala por los pilotes parece susurrarle malévola: «Tus acreedores te pisan los talones, todas tus deudas han vencido y sólo te queda tu sangre para pagarlas.» Una vez en el otro lado, no tarda en ver un carro cuyo cochero duerme con las manos en las axilas y la barbilla apoyada en el pecho. Lo despierta, sube y se agazapa tras los cristales mugrientos y estrellados. Los cascos de los caballos muy pronto encuentran su ritmo.

Poco después se halla ante ese edificio que conoce tan bien. En medio de la oscuridad de la noche recuerda el revoco ocre, dorado a la luz del sol. Ahora es igual que cualquier otro. Unas hojas de rosal se han refugiado al pie del muro, pero las ráfagas de viento las levantan y arremolinan. Él cruza la verja y camina por el sendero empedrado. Gustava, la criada, abre apenas una rendija, pero él le espeta su nombre: «¡Soy Tycho Ceton!», empuja la puerta y le arrebata de las manos el candelabro de latón. Ella es lo bastante espabilada como para apartarse de su camino y dejarlo pasar hasta el vestíbulo. Allí ya es evidente el olor a podredumbre de la alcoba, que ni todas las flores del mundo podrían ocultar. Delante de la puerta, él se tapa la nariz con el pañuelo perfumado, pero enseguida cambia de idea y vuelve a metérselo en el bolsillo, decidido a mantener la imagen de que nada que proceda de ella puede condicionarlo, ni siquiera el asco. Nota el frío de la manilla de latón y titubea unos segundos, luego la gira.

El hedor que lo recibe es tan denso que parece materializar la penumbra, convertirla en niebla o humo. El candelabro lo ciega, más que iluminar sus pasos. Lo deja en una mesa junto a la pared y se queda un momento de pie ante la cama con dosel. Las sombras son como un velo que oculta a su ocupante. Procura calmarse para oír si ronca, si duerme, pero todo indica que está despierta. El resentimiento se apodera de él: una vez más se siente en desventaja. Ella está allí, echada como una serpiente en su madriguera, observándolo con toda la paciencia que los años le han dado y que él jamás podrá emular.

—Me has hecho esperar, querido Tycho.

Ceton se estremece ante esa voz demasiado aguda para corresponder a una mujer adulta. En su parálisis, aquel cuerpo se ha ido engrosando cada vez más, pero la voz sigue siendo la misma que brotaba del pecho esbelto de una jovencita. Su agonía debe de ser tremenda, pero su tono hace pensar en alguien que paladeara una copa de vino dulce. Él se obliga a responder mientras siente cómo el sudor empieza a correr bajo su camisa.

—Miranda.

Ella se echa a reír al oír su nombre de pila. Tycho nota la lengua torpe y la mente reacia: ha perdido la iniciativa y no puede más que esperar a que ella desvele sus intenciones.

—Ay, Tycho, te tiembla la voz, ¡y frente a tu propia esposa! Pero seguro que esa timidez no se debe sólo a mí: las campanas llevan horas doblando. He mandado a la pequeña Gustava a mirar desde lo alto de la colina y me ha dicho que hay un incendio en la isla de Kungsholmen, y acto seguido apareces tú, ¡y en qué estado! Has mojado de sudor la camisa y ese olor a angustia rivaliza con el de mis úlceras. Dime, ¿qué te ocurre, cariño mío?

El escarnio arde en cada palabra. Para su desgracia, la lengua de su mujer siempre ha sido un látigo que lo fustiga donde más le duele. El rencor no le deja espacio para formalidades, lo empuja a hablar sin tapujos:

—¿Cuánto de esto es obra tuya, Miranda?

—Bueno, Tycho... como comprenderás, alguien que, como yo, no es capaz ni de despegar un dedo de sus sábanas no puede contestar con certeza a esa clase de preguntas, pero espero que esta catástrofe se me pueda atribuir al menos en parte, teniendo en cuenta mi papel en ella. —Mueve la cabeza sobre la almohada y una campanilla tintinea—. Recibí una visita con la que llevaba mucho tiempo soñando despierta, y debo reconocer que al principio no cumplió mis expectativas. Eran un hombre alto y otro bajo; el alto estaba tan exhausto y maltratado que a duras penas parecía una persona, y tenía un brazo más corto, para colmo; el bajo... era evidente que no estaba del todo en sus cabales. En ningún momento dudé de que la tarea que se habían impuesto era imposible, ¿quién iba a creerles semejantes patrañas por muchas evidencias e incluso confesiones con que contaran? Pero el manco ardía de ira. Casi hizo encresparse el papel pintado de las paredes. Me pregunto qué mentiras le habrás contado o hasta qué punto has alardeado de tus atrocidades. En fin, que los mandé a la sala de anatomía con la esperanza de que ese hombre furioso te matara allí mismo, pero supongo que subestimé su autocontrol.

—¿Eso es todo?

—Bueno, también les conté algunas cosas sobre ti, querido Tycho, sobre tus muchos problemas. Aunque no les dije todo.

—¿Y por qué no?

—El pánico te ha nublado la mente. ¡Ya sabes por qué! Como te he dicho, no creo que esa singular pareja consiga su objetivo, pero si ellos no vuelven queriendo averiguar más, pronto vendrán otros, y yo se lo contaré a menos que me concedas lo que llevo tanto tiempo anhelando.

Él la deja continuar sin decir nada. Siente palpitar las sienes.

—Vas a liberarme, Tycho. No tienes otra opción, aunque sé que preferirías ordenar a otras personas que lo hagan mientras tú miras. No busques a Gustava con el rabillo del ojo: ya no está aquí. Le he aconsejado que huyera sin mirar atrás en cuanto hubieses abierto la puerta. Esta noche, por una vez en la vida, tendrás que hacer la tarea tú mismo y, mientras lo hagas, durante todo el tiempo que tardes en arrancarme esta vida lastimosa e inútil, quiero que pienses que he ganado yo. Yo he ganado la última partida, Tycho, y siento que todos los años que he pasado en esta cama, cada hora y cada minuto, merecen la pena ahora que te veo derrotado. ¿Recuerdas el día en que nos casamos? Entonces, antes de llegar a conocerte mejor, me parecías muy guapo, pero ahora, asustado y humillado, me lo pareces aún más. Venga, date prisa, cariño, que tu paradero es bien conocido y tus enemigos ansían la recompensa. Mi muerte no será, ni mucho menos, la última. ¿Quién crees tú que llegará primero, el guardia manco y el loco esmirriado, tus antiguos hermanos Euménides, alguno de esos nobles caballeros a los que has extorsionado? Me pregunto qué manos te matarán. Si Dios existe, me concederá al menos la posibilidad de atisbarlo desde el infierno, pero eso no es lo que importa ahora mismo: haz lo que tienes que hacer antes de que se te acabe el tiempo.

Sabe que ella tiene razón, pero aun así, titubea, le da mil vueltas al asunto como el jugador de ajedrez que intenta entender cómo diablos le han hecho mate. Igual que si fuera una pesadilla, se acerca paso a paso a la cama hasta que ve el rostro de Miranda y distingue su voluminosa figura bajo la manta. Siente asco, respira agitadamente y el aire viciado satura sus pulmones; traga saliva para no vomitar. A ella se le escapa una risita alegre.

—Mi Tycho: es como ver a un muchacho espantadizo en su primera vez...

Él saca la almohada de debajo de su cabeza y, temblando, se la pone sobre la cara. Luego empuja hacia abajo estirando los brazos, pero la agonía se alarga como si la arena del reloj se hubiera vuelto melaza. Tiene que echarse hacia delante, apoyar todo su peso, entregarse a una especie de abrazo caricaturesco. Se estremece de asco al sentir cómo las carnes flácidas de ella se bambolean, y durante bastante rato oye, amortiguados por la seda y las plumas, la risa triunfal de quien fuera su mujer y el tintineo apagado de una campanilla.

• • •

Al salir, tiene que apoyarse en la pared. Ha cogido algunas cosas de valor y unas pocas monedas que quedaban de su fortuna, pero ni siquiera puede estar seguro de que sean todas: el pánico lo ha hecho olvidar muchos escondrijos. Ha llenado una pequeña bolsa de tela, eso es todo. Ella yace muerta en su alcoba, pero tiene los ojos abiertos y él siente su mirada burlona siguiéndolo a través de los muros. En el patio aún es de noche, pero todo ha cambiado. Se detiene frente a la verja como si una flecha lo apuntara: es el terror que siempre ha habitado en el rincón más profundo de su corazón, que ha anidado y crecido allí, si no olvidado, al menos oculto para todo el mundo. Pero ahora ha decidido salir y se ha apoderado de la tierra: está en todas partes. Tycho Ceton ahoga un gemido y huye como la liebre que no puede evitar que el viento lleve su olor a los perros.

2

Dülitz, el usurero, tiene un mal presentimiento en cuanto oye los golpes en la puerta: está acostumbrado al humilde llamado de quienes acuden dispuestos a suplicar y se disculpan implícitamente rascando apenas la madera con las uñas. Ahora, en cambio, distingue los severos azotes de un bastón, que hacen pensar en alguien que no teme dañar la madera con la empuñadura de plata y luego tener que responder por ello. Es tarde, pero se asoma entre las cortinas de una ventana del segundo piso procurando no llamar la atención y consigue distinguir a dos hombres. Van de incógnito, con los sombreros chambergos embutidos hasta las cejas. A eso está acostumbrado: es usurero y pocos de quienes lo visitan presumirían de conocerlo. Detrás de aquellos dos, en la cuesta que baja al callejón Ormsaltaregränden, esperan dos más, con órdenes de mantener la distancia. Encogen los hombros para protegerse de la llovizna, pero sin duda se trata de tipos robustos y sus abrigos sin duda ocultan uniformes. Por encima de los tejados, al otro lado de la Esclusa de Polhem, brillan las farolas de las callejuelas y los ventanucos iluminados de la ciudad entre puentes, envuelta en lienzos de lluvia, una bestia de múltiples ojos que parece observarlo a veces con desinterés, a veces con despecho. En muchas ocasiones ha observado desde allí Estocolmo, desconocida para él aun después de tantos años, y ha tenido la convicción de que algún día esa ciudad lo conducirá a la tumba que él mismo se ha cavado.

Dülitz comprende de pronto a qué se debe la visita que ha estado esperando sin atreverse a reconocerlo. Aun así, ante los hechos consumados no puede evitar cuestionarse las decisiones que lo han llevado hasta ese callejón sin salida. Quizá haya un momento en la vida de todos los hombres en que el tedio cotidiano se hace insoportable, cuando el platillo del futuro ha perdido peso hasta tal punto que la balanza de la vida se inclina inevitablemente hacia el pasado y surge la tentación de recuperar la juventud mediante la insensatez. Tendría que haber rechazado aquel encargo, pero no quiso escuchar la voz de la razón. Y de no ser por Anna Stina Knapp, el peligro no estaría llamando a su puerta. Apareció en el momento preciso con todo lo necesario, ¡vaya coincidencia! Y él quizá se dejó llevar por la compasión... o por la turbación. Decide dejar de lado los reproches, aunque aquel asunto hace mucho que no le trae ningún beneficio. Vuelven a llamar insistentemente a la puerta. Su esbirro se ha despertado; tiene resaca y le lanza una mirada llena de interrogantes y recelo desde el recibidor, pero él le hace ademán de que se aparte y corre el cerrojo por sí mismo, consciente de que ha lanzado los dados y el resultado marcará su destino.

Ha invitado a sentarse a los dos visitantes. La estufa de cerámica está encendida ya, pero el calor de las llamas todavía no consigue vencer al frío y el jefe de policía Ullholm recibe con los guantes puestos la copa römer con vino que el esbirro le ofrece con manos temblorosas.

—Reconoces a mi acompañante, ¿verdad?

Dülitz asiente con la cabeza mientras enciende una a una las velas del candelabro; pese a todo, se alegra de que sus manos delaten sus sentimientos en menor medida que las de su criado.

—Su reputación precede al secretario delegado Edman.

Johan Erik Edman es por lo menos quince años menor que el jefe de policía. Tiene unos ojos inquietos y una nariz hinchada y húmeda que se suena sin parar. Ullholm saborea el vino.

—Exacto. Cualquiera que se dedique a tu oficio hace bien en mantenerse informado. Entonces sabrás también que el señor Edman es la araña en la tela que conforman los informadores de la corona, nuestro león a la caza de los gustavianos. Gracias a sus esfuerzos, el traidor de Armfelt huyó del reino con el rabo entre las piernas.

Dülitz asiente.

—El señor Edman es muy respetado en los círculos más sombríos por su naturaleza implacable y sus ingeniosos métodos para obtener confesiones incluso de aquellos cuya culpa está tan bien escondida que ya ni siquiera la recuerdan.

De la garganta de Edman sale un sonido sibilante. Quizá pretenda ser una risa, pero enseguida se pone a toser más y más fuerte hasta verse obligado a taparse la boca con el pañuelo. Ullholm le palmea la espalda con todo el respeto de que es capaz, pero de poco sirve.

—Lamentablemente, el señor secretario tiene la voz tomada: la salud siempre ha sido su talón de Aquiles y el principal aliado de sus enemigos, y los numerosos y amargos procesos judiciales del otoño, sumados a los constantes aguaceros, lo han dejado medio mudo, esperemos que sólo de forma temporal. El caso es que su empeño no le da tregua y me ha confiado la tarea de hablar en su nombre.

Dülitz deja que su silencio exhorte al jefe de policía a continuar.

—Pues bien, como sabrás, Ehrenström fue llevado al cadalso en la plaza Nytorget la semana pasada. Gracias a los esfuerzos de Edman, el tribunal se convenció de que estaba implicado en el complot encabezado por Armfelt. Sin embargo, le perdonaron la vida cuando ya tenía el cuello en el cepo y, en cambio, lo enviaron a pudrirse en la fortaleza de Karlsten. Una vez allí, con sólo ver los muros de piedra de su nuevo hogar y su miserable catre de madera lo invadió la nostalgia de los edredones de plumas y el guadamecí, y afloró en él la voluntad de colaboración que le había escatimado al fiscal. —Ullholm hace girar el puño de su bastón entre los dedos—. También sabrás que Ehrenström era un diplomático muy respetado en la corte de San Petersburgo: se trata de un hombre lo bastante inteligente como para no poner todos los huevos en la misma cesta. Sabe que la sentencia de por vida se podría canjear por títulos honoríficos en un par de años, cuando el príncipe heredero alcance la mayoría de edad y el regente Reuterholm no sea más que un mero recuerdo, pero, como no quiere esperar por la clemencia en unas condiciones deplorables, ha aceptado colaborar a cambio de algunas comodidades, todo ello sin traicionar a sus cómplices más de lo que considera estrictamente necesario.

Los ojos de Edman brillan con malicia porque su acompañante está a punto de llegar al quid de la cuestión. Ullholm se inclina hacia delante.

—He aquí lo que ha contado Ehrenström: un intermediario cuyo nombre hemos acordado no revelar de momento llamó a tu puerta el pasado otoño. A cambio de unas monedas, te encomendó encontrar el modo de que Magdalena Rudenschöld se comunicara con sus antiguos aliados. La idea era que ella elaborara un registro de todos sus cómplices, que ni siquiera se conocen entre sí, para reforzar la unidad de la conspiración y volver a dar esperanzas de triunfo a la revolución gustaviana. —Ullholm siente la garganta seca tras su parrafada, así que se sirve vino y bebe, luego deja la copa römer sobre la mesa, pero ha perdido el hilo. Se rasca la frente bajo el borde de la peluca y se vuelve a mirar a Edman, que carraspea para indicarle que siga. Nada. Edman tamborilea en el suelo con un pie y dibuja círculos en el aire con el índice. Finalmente, sus gestos adquieren sentido para Ullholm, que continúa:

»Ah, sí. La Rudenschöld estaba encerrada entre las putas de la hilandería penitenciaria de Långholmen, en una celda provisional, a la espera de un lugar más apropiado. La hilandería es un lugar extremadamente mal gestionado, lo que facilitó tu tarea. Después de interrogar a varios de los guardias sabemos lo que ocurrió, aunque no dejan de ser una panda de borrachos que bien pueden estar mintiendo, o quizá el mismo alcohol que los volvió tan estúpidos como para confesar les impidió ver bien lo que sucedía delante de sus narices o relatarlo de manera fiable durante el interrogatorio.

Ahora es Johan Edman quien se inclina hacia delante. Acerca el candelabro lo suficiente para que ilumine el rostro de Dülitz antes de que Ullholm formule la pregunta que ha venido a hacer:

—Dinos, Dülitz, ¿dónde está la carta de la Rudenschöld con los nombres de sus cómplices?

Ahora le toca a Dülitz llenarse la copa y beber. Pretende darse un respiro, pero no le viene a la mente ninguna astucia de último minuto y ni siquiera nota el sabor del vino.

—Todo lo que has dicho es cierto, no puedo negarlo, pero algo salió mal.

Ullholm y Edman intercambian miradas y, un segundo después, este último hace un gesto con el que invita a Dülitz a continuar.

—Por mera casualidad encontré a una muchacha, Anna Stina Knapp, que me dijo que conocía una entrada secreta a la hilandería de Långholmen: un túnel bajo el muro, previsto en su día para mantener secos los cimientos y olvidado con los años porque era demasiado estrecho para que alguien pasara por ahí. Sorprendentemente, ella había escapado por el túnel el verano anterior, así que le encargué la misión de volver a colarse dentro. Desgraciadamente, no he vuelto a tener noticias suyas desde entonces.

—¿Y qué te hace pensar que intentara siquiera hacer lo que le encargaste?

Él mismo se ha hecho esa pregunta muchas veces.

—Me dio su palabra. Me paso los días rodeado de mentirosos y a ella la creí: estaba metida en un aprieto y su única salida era cumplir conmigo. Lo cierto es que no está en Långholmen, eso lo sé seguro, pero desconozco si la famosa carta llegó siquiera a redactarse y, de ser el caso, dónde podría estar.

Los ojos de Edman, acostumbrados a distinguir la sombra de la mentira en las personas a las que interroga, se clavan en los de Dülitz mientras Ullholm, irritado, tamborilea con los dedos sobre la mesa.

—Tu oficio no inspira confianza precisamente.

Dülitz, con los ojos de Edman aún clavados en los suyos, se inclina sobre la mesa.

—Si la carta estuviera en mis manos ya habría empezado a negociar su precio: habría intentado conseguir de algún otro interesado una suma superior a la que me ofreció mi cliente original o le habría planteado una buena rebaja a las autoridades a cambio de buena voluntad. Por otra parte, si simplemente se la hubiese entregado a aquel cliente, cuya identidad desconozco, ¿no habrían notado ya los confidentes del señor Edman cambios entre las filas de los revolucionarios?

Edman se queda pensando un momento antes de volver a reclinarse en la silla. Hace un mohín confirmando la lógica de los argumentos de Dülitz, mira a Ullholm y asiente brevemente con la cabeza. El jefe de policía suspira, se levanta y se sacude los bajos del abrigo como si hubiese estado sentado sobre un montón de cenizas.

—De acuerdo. Parece que hemos perdido el tiempo. Encuentra a la muchacha, Dülitz: ella es la clave. Esa carta cuyo paradero sólo ella conoce es en este momento el documento más importante del reino.

—Déjenme reiterar que mis esfuerzos ya han sido considerables, y sin resultado alguno.

Edman estira la mano izquierda en un gesto digno de un césar romano que determina la suerte de un gladiador: simula unas tenazas con la mano derecha y se apresa con ellas el pulgar izquierdo. Ullholm esconde un bostezo con el reverso de su mano enguantada.

—Mira, Dülitz: lo que mi compañero quiere dar a entender es que quizá deberías esforzarte un poco más. Puede que nuestros aplastapulgares sean algo viejos, pero una gotita de aceite bastará para que vuelvan a funcionar, y cuando los huesos empiezan a crujir hasta el más terco canta su aria *molto vivace* con tal de librarse del dolor. Normalmente se lo concedemos de inmediato porque no nos complace oír gritos y gemidos pero, en tu caso, puede que el señor Edman no nos lo autorice hasta después del cambio de siglo, por decir una fecha.

3

El fuego de los hogares anima a las sombras a salir a danzar en las paredes de las casas, pero vuelven a su escondrijo con el amanecer. Ya es de madrugada y fuera, entre las ruinas carbonizadas del orfanato de Hornsberget, se oyen los gritos de los hombres cansados y cubiertos de tizne. Suenan bien distinto que la noche anterior: los encargados de apagar el incendio saben que su trabajo ha dado fruto y las llamas se han batido en retirada. Cortan los chorros de agua de las mangueras para contemplar los prados humeantes, dejan que los caballos arrastren lejos los carros que habían tenido que acercar, en contra de sus instintos, para que las mangueras de cuero alcanzaran. El humo se eleva, ondulante y espeso, tras la frontera que los vivos han marcado a la devastación y sólo unas pocas llamas crepitan reclamando aún su territorio, tumba de cien niños huérfanos o abandonados. Arriba en la cuesta, entre la humareda y los primeros árboles del bosque de la Sombra, se adivina apenas la silueta de dos hombres junto a un abrevadero del que sobresalen unas pantorrillas desnudas. El sol ha ganado el horizonte, pero el humo y la bruma lo mantienen oculto.

Emil Winge ha cogido de la mano a Cardell, que tiembla cada vez que toma aire y el dolor de las quemaduras que tiene por todo el cuerpo se aviva. Aun así, parece sufrir menos que momentos antes, quizá porque ya no le quedan lágrimas que humedezcan las mejillas abrasadas. La oscuridad ha cedido y lo que el infeliz de Erik Tres Rosas, el culpable del incendio, tomó por la cabeza de un toro, la testuz de un minotauro de pesadilla, ha vuelto a ser simplemente el rostro del guardia municipal, aunque deformado por efecto del calor y el fuego. Ha perdido el pelo, tiene ampollas por doquier, y sangre y tizne entremezclados.

—Ven conmigo, Jean Michael.

Las costras recién solidificadas crujen y se resquebrajan cuando el guardia gira el cuello buscando a quien le habla. El brillo de sus ojos, meras ranuras en medio de la hinchazón, es apenas perceptible. De su dolor brota una pregunta que Emil no oye bien, pero que es fácil de adivinar e involucra al hombre que yace bajo el agua del abrevadero.

Prefiere no responderla.

—Apóyate en mi hombro. No podemos quedarnos: si nos descubren aquí, será peor.

Cardell levanta su única mano y parece sorprendido de verla. Niega con la cabeza.

—Nunca había matado así. Muchas veces cargué cañones con pólvora y balas y apunté al lugar donde se apelotonaban los enemigos buscando hacer el mayor daño posible, pero siempre obedeciendo órdenes; también he pagado las patadas y los golpes de algún bravucón con la misma moneda y he terminado saldando la deuda con creces, pero jamás había matado a alguien de este modo. Tres Rosas no tenía manera de defenderse. Era inocente hasta que se probara lo contrario. Me quedaré aquí a esperar a que venga la justicia.

Emil echa un vistazo por encima del hombro: todavía no hay ningún policía por ahí, ninguna placa al cuello que refleje los primeros rayos del sol, sólo bomberos y campesinos que han llegado corriendo desde tierra firme, deseosos de ayudar a proteger un territorio que les pertenece y compartir un honor que ahora se puede ganar sin correr mayores riesgos. Pero los hombres de la jefatura de policía no tardarán en abandonar sus cómodos asientos para ir a investigar las causas de la catástrofe.

—¿La justicia? Pues me temo que tu espera será larga e infructuosa. Lo sabes mejor que nadie: esa justicia que deseamos no llegará sin nuestra ayuda.

Los ojos de Emil se posan sobre el muerto. El agua está roja y turbia, sólo las flacas pantorrillas de Tres Rosas señalan su tumba.

—Su muerte se suma a las muchas que cargaremos en nuestra conciencia a partir de esta noche. Puede que Erik Tres Rosas sea quien haya encendido el fuego, pero Tycho Ceton moldeó la vela y nosotros le hemos pasado la cerilla. Simplemente lo ayudaste a conseguir su objetivo: su muerte era segura, y cuanto antes llegara mejor para él. Erik Tres Rosas ha hecho arder Hornsberget para abrir una grieta por la que podamos llegar hasta Ceton. Si te sientes culpable, lo mejor que puedes hacer es procurar que su última voluntad se cumpla; si no, todo esto habrá sido en vano.

—Después de esto no hay batalla que valga la pena.

—Quizá podamos paliar esta derrota; ganar incluso, por más que no sea la victoria que queríamos.

Emil lo tira del brazo, pero siente como si intentara mover una roca tallada a imagen y semejanza de un ser humano. Cardell tose y su voz se reduce a un mero susurro.

—¿Y por qué quieres ayudarme? Cuando me dieron a elegir entre tú y Anna Stina, la elegí a ella.

—Lo sé, y sé por qué lo hiciste.

—Mi buena voluntad terminó por abrasar a sus dos hijos y a cien niños más.

Emil vuelve los ojos buscando a la muchacha a la que ha visto hace menos de una hora en medio del incendio. Ya no está.

—Sólo te corresponde la mitad de la responsabilidad, el resto me pertenece. Pero no puedo elegir por ti. ¿Recuerdas mi primer día de sobriedad? Me diste la libertad de elegir. Te haré el mismo favor. Pero si decides venir conmigo tendrás que darme tu palabra de que lucharás por aquello que aún es posible ganar.

Cardell se queda callado y Emil Winge contiene el aliento hasta que oye su respuesta:

—Sí, te doy mi palabra.

—Sin importar el precio.

—Sin importar el precio.

Coge a Cardell del brazo.

—Vamos, ven conmigo.

Tira de aquella roca con forma humana hasta que logra moverla. Cardell da un paso titubeante, luego otro. Emil lo sujeta por el codo para guiarlo cuesta arriba. Al otro lado de la colina empieza el camino que lleva a la ciudad entre puentes. Cardell hace un alto en la cumbre de la pendiente, su brazo flácido se endurece de pronto y detiene a Emil como si se tratara de un travesaño de roble.

—Este camino nos conducirá al infierno, lo sabes, ¿verdad? ¿Realmente quieres recorrerlo con un tullido que ya te ha traicionado una vez?

Emil emite un sonido que podría ser risa o gemido.

—¿Crees que estás en mejor posición, Jean Michael? Caminas apoyándote en un tipo que conversa con los muertos y no sabe discernir entre espejismo y realidad. Pero ¿hay otro camino? Si éste no nos conduce adonde queremos ir, que nos conduzca al castigo: al fin y al cabo, la cadena que nos ata a la vida ya no es la esperanza, sino la culpa.

—¿Y seremos amigos?

Emil niega con la cabeza, incapaz de mentir. Su tono se vuelve amargo:

—No, Jean Michael, jamás volveremos a ser amigos. Sólo te pido una cosa: resuelve primero tus asuntos con la joven Anna Stina Knapp; no me serás de ayuda hasta que no lo hayas hecho. Búscame después.

—Y tú, ¿qué piensas hacer?

—Iré a la jefatura de policía para hablar con Isak Blom y procuraré como sea que nos devuelva nuestro puesto. No será fácil, teniendo en cuenta cómo nos despedimos. Luego empezaré a buscar el rastro que debemos seguir. Estate preparado para cuando demos comienzo a la caza.

Cardell da el primer paso sin ayuda soltando un quejido a cada movimiento.

Emil le da la espalda a la columna de humo que se yergue en medio de la devastación. No sólo se han perdido vidas y propiedades: él mismo ha dejado de ser quien era. Desde que tiene memoria recuerda haber alimentado la cólera que arde en su interior, pero lo que era una llamita solitaria es ahora una fogata a la que se ha agregado el combustible de la impotencia. Se siente atrapado como un insecto en una telaraña, como una polilla bajo una campana de cristal: lo ocurrido no se puede deshacer y lo ata con lazos invisibles. Si antes ayudaba por voluntad propia, ahora lo hace coaccionado. Hasta que ese asunto no haya concluido la ciudad ente puentes será su jaula.

El miedo siempre ha acompañado a la rabia, pero trata de consolarse: se ha enfrentado cara a cara al minotauro, ha osado adentrarse en la oscuridad del centro del laberinto, ha oído a los infantes gritar de angustia en sus últimos momentos. ¿Acaso puede ocurrirle algo peor?

PRIMERA PARTE

La jauría

PRIMAVERA Y VERANO DE 1795

Todo refulgía, todo ardía, ¿qué ha pasado? La llama se extinguió y a los dos les quedan tan sólo cenizas en las manos.

Carl Gustaf af Leopold, 1795

1

El otoño deja paso al invierno y un nuevo año empieza. La primavera sucede al invierno y una leyenda recorre la ciudad entre puentes. Es una historia moralmente instructiva, pero no asusta a los críos, sino a los adultos hechos y derechos. Se dice que una sombra deambula de noche por los callejones y, si su camino se cruza con el de los pecadores de cierta índole, la cosa se tuerce. Se difunden distintos testimonios sobre su aspecto. Recuerda a un hombre alto y robusto, en eso están todos de acuerdo, pero su horrible aspecto descarta que se trate de una persona. Su cráneo es una calva repleta de cicatrices que corren entre mechones puntuales. Hay quien dice aún más: en lugar de una mano, tiene una garra ennegrecida, y más vale no ponerse a su alcance. Alrededor de su origen se levanta una niebla de especulaciones y rumores. Se dice que, cuando aún era un hombre, prendió fuego al orfanato de Hornsberget, pero quedó atrapado entre las llamas. Que el mismo infierno le negó la entrada y por eso ha vuelto a este mundo a expiar su crimen defendiendo a los más miserables.

El patio tiene una pendiente que nunca le ha molestado a Frans Gry cuando está sobrio, pero si está borracho le juega malas pasadas: por mucho que se esfuerce en caminar en línea recta desde la puerta de la casa hasta la letrina, siempre acaba desviándose, trastabillando y metiéndose entre las ortigas, de las que cada vez se venga de la misma forma: da un paso atrás, se baja los pantalones, se sube la camisa y les mea encima. «¡Que le den a esa letrina oscura y llena de moscas!», gruñe mientras intenta vaciar la vejiga de una vez por todas. Cada año que pasa tiene ganas de mear más a menudo, aunque cada año también le resulta más difícil orinar. Lo cierto es que las ortigas aún están húmedas: debe de haber otros como él. Después de sacudirse y guardarse el miembro, se queda un rato de pie mirando a su alrededor. Las casas de piedra han envejecido, cuesta creer que sólo tienen unas décadas: sus cimientos se hunden en la cuesta arrasada por el Gallo Rojo, el gran incendio que asoló el barrio de Santa María Magdalena en 1759. Tras la última asoma la bahía de Gullfjärden, con la isla de Stadsholmen en el centro. Frans desearía que la isla se fuera a pique bajo el peso de los palacios de los ricachones que se pasan los días ociosos, balbuceando en francés mientras él apenas puede permitirse comprar un vino tan rancio que lo hace gesticular y sacudir la cabeza a cada trago. Si cierra los ojos puede imaginarse las aguas llenas de orines y de mierda subiendo y colándose por los bellos portones; ve una flota entera de barquitos de color marrón castigando la petulancia de aquellos holgazanes, metiéndose inopinadamente en las bocas de las viejas damas empelucadas que gritan mientras los caballeros se encaraman en las lujosas arañas de cristal y aúllan con voces de soprano. Y la inundación tampoco tendría por qué parar ahí. Pensándolo bien, le gustaría que la bazofia subiera también por su propia cuesta, siempre y cuando se detuviera por debajo del suelo de su casa. Adiós a los haraganes, las putas y los mendigos. Suelta un suspiro de placer que pronto se transforma en resignación, pues el sueño es tan hermoso como efímero: los molinos siguen moliendo ruidosamente, crujiendo y zumbando. Y, a pesar de todo, ese ruido es preferible al escándalo de los niños que corretean por todas partes, indistinguibles entre sí: si persigues a uno para castigarlo, le basta doblar una esquina para confundirse entre los demás. No queda otra que soltarle un guantazo al más cercano para darle una lección a los otros. Frans los maldice y regresa tambaleándose a casa. La arpía de su mujer no ha vuelto aún: le dará una azotaina cuando llegue —por si acaso—. Se alegra de poder seguir bebiendo en paz sin que nadie le dé la murga ni lo provoque con asuntos tan nimios como el alquiler y la comida.

Está sentado, meciéndose con la botella en la mano, y su mente se dirige inevitablemente al pasado. Con la torpeza de la borrachera intenta poner en orden los argumentos con los que suele explicar los contratiempos que han echado a perder su vida, ejercicio que ha repetido durante años con el mismo celo con que el hijo del pastor repasa el catecismo. Cuando se siente satisfecho, se permite pensar en asuntos más gratos: su existencia tal como tendría que ser si la Corona le hubiese agradecido los servicios prestados: brindis con vino alemán en jarras de cristal; ostras, pasas y gofres; una bella mujer sentada en su regazo... y la venganza de quienes lo han ofendido y menospreciado: los difamadores torturados en la rueda y él observándolos desde la mesa donde se da un festín.

Llaman a la puerta. Malditos sean, ¿acaso unos golpes así han anunciado alguna vez algo bueno? Los ignora y vuelve a lo suyo, pero entonces una patada desprende la puerta de sus goznes y alguien lo agarra del pescuezo y lo arroja al suelo. Sólo la flacidez de la borrachera lo salva de partirse un brazo o una pierna; incluso el cuello. Los puntapiés en el culo y los muslos lo hacen girar y se golpea la frente con el quicio de la puerta. Tambaleante, sale al aire frío de la noche de primavera y cae entre las ortigas mojadas, donde se queda un rato tendido y desconcertado, con la esperanza de que aquello termine con la misma rapidez con la que ha aparecido, pero entonces oye un sonido que resuena en las fachadas de las casas, tan familiar como el timbre de su propia voz: el corcho de la botella de la que estaba bebiendo hace apenas un momento. Puede aguantar muchas cosas, pero todo tiene un límite. Se pone de nuevo en pie sobre piernas trémulas y oye el sisear de la botella que le pasa rozando la oreja y estalla contra la pared de piedra a sus espaldas. Poco después, una mano lo agarra del pelo y lo arrastra hasta el suelo de tierra donde se queda tumbado cogiendo aire. Cada inhalación le anuncia la presencia de los incipientes cardenales. Alguien se pasea de aquí para allá delante de él, pero la escasa luz sólo le permite ver su silueta: la nuca sobre los anchos hombros, los brazos robustos. La vida lo ha provisto de cierto olfato para el peligro, el suficiente para intuir la amenaza de algo peor: una ira contenida flota en el aire como si se avecinara una tormenta y el hombre que tiene delante está tenso como una cuerda. Presa del pánico, intenta identificar el motivo de lo que le sucede, ¡pero vaya si ha dado tantos motivos! Prueba con uno cualquiera:

—Sé que las paredes son finas y me han dicho que ronco...

—¡Cállate!

Gry repasa los nombres de sus acreedores y elige uno al azar:

—Sé que le debo a Jan Trolös, de la taberna. Le habría pagado ya si no me hubiese confundido: Trolös iba tan borracho que pensaba que no se acordaría.

—¡Cierra el pico!

La voz es grave y afónica, como salida de una garganta inadecuada para el habla humana, y de pronto, a Frans le vienen a la memoria las historias que ha oído. Suma dos más dos: el monstruo ha ido a por él. Obedece y guarda silencio.

—La mujer cuya cama compartes tiene una hija que no es tuya: Lotta Erika. Este año cumplirá los trece.

Frans asiente reticente.

—Trataste de colarte bajo sus sábanas y cuando ella te arañó la cara la echaste de casa.

Frans abre la boca, pero no sabe qué decir en su defensa.

—Mañana volverá, y si le vuelves a poner una mano encima te la cortaré y se la daré de comer a los cerdos.

La aparición se acerca y se acuclilla a apenas un paso de distancia. Frans baja la cabeza para que aquel rostro no pueble sus pesadillas de ahí en adelante. Un golpe en la espinilla le hace dar un grito: la mano que le ha pegado es dura como un garrote.

—Me encantaría dejarte tullido para siempre, romperte brazos y piernas. Si no lo hago es por una sola razón: vas a ocuparte de alimentar y cuidar de esa niña como si fuera hija tuya. Si sales de ésta por tu propio pie se lo debes a ella. Sabe dónde encontrarme, y si oigo alguna queja volverás a verme. ¿Entendido? Le darás un chelín cada fin de semana.

—Pero yo...

—Hay trabajo, aunque creas que está por debajo de ti: cargar lingotes de hierro en la báscula de Järnvågen, limpiar establos, voltear estiércol. Los hombres de verdad siempre encuentran quehacer. Sé que hubo un tiempo en que no eras un holgazán y un inútil.

Esas palabras acaban de disipar su borrachera. Hurga en su memoria en busca de aquella voz y de aquella silueta. Se queda sentado mientras el monstruo se levanta, da media vuelta y comienza a bajar buscando el camino que conduce hasta la Esclusa de Polhem. Contiene el aliento hasta que se queda solo y entonces, venciendo la confusión, dos recuerdos se conectan en su mente: una cara y un nombre.

—¡Cardell! ¡Mickel Cardell! Tú estabas en el *Ingeborg* y yo en el *Alexander*, anclado en Kråkskär cuando el príncipe Nassau-Siegen atacó. Vi tu barco estallar y hundirse.

Todo va cobrando sentido; Frans arruga la frente como para obligar a su cerebro a obedecer y hace una mueca de desprecio cuando consigue recordar.

—¡Dicen que estabas allí cuando Hornsberget se incendió! ¡Que fue culpa tuya! ¡Te llaman mataniños!

Pocas veces ha pensado con tanta claridad: el odio y la humillación dan caza a los recuerdos y los depositan directamente en su regazo.

—Estás aquí por tus remordimientos, no por Lotta, maldito egoísta.

Se ha puesto en pie y da unos pasos tambaleantes en la dirección que ha tomado Cardell.

—Yo le daré de comer, pero eso no hará que los niños muertos se levanten de sus tumbas. ¿Te crees mejor que yo, Cardell? No lo eres: eres peor, ¡peor! A tu lado soy un santo: yo no tengo las manos manchadas de sangre.

Se asusta de sus propias palabras y se apresura a cruzar el patio, atraviesa el portón, sube las escaleras y lanza un gemido lastimoso ante la puerta desgoznada que ya no le brinda protección alguna. Hace lo que puede para encajar las piezas y volver a colocarla en su sitio. Frustrado, se sienta en el suelo, otra vez solo, tiritando de alivio, de miedo, de triunfo.

Cardell se ha detenido a la vuelta de la esquina, fuera del campo de visión de Frans Gry, y se da un tiempo para que su respiración jadeante vuelva a la normalidad. Desearía haber estado lo bastante lejos como para no oír lo que aquel hombre le ha gritado, pero cada una de sus palabras lo ha azotado como un látigo. Se queda allí de pie mucho rato, intentando consolarse pensando en que, gracias a él, puede que aquella chica, Lotta Erika, viva un poco mejor. No era a ella a quien andaba buscando, pero es lo mismo: por las calles suele cruzarse con muchas jovencitas afligidas a las que ayuda tanto como puede. Y a veces ellas también lo ayudan a cambio: son muchas, oyen y ven muchísimas cosas, su misma vulnerabilidad les abre paso por lugares que él tiene vedados.

2

Alguien llama a la puerta de su cuarto y Cardell pestañea para quitarse las telarañas de los ojos. Ha dormido vestido, así que se levanta sin más, rodeado por sus propios humores. Se sacude el frío, gira la cerradura y se encuentra con un rostro pálido envuelto en un chal: quizá una de las muchas chicas a las que ha prestado sus puños en alguna contienda que ya no logra recordar. Ella saluda con una reverencia y enseguida baja la vista: la turbación es más poderosa que el agradecimiento. Él ya ha aprendido que sólo lo miran directamente a la cara una vez; luego, nunca más. Quizá lo hagan por consideración, al menos en parte, pero para él no es más que un recordatorio de las graves quemaduras que lo han marcado.

—Los pescadores ya han vuelto al lago Klara: he visto el humo de sus hogueras. ¿Recuerda que me pidió que estuviera atenta y lo avisara?

Cardell no consigue recordar el nombre de aquella muchacha, pero de pronto todo cobra sentido: trabajaba para un comerciante de la explanada de Ryssgården que acostumbraba a contar mal las monedas que le daba como paga y, a modo de consuelo, le ofrecía el calor de su propia cama.

—Muchas gracias.

Ella hace otra reverencia: ha aprendido que la sumisión es preferible casi siempre.

—Por lo demás, ¿todo bien? ¿Has comido algo hoy?

Agradece que la joven responda que sí porque el mendrugo que le queda en la panera pondría a prueba las muelas de cualquiera y le daría vergüenza ofrecérselo a una invitada. Asiente con torpeza con la cabeza, la muchacha hace otra reverencia, se da la vuelta y desaparece a toda prisa con pasos silenciosos. Él engulle el pan como buenamente puede antes de ponerse el abrigo al que ha dado la vuelta para gastar la otra cara. La tela de los codos está tan raída que parece gasa. Cardell gruñe ante el cuidado que ha de tener para que el puño de madera no desgarre el tejido: si le hubieran amputado el brazo izquierdo un poco más arriba, al menos desgastaría solamente una de las mangas.

El hielo del lago Mälaren se ha resquebrajado. Rebosante de agua del deshielo, Strömmen, la Corriente de Estocolmo, parece un brazo airado empujando placas blancas, algunas tan grandes que se quedan atravesadas entre los pilares de piedra del puente de Norrbro, donde el hielo se va acumulando hasta formar una especie de montaña blanca que amenaza con derrumbarlo. Los que han osado tomar ese camino se apresuran a cruzar hasta la otra orilla: si alguien no recuerda cómo las aguas de primavera se llevaron el puente por delante quince años atrás, otros se lo explican de buen grado. Entonces el hielo se parte con un estruendo y sigue su ruidoso camino por debajo, libre ya para golpear los cascos de los barcos anclados en el Báltico.

Cardell cruza a toda prisa y pasa por delante de la zona portuaria de Röda Bodarna, las Barracas Rojas, donde la gente se apiña moviéndose de un modo que sólo entiende quien ha tenido frío. La primavera se acerca y la oscuridad cede: hay que bregar y prepararlo todo de cara a la temporada de comercio. Allí donde han extendido el cabo, afilándolo, otro puente cruza el lago Klara. Es más largo y está más expuesto que el que permite salvar la Corriente, pero las aguas del lago son más tranquilas. Él se sujeta con la mano buena de la soga tensada que hace las veces de barandilla, mira con atención y comprueba que la muchacha estaba en lo cierto: los pescadores de costa arriba ya están allí. Observa sus barcas varadas en la playa y la humareda que se alza desde el campamento.

El camino por la orilla de la ensenada resulta peligroso: la escarcha es traicionera y puede ceder en cualquier momento haciendo que la bota se hunda en el barro frío, y los cantos rodados que el hielo por fin ha liberado tampoco son de fiar. Avanza a duras penas con un reniego siempre listo en los labios y llega sin novedad hasta donde está la gente. Las redes cuelgan en fila entre postes de madera, y mujeres y niños se afanan en arreglarlas. Los hombres van y vienen entre los barcos haciendo toda clase de tareas que él desconoce. Se detiene, indeciso e ignorado, hasta que su mirada se encuentra con la de un barbudo de pelo enmarañado que está sentado en un taburete ahumando pescado. No está claro si tiene el pelo oscuro entreverado con algunas canas o si el hollín le ha tiznado el pelo completamente blanco. Está vigilando el fuego, puede que sí sea un viejo. Cardell nota que un solo ojo lo recorre de abajo arriba interesándose por las botas que le ha facilitado la Corona y el cinto blanco bajo el abrigo, demorándose en su rostro quemado. Se aclara la garganta y dice con torpeza:

—¿Buena captura?

El hombre se encoge de hombros sin comprometerse a nada y hace un gesto con la cabeza señalando la cintura de Cardell.

—¿Tienes tabaco?

Su voz es aguda como la de una mujer, débil y frágil como la de los viejos, como si ya no tuviera fuerza en los pulmones y brotara directamente del fondo de su boca. Desata el saquito que lleva en el cinturón y se lo alcanza. Luego, el viejo se corta un trocito con una minúscula navaja que aparece en su mano como si ya la hubiese tenido preparada. Empieza a mascar y escupe el jugo. Cardell encuentra una piedra plana allí cerca y trata de sentarse, pero es muy baja y se queda medio en cuclillas. Sabe que ha pagado la cuota requerida y aguarda en silencio; sin embargo, el hombre mastica un buen rato antes de darse por satisfecho.

—Dime.

—Estoy buscando a alguien desde el invierno pasado. He conversado con la gente de la isla Kungsholmen, pero todas las pistas desaparecen aquí, en el lago Klara. Estuve enfermo mucho tiempo y el hielo se extendió antes de que pudiera hablar con vosotros. Llevo esperando vuestro regreso desde entonces.

El hombre asiente brevemente con la cabeza sugiriendo que la información no le sorprende, pero no dice nada. Cardell no ve otra opción que proseguir:

—Busco a una muchacha rubia con la ropa tiznada por el gran incendio del otoño pasado en Hornsberget. Se llama Anna Stina.

El hombre escupe y carraspea hasta aclararse la garganta.

—Yo ya soy más viejo que el diablo: el mar se llevó a mi padre y la fiebre a mi madre, y he vivido más años que cualquiera de los dos. Ahora sirvo para poco más que para vigilar la lumbre, aunque tengo tiempo de sobra para cavilaciones. —Vuelve la vista hacia él y por primera vez abre el ojo que tenía cerrado. Tiene una mancha blanca en la pupila: una canica de mármol en el fondo de un agujero—. Cuando abro mi ojo malo veo una sombra entre los árboles y la gente, sobre la báscula, delante de las velas de las barcas... Se me figura que es la sombra de la muerte. Cada día que pasa se me acerca un poco más. Pienso mucho en ella. No es bueno saber cuándo llegará, pero nos aguarda a todos. Nos vamos cuando ella quiere... —Señala con la barbilla a los críos que están remendando redes—. Viejos o jóvenes: un mal paso en la cubierta y se acabó. Eso sí, los viejos sabemos que debemos esperarla como si de una invitada se tratara: tenerle la mesa puesta y el hogar encendido. No estoy más asustado de lo razonable. En el mar nunca oímos misa y hace tiempo que no escucho el evangelio, pero a lo largo de los años me he cagado lo bastante en los muertos como para saber que nadie debería irse a la tumba cargando con deudas. Me he propuesto arreglar mis asuntos mientras haya tiempo: quiero mis cosas en orden. —El aire refresca con el viento que entra de la bahía y el viejo se ciñe la manta a los hombros—. Se me ocurren muchas razones por las que un hombre puede buscar a una muchacha, y no todas son buenas.

Cardell enrojece como un tomate.

—No es para hacerle daño. —Nota que su corazón se acelera, siente un nudo en la garganta y se le nubla la vista. Estira el brazo para coger un puñado de nieve y la usa para enfriarse la frente y el cuello. Sólo cuando está seguro de que ha vuelto a calmarse y su voz es lo bastante firme para no quebrarse vuelve a abrir la boca. Levanta la cara y vuelve a toparse con unos ojos que no han dejado de mirarlo—. Más bien estoy en deuda, como tú.

El viejo se queda un rato en silencio antes de asentir y retomar la palabra.

—Me acuerdo de esa muchacha. Me habría gustado ayudarla, pero era imposible: aquí somos muchos y nada nos sobra. Lo primero es la familia, ¿no es cierto? En breve ya no podré trabajar y me tocará arrojarme al mar antes que ser un lastre para ellos. En todo caso, me alegro de que hayas venido: este asunto me pesaba en la conciencia y quizá pueda ayudarla después de todo. —La porción de tabaco que tiene en la boca ya no da más de sí, de manera que la escupe. Cardell vuelve a ofrecerle el saquito—. Fue al día siguiente del incendio. Las campanas habían pasado toda la noche doblando en la ciudad: vimos el resplandor de las llamas desde la orilla, pero las preocupaciones de la gente de tierra firme no son las nuestras. Cuando llegó la mañana y el humo comenzó a disiparse la vi sentada en la playa, allí. —El viejo señala un sauce con parte del follaje sumergido en la bahía, a cien pasos de donde están—. Era tal como tú has dicho: rubia y con la ropa tiznada.

»Estaba sentada, muy quieta. A la mañana siguiente, al advertir que seguía en el mismo lugar, unos críos se acercaron para ver qué le pasaba, pero ella no respondió, ni siquiera con un gesto. Entonces la dejaron tranquila: si estaba tan mal que ya no era capaz ni de percibir a sus semejantes, mejor dejarla tranquila. Pero yo estaba donde estoy ahora, y durante tres días la vi permanecer en la playa prácticamente inmóvil. Dos surcos blancos le recorrían las mejillas: las lágrimas habían corrido removiendo el hollín.

—¿Y después?

—La tarde del tercer día llegó un joven, se sentó a su lado y habló con ella. Lo vi acercarse, vi cómo se comportaba y pensé que la conocía. No sé si ella le respondió, pero él la tomó de la mano y consiguió que se pusiera en pie. Era un día claro y observé cómo la ayudaba a cruzar el puente. Los perdí de vista cuando llegaron al otro lado, pero sé hacia dónde iban.

Señala con el dedo hacia la ciudad entre puentes, que desde allí luce minúscula en medio de su isla. Las torres de las iglesias, por fin libres de nieve, hacen pensar en un hombre que se ahoga y levanta las manos buscando salvarse.

—Ya te he dicho lo que sé. Déjame que siga vigilando la lumbre. Es una tarea importante como pocas. ¡Pero qué digo! ¡Si tú tienes pinta de saberlo mejor que nadie!

3

Despiertan temprano a Emil Winge de un sueño intranquilo. Es un recadero de la Casa Indebetouska, bastardo de alguno de los agentes de policía, o un vagabundo del que se han apiadado. Melena rubia y sucia, ropa demasiado ligera para el tiempo que hace, los mocos colgando, contento de que alguien le encargue una tarea que implica correr, para así quitarse el frío. En el umbral de Emil da brincos en el sitio para conservar el calor.

—Preguntan por ti en el callejón Yxsmedsgränd.

—Dame un momento.

La luz de su cuarto es tenue, y Emil tiene que atrapar el poco brillo que entra por los rosetones para ver la hora en su Beurling: las cinco pasadas en una mañana húmeda de primavera que aún parece de invierno. Se echa el abrigo por encima y baja las escaleras. El chico ya se ha ido: debe de estar por ahí, pensando que el «momento» al que se refería Emil le daría algún tiempo libre. Fuera, la noche sigue rehusándose a partir, y las farolas de la calle han consumido todo su aceite. Winge se sube el cuello del abrigo y trata de recordar el camino hasta la dirección que le han dado. La ciudad entre puentes todavía le hace jugarretas: pese a que cada día la conoce mejor, siempre puede vacilar a la hora de elegir en un cruce, equivocarse y tener que dar rodeos. La calle en cuestión queda cerca de Flugmötet, de eso está seguro. Ha descubierto que la montaña de heces junto al muelle de Kornhamn lo ayuda a orientarse: si el viento sopla desde el sur arrastrando el hedor, siempre puede confiar en su nariz y encontrar el sitio que busca. Pero la mañana lo traiciona: la brisa de la noche ha amainado. Decide bajar la cuesta y cruza los dedos.

Un oficial y dos ayudantes lo están esperando en el callejón Yxsmedsgränd. Emil reconoce la cara del oficial, así como la de uno de los otros dos, pero sus nombres se le escapan. Su cara de desconcierto lo delata ante el oficial.

—Mårten Johansson.

Sólo él da un paso al frente para saludar, los dos agentes de policía guardan las distancias, aunque ambos le muestran sus respetos inclinando la cabeza. Emil los ha oído cuchichear desde lejos, sabe que le han puesto el mote del Fantasmita. Lo tratan con una cortesía distante, como a un acreedor que ha contraído la peste. Una brisa maliciosa sopla en su cara un olor a aguardiente y las mejillas enrojecidas de los dos hombres le indican que han bebido en el desayuno. Emil siente una punzada de envidia en el estómago por la embriaguez que ellos pueden permitirse y él no. Pestañea, traga saliva y se vuelve de nuevo hacia el oficial para que lo informe. Un dedo le señala una figura tendida en el suelo, la cara oculta bajo una casaca.

—A ése de ahí le han dado un golpe en la cabeza lo bastante fuerte como para abrirle el cráneo. Sigvard y Benjamin han estado preguntando a los vecinos. Nadie ha visto ni oído nada, lo cual es extraño si es que hubo una riña. El jaleo al otro lado de las ventanas es uno de los pocos entretenimientos que la gente se puede permitir. Sin testigos, el caso parece irresoluble. Normalmente me habría contentado con mandar traer a los sepultureros, pero tú tienes fama de ver lo que otros pasan por alto.

—¿Quién lo ha encontrado?

—Un guardia estaba haciendo la ronda por aquí hará cosa de una hora y se ha caído de bruces al suelo tras tropezar con el cadáver.

—¿Estaba tumbado así cuando habéis llegado vosotros?

—Más o menos. Sólo lo hemos quitado de en medio, un par de pasos hacia la derecha.

No le hace falta pedir que lo dejen trabajar sin molestias. Los tres retroceden, le dan espacio, se encienden las pipas unos a otros. Emil nota sus miradas y titubea: para ellos es una especie de espectáculo. Cuchichean.

El muerto yace bocarriba. Winge levanta la casaca que le hace de sudario y, con un gesto, le indica a uno de los agentes de policía —el que está tiritando, en mangas de camisa— que la prenda ya ha cumplido con su cometido. Ve a un hombre de unos cincuenta años que mira al cielo con ojos desorbitados y la boca abierta. Tiene la cabeza prácticamente calva, salvo por unos pocos mechones ralos e inútiles. La herida es negra y azul: la mayor parte de la sangre ha quedado atrapada bajo la piel hinchada. Parece que se hubiera puesto un casquete oscuro para morir o le hubieran hecho la tonsura con un hierro al rojo vivo.

Cecil dice: «Mira en los bolsillos.» Emil rebusca en el abrigo y encuentra un saquito de tabaco mal atado que ha acabado desparramándose y llenándolo todo de hebras. En otro bolsillo encuentra un reloj, pero ya no funciona: las manecillas están retorcidas bajo el cristal roto. Por dentro de la cintura del pantalón, protegida por el pliegue del abdomen, halla una faltriquera. Oye tintinear monedas en su interior. Cecil dice: «No ha sido un atraco. Y los hombres de su clase social pocas veces se enzarzan en peleas. Piensa en su edad, mira su ropa: no le falta dinero ni un hogar. No se habría resistido a un robo hasta el punto de hacerse matar ni se habría liado a golpes con nadie.» Emil resigue con la mirada el suelo cuesta arriba, observa el lodo que cubre los adoquines.

—¿Llovía cuando habéis llegado?

—Como si Dios hubiese confundido Estocolmo con un orinal.

Cecil dice: «Mira más de cerca», y él se acuclilla para raspar el lodo cuidando que no se le manchen los bajos del abrigo.

Oye murmurar a los policías: por el momento no los está decepcionando. Uno de ellos empieza a silbar una melodía que Emil ha oído cantar a los borrachines: una parodia de la historia bíblica de Noé. Probablemente la frase de su compañero se la ha traído a la memoria. Un poco más arriba en el callejón, unos escalones conducen a un portón. Cecil dice: «Ahí es donde estaba sentado.» Dice: «Busca en el suelo, busca en la pared.» Aunque no son fáciles de ver, en la madera del portón encuentra salpicaduras lo bastante frescas como para teñir de rojo las yemas de sus dedos, y lo mismo en los escalones de piedra que la lluvia no ha alcanzado a lavar. Inspecciona el suelo a su alrededor. Cecil dice: «El hombre lleva los anillos en la mano derecha, la que menos usa: debe de ser zurdo.» En el suelo hay fragmentos blancos de barro cocido. Cecil dice: «Mira en su boca», y Emil regresa junto al cadáver y utiliza un meñique reacio para abrir la boca un poco más y ver mejor, pero le sirve de poco: ahí dentro reina una oscuridad sepulcral. Toca meter los dedos y palpar. Luego se limpia la mano en el chaleco del difunto, vuelve los ojos entornados hacia el cielo nocturno y se dirige en voz alta a los policías:

—¿Podéis abrir el portón?

Hacen lo que les pide. Uno de ellos llama a la ventana más próxima y agita su placa hasta que una mujer somnolienta les abre. Winge sube las escaleras y no para hasta topar con la puerta del desván. Pega la oreja y oye lo que ya se esperaba: rasguños, chillidos. Debe de haber cientos de ratas. Los vecinos, medio dormidos aún, saben que un comerciante alquila el cuarto como almacén de grano, pero antes de que puedan decir nada más, el oficial le hace un gesto a uno de los agentes, que empuja la puerta hasta hacerla ceder. Un rancio olor a humedad inunda el aire. Las ratas están por todas partes: pringosas manchitas ligeramente más oscuras que las sombras. Se agolpan sobre los sacos de grano, hacen abombarse y moverse el tejido desde dentro: el tesoro que han descubierto es demasiado valioso como para dejarse importunar por seres humanos. Uno de los agentes zapatea y da palmas, pero sólo la alimaña que tiene más cerca parece darse cuenta, si acaso.

Emil coge un puñado de avena de uno de los sacos, sopesa el cereal húmedo, olfatea en busca de moho. Hay goteras en el techo. Detrás de los sacos hay una trampilla doble que se abre al vacío cuatro pisos por encima del suelo de piedra del callejón. Emil quita el cerrojo y empuja hasta que la puerta de la trampilla se traba y se queda abierta. Justo por encima de su cabeza descubre una viga con un gancho para izar productos y muebles. Emil da media vuelta y baja a la calle, pasa de largo el cadáver y continúa cuesta abajo. Examina la cuneta donde la pendiente se allana y termina encontrando lo que buscaba: un madero manchado de sangre que ha rodado por las piedras lisas del callejón hasta topar con un montón de escombros. Ahora ya se puede imaginar la escena, las circunstancias de esa muerte, y por dentro se apaga la tímida ilusión que siempre abriga en su interior: que un día lo llamen a un charco de sangre del que partan las huellas fugitivas de Tycho Ceton. Le hace un gesto al oficial para que se acerque. Los dos agentes lo siguen, muertos de curiosidad.

—No se trata de un homicidio, sino de un accidente, si bien bastante curioso.

Los agentes intercambian miradas y el oficial abre las manos animando a Emil a explicarse. Él señala la escalera.

—Estaba allí sentado. Probablemente volvía a su casa de la taberna, los burdeles de la calle Baggensgatan o cualquier otra visita nocturna que le haya deparado la noche. Ha decidido sentarse a fumar su pipa. Quizá se quedara dormido con la pipa en la boca, el caso es que la tiene llena de trocitos de barro cocido y el resto está tirado al lado de la escalera. El grano almacenado en el desván está podrido desde hace tiempo, hay goteras, una capa de varios años de polvo sobre los tablones del suelo y un montón de ratas. Si interrogáis al casero, apuesto a que os dirá que el comerciante que lo alquila abandonó su mercancía, arruinada como está. Puede que incluso haya una disputa judicial por los impagos. Ha habido mucho viento esta noche: yo mismo lo oí silbar antes de meterme en cama. El madero estaba sujeto con un lazo que debe de haber rozado el gancho hasta deshilacharse, por lo que se ha precipitado al vacío, con tan mala suerte que le ha caído a este pobre hombre en la cabeza y luego ha seguido rodando hasta allá abajo, donde lo he encontrado manchado de sangre. Dudo mucho que pese más de diez libras: si el tipo no hubiese estado en su camino se habría partido en los escalones de piedra. Es muy probable que el hombre haya rodado también hasta el sitio donde lo habéis encontrado, o quizá se puso en pie y se tambaleó unos pasos antes de caer al suelo, convulsionarse y morir: es lo que suele pasar con las contusiones en la cabeza.

Hace un alto ante la imagen que le viene a la memoria: Erik Tres Rosas sentado en una silla con un agujero en el asiento, la frente envuelta en vendas manchadas de sangre, chapaleos en el orinal que tiene debajo. Se estremece, y los agentes de policía tienen tiempo de intercambiar miradas antes de que se recupere.

—El madero le ha aplastado el cráneo, pero sin abrirle una gran brecha, de ahí que sangrara más bien poco, pero hay salpicaduras en varios sitios. Si no hubiese llovido, las habríais descubierto vosotros mismos.

El oficial pasea la mirada por todo lo que Emil ha ido señalando.

—Hay que joderse. ¿Qué probabilidades hay de que le caiga a uno un madero en la cabeza?

Cecil dice: «Habría que hacer cuentas», Emil se contenta con encogerse de hombros.

—El mundo no sería tan peculiar si no ocurriesen cosas peculiares todo el tiempo.

—¿Y de quién ha sido la culpa?

Cecil dice: «No tiene caso buscar culpables.»

—Si te apetece, puedes repartir la responsabilidad entre el comerciante y el casero, pero no creo que eso conduzca a nada.

Supongo que ambos tendrán manera de justificarse. La verdadera culpable es la casualidad. Los familiares terminarán apareciendo. También podrías contárselo todo y que ellos decidan si vale la pena llevar el asunto ante los tribunales.

El oficial se frota la barbita del mentón sin comprometerse a lo uno ni a lo otro.

—De acuerdo. Pues ya está. Te agradezco la ayuda.

Emil le responde con una inclinación de cabeza y da media vuelta para irse. Los tres lo siguen con la mirada, pero son incapaces de esperar a que doble la esquina antes de empezar a hablar al mismo tiempo. Antes de desaparecer, Emil ve como el agente al que no conocía le da unas monedas al que ya había visto antes. Por su parte, él no siente nada más que irritación, como si lo hubieran obligado a participar en un teatrillo cuyos diálogos estaban en una lengua que no domina.

Cuando por fin se ha ido, los policías suspiran.

—Ese tipo da escalofríos.

—Sí, pero si quieres dedicarte a delinquir será mejor que esperes a que lo hayan metido en el manicomio.

4

Nunca se encuentran en la Casa Indebetouska por miedo a que Ullholm vaya a aparecerse por ahí a tratar algún asunto. El rostro de Emil Winge juega en su contra: el parecido físico con su hermano, en su día la némesis de Ullholm, es increíble; en cuanto a Isak Reinhold Blom, la preocupación de que su colaboración con Winge pueda salir a la luz le ha supuesto muchas noches de insomnio y es un constante dolor de cabeza durante el día. Se sacude para ahuyentar esos pensamientos junto con el frío de la húmeda mañana de primavera. Puede que los medios sean dudosos, pero el fin los justifica.

Han elegido un recoveco entre la casa Grills Hus y Brända Tomten, al resguardo de un tejado saliente que, según el caso, los protege del sol, el viento o la lluvia. En esa zona, a tiro de piedra de Indebetouska, se apretujan cien casas, pero aun así es un lugar al que nadie acude si no tiene para qué. Blom se pregunta si ha llegado pronto o si Winge llega tarde, pero no puede hacer otra cosa que esperar: ha roto de un pisotón su reloj de bolsillo y no alcanza a ver el reloj del campanario de San Nicolás por mucho que entorne los ojos y enfoque la vista. La nieve se ha descongelado y ha dejado al descubierto la inmundicia que nadie se dignó limpiar en otoño. Blom zapatea un poco para hacer llegar la sangre hasta sus dedos helados y se salpica de agua sucia los bajos del pantalón. Intenta limpiarse, pero entonces Winge aparece por fin y tiene que dejarlo para después. Y por si eso fuera poco, tiene dolor de cabeza.

—Buenos días, Winge. Entiendo que llevas despierto desde muy temprano. Johansson me ha pedido que te felicite por tu éxito de esta madrugada. Siéntete afortunado porque, si no estuvieras del lado adecuado, quizá habrías acabado en la hoguera por brujo.

Es un tipo peculiar, Emil Winge. Su parecido con el hermano ya no se limita tan sólo a las facciones del rostro; con el tiempo parece haber adquirido los mismos modales, que él recuerda de los años en que coincidieron en la jefatura de policía. Habla igual, camina igual: con los brazos cruzados a la espalda. En momentos como ése le cuesta horrores distinguirlos: tiene que estar constantemente atento para no atribuirle a Emil recuerdos que le corresponden a Cecil. Por suerte, no le sucede siempre; muchas veces, Emil no es más que ese eterno estudiante que el año pasado irrumpió en su despacho parloteando cosas incomprensibles.

Winge se pone a su lado, a resguardo del viento, y mete las manos en los bolsillos de su abrigo.

—Buen día, Blom. ¿Todo bien?

—¿No te has enterado? La Academia ha sido suprimida. Los muy idiotas le han dado una excusa a Reuterholm y él no ha dejado escapar la oportunidad.

—Pero ¿qué ha ocurrido?

—El viejo Fersen murió el año pasado dejando la séptima silla vacía. Silfverstolpe fue elegido como su sucesor y no se le ocurrió otra cosa que aprovechar la ocasión para elogiar al régimen tachando de autócrata al difunto rey. Pero le salió el tiro por la culata: lo tacharon de traidor y acusaron al resto de los académicos de sostener posiciones revolucionarias. Silfverstolpe ha tenido que abandonar también la corte: ha quedado a la buena de Dios. El secretario Rosenstein sólo se salvó por ser informante del príncipe.

—Pocas veces he visto que alguien se duela de las desgracias de otros si éstas no dañan también sus intereses.

—Tienes razón. Yo lo tenía muy bien montado, todo sea dicho. ¿Acaso no he imitado los poemas de Leopold con tan buen tino que, cuando me elogian, es como si lo elogiaran a él? He recibido dos veces el premio de la Academia: dos veces veintiséis ducados, y el año pasado, el premio Lundbladska: cincuenta riksdalers directos a mi cuenta. No es moco de pavo para alguien que tiene que trabajar como un criado en la jefatura de policía. Pero ¿ahora? ¡Maldita sea! Ahora sólo tengo otro año miserable por delante, uno de los muchos que me esperan.

Winge se frota los hombros para calentarse: un hábito de bebedor que quizá nunca pierda, por más sobrio que esté.

—Y en Indebetouska, ¿qué hay de nuevo?

—Sospechas y estupidez, como siempre. El régimen ve espías en todas partes. El otro día le echaron el ojo a un profesor de italiano que, según cuentan ellos, planeaba asesinar al duque. El propio Edman le dio órdenes a Ullholm de que lo detuviera personalmente y lo trasladara al lado correcto de la frontera. Cualquiera habría pensado que aquello era una muestra de necedad insuperable: todo el mundo sabía que aquel pobre tipo era incapaz de matar una mosca. ¡Pero no! Resulta que el imbécil de Ullholm se equivocó de puerta y sacó a un oficial finlandés de los brazos de su amada a golpes y patadas. Sólo se percató de la confusión cuando el pobre italiano asomó la nariz por su puerta y le preguntó tímidamente si podía ayudar en algo. Entonces, para agradecerle el gesto, Ullholm lo detuvo y lo hizo meter en el primer barco que salía hacia Rímini. Y todo eso sin el concurso de un juez, desde luego, ¿quién los necesita cuando tenemos el beneplácito del régimen? El finlandés recibió un ascenso por las molestias, pero a la gente se le está empezando a atragantar el desgobierno, te lo digo yo.

—Ya.

Emil Winge se encoge de hombros. No parece interesado. Blom se aclara la garganta y se maldice a sí mismo: sólo falta que la irritación que le produce la situación del país eche a perder el discursito que ha estado ensayando esa mañana. Se palpa el bolsillo del abrigo hasta encontrar lo que busca.

—No todo son malas noticias: tengo una entrada de sobra para el Teatro Arsenalen. Es para el estreno de *El padre reconciliado* el último sábado de mayo. El autor tuvo mucho éxito con su primera obra, así que las expectativas son altas. ¿Qué me dices? Te iría bien ver algo más que salpicaduras de sangre y escenarios de crimen grotescos. Desde luego, estaremos en un palco, así no tendremos que codearnos con la chusma.

Winge lo mira con cara de sospecha.

—¿Y a qué se debe tanta amabilidad? No es propia de ti, Isak, y sabes bien que mi interés por esas cosas es prácticamente nulo.

Blom lanza un suspiro. La verdad es que no le sorprende la respuesta de Winge. Vuelve a guardarse la entrada en el bolsillo del abrigo.

—La primera vez que fuiste a verme no me sentí muy inclinado a ayudarte, lo reconozco, aunque no creo que puedas reprochármelo. Desde entonces has mostrado tu valía en asuntos de muy diversa índole: la búsqueda de los recibos que Ruuth había hecho perdidizos, el esclarecimiento de la muerte de aquella mujer cuyo cadáver apareció en una habitación cerrada con llave... Cualquiera que se haya ocupado de asuntos criminales sabe que, cuando una mujer es asesinada, el culpable es el esposo: esa regla es el Credo, pero tú encontraste la excepción y, si no fuera por ti, el pobre marido habría perdido la cabeza y el asesino andaría por ahí, campando a sus anchas. Y hay más: sin tu ayuda, aquella ingeniosa prensa Fahnehjelm que confiscamos aún estaría acuñando monedas falsas.

—Yo creo que todas esas alabanzas tienen el mismo propósito que la entrada del teatro.

Blom alza las manos en un gesto de capitulación.

—Eres un pájaro raro, Emil, pero tienes mucho futuro en la jefatura de policía si eso es lo que quieres. Ni siquiera la animosidad de Ullholm contra Cecil podría perjudicarte a estas alturas, teniendo en cuenta tu evidente talento.

A Winge no le gusta el contacto visual, pero mira a los ojos a Blom antes de volver la vista de nuevo al suelo mugriento.

—Ya imaginas mi respuesta.

Blom, que ha estado conteniendo el aliento, suelta una nube de vaho.

—Sí, sí: la imagino, pero siento que es mi obligación insistir.

Winge suspira. Parece cansado, aterido y más joven de lo que debería, aunque quizá también más experimentado. Habría dado su reino por un trago.

—Cada vez que a mi padre le llegaba la noticia de algún éxito de Cecil se ponía muy contento, subía y bajaba las escaleras agitando la carta como un banderín: una vez más, la realidad confirmaba sus ideas de cómo debía educar a su prole. Había criado a un genio, ahí estaba la evidencia: una nueva ramita en la corona de laurel del que tiene la razón. Pero luego me descubría a mí en un rincón, sentado al pupitre al que me ataban las esposas invisibles de la infancia. Miraba por encima de mi hombro los borrones de tinta que yo había ido dejando aposta por el papel, los ejercicios que fingía no entender y las respuestas que con tanto empeño había errado adrede de la manera que sabía que más lo molestaría. Su rabia subía como una fiebre hasta que no podía contenerse más y entonces me agarraba por la nuca con una mano, me restregaba por la cara los papeles arrugados con la otra y me hacía sangrar la nariz. A veces insistía en jugar al ajedrez, pero movía tan mal las piezas que suponía todo un reto perder frente a él. Pocas eran las tardes que no terminaban en una azotaina con alguna de las varas de avellano que cortaba cada domingo para que no se secaran y perdieran peso y elasticidad. Aún llevo las marcas: tengo la espalda como el lomo de un gato de granero, y así la tendré hasta el día que me muera.

Ahora le toca a Blom apartar la vista y mirar al suelo para mostrarle a Emil la consideración oportuna por su sinceridad. Ya entiende por dónde van los tiros.

—¿Comprendes cuánto me escuecen las viejas cicatrices si tengo que ponerme la camisa de Cecil?

Blom responde ruborizándose, vuelve la cara al viento para refrescar las mejillas que le arden.

—Quizá te preguntas por qué te planteo este asunto justo ahora.

—Porque los términos de nuestro acuerdo están a punto de cumplirse.

—Pues sí, en parte. He hecho lo que me pediste: he investigado el origen del tal Tycho Ceton. La respuesta se ha demorado por culpa del invierno, pero ahora ya la tengo.

La expectativa ilumina los ojos de Winge, tan intensa que Blom pierde el hilo.

—¿Y?

—Un viejo pasaporte da fe de que Ceton entró por primera vez por la aduana de Kattrumpstullen en el año setenta y nueve, y partió en barco al sur ese mismo año. Todavía no han hallado información de su regreso: los archivos son una ciénaga, ya lo sabes. Tampoco hay informes de que se haya integrado en ninguna congregación.

—¿Y de dónde venía?

—En el pasaporte pone Saxnäs: es una aldea en la parroquia de Hällbo, camino de Bergslagen, si no me traiciona la geografía.

Winge se saca el reloj del chaleco y se dispone a irse. Blom niega con la cabeza.

—Tengo que decir que no entiendo por qué te interesan esos datos. Que nosotros sepamos, Ceton sigue en Estocolmo. Las aduanas están todas advertidas: si ese hombre responde a tu descripción, ya podría tener su nombre grabado en la frente.

—¿Cuándo fue la última vez que estuviste en la garita de una aduana, Isak? En muy pocas ocasiones me he topado con un agente aduanero que no esté o borracho u ocupado jugando a las cartas, y aún menos con uno que ponga los intereses de la jefatura de policía por delante de los suyos. He hecho todo lo posible para averiguar dónde se esconde Ceton, sin resultados: o está muy bien escondido o se nos ha escapado ya. No puede quedarle mucho dinero, ¿y adónde va quien se ha quedado sin blanca, mejor que con quienes están obligados por el parentesco a ayudarlo?

—¿Y crees que merece la pena ir a buscarlo hasta allí?

—Llevo desde el año pasado soltándote la misma cantinela, Isak: subestimas a ese hombre. No comprendes lo que es capaz de hacer. No llegaste a ver a Erik Tres Rosas con el cráneo perforado, sentado sobre su orinal; nunca has visto la araña de cristal de una alcoba nupcial manchada de sangre ni has olido jamás el perfume de las flores cultivadas sobre una fosa común llena hasta los bordes; no estabas ahí mientras Ceton obligaba a un estudiante de Medicina a diseccionar a una mujer aún con vida. Y hará cosas aún peores si no lo detenemos. Si Jean Michael y yo pudiéramos disponer de más ayuda, otro gallo cantaría. Una vez más, te pido que hagas de este asunto la máxima prioridad de la jefatura de policía.

Blom vuelve a negar con la cabeza.

—Imposible, y por los mismos motivos de antes: el orfanato de Hornsberget tenía muchos patrones, si corriera la noticia de que su promotor es sospechoso de semejantes actos, hombres poderosos reclamarían la cabeza de Ullholm. Si tuvieras evidencias sería distinto, o al menos posibilidades reales de detener a ese hombre para interrogarlo, pero simplemente para buscarlo no.

—Espero no tener que recordarte que te lo advertí. Tiemblo sólo de pensar lo que ese hombre puede tener en mente. Disfruta cebándose con los indefensos. Tiene la capacidad de ganarse la confianza de la gente, y si se le permite acercarse, ataca como una serpiente. Me voy, no nos queda mucho tiempo.

Blom abre los brazos en un gesto de impotencia y frustración, y Emil se aleja entonces entre la lluvia que ha comenzado a caer.

—¡Maldita sea! ¡Es como si fueras una marioneta y el Fantasma de Indebetouska moviera tus hilos!

5

Ha sido apenas un atisbo con el rabillo del ojo: un efecto de la luz, como esas ondas que se ven sobre la tierra recalentada al sol; la insinuación de un movimiento. Emil cierra los ojos: en la oscuridad que es sólo suya le cuesta menos identificar esa figura.

—Déjame en paz. No eres nada, sólo mi delirio disfrazado de recuerdos. Un trago de brandy bastaría para que desaparecieras como un gato que cae en un pozo. Si el precio no fuera mayor del que estoy dispuesto a pagar, no dudaría.

En su mente no ve al Cecil que lo estaba esperando en el callejón el año pasado, no ve un cadáver susurrante, sino al hermano que recuerda del último año que pasaron juntos: el estudiante extraordinario que volvía a la casa paterna a pasar el fin de semana en la flor de la vida y con todo el futuro por delante, a medio camino entre el hermano al que tanto quería y alguien a quien ya no conocía.

—Todo esto es tu culpa: eres como una buba que sigue expulsando pus incluso después de la muerte. Si no hubieras involucrado a Jean Michael dos años atrás, nada de esto habría pasado. Pero necesitabas su ayuda y, con tal de asegurártela, le diste un objetivo, ¿y qué iba a hacer después de tu muerte, sino continuar, pese a que el asunto superaba con creces sus capacidades? Él mismo se daba cuenta, pero siguió tu ejemplo y se buscó un ayudante. Eligió mal. No puedo culparlo, teniendo en cuenta mis propias deficiencias. Tiene buenas intenciones, pero eso no basta: les ha costado la vida a cien niños.

El tiempo debe de haber cambiado una vez más: ese viento es tan sólo un aperitivo de la tormenta que se acerca por el archipiélago desde el este. Un escalofrío pone a Emil de pie de un salto. Se frota los hombros con las manos para entrar en calor.

—Partiré hacia el norte: Blom ha descubierto el lugar de nacimiento de Ceton. No sé lo que me espera, pero quiero pensar que la suerte se pondrá de mi lado. ¿Qué otra cosa puedo hacer? Y Estocolmo se me atraganta: que eligieras vivir aquí es algo que escapa a mi comprensión.

Pasea la mirada por sus pertenencias y ve pocas que merezcan un espacio en su maleta.

—La muchacha, Anna Stina, no quiere dejar a Jean Michael en paz, pese a no hallarse en ninguna parte. Esa historia necesita un final, sea cual sea. —Empieza a llenar la maleta sin ton ni son: es lo bastante grande para albergarlo todo y más—. No cabe duda de que es amor. No lo envidio: si ella lo rechazó antes, ahora tiene más razones que nunca. Lo que hizo no tiene perdón, sin contar con que las llamas lo lamieron de mala manera. —Niega con la cabeza—. Aunque yo no le debo nada a Jean Michael: no tiene derecho a esperar más ayuda de mi parte. Cuando llegue el momento dejaré que él haga lo que le toca, con eso bastará. Luego seremos libres de tomar cada uno nuestro propio camino.

El reloj dorado de Cecil va rompiendo el silencio con su tictac. Emil recuerda la cara que ponía su hermano cuando el razonamiento lógico topaba con los argumentos emocionales: de frustración y compasión a un tiempo. Ese recuerdo lo hace montar en cólera. Se mira en el espejo: así es más fácil; su hermano y él siempre fueron muy parecidos, pero ahora son prácticamente idénticos. Es como si le hablara a él, y lo hace con voz destemplada:

—A lo largo de mi vida, todo el mundo ha querido siempre que fuera como tú. Solamente ahora, cuando por fin han conseguido lo que querían, sé lo que implica su aprecio: falsedades y mentiras, habitaciones salpicadas de rojo. Sólo quiero darles la espalda, irme; y cuanto más rápido mejor: quiero zanjar este asunto cuanto antes y de una vez por todas. Mi vida ha transcurrido entre el encierro de mi padre, la presión de mis hermanos, los estragos del alcohol y las consecuencias de mis propios errores. ¡Qué desperdicio! Pero nada nuevo brota hasta que no se limpia a fondo el terreno. Eso es lo que estoy haciendo, nada más. Quiero vivir, como cualquier otro. A ser posible, tan lejos de aquí como pueda. No quiero ser tú, Cecil, quiero ser yo mismo y que las palabras y acciones de los demás no me condicionen. —Se inclina hacia el espejo y mira a su hermano a los ojos—. Pronto habrás desaparecido, Cecil: no eres más que una alucinación. Cuando esto haya terminado, ya no tendrás ningún sentido. Por lo que a mí respecta, sé que cada uno de los pasos que dé en esta búsqueda será siguiendo las huellas de Caín. Después dejaré Estocolmo y me olvidaré de ti.

En la calle, un borracho se desgañita cantando una tonadilla y Emil casi puede sentir la caricia tibia del aguardiente en la garganta y el esófago, como una flecha encendida y disparada para llevar luz a los rincones más oscuros y vacíos, un alivio al que ya no puede acudir y que echa en falta sobre todo en momentos como ése. Cierra los ojos y dice en susurros:

—Te demostraré que mi padre y tú estabais equivocados. Que los caminos que tomasteis no son los únicos. Llegaré al final de esta historia por mis propios medios.

6

Ve el rostro de ella en todas partes, aunque nunca de un modo tan vívido como en los sueños. Por eso detesta dormir. Durante los meses de invierno le resultaba más fácil permanecer despierto porque las heridas le escocían se tumbara como se tumbara: con sólo acostarse sobre el colchón de heno y echarse la manta encima sentía como si las llamas volvieran a abrasarlo. El caso es que ahora echa de menos esa sensación. La piel se le ha curado y, aunque ha quedado cubierto de manchas rojas y de unas protuberancias que recuerdan la cera que se acumula al pie de las velas y que todavía le molestan, apenas se percata. El traje de dolor que llevó en su día hoy ha desaparecido... excepto en el muñón del brazo izquierdo. Apoyó todo su peso para mantener a Erik Tres Rosas bajo el agua del abrevadero y quitarle la vida, y el dolor lo hizo gritar incluso a él, que se había quedado en silencio mientras el cirujano le raspaba el hueso con una lima.

No consigue permanecer despierto: la somnolencia lo vence y sueña que atraviesa el fuego llevando en andas los cuerpecillos endebles de Karl y Maja. Corre en dirección a la escalera, tropieza y va a dar al suelo, la carga se le escapa. Con el pelo humeante, intenta recuperar lo perdido. Su mano bienintencionada destruye todo lo que toca. Tiene el pelo en llamas, se ve obligado a huir: sus lágrimas no van a apagar el fuego. Los hijos de Anna Stina han muerto por su culpa. La ve donde debía de estar: fuera, en los límites del incendio. Cuando ve la catástrofe reflejada en su cara, le parece aún peor, y comprende que su mano bienintencionada también se ha cobrado la vida de Anna Stina. Ella respira y se mueve, pero también ha muerto. Una y otra vez le pide perdón, pero es como si le hablara en una lengua que ella ya no comprende o como si ya no pudiera oírlo porque la ensordece una tristeza tan grande que él mismo, a su lado, no es más que un insignificante mosquito que zumba sin sentido.

Sin embargo, ha obtenido un pequeño triunfo. Después de pasarse día y noche recorriendo la ciudad en su busca, temiendo que, en cuanto abandonara una calle, ella podría pasar precisamente por ese lugar, por fin aquel marinero le ha dado noticias: un joven la tomó de la mano y la llevó de vuelta a la ciudad entre puentes. Siente una punzada en el estómago.

Llaman a la puerta, un sonido tan inesperado que aguarda un momento para comprobar que es precisamente en su cuarto. Se levanta, abre la puerta y se aparta del umbral.

—Emil. Anda. —Le hace un gesto con la mano para que pase—. Has tenido suerte de pillarme en casa, si se puede hablar de suerte. Estaba a punto de salir.

Recoge del suelo su puño de madera, ennegrecido por el mordisco del fuego. Como tantas otras veces, procura sujetarse las correas al muñón, pero una y otra vez lo traicionan, se le escapan y lo obligan a volver a empezar. Winge no puede más que apartar la mirada, pues ni le han pedido ayuda ni se siente en posición de ofrecerla.

—Blom ha averiguado el lugar de nacimiento de Ceton. Parto para allá.

Cardell asiente con la cabeza.

—¿Eso es todo?

—Por el momento. Blom quiere ser discreto, pero si se halla todavía en la ciudad, lo detendrán. Ya veremos qué pasa.

—Te has estado aplicando.

—He hecho lo que tenía que hacer, nada más.

La culpa los acompaña, como siempre: ninguno de los dos la ha invitado, pero está allí. El silencio les recuerda a los niños muertos.

Cardell se encoge de hombros y las correas vuelven a escapársele.

—No pretendía que sonara como una puya —dice—. Ojalá yo hubiera avanzado un poco también.

—¿No has tenido suerte todavía?

El guardia niega con la cabeza mientras vuelve a pasar el cuero por las hebillas.

—Es como si se la hubiese tragado la tierra, y quizá sea justo lo que ha ocurrido: a lo mejor lo que busco es una tumba. Eso no cambia nada, en cualquier caso.

Winge pasea la vista por el cuarto, más descuidado que nunca.

—¿Necesitas algo? ¿Dinero?

Cardell resopla.

—Me las apaño con lo que tengo: no necesito gran cosa.

Winge no se sorprende ante esa respuesta.

—Bueno. Pero si necesitaras algo, busca a Blom. Espero que mi viaje dé algún resultado, lo sabrás en cuanto regrese. Supongo que tardaré unas semanas, puede que vuelva con el calor.

Se encamina hacia la puerta pero se detiene en el umbral: tiene algo más que decir. Cardell no se imagina qué, pero escucha atento.

—Te ves mejor, teniendo en cuenta las circunstancias.

Cardell responde con un gruñido.

—He oído que el escultor Sergel está haciendo una estatua de Hércules en mármol y que necesita hombres bien proporcionados y musculosos para posar desnudos en Rännarbanan. Paso por allí a menudo y siempre pienso que ese día me escogerá, pero por el momento sólo me he llevado decepciones.

—Mira, Cardell, no sé qué métodos estás empleando en tu búsqueda, pero...

Cardell lo interrumpe, cansado de que su presencia le recuerde lo bien que le vendría la ayuda de alguien más avispado.

—Me pateo las calles de arriba abajo todas las horas que paso despierto y pregunto por ella, pero siempre en vano: demasiadas personas responden a la misma descripción. A veces, cuando ya no me queda otra opción, recorro también las afueras.

—Si Cecil estuviese entre nosotros te habría aconsejado volver al punto de partida; una y otra vez, de ser necesario: empezar por lo que sabes con certeza hasta encontrar algo allí que te permita avanzar.

Cardell busca su mirada por primera vez desde que ha entrado por la puerta.

—Pero Cecil no está entre nosotros, ¿verdad, Emil?

7

Llega el mes de mayo y el frescor de finales de primavera aún le planta cara al prometido verano. Aunque la última helada fue a mediados de abril, el frío se niega a irse del todo. Unos pocos días de calor hacen abrigar esperanzas que enseguida ahogan los chubascos. Para Cardell y muchos otros, al menos en Estocolmo la primavera es un tiempo casi tan horrible como el otoño. La ciudad, apretujada entre mar y lagos, está expuesta a los caprichos del viento, que nunca sopla suficientemente frío para triunfar sobre la humedad. No hay ropa apropiada para ese tiempo gris y sofocante. Cuando no llueve a raudales, llovizna, y la humedad te acaba calando hasta los huesos. La gente camina por la ciudad con el abrigo empapado colgando del cuello como un ahogado. Desaparecen todos los colores. Es como si los dioses del clima hubiesen decidido mostrarle al barón Reuterholm lo absurdo de su ley suntuaria, para indignación del propio barón y sufrimiento de sus súbditos. El tiempo afecta al ánimo: todo el mundo está malhumorado, iracundo, taciturno, ensimismado. Los que pueden se quedan en casa, Cardell pone a prueba las suelas de sus botas en los charcos y el lodo, incansable.

Tarda lo suyo en entender el consejo de Winge, pero en cuanto el peso de aquellas palabras se asienta en su interior, procura seguirlo. No le importa obedecer: ¿acaso no pasó años aguantando los gritos de sus superiores, hasta el punto de que le basta cerrar los ojos para imaginarse que está plantado en la proa de un barco en medio de la tormenta? Quien aprende a no ofenderse con los juramentos descubre su verdadero significado, y lo mismo sucede con los consejos.

Se dirige al bosque que llaman la Sombra, más precisamente al claro donde Anna Stina lo citó el verano pasado para que le hiciera de niñero. Las nubes cubren completamente el cielo y los débiles rayos del sol no pueden atravesarlas.

Toma el camino hacia el norte hasta que percibe el hedor de la ciénaga de Träsket y sigue en dirección a Lill-Jans. Unas pocas vacas pastan en un cercado próximo a Brunnsviken. Un mendigo que está sentado al borde del camino le tiende su gorro, pero sus esperanzas se esfuman enseguida. Dos torres de piedra sostienen la barrera: Cardell cruza sin más pasaporte que su uniforme, para envidia de otros que esperan su turno para cruzar. Detrás está el edificio de la aduana propiamente dicha, de una sola planta y con el tejado en pésimas condiciones. El camino se extiende en ambos sentidos a lo largo del cerco aduanero, cuyo mantenimiento se ha descuidado hasta tal punto que cualquiera puede cruzar de incógnito a pie, aunque no falta mucho para que sea posible hacerlo a caballo e incluso con un carromato. Hacia la derecha, más allá de la cuneta, una barricada de maleza y matorrales que hieren los tobillos e incluso los muslos de los incautos protege los árboles. Pasada esa nueva frontera, los abedules dominan la tierra empoderados por las sombras de sus copas, que ahogan cualquier posibilidad de vida. La última vez que Cardell puso las botas ahí fue en invierno. Ya había ido otras veces antes, pero siempre con el mismo resultado: no halló rastro de ninguna persona, mucho menos de la que andaba buscando. La nieve, que borra las huellas, complicó más las cosas, pero también le pareció que Anna Stina podía haber olvidado ya aquel refugio.

Le lleva un rato orientarse. El bosque es un ser vivo y cambiante, y si no tienes la suerte de avistar, por ejemplo, una colina que te resulte familiar, el camino se vuelve incierto. La nieve derretida ha dejado al descubierto muchas ramas caídas y las hojas descompuestas del año anterior. El vapor que despiden en primavera humedece las hojas nuevas: lo nuevo se alimenta de lo que murió.

Cardell deambula un buen rato hasta que da con la buena senda. La guarida ya no es como solía ser: ésa puede ser una pista. Las ramas que en su día hacían de puerta están partidas y dispersas por el suelo. Obra de un ser humano, sin duda. El suelo está húmedo y lleno de pisadas. Atento a no echar nada a perder antes de sacar conclusiones, Cardell se sienta en un tronco caído para tener una vista general. Su corazón se acelera porque las huellas más claras son pequeñas y recientes. Trata de recordar cuándo fue la última vez que llovió. ¿Ayer? Sí. Pero ningún chubasco ha alterado los bordes de las pisadas. Junto al anillo de piedras de la hoguera hay más del mismo tipo, y bajo una rama partida de abeto encuentra una sartén abollada y algunos otros utensilios envueltos en tela. Resulta difícil decir cuánto tiempo llevan allí.

Lee las huellas lo mejor que puede, las sigue hasta donde puede distinguirlas, y a partir de ahí elige el camino que, según le parece, presenta menos obstáculos. Recorre un sendero que a veces se pierde, pero que vuelve a aparecer donde los árboles lo permiten.

Un prado se abre en la ladera boscosa, cubierto de briznas marrones que el viento ha vuelto a levantar después de que la nieve las mantuviera aplastadas. Tarda un rato en verla. Está de espaldas, mirando al suelo, envuelta en una manta de color irreconocible que él ha tomado al principio por el pelaje de un ciervo solitario. Se queda mucho rato allí, de pie, incapaz de romper el hechizo del reencuentro, y ella siente el peso de su mirada y echa a correr. Maldiciendo entre dientes, Cardell la sigue a toda prisa.

Escurridiza como una ninfa del bosque, ha desaparecido. Él continúa corriendo, pero enseguida se detiene y procura aguzar el oído y la vista mientras se obliga a no jadear. Trata de seguirle el rumbo buscando ramas oscilantes, ramitas partidas. Avanza torpemente, protegiéndose la cara con el puño de madera, pero las ramas le azotan el cuello y la frente. Cuando comprende que la ha perdido, hace un alto para recobrar el aliento, se agacha y apoya las manos en los muslos. La boca le sabe a sangre. Entonces distingue el rumor, pero en otra dirección. De pronto se acuerda del hatillo bajo la rama de abeto, de la sartén abollada, vuelve a bajar la pendiente y echa a correr tan recto como puede hacia el lugar de donde venía.

Entra sofocado en el campamento y se detiene para no borrar nuevas huellas. La rama de abeto sigue en su sitio, protegiendo el tesoro. Él ha llegado primero, pero cuando los latidos de su corazón le permiten oír sólo percibe el siseo del bosque. A lo mejor se ha equivocado y el hatillo no es de ella, o quizá ha preferido abandonar sus pertenencias antes que dejarse atrapar. Mira hacia la guarida. El agua del arroyo borbotea, pero no tan fuerte como para tapar la respiración de la muchacha, por muy queda que sea.

Cuando se asoma la ve de pie, tan erguida como el techo le permite, con la espalda pegada a la tierra compactada que hace las veces de pared del fondo. Sostiene un cuchillo en alto, tan pequeño y romo que recuerda un cubierto, más que un arma. En cuanto se percata de que su escondite ha sido descubierto, se quita la tela que ha usado como capucha, como si mostrar el rostro fuera a servirle de ayuda. Cardell tarda un momento en acostumbrarse a la penumbra, pero cuando lo consigue, deja caer los hombros con resignación: no es ella, sino otra. Una marca de nacimiento le recorre la frente desde la raíz del pelo. De un rojo colérico, como una quemadura, baja por el entrecejo y se desvía hacia uno de los ojos, cuyo nítido azul hace que Cardell se estremezca. La decepción y el alivio se turnan para sofocarlo y busca un tronco caído donde sentarse.

—Oye, tú. Sal de ahí. Te he confundido con otra. No voy a hacerte daño, te doy mi palabra de honor.

—Si acostumbrara a fiarme de la palabra de los desconocidos, mi vida habría sido bastante más corta.

—Mi nombre es Mickel Cardell.

Se pone de pie sobre el tronco, levanta las manos y se da la vuelta para darle la espalda: la parte de su cuerpo que las otras personas tienden a apreciar más.

—Por favor, no me vayas a clavar ese cuchillito en la espalda.

Le da tiempo de irse. Cuenta en silencio hasta veinte, muy despacio, antes de volverse y descubrirla de pie en la entrada de la guarida, el cuchillo aún en la mano, pero bajado.

—Sigues ahí.

—Mis cosas están bajo la rama de abeto, me bloqueas el paso.

Cardell gruñe irritado, demasiado agotado y desanimado como para apartarse. El sudor le moja la camisa, la boca le sabe a hierro.

—Pues da la vuelta.

En vez de rodearlo, ella camina hacia donde está él y se sienta en el mismo tronco, si bien a suficiente distancia como para quedar fuera de su alcance.

—Yo me quemé cuando aún estaba en el vientre de mi madre —dice—. Veo que el fuego te ha alcanzado a ti también.

—Dicen que el Gallo Rojo se merienda todo lo que encuentra hermoso. Las llamas me dejaron en paz tan pronto como comprendieron que no era la víctima adecuada.

—Ni yo.

Cardell se toma sus palabras como un pretexto para observarla y descubre que se equivoca. Mira sus pómulos altos, los ojos rasgados que recuerdan a la gente del otro lado del Báltico, aunque su acento no confirma esa teoría. La mancha roja sin duda hace apartar la mirada, pero para quien resiste el impulso pronto pierde su poder.

—No soy un alma de la caridad venida para levantar el ánimo a las mozas desamparadas pero, joder, no te compares conmigo. Además, has tenido suerte y lo sabes: si no tuvieras esa marca en la cara, el mundo te habría mostrado todavía menos piedad.

La joven guarda silencio un momento antes de cambiar de tema.

—Ya había oído tu nombre.

—Está claro que no soy un desconocido en la ciudad entre puentes, pero jamás me habría imaginado que mi fama llegara más allá de las aduanas.

—A veces, Anna Stina lo susurraba en sueños.

La garganta se le cierra impidiéndole responder. Se queda sin respiración como por efecto de un golpe traicionero asestado en la boca del estómago. La muchacha es lo bastante considerada como para darle tiempo, se entretiene con algo que le cuelga de la cintura mientras él se recompone.

—¿Quieres tabaco? He guardado un poco para poder trocarlo por otra cosa.

Cardell ha visto las pertenencias de la muchacha, sabe que es un ofrecimiento tan generoso que no podría rechazarlo aunque pudiera hablar. Ella levanta una mano escuálida como una ramita desnuda, le pasa una bolsita de tela y él coge apenas lo suficiente para no herir sus sentimientos. El tabaco está viejo y seco, se hace polvo entre sus dedos, pero aun así se lo lleva a la boca y procura mascar.

—O sea que ya conoces mi nombre. ¿Cuál es el tuyo?

—Lisa.

—Encantado.

Cardell nota que la lengua se le traba y siente un cosquilleo en el estómago. Tiene miedo a elegir una palabra equivocada o hacer una pregunta inconveniente que dé al traste con la frágil calma que reina. Al final es ella quien se atreve a tomar la iniciativa.

—Karl y Maja están muertos, ¿verdad?

Cardell habría preferido que le clavara el cuchillo en el estómago. Apenas consigue asentir con la cabeza y ella repite el mismo gesto, con resignación, ante la confirmación de sus sospechas.

—Yo ya los he llorado durante todo el invierno, desde que nos separamos. Lo vi en mi poso, aunque no hace falta ser vidente para prever la muerte de unos niños indefensos.

El dolor lo urge a confesar:

—Fue culpa mía.

Lisa aparta la mirada por respeto.

—No cargues tú solo con ese peso: la culpa no es sólo tuya. Yo les fallé primero: cuando más me necesitaban, preparé mi hatillo y desaparecí en mitad de la noche por senderos por los que no me podían seguir. Yo era su madrina, a falta de algo mejor. Mi camisa rota fue su primera manta. Nacieron aquí mismo, junto a la hoguera.

Cardell ve su propia vergüenza reflejada, pero ella lo lleva mucho mejor. Sus ojos delatan muchas noches en vela por el tormento de la mala conciencia, pero es capaz de mantener la voz firme, como si la impulsara una fuerza interior que casi da miedo.

—¿Adónde fue?

—Si lo supiera, no estaría aquí hablando contigo. Se fue sin decir adónde ni por qué. Vine a buscarla también en invierno, pero en vano. He vuelto con la esperanza de hallar nuevas huellas. —Señala las ramas partidas y esparcidas delante de la guarida—. ¿Y tú? ¿Sabes algo?

—No, pero creo que hay más gente que ha venido a husmear por aquí, quizá con el mismo motivo.

—¿Y por qué?

Por primera vez, Cardell ha percibido un titubeo en su voz, pero ella procura calmarse y continúa:

—Tú mismo, ¿por qué estás buscándola?

Cuando él no puede responder, Lisa busca su mirada y él se descubre incapaz de apartar la cara. Es como si estuviese desnudo, incapaz de cubrirse, y la sangre le sube a la cara hasta que le arden las orejas. Sólo cuando Lisa mira a otra parte se rompe el conjuro.

—Hablaba en sueños. Creo que hacía planes mientras dormía. Había otro nombre, aparte del tuyo, un nombre extranjero.

Lisa prueba a recordar, a pronunciar aquel nombre, y Cardell hurga en su propia memoria intentando reconstruirlo, reconocer el posible error; retrocede en el tiempo y rebusca en el laberinto de dos años de recuerdos: Anna Stina Knapp, la hilandería, la taberna Markattan, la muerte de Kristofer Blix en el hielo quebradizo de la bahía de Gullfjärden y las cartas que nunca envió, la sonrisa roja de Cecil Winge en la taberna Hamburg. Al final se rinde: no encuentra lo que busca. Frustrado, lanza un suspiro. Siente picores en el brazo que ha perdido y que no puede rascarse. El viento sacude las copas de los árboles, se cuela entre las ramas y arrastra hojas caídas cuesta abajo. Se quedan los dos allí sentados otro rato hasta que Cardell también desciende la cuesta.

8

La plaza Slottsbacken no es muy ancha, pero a él le da igual. Disimulando como puede su resentimiento, Magnus Ullholm la cruza tan rápido como la dignidad le permite y pasa bajo el arco de la entrada hasta llegar al patio interior. Desde que asumió el cargo a comienzos del año pasado, todas las instalaciones de la policía le dan una sensación de desesperanza, pero la Casa Indebetouska se lleva la palma. Más que un palacio es una especie de choza desmesurada, lo cual, de algún modo, da fe del trato de hija bastarda que las autoridades han dispensado siempre a la institución que le toca dirigir, pero además es un botón de muestra del reino en general: majestuosidad en decadencia, confusión, estupidez inmortalizada en piedra, solidificada en forma de coloso que alberga un laberinto de pasillos y salas cuya función, como él bien sabe, está determinada por la rutina y el rango, pero por los cuales acaba extraviándose siempre. Juraría que los despachos cambian de sitio de un día a otro y, como comisario, tiene que aguantar las miradas de burla salpimentada con desprecio que le lanzan aquellos a quienes les pide señas para ir a un lugar u otro; esta vez, provienen de un chambelán que al menos le ha señalado el camino correcto. Por fin, llama a la puerta que buscaba y, con un suspiro, entra a ver a Johan Erik Edman. Más allá en el pasillo, oye al fiscal general Lode gritarle a un secretario que se apresura a cerrar la puerta en cuanto se percata de su presencia. Ullholm también cierra tras de sí: cuantas más puertas entre Lode y él, mejor.

—Señor secretario delegado. ¿Cómo va todo?

Edman extiende las manos sobre un escritorio repleto de papeles y documentos de todo tipo.

—Estamos cortándole la cabeza a los gustavianos uno tras otro. El conde Ruuth comparecerá antes de que termine el mes ante un tribunal que lo condenará por malversación.

—¿Y es culpable?

Edman se ríe.

—¿Qué importa? Quien hace esa pregunta es que no ha entendido las prioridades. Lo que está claro es que, traspapelando los viejos recibos del difunto rey, nos ha facilitado mucho las cosas: Ruuth era el responsable último de las finanzas del reino, y sin pruebas que puedan demostrar adónde ha ido a parar el dinero, cabe pensar que se lo ha metido en el bolsillo. A menos que pueda devolverlo, pagará con la prisión. Sea como fuere, no se repondrá de ésta... siempre y cuando yo pueda terminar de escribir mis alegatos.

Como respuesta a las cejas arqueadas de Edman, Ullholm suma una carta desdoblada al montón de documentos que tiene sobre la mesa, tras lo cual se deja caer en la butaca prevista para visitantes puntuales.

—Es un despacho de Dülitz. Acaba de traerlo un mensajero que sudaba a raudales. Uno de sus secuaces dice haber visto a la muchacha Knapp.

Edman deja caer la mirada sobre la hoja de papel, pero enseguida pierde la paciencia y la dirige de nuevo a Ullholm.

—¿Por qué no la detuvo allí mismo?

—Recibió una herida de bayoneta en el pliegue de la rodilla en Uttismalm y desde entonces ha tenido que acostumbrarse a que se le escape casi cualquiera. Pero tuvo a la vista a la chica y a un muchachito que la acompañaba durante un buen rato en el teatro y, como es aficionado al dibujo, los retrató al carboncillo en el reverso de un periódico.

—¿Y eso en qué situación nos deja?

—Dülitz no es ningún necio: en cuanto le llegó el mensaje envió a gente a vigilar los puentes. Knapp sigue en la ciudad. Ordenaré que se hagan varias copias del retrato y me encargaré de que las cuelguen en las casernas de las aduanas y en los barracones de la policía. Hasta los niños estarán en condiciones de reconocerla.

Edman se levanta y se acerca al gran ventanal con vistas a las caballerizas reales de Helgeandsholmen y a la Corriente de Estocolmo, que en primavera suele enfurecerse y lanzarse salvajemente contra los pilares del puente de tablones resbaladizos.

—Si aún tiene la carta de la Rudenschöld en su poder, sería una gran suerte para mí: apuesto lo que sea a que el nombre de Ruuth aparece en ella. El juicio podría recortarse varias semanas y podríamos encerrar a sus cómplices sin demora. El complot gustaviano se aclararía en su totalidad de la noche a la mañana.

Llaman a la puerta, es un subordinado.

—Señores, disculpen la interrupción, pero el señor Edman ha insistido en que se lo informe de las últimas noticias. Se dice que Copenhague está en llamas.

9

El viaje avanza de posada en posada. Cerca de la ciudad, el camino es lo bastante ancho como para que los carruajes se crucen sin problemas, pero poco después se estrecha hasta convertirse en una vía angosta y lodosa que el trajín de caballos y pesados carros vuelve casi impracticable. El cochero es un hombre flemático que canturrea monótonamente al ritmo de los cascos. Con suerte ven un hito cada dos horas: una y otra vez se topan con viajeros que van hacia el sur en lugares donde los carros no caben uno al lado del otro. Alguien tiene que retroceder, y pierden el tiempo discutiendo sobre quién tiene preferencia. Emil observa impotente el espectáculo y se ciñe al cuerpo la manta que ha llevado consigo, agradecido al menos de que un techo los proteja de la llovizna, y unos retales de cuero, del viento, pero entre los demás pasajeros hay gente más propensa a la ira que se entromete y sólo consigue demorarlos todavía más.

Por la noche paran. Un documento de Blom debería garantizarle hospedaje gratuito, pero no ha tardado en descubrir que el brazo de la ley es más corto de lo que debería; muchos posaderos simplemente se niegan a aceptarlo, y tienen bien estudiados sus argumentos: ya han visto falsificados muchos papeles como ésos y, sin un alguacil que les garantice su autenticidad, no pueden arriesgarse; otros simplemente alegan que no saben leer. El caso es que una y otra vez se ha visto forzado a elegir entre dormir en el pajar o apoquinar y, a la vista de lo inútil que resulta pelearse, prefiere dejarse sablear. No culpa a los posaderos: es consciente de que su mera apariencia invita a la duda. Su vista se dirige inevitablemente a las barricas de aguardiente y ellos conocen a los de su calaña.

Cada día que pasa se halla más al norte, y el transporte cambia, al igual que las posadas. A menudo faltan caballos: hay que pedirlos a campesinos huraños que prestan bestias de carga cansadas de trabajar en los campos. Muchas veces tiene que esperar durante horas ante chimeneas que se han alimentado con el menor número de leños que la vergüenza permite. Casi siempre viaja en coches y carretas, pero a veces no tiene otra opción que montar a horcajadas sobre un caballo cargado con sacos y paquetes, y entonces pasa miedo pensando en que el paso lento del animal podría adormecerlo y en que, dormido, podría caerse y romperse el cuello.

El país que atraviesa le resulta completamente desconocido, aunque sepa la lengua. La gente de allí arriba está muy arraigada: vive y muere en la misma parcela de tierra donde luego descansan sus restos. Los viajeros como Emil se consideran una aberración, lo que no implica que le hagan ascos a su dinero. Cuando él les dice su nombre y se presenta como exige la cortesía, lo ven con malos ojos: ¿qué puede significar un nombre que no puede vincularse con un lugar y con una serie de ancestros y familiares? Se reduce a un mero sonido sin sentido. Ése es el reino de los espíritus de la naturaleza: los dominios de Bäckahästen, el espíritu en forma de caballo que habita en arroyos y ríos; de Näcken, que también habita en el agua y hace que las personas se ahoguen; de los Lyktgubben, fantasmas sin reposo que recorren los cementerios con sus linternas... Allí la gente deja un trozo de hierro en el umbral de la puerta para poder dormir tranquila, y pone la Biblia bajo las almohadas de los niños para ahuyentar a los troles. Al principio, Emil se burla, pero es difícil mantenerse por encima del mundo que te rodea, y el bosque es grande y oscuro. Ni el sol más alto consigue difuminar las sombras. Por la noche se llena de sonidos y formas extrañas que Emil no puede asociar con seguridad ni a zorros ni a ciervos.

Servir de guías es una tarea reservada a aquellos de los que se puede prescindir: tullidos, niños y niñas demasiado enclenques para el trabajo y otros seres parecidos. Y mejor que sean dos, pues constantemente hay barreras con pesados travesaños que hay que levantar y luego devolver a su sitio, y si el guía no tiene fuerza suficiente toca bajar del caballo y hacerlo uno mismo. Hay que rodear los campos de labor y, en general, hacer extraños serpenteos que dan fe de los pleitos entre vecinos y avanzar por caminos llenos de piedras que nadie se ha molestado en apartar, y que pueden romperle la pata a un caballo o el eje a un carro, y poner ramas atravesadas para poder cruzar por los charcos particularmente profundos.

Harto de esperar por un caballo, un día se decide a seguir a pie, pero no tarda en arrepentirse: la húmeda primavera, empantanada por el deshielo, ha convertido el camino en un arroyo borboteante, y cada intento de avanzar por el borde sin mojarse los pies implica el riesgo de resbalar e ir a dar al agua lodosa. Los habitantes del pueblo que acaba de dejar a sus espaldas ríen y gritan cada vez que pierde el equilibrio y él se decide a vadear el agua para no brindarles más espectáculo, pero antes de dar veinte pasos ya está empapado hasta la cintura.

A ambos lados del camino, los postes de las cercas se hunden en charcos negros, como mástiles de una flota derrotada. Sólo pasado el mediodía, cuando la luz ha comenzado a escorarse lentamente para dar paso a la larga tarde, llega a una colina menos húmeda. Pasa el tiempo y, cada vez más, desconfía de su reloj: lo desasosiega la sensación de que es más tarde de lo que parece. La oscuridad hace aflorar en él un temor que creía olvidado, muy distinto a otros muchos temores que siente cotidianamente. Acostumbrado al cobijo de las paredes y a la presencia de otras personas, el bosque, salvaje y despiadado, lo llena de un terror ancestral.

Cecil dice: «No seas ridículo», pero su tono autoritario no logra infundirle confianza. Conforme anochece, le cuesta cada vez más distinguir el camino del bosque que se extiende a los lados, y los troncos pintados que le han marcado el rumbo se vuelven grises, indistinguibles de los demás. De vez en cuando la luz queda atrapada en una laguna o una charca y él ve destellos entre los árboles; sin embargo, cuando se acerca el agua luce roja, como una herida abierta en el pelaje de musgo del bosque. Si se perdiera sería su fin, y ese miedo lastra su marcha.

El olor del humo de un hogar le llega a la nariz antes de que su origen asome detrás de una curva: una cabaña grande y ajada, recubierta de musgo, con establos y cobertizos. Los espacios entre las distintas construcciones están tapados con listones de madera para conformar un patio con una ligera pendiente. Agradecido, entra a la cabaña, donde podrá quitarse la ropa mojada y esperar a que se seque, y aguardar por un caballo y un guía. No le importa pagar lo que le piden. Por la mañana lo espera un chiquillo flaco, y emprenden la marcha, una de muchas que aún le quedan por delante.

10

El ruido que llega de abajo le trae malos recuerdos: Polonia, su juventud, la persecución... y durante unos tormentosos momentos de confusión vuelve a ser un joven envuelto en sábanas húmedas de sudor y con el corazón en un puño. Cuando finalmente se despeja, la perspectiva, por desgracia, no es mucho mejor: su cuerpo envejecido se hace notar de la peor manera. Todavía cumple su función, pero cada vez se queja más. El más mínimo movimiento puede provocarle un calambre, tiene el cuello rígido y le cuesta mucho agacharse. El ajetreo ha llegado a la calle. Arrastra los pies hasta la ventana mientras se masajea el brazo sobre el que estaba acostado, y se asoma justo a tiempo para ver a Ottoson, su criado, salir por piernas con una mano en la nariz ensangrentada rumbo a la isla central. Va tan deprisa que a cada paso parece que va a tropezar y a irse al suelo, y Dülitz se pregunta qué habrá pasado. Procura calmarse, se echa la bata por encima del camisón de dormir, quita el cerrojo y baja las escaleras. Oye a Ehrling quejarse en el despacho. Antes de entrar, se frota los ojos para acabar de quitarse las telarañas del sueño. La mañana está a punto de despuntar, y la luz del alba es suficiente para iluminar el inicio de la jornada de los que tienen que salir a ganarse la vida; aun así, le cuesta asimilar la escena con la que se encuentra.

Ehrling yace junto a la pared, tan encogido como es posible para un hombre de su talla. Jadea como un animal herido, y se aprieta el brazo, probablemente roto, contra el pecho. La riña no puede haber durado mucho, pero sí que ha hecho mella en el mobiliario: hay una mesa volcada, salpicaduras de sangre en el papel pintado, sillas rotas en el suelo... Otra de ellas sigue intacta y sirve de trono al vencedor, que se da a conocer:

—Soy Jean Michael Cardell. He tardado más tiempo de lo que me gustaría reconocer en recordar tu nombre, pero ya estoy aquí.

Jadea y suda, y a Dülitz lo consuela un poco pensar que sus hombres no han sido humillados sin más.

—¿Debería recordar tu nombre yo también?

—Quizá se acuerde de Anna Stina Knapp... o Blix, según cómo se presentara.

Dülitz asiente con la cabeza ante esas palabras clave. La luz creciente le permite ver mejor a aquel hombre. Levanta una silla del suelo, pero las patas maltrechas no consiguen sostenerla. Coge otra y esta vez tiene suerte. Se sienta frente a su visitante, cuyo rostro lleno de cicatrices de quemaduras impresionaría incluso a hombres más duros que él. Dülitz se estremece al pensar en los dolores que habrá sufrido.

—¿Dejarás marchar a mi criado para que podamos hablar a solas? Si hubiese refuerzos a los que recurrir, Ottoson ya lo habría hecho. Por mi parte, ya soy un anciano y no represento ningún peligro para ti.

Obtiene un gruñido por respuesta y lo interpreta como un asentimiento. Ehrling no espera a que le dé la orden, aprovecha para arrastrarse hasta el umbral de la puerta respirando ruidosamente. Dülitz aprovecha el momento para valorar sus opciones.

—Entiendo que buscas a la chica. Sabrás que no eres el único que lo hace.

Un gesto de sorpresa reprimido demasiado tarde. Dülitz está acostumbrado a leer el rostro de los demás y entiende al instante que ha dado en el blanco.

—El otoño pasado recibí una visita del comisario. Lo acompañaba ni más ni menos que Johan Erik Edman, y me hicieron el mismo encargo. Llevo buscándola desde entonces, aunque con poco éxito.

—Cuéntamelo desde el principio y sin prisas: no soy más inteligente que apuesto.

—Habrás oído hablar de Kristofer Blix, ¿no?

—Sí.

—Bien. La chica vino a verme y se presentó como su viuda. Necesitaba dinero y lo único que podía darme a cambio era una información bastante curiosa: un año antes había escapado de la hilandería de Långholmen por un agujero destinado a desalojar de los cimientos las aguas pluviales. En ese entonces, una invitada de renombre pasaba unos días en el lugar, y en representación de un cliente mío le encargué a la chica que volviera a colarse por el mismo camino por el que había escapado para comunicarse con ella. Según entiendo, lo hizo al resguardo de la oscuridad, en luna nueva...

Cardell se acomoda en la silla y, cuando mueve el brazo izquierdo, Dülitz se da cuenta de que algo falla: tiene el puño carbonizado, la muñeca es recta y rígida. No es un brazo humano, y un temor supersticioso a lo que no es humano se apodera de él y lo hace callar.

—O sea que la mandaste de vuelta a la hilandería. Sólo por eso debería matarte ahora mismo.

—Aquí, delante de ti, también me suena mal, pero te aseguro que no le deseaba ningún daño. La mayoría de la gente con la que trato se asfixia en una miseria autoinfligida, como el tal Blix, sin ir más lejos, pero ella vino por propia voluntad a pedirme ayuda: quería doscientos riksdalers para sus hijos. Con una cantidad así, mis clientes se habrían comprado un rascador de marfil para la espalda. Habrían estado dispuestos a pagar más del doble. Le ofrecí a la chica negociar con ellos, pero se negó.

—¿Y cuánto pensabas quedarte tú?

Dülitz elige decir la verdad: asume que le conviene más ser sincero.

—Una décima parte. A otra persona le habría pedido la mitad, pero me impresionó lo decidida que estaba.

—Y que tú sepas, todavía sigue bajo el muro, atrapada en su tumba.

Dülitz niega con la cabeza.

—No.

—¿Cómo lo sabes?

—Mi gente ha estado en la hilandería. Con mucho esfuerzo, encontramos entre los guardias a uno que estuvo presente cuando pillaron a la muchacha en el patio en la reunión de la mañana. No quería decir nada por temor a Pettersson, pero finalmente conseguimos que se preocupara más por las consecuencias de dejarnos con la duda. Nos aseguró que el propio Petter Pettersson se la llevó aparte y después de hablar con ella la acompañó hasta el portón y la dejó marchar. Dado que el mismo guardia juró conocer bien su rostro, le encomendamos la labor de mantener los ojos abiertos, y dice haberla visto una vez desde entonces, en compañía de alguien que se percató de su presencia y se la llevó de allí sin perder ni un segundo.

—¿Dónde? ¿Cuándo?

—En el estreno de *El padre reconciliado*, de Lindegren. Fue el 13 de mayo, como sabrás si sigues la cartelera de teatro. Los vio en el patio de butacas.

Dülitz ve cómo el desfigurado se pierde en sus propios pensamientos, pasea la mirada mientras se muerde una uña y escupe los recortes al suelo. Ve su oportunidad, pone las manos sobre las rodillas y se queda quieto.

—Digamos que tengo una daga en el bolsillo de mi bata. Acero de Damasco, mango de nácar. Siempre la llevo, por si acaso. Mi profesión tiene riesgos, y creo que es mejor portar un arma y no necesitarla que al revés. No es muy grande, pero sí afilada. Puede que no sea un adversario muy digno en el cuerpo a cuerpo, viejo y débil como estoy, pero de joven algunas veces jugaba a luchar con navajas, y sé que aún podría causarte suficiente daño como para retrasar considerablemente tu búsqueda de la muchacha, una tarea en la que, como he dicho, no sólo tú estás empeñado.

—Digamos que te creo.

—He reflexionado mucho sobre lo ocurrido y creo que mis conclusiones podrían serte de ayuda. Me encanta ayudar, sobre todo a personas con cuya bondad puedo contar luego. En tu caso, sólo te pediría que después de escuchar lo que tengo que decirte me dejaras solo para que pueda limpiar un poco mi casa.

Por segunda vez, Dülitz elige tomarse el silencio como un asentimiento, por lo que se inclina hacia delante para dar a sus palabras el valor que se merecen.

—Mandé a la muchacha a sacar a escondidas una carta de Magdalena Rudenschöld, que pasaba unos días en la hilandería antes de que la enviaran a un sitio mejor preparado para recibirla. Esa carta contenía, sin duda, un mensaje para los conspiradores de Armfelt. Puede ser que la muchacha no llegara a alcanzar su objetivo, pero se desconoce el destino de la famosa carta y ése es un riesgo que nadie se puede permitir, ni los conspiradores ni Reuterholm y sus aliados: ese documento puede ser la yesca que prenda fuego al reino entero. El tiempo pasa y ambos bandos empiezan a estar desesperados. Cada semana corren nuevos rumores de emboscadas contra la vida del duque: los conspiradores quieren quitarlo de en medio; a él, a Reuterholm y a cualquiera que esté relacionado con la regencia. Cómo puede haber logrado la chica ocultarse ante tamaña persecución es algo que no logro comprender, ni tampoco que haya elegido quedarse quieta cuando se halla entre la espada y la pared. Si quisiera, podría vender muy cara su discreción. Pero quizá le ha pasado algo.

La última conjetura de Dülitz es peor que cualquier amenaza, y hace que Cardell doble las manos: ya ha obtenido todo lo que podía obtener en ese sitio. Se levanta y se limpia el puño de madera en un tapiz, ensombreciendo un idilio pastoral con unas manchas marrones.

—La próxima vez que nos veamos a lo mejor te reviso el bolsillo.

—Hasta entonces, pues.

Dülitz se vuelve a quedar solo, viejo y cansado, y cuando baja la guardia y da espacio a las emociones descubre que le tiemblan las manos. El bolsillo de su bata está vacío, pero comprende que no volverá a estarlo de aquí a que se muera y, aunque un puñal pesa poco, la carga le parece muy considerable.

11

—Los platos de la balanza están muy por encima de nosotros, muchacho, y en este momento están bastante desequilibrados, pero las cosas cambiarán muy pronto y terminarán equilibrándose.

Emil tiene que hacer un esfuerzo para comprender las palabras de la anciana, distorsionadas por su acento norteño y reunidas en expresiones ajenas a sus oídos. Su edad es imposible de dilucidar: parece más vieja que el tiempo, pequeña y encorvada, sin dientes, el rostro sucio y los ojos tan hundidos que sólo se advierten cuando un rayo de sol acierta a colarse entre ciertos pliegues de la piel. Emil no sabría decir si está ida o si sencillamente ha escogido responder a sus preguntas de un modo peculiar. Tiene que echar mano de paciencia.

—No te sientes ahí.

Él nota la lluvia golpeando sobre el techo y muy pronto comprende a qué se refiere la anciana: hay goteras. Su morada es poco más que una choza de paredes combadas y techumbre frágil. Ella alimenta la chimenea con ramitas, una a una, y le habla más al fuego que a él.

Saxnäs se halla en un bello paraje flanqueado por dos arroyos en lo alto de una loma. Una placita encantadora ocupa el centro del pueblo, junto con la cercana iglesia. Pero nada de eso implica que la suerte de Emil haya cambiado: pocos han respondido a sus preguntas, y no por falta de ganas, sino por desconocimiento. Ha insistido, pero no se lo han puesto fácil: la curiosidad de un sureño no puede traer nada bueno; eso lo saben desde siempre. El sur sólo se hace presente allí cuando sospecha que viven en una abundancia que merece ser sangrada bajo la amenaza de los alguaciles. El pastor no estaba: había ido a arreglar algunos asuntos en otra zona de la parroquia, y la incomodidad de la sirvienta, sumada a su propia timidez, acabaron convenciendo a Emil de marcharse sin preguntar por una habitación destinada a los huéspedes que sin duda sería más cómoda. La posada no era digna de ese nombre: apenas una cabaña fría con unos tablones de madera por cama. Ha tenido que ir a comprar leche y tocino a la granja vecina, y de camino allí ha divisado a la anciana, una especie de espíritu del bosque huyendo hacia su guarida, y le ha llamado la atención que fuera la única persona mayor a la que había visto desde su llegada.

La mujer desata la pata a un gorrión con el cuello partido y empieza a desplumar su cuerpecillo. El pájaro yace desnudo en sus manos, extraño para Emil sin su traje de plumas. Se sorprende ante la poca carne que escondía bajo la vestidura: un bocado o dos, no más. La anciana trastea junto al hogar en busca de un pincho. Con paciencia, lo hace girar para asar la carne de forma homogénea y, cuando se siente satisfecha, se lo pasa a Emil. Sus miradas se encuentran y él nota que la de ella es firme e inescrutable, pero intuye que lo está poniendo a prueba. Con cuidado, toma el pajarillo, desprende un ala tierna y se la mete en la boca. Ella hace lo mismo con la otra.

—¿Quieres saber cosas sobre el pueblo? Te contaré una. Cuando era niña, apenas lo suficientemente mayor para pastorear cabras, mis padres me enviaron, junto con mis hermanas mayores, a la cabaña de verano. Apareció un hombre, estaba exhausto y febril y le ofrecimos un lecho donde se tumbó a delirar. Al cabo de unos días le apareció una erupción terrible por todo el cuerpo. Cuando el hombre que nos llevaba las cosas de la comida lo vio, dejó caer lo que tenía en las manos y salió corriendo por donde había venido. El extraño empeoró. Poco después fue gente de la aldea y nos habló desde la linde del bosque: teníamos que quedarnos allí. Nos dejaron una pala, no entendimos para qué hasta que el extraño murió. Kerstin se puso enferma, y luego Elsa. Llegado el otoño, sólo quedábamos las cabras y yo. Se dijo que nuestro sacrificio había salvado a la aldea, que habíamos sido muy valientes, que gracias a nosotras habían tenido tiempo de sacar las pasarelas del río y amontonarlas para evitar el paso, de modo que ningún otro enfermo de viruela entrara en Saxnäs. Más tarde, una chica me contó que habían puesto a un criado con escopeta a vigilar la casa por si mis hermanas y yo decidíamos intentar regresar con nuestra madre, pero ni siquiera nos lo planteamos.

Emil nota un crujido entre sus dientes, mastica deprisa y se traga aquello procurando no hacer gestos.

—Como tengo tantas arrugas, las cicatrices ya casi no se notan, pero están ahí. Por suerte, sólo te salen una vez. El caso es que la siguiente ocasión que se presentó la viruela el pueblo no tuvo tanta suerte: la enfermedad fue saltando de una granja a otra. Muchos que se creían sanos huyeron hacia el norte por puro egoísmo, pero el viejo pastor hizo lo contrario: visitaba a los enfermos sin importarle el riesgo, procuraba que se enterrara a los muertos y hasta rezaba las oraciones debidas para despedirlos. Muchísima gente murió: del Saxnäs que conocí ya no queda nadie. Puede que las cabañas estén en el mismo lugar, pero la gente es otra, foráneos todos. Yo soy la única que recuerda aquello. Incluso el pastor falleció. La cara se le deformó terriblemente, pero sonreía por haber cumplido con Dios y haberse ganado la salvación eterna.

»La viruela es horrible, entre otras cosas, porque muestra la verdadera cara de las personas. Unos dicen que se transmite por el viento, otros piensan que no hay que tocar a los enfermos. Todo el mundo se defiende como puede: abandonan a sus familiares, se niegan a compartir el agua de su pozo, le niegan toda ayuda a los enfermos. Incluso hay quien acude a la magia negra para salvarse: le venden su alma al diablo con tal de sobrevivir.

Del pajarillo sólo quedan los huesos que la anciana ha ido sacándose de la boca y amontonando en el borde del plato.

—Claro que me acuerdo de Tycho: era el hijo del pastor y visitaba a los enfermos con su padre, muerto de miedo. Quién soy yo para reprochárselo. Debe de haber cavado la mitad de las tumbas que hay en la cuesta de la iglesia, pero luego enfermó y ya no pudo enterrar a su padre. Estuvo muy grave, aunque sobrevivió. Se lo merecía. Lloró muchísimo a su padre, pero después de recuperarse continuó de algún modo sus buenas obras. No sé qué sería de él. Desapareció después de recibir su herencia. Espero que haya aprovechado esa vida que Dios le concedió conservar.

12

Amanece. El lánguido calor del verano va ganando terreno. Cardell sube las escaleras camino de su cuarto. Alguien ha estado en su puerta y ha dejado algo escrito con un trocito de carbón: calle Skeppsbron, 12; la fecha de ese día y una «W» por firma. Por lo que parece, Winge ha vuelto. No sólo la inicial lo confirma, sino el lugar de reunión: Skeppsbron siempre ha sido un refugio para él, aunque ya no para conversar con su hermana fallecida, porque es amplio y abierto, y porque gente de todo tipo pasa por allí de camino a otros sitios. Es pronto. Cardell se quita el abrigo y la camisa, vierte agua en la palangana y se enjuaga la cara y el cuello. Luego se seca con la camisa y la tiende. Desde hace un par de semanas mantiene la ventana siempre abierta con un palo, y agradece cada soplo de brisa. El camastro lo atrae como las boñigas a las moscas, pero sabe que si hace caso se perderá la reunión, así que se queda de pie, mordiéndose el labio inferior. No deja de pensar en ella, peor parada de lo que se había imaginado, buscada por otros. Su propia búsqueda, convertida de pronto en una carrera contrarreloj. Aun así, sigue perdida... al menos hasta que aquellos cuyos recursos superan con creces los suyos consigan dar con ella. ¿Cómo se explica que no la hayan encontrado? Se lleva la mano que le queda al estómago: siente los pinchazos del desasosiego. Su mente vuela a rincones apartados de la ciudad en los que un cuerpo podría permanecer oculto durante años: huecos profundos alrededor de la Esclusa, sótanos abovedados infestados de ratas. Pestañea: el sueño también lo atrae. Sólo allí la encuentra, aunque como un fuego fatuo, y cuando despierta se siente dividido entre el alivio y la decepción. Mejor bajar de nuevo a la calle.

Llega temprano, pero Winge ya está allí, paseándose de aquí para allá sumido en sus propios pensamientos. No se percata de que se acerca hasta que lo tiene al alcance de la mano.

—Ah, Cardell. No te esperaba hasta dentro de un cuarto de hora.

Él se encoge de hombros. Un cambio de dirección de la brisa hace que se percate de una novedad.

—Hueles diferente.

—¿A qué?

Tiene que pensar un momento para responder.

—Pinaza, resina, tea... tierra mojada con agua y no con orines, como en la ciudad...

—En tal caso, me lo tomaré como un cumplido. El camino fue largo. Supongo que pronto se me irá.

—Has estado mucho tiempo fuera: ya han pasado dos semanas desde el principio del verano.

—No me hagas contarte las complejidades del viaje porque nos quedaremos aquí hasta verano del año que viene. ¿Alguna novedad en Estocolmo?

—No. Copenhague lleva algunas semanas en llamas, pero eso a lo mejor ya lo has oído. El fuego se desató en las casas del puerto: mil viviendas destruidas. El castillo ha quedado reducido a cenizas y miles de personas sin hogar se han asentado en las ruinas. ¿Y en Bergslagen?

—No di con Ceton, ni siquiera con alguien de su familia. Pero sí conseguí algo: hablé con una anciana que lo recordaba de muchacho.

—Veo que el esfuerzo ha valido la pena. ¿Has averiguado que nuestro Tycho era un mozalbete encantador? ¿Mejillas sonrosadas, piernas ágiles, siempre amable con los viejos y los tullidos?

—Dicen que la mejor manera de conocer a los otros es conocerte a ti mismo. Durante el viaje he tenido muchas horas para pensar hasta qué punto mi propia infancia me moldeó como persona y cómo podría haber sido en otras circunstancias. ¿Y tú, Jean Michael?

Cardell aparta la cara y se queda un momento en silencio antes de decir:

—Nadie más que yo tiene la culpa de que esté tullido y chamuscado.

Winge lo invita a sentarse en una pila de madera mientras él se acerca a unos marineros que comparten una pipa sentados en el muelle con las piernas colgando sobre el agua. No hablan sueco, pero el asunto queda fácilmente resuelto mediante gestos y, a cambio de un poco de tabaco, uno de los marineros le da un buen chupetón a la pipa, aviva las brasas y le permite a Winge prender un palito que luego utiliza para encenderse la suya. Cardell piensa que cada vez lo ve fumar más a menudo, pero no ha vuelto a beber y quizá lo haga para calmar los nervios. Winge toma asiento junto a él con el mango de la delicada pipa de barro entre el pulgar y el índice. El viento sopla perezoso y caliente desde el agua, arrastrando consigo un desagradable olor a brea hirviendo. Emil está inquieto, le cuesta acomodarse sobre la pila de madera y Cardell se pregunta si no ha hecho mal llegando antes de lo previsto: quizá necesitara reflexionar un poco más.

—Hay algo que quiero preguntarte, Jean Michael —dice al fin Emil expulsando el humo—. Nunca hemos hablado de aquella noche en la sala de anatomía. Ceton no se quedó corto presumiendo de sus atrocidades, pero fue la única ocasión en la que consiguió sacarnos de nuestras casillas. A ti, mejor dicho: yo hice cuanto pude para que te mantuvieras agachado y por poco fracaso. ¿Qué fue lo que viste?

—Todo. A Ceton de cuerpo entero, a aquel pobre estudiante estúpido, a la mujer en la mesa de disección...

—Y Ceton, ¿qué aspecto tenía?

—El mismo de siempre: un tipo horroroso con la mejilla rajada disfrazado de pavo real con aquella chorrera de encaje y aquellos volantes.

—No me refiero a eso, sino a la expresión de su rostro. ¿Estaba disfrutando del espectáculo?

Cardell niega con la cabeza.

—Creo que fingía de cara al estudiante. Lo que percibí en su rostro era otra cosa: miedo. Cuesta diferenciar cuándo está sonriendo y cuándo no, y durante mucho tiempo me confundió, pero cuando hablamos con él puso la misma cara: parecía estar tan atrapado como un chiquillo pillado con la mano en el cuenco de los bombones.

Winge pone más tabaco encima del que ya está prendido y aspira para avivar la brasa.

—A la luz de lo que viste, ¿qué piensas de las historias que nos contó?

—No dudo ni por un momento de que es culpable de todas aquellas perrerías.

—Pero quizá su papel en las mismas no sea del todo el que él nos presentó.

—Podría ser.

Pensativo, Emil alza la cara y echa el humo al cielo, como si quisiera que se mezclara con las nubes. Cardell vuelve a estar en pie, aún cansado por la última noche y aburrido de que le hablen con enigmas. Winge sale de su ensimismamiento y pestañea como recién despertado.

—Perdóname, Jean Michael. Cuéntame, ¿cómo va tu búsqueda?

—Mal, aunque sí un poco mejor que antes: tu consejo dio resultado.

—¿Querrías acompañarme mañana a Hammarby? Luego podríamos hablar de lo tuyo.

—¿A ver cómo ahorcan a alguien, un sábado? ¿Por qué demonios iba a ir? Ya he cubierto el cupo de esa clase de horrores para esta vida y otras tantas.

—No se trata de ver la ejecución, sino a la gente. Quizá la suerte esté de nuestro lado.

—¿Crees que Ceton estará allí? ¿Por qué iba a acudir a semejante espectáculo alguien que se está escondiendo?

—Es por algo que me dijeron en Bergslagen. Creo que, si sigue en Estocolmo, mañana estará allí. No tiene otra opción.

13

De vuelta en su cuarto, el sueño se apodera de Cardell en cuanto se sienta. La barbilla sobre el pecho, los hombros echados hacia delante. El sueño es diferente al que se temía: es el recuerdo de un tiempo pasado, cada detalle igual de nítido que cuando tuvo lugar.

Vuelve a ser un muchacho de unos trece años, quizá, pero ya desarrollado y capaz de trabajar al lado de su padre, un hombre corpulento de brazos largos y manos enormes, el rostro fijo en una mueca de descontento por una vida de esfuerzo a cambio de un sueldo escaso. Su cabaña es una de las más alejadas, situada en un bosque que nadie ha atravesado jamás y donde muchos han desaparecido. Está hecha de troncos, con el tejado impermeabilizado con musgo y el suelo cubierto de ramas de abeto y tierra compactada. La finca era una pendiente despejada de árboles, pero llena de piedras, y allí padre e hijo pasan los días, en una lucha tenaz contra raíces y pedruscos. Tiene claro que las piedras son criaturas vivas de extraña naturaleza: la antítesis de los seres humanos, y que viven en su propia dimensión. Con paciencia infinita, se abren paso hasta la superficie terrestre desde las profundidades donde nacen. No paran hasta que emergen, aunque luego no vuelven a moverse nunca más. ¿Cómo puede explicarse, si no, que en sus campos cosechen más piedras que grano cada año? De haber contenido menas de algún mineral valioso, se habrían hecho ricos. Porque algunas son pequeñas, pero cada año, cuando la tierra se descongela y pueden arar de nuevo, encuentran un nuevo pedrusco del tamaño de una persona que su padre tiene que partir con pico y pala antes de poder retirarlo, y el esfuerzo no le reporta ninguna ganancia.

Cardell sueña con el día en que será lo bastante fuerte para enfrentarse a su padre, en que no tenga que huir entre lágrimas y mocos. Por eso ayuda con brío en el campo. Cada día compara sus fuerzas con las de él, y comprueba que la superioridad del padre es menor cada año que pasa. Su madre está en la cabaña. Él no sabe cuántos años tiene, pero parece mayor que muchas abuelas, envejecida prematuramente por los golpes y los abortos. En la iglesia, pasa vergüenza por la cojera y los cardenales: jamás olvida cubrirse con un velo.

Un día como cualquier otro, finalmente le planta cara a su progenitor. La luz está cediendo y la jornada está a punto de llegar a su fin. La pala se le resbala de las manos y su padre le propina una colleja. Él se agacha y recoge la pala, pero en vez de seguir trabajando la lanza lejos. Está harto de los golpes, que se suman a los constantes desengaños de la vida. Siempre le ha costado leer el catecismo porque las letras parecen bailar delante de sus ojos; es tonto como el serrín y, hasta entonces, también demasiado débil para el trabajo. Pero ahora se yergue en toda su estatura y saca pecho. Él ha crecido, mientras que su padre ha ido encogiéndose. Por fin se atreve a pronunciar las palabras que lleva tiempo puliendo para reducirlas a su mínima expresión.

—No volverás a tocarme, ni a mí ni a mi madre.

Como si los dos estuvieran preparados, se trasladan a suelo más firme y se quedan allí de pie un rato, mirándose. Él nota algo en los ojos de su padre que no ha visto jamás: preocupación y vergüenza, como si estuviera haciendo la suma de todos los golpes que han dado fe de su fracaso como padre y marido y por fin comprendiera la dimensión de la deuda cuyo pago se le exige ahora. Pero la cólera es siempre una buena carta y los anima a apostar. Se lanzan uno sobre el otro e intercambian golpes como si no hubiera un mañana. Después, él se arrastra hasta la linde del bosque, incapaz de levantarse hasta que se aferra al tronco de un abeto. En el campo arado, su padre sigue en pie, si bien agachado y sangrando. Pero enseguida se endereza y lo mira con la actitud propia del vencedor. Él se incorpora como puede y le dice como quien suelta un escupitajo:

—Volveré.

Después se adentra tambaleándose entre los árboles, se apoya en un tronco y mea sangre, pero continúa y jura en el silencio del bosque que nunca más perderá una pelea.

Empieza a despertar poco a poco y recuerda que el día que cumplió su promesa de regresar lo hizo vestido de uniforme; un hombre adulto, montado en un carruaje. Era demasiado tarde. Su madre había muerto, su padre estaba solo: un viejecito correoso y disminuido, con la espalda encorvada y los hombros huesudos. El campo de cultivo se había reducido en proporción a su estómago y las bocas que alimentar; el bosque estaba cada vez más cerca, avanzando pacientemente en su lento asedio. Matarlo habría sido un acto de piedad. Intercambiaron miradas y luego él se dio la vuelta y se marchó sin cruzar siquiera el umbral. Se imagina que un sollozo lo acompañaba, pero no se volvió para mirar: sentía vergüenza por haber huido y por haber tardado demasiado.

Confundido, descubre que el recuerdo soñado ha hecho aflorar viejas emociones: decepción, rabia contra sí mismo y otros, dudas respecto a una libertad pagada con remordimientos. Más parece una esclavitud cambiada por otra. Intenta calcular la hora por el ángulo de la luz, pero se rinde y se asoma por la ventana. Está despuntando el alba: ya es sábado.

14

—El tiempo se ha puesto del lado de la justicia.

Hace calor, el sol brilla en el cielo y mucha gente se ha animado a ir. Cardell recorre la multitud con la mirada y ve la mezcla que cabía esperar: una sección transversal de la ciudad, predominando los pobres y los recién llegados. Los delincuentes más significativos son ajusticiados en las plazas para que la gente acomodada no tenga que ensuciarse los zapatos en Hammarby. Él no tiene ganas de ver cómo ahorcan a nadie: ya lo ha visto antes, y el espectáculo ofrece pocas sorpresas. Controla la horca con el rabillo del ojo.

Emil le señala al gentío con la boquilla de la pipa.

—Hará todo lo que pueda para mantenerse de incógnito.

—Entonces, ¿cómo vamos a encontrarlo?

—No creo que espere vernos aquí: será una sorpresa bastante desagradable. Deberíamos estar atentos a alguien que manifieste señales de reconocimiento y que dé rápidamente la vuelta para marcharse.

Miran un rato en silencio. En la horca, el pastor lleva a cabo su tarea. Al poco rato se les acaba la oportunidad.

—Jean Michael, ¿podrías soltarte las correas del brazo y colgártelo al hombro? Así llamaríamos más la atención.

—Desde luego: la mutilación es una bendición que da mucho de sí.

Cardell hace lo que Emil le ha pedido: desata con cuidado las correas para evitar que el dolor latente despierte de pronto. A sus espaldas, la soga del verdugo cruje por la tensión. Nervioso, Winge estira el cuello todo lo que puede.

—¿Nada?

Quizá no: un hombre barbudo con abrigo y sombrero chambergo da media vuelta de golpe y desaparece entre la muchedumbre. Cardell entorna los ojos y señala.

—Allí, junto a la horca. ¿Lo has visto?

—¿Es Ceton?

—Puede ser.

—Vamos. Más vale importunar a un inocente...

Aceleran el paso tanto como pueden entre el mar de gente; Cardell va delante, cual arado en tierra franca. Aunque haya caminado más esa primavera que en todos los años desde su entrenamiento militar, correr es otra cosa: los músculos desacostumbrados protestan, la espalda y los muslos reclaman. Aun así, acelera el paso a medida que el camino se va despejando y pronto alcanza la cuesta donde menos gente le estorba la vista. Lagrimeando por culpa del polvo y el esfuerzo, ve a su presa correr por la pendiente y se apresura a seguirla, las suelas repicando en el suelo, cada paso como un golpe en la rodilla. Si se trata de Ceton, está corriendo como si le fuera la vida en ello. Todavía le lleva ventaja, pero la va recortando a cada zancada. En su boca jadeante aparece una sonrisa lobuna cuando comprende que va a ganar la carrera. Al poco rato aparece la barrera de la aduana, levantada para ese día especial. Detrás, cuatro casas; luego, el campo desnudo. Le importan un carajo el dolor en las costillas y el sabor a sangre en la boca, acelera la marcha espoleado por la promesa de la victoria.

A lo mejor le llega antes de lo esperado: Ceton desfallece una vez pasada la barrera y se detiene junto a los guardias municipales enviados como refuerzo. Señalan en dirección a él, que echa un vistazo por encima del hombro y descubre que Winge es apenas un puntito en la colina de Hammarbyhöjden.

Suelta un juramento y termina de recortar la distancia. De pronto, los guardias están por todas partes, bloqueándole el camino, marcándole el alto. Está sin aliento, le zumban los oídos. No logra hacerse entender, y cuando reniega de las palabras y trata de abrirse paso a empujones se le echan encima, le sujetan brazos y piernas, lo agarran del cuello para someterlo. La rabia y la decepción le insuflan nuevas fuerzas y, en cuestión de segundos, sus oponentes no son más que una montaña de extremidades agitándose, enredadas en una suerte de trenza. Winge llega finalmente, igual de jadeante. Le lleva su tiempo calmar los ánimos, separar a los hombres con palabras tranquilizadoras, explicar quién es quién y quién tiene a la justicia de su lado. Con ojos sombríos, los guardias se arreglan los uniformes mientras Cardell los fulmina con la mirada. Del perseguido no queda ni rastro.

—¿Era él, Jean Michael?

—Joder, que si era él. Se le ha oxidado la navaja de afeitar, pero el chambergo le ha salido volando con la carrera. Maldita sea. ¡Me cago en todos los santos!

Emil abre la boca, pero la vuelve a cerrar cuando Cardell le lanza una mirada desafiante.

—Mierda, me cago en Dios.

Winge asiente lastimeramente con la cabeza, Cardell se sacude el polvo de los muslos.

—En fin, yo ya he acabado por hoy.

Emprenden el camino de regreso a la ciudad a paso más relajado. Winge, nervioso, hace girar su reloj de bolsillo entre los dedos.

—Esto es el colmo de la mala suerte, Jean Michael: Ceton no sólo se nos ha escurrido de las manos, sino que ahora es consciente de que estamos buscándolo. Para colmo, no podemos hacer otra cosa que esperar.

—¿Esperar a qué?

—No volverá a asistir a una ejecución. Creo que no le hemos dejado otra opción que irse más lejos para encontrar lo que busca. Sólo es cuestión de tiempo antes de que nos topemos con un cadáver que lleve su marca. La cosa pinta mal, Jean Michael, muy mal. Con este error le estamos abriendo la puerta a una nueva debacle como la del año pasado. ¡Joder! —agrega mientras patea una piedra hacia la cuesta de Postmästarbacken.

Cardell se palpa la cintura para asegurarse de que la bolsita de tabaco sigue en su sitio.

—Estás aprendiendo.

15

Es domingo, un día que siempre pone de mal humor a Petter Pettersson. Las campanas de las iglesias llaman a misa y los estruendosos tañidos viajan por encima de la bahía y desde la isla central y hacen vibrar la pequeña campana de la capilla de la hilandería: otra burla de la vida. Es el sonido de la hipocresía de otros, que le produce remordimientos que le cuesta soportar. En su cabeza, los tañidos toman forma de palabras: «Eres aún peor que los demás, Petter.» «Vas a ir al infierno, Petter, y si alguien te recuerda será con desprecio.» «No vales nada, Petter, ni siquiera si te mides con la vara que tú mismo has tallado.»

Lo último es lo que más le escuece: un relámpago de verdad en la oscuridad de su conciencia. Se incorpora con pesadez en la cama y enseguida siente los rigores de la resaca. Se tambalea por la habitación hasta la palangana. Vierte agua, sumerge la cara y la mantiene bajo el agua todo el tiempo que puede. Luego se refresca la nuca y se moja el pelo. El miembro le arde entre los muslos, palpita, duro como el palo de una escoba. Le duele cuando se lo toca, pero sabe que masturbarse no es una opción: lo hace sentir aún más fracasado. Sólo por las noches puede aliviarse, en sueños febriles de los que se despierta con el corazón en un puño y la entrepierna húmeda cual crío que no ha aprendido a usar la bacinilla por las noches.

La culpa es de ella: de Anna Stina Knapp. Ella le dio su palabra y luego no la cumplió. Le mintió a la cara y lo dejó tirado como a un novio rechazado. En su ingenuidad, fue una presa fácil para la astucia femenina. Cien vueltas, habían acordado, pero ella no tenía ninguna intención de cumplir el trato. Le tendió una trampa, maldita sea. La traición lo desasosiega, lo importuna en sus tareas. Soñoliento y con grandes ojeras oscuras, escruta a las famélicas hilanderas y tiene que frotarse los ojos cuando confunde alguna cara con la de ella. Luego sube a sus habitaciones, destinadas al alcaide, donde tan sólo consigue dormir a ratos, hastiado de sueños de lo que podría haber sido y no fue.

Trata de encontrar a otras. Dios se apiade de cualquiera que le recuerde mínimamente a ella. Si llega alguna con pelo rubio y un destello de coraje escondido en la mirada, le pasa factura antes de terminar el primer día, pero de poco le sirve: no tienen aguante, apenas les suelta un latigazo y se ponen a lloriquear, y poco después se desmayan y a él no le queda más remedio que parar, todavía entero y dispuesto, mientras se las llevan a rastras a la enfermería. Sabe que debería controlarse: se ensaña demasiado. Ocultar su goce privado bajo el pretexto del castigo nunca fue tarea fácil, pero lo que una vez fue un secreto a voces ha dejado ya de ser ningún secreto en absoluto. Le dedica una blasfemia silenciosa a la coyuntura; maldice a Reuterholm y a los funcionarios que están comprobando las cuentas del reino. De haberlas administrado bien desde un comienzo, la situación sería otra, pero de pronto hay que recontarlo todo, incluidos los números de la hilandería, desde luego. Krook, sustituto del inspector Björkman, que ya va por su segundo año en el puesto, prefirió empezar por instituciones más importantes, pero ya lo tiene en la mira, e incluso se ha atrevido a sermonearlo con su acento finlandés y la cara roja como un cangrejo recién cocido, enfurecido como un perro guardián: «No hilan lo suficiente, deben hilar mucho más.» Ninguno de los que conocen los motivos reales del déficit dice nada por temor, pero hasta el más estúpido de los guardias bajo su mando entiende que la cuota no podrá aumentar jamás si Pettersson se dedica día sí, día no, a mandar a una nueva hilandera a la enfermería, ya atestada, y si la dieta de las internas no es suficiente para que sus heridas cicatricen.

Intenta cultivar otros vicios para mitigar su angustia. Se entrega al aguardiente, masca tabaco hasta que el corazón se le acelera como un caballo al galope, pero de poco le sirve. Al contrario: la borrachera le nubla el juicio, y si a alguna de las hilanderas se le cae el tenedor o se demora en la cama por culpa de la fiebre, sus arranques desafían todo control. Como por sí sola, su mano va a buscar el mango de Maestro Erik, el baile da comienzo y la gravilla del suelo se salpica de sangre. Cuenta las vueltas, como hace habitualmente, ¡pero siempre son tan pocas! Cien vueltas: le prometieron cien vueltas, pero lo traicionaron. Las campanas aún doblan, al diablo con ellas.

Delante del espejo, la decisión que lleva rumiando una semana o más termina tomando forma: tiene que aplicarse durante algunas semanas, tratar de lavarle un poco la cara a la casa, vigilar las cuotas y dejar que las reclusas hilen en paz. Sólo ese verano; en otoño volverá a las andadas. No falta mucho. Cepilla su uniforme y frota con jabón las cuantiosas manchas oscuras. De ahí en adelante, sólo habrá baile los domingos, a la hora de la cena, tal como marca la tradición. Con renovada confianza, afila la cuchilla con el fin de dejarse las mejillas suaves y sonrosadas.

Se seca la cara recién afeitada y desliza los dedos por el mentón. Golpes en la puerta.

—¿Pettersson? Visita.

Es la voz de Hybinette. ¿Es Krook otra vez, con nuevos reproches? Limpia el filo de la cuchilla con la toalla y la deja a un lado.

—¿Quién?

—Cardell, ¿lo recuerdas? Espero que tengas estómago para retener el desayuno: tiene un aspecto atroz.

• • •

Si bien Hybinette es propenso a la exageración, esta vez no se ha quedado corto: a Pettersson casi se le empañan los ojos con sólo ver a Cardell, que lo está esperando a las puertas de la hilandería. Cruza el umbral para ir a su encuentro.

—Joder, Cardell, parece que te has quemado un poco.

Cardell hace crujir el cuello y bajan los dos por el camino, alejándose de oídos curiosos. Pettersson se huele el motivo de la visita y el corazón le golpea el pecho como un puño. Siente que su paciencia está a punto de agotarse.

—La última vez que viniste fue por Anna Stina Knapp.

—Sé que estuvo aquí en otoño. La dejaste marchar.

Pettersson mira a otra parte.

—Puede ser.

—¿Por qué? ¿Y qué ocurrió luego?

La cólera de Pettersson crece como la espuma. Se la imagina delante, con su falsa sinceridad, sus pecas, sus ojos azules, su pelo rubio: la inocencia personificada. Las palabras que llevan medio año resonando en su interior luchan por salir, y lo hacen tan rápido que cuesta entenderle:

—Esa pequeña furcia me traicionó. Juró que volvería. Sólo por eso la dejé marchar. La esperé durante una semana: era el tiempo acordado. No toqué a nadie más, me mantuve casto por ella. Luego esperé otra semana, y otra, sin pensar mal de ella porque me miró a los ojos y juró por la vida de sus hijos.

Escupe al suelo y Cardell responde con un bufido.

—¿Qué fue lo que te juró?

—Que daría cien vueltas.

—¿Qué?

—Cien vueltas alrededor del pozo bailando al son que le marcaríamos yo y el Maestro Erik. Después de eso yo podría haber muerto feliz, en vez de languidecer en mis habitaciones.

—Te ayudaré a cambiar de barrio. Estarás más apretado, pero más tranquilo con seis pies de tierra apelmazada encima.

Cardell se ha acercado un paso, ha separado los pies y su mano izquierda está preparada para golpear. Pettersson sacude la cabeza para aclararse la mente. Luego sus mejillas se elevan en una amplia sonrisa. Endereza la espalda y saca el pecho.

—¿Tú solo, contra mí? Quizá en tus días mozos, o quizá ni siquiera entonces. Un tullido pasado por la parrilla no es rival para Petter Pettersson.

Cardell lanza un golpe con el puño de madera y Pettersson retrocede y lo agarra al vuelo. Cardell emplea entonces el brazo derecho para intentar liberarse, cambia el peso del cuerpo y empuja su propio muñón como contra un muro de dolor. La gravilla cruje bajo las suelas de Pettersson mientras intenta mantenerse en pie. Se inclina hacia delante para oponer más resistencia y ambos se quedan ahí, quietos, bloqueados como si fueran dos muchachitos que juegan a luchar sin que ninguno de los dos pueda aventajar al otro. Pettersson se decide a hablar; sus palabras brotan con fingida facilidad, pero Cardell puede ver las venas palpitando en su cuello de toro.

—Aquí no, Cardell, ni ahora: aprecio demasiado mi puesto como para matar a un guardia en la puerta de la hilandería. —Señala con la cabeza las aguas cercanas—. Pero no tendrás que seguir viviendo durante mucho tiempo. Hay una playa en Gullfjärden, aquí al lado. ¿Qué tal si quedamos allí a medianoche; en luna llena, para que veamos bien? Pero no la que está por llegar, sino la siguiente: tengo asuntos que atender. Sé paciente y no olvides traerte tu chamuscado tocón de madera y lo que consideres útil. Yo traeré al Maestro Erik. No suele beber sangre de hombre, pero supongo que le sabrá igual de bien, y seguro que a ti también te puede hacer bailar, como a todo el mundo.

A Cardell, las correas se le clavan en viejas cicatrices, y resopla para intentar mantener el dolor alejado de su voz. La vista se le nubla por el esfuerzo, pero aun así tira para acercar su cara a la del alcaide, lo suficiente como para ver una hoja de papel sucia asomando por donde se le ha abierto la chaqueta.

—Debe de haberte dejado algo en prenda de su promesa.

Pettersson lo empuja y rompe el abrazo. Resopla a cierta distancia mientras se recompone, vuelve a meterse la camisa por dentro del pantalón y alisa la tela que se había arrugado.

—Una carta.

Pettersson sonríe burlón ante el rostro sorprendido de Cardell.

—Para ella valía doscientos riksdalers. Al ver que no volvía, me sentí el mayor cornudo que jamás pisara la tierra... hasta que empezó a venir gente a preguntar por la carta, y entonces até cabos. Veo que tú has hecho lo mismo. La escribió la Rudenschöld. Vale la mitad del reino, pero ¿a nosotros qué más nos da, Cardell? A ti y a mí lo que nos interesa es la chica. —Se escupe en la mano y se aparta un mechón de pelo de la sien—. La llevaba escondida dentro de la blusa, pegada a la piel. Aún me la llevo a la nariz cuando disfruto a solas, y me imagino que todavía guarda el aroma de su pecho. ¿No harías tú lo mismo? Di la verdad.

—Llévala a la playa para que pueda quitártela mientras tu cuerpo se enfría.

16

Ya es pasado el mediodía, y Frans Gry lleva sentado en la taberna Sista Styvern desde la mañana con la amarga sed de venganza como única compañía. Le arrebata el sueño y lo obliga a darle vueltas a las oportunidades perdidas: si no hubiese estado tan borracho no se habría dejado moler a palos; si hubiese sabido quién era el que se le echó encima se habría defendido mejor; si hubiese tenido un arma al alcance de la mano le habría pagado con la misma moneda. Y hace algunas semanas Lotta Erika ha regresado a casa: un recuerdo constante de su deshonra.

Lleva desde la primavera yendo a tabernas que hasta entonces siempre había evitado: los locales en los que se reúnen soldados veteranos, hombres a los que la guerra marcó hasta tal punto que ya no sirven para nada, y cuyo único consuelo es la bruma con que la embriaguez empaña los recuerdos. Antes, siempre se desanimaba al verlos: los miraba con espanto y desprecio, y guardaba las distancias para no confundirse con ellos. Ahora, en cambio, se sienta lo bastante cerca para oír si alguno menciona el nombre que lo obsesiona. Esa noche por fin lo oye:

—¡Y Cardell! ¿Os acordáis de él? Menudo perro estaba hecho.

Gry guarda un vago recuerdo del hombre que está hablando. Sabe que es un antiguo sargento y, al cabo de un rato, recuerda su apellido: Kreutz. Lo ha visto varias veces en el último año, pero no le ha prestado mayor atención. Le sorprende haberse acordado de pronto de cómo se llamaba. Ha envejecido muchísimo. Camina con la espalda recta como una plomada, pero no es una postura natural: una parte de su cuerpo se ha quedado rígida y se niega a relajarse, obligándolo a caminar con las piernas arqueadas. Nunca supo su nombre de pila: sólo se conocen como soldados.

Titubea: no sabe cómo acercarse a él. Las monedas que le quedan en el bolsillo dan para unas copas o bien para algo de comer, pero no para ambas cosas. Se decide por la bebida: en ese lugar es como veneno para ratas, pero muy barata también, y cuando uno consigue tragársela produce el mismo efecto que los productos de mayor calidad. Cuando ve que los acompañantes de Kreutz se retiran, saca valor de la borrachera y se sienta en el banco junto a él.

—*Alexander*.

Kreutz lo mira un momento con ojos entornados, sin decir nada. En su rostro ajado, Gry adivina la misma impresión que ha tenido hace un momento y se ve obligado a reconocer que él tampoco es ya un ejemplo de juventud y belleza: los años y la vida disipada han terminado de curtir la piel que comenzó a ajarse con la guerra.

—Eres Gry, ¿verdad?

—El mismo.

Invita a Kreutz a un trago y con eso es más que suficiente. Como suele pasar con los veteranos, pronto se pierden en viejos recuerdos: flatulencias como disparos de cañón en las literas bajo cubierta, la batalla de la Bahía de Viborg, la puta que se disfrazó de grumete, el grumete al que confundieron con la puta y gritaba en vano. Kreutz atiende un puesto de tabaco por un sueldo miserable. Escupe en el serrín del suelo tan sólo de pensarlo.

—El encargado es un canalla, a su lado el capitán Risberg parece la benevolencia personificada. Cuando una bala de cañón nos partió el mástil, yo me llevé un puñado de astillas en la espalda y ahora no puedo ni agacharme, cojones. Si algún cliente pide algo que está cerca del suelo tengo que ponerme de rodillas y buscar a tientas. Algunos niñatos que se han dado cuenta de mi problema van al puesto sólo por eso, y cuando me vuelvo a poner en pie ya no están. Así nos agradecen por defender el reino.

—Bueno, fuimos nosotros los que atacamos.

—Eso no me consuela.

Kreutz se inclina hacia la oreja de Gry en un gesto conspirativo.

—¿Sabes qué? Cada fin de semana me acerco a la iglesia de Riddarholmen para mearme en el muro. El rey está ahí dentro, en su tumba, con la gran medalla de Svensksund que él mismo mandó acuñar y se colgó del cuello con una cadena de oro. Si unas cuantas gotas de meados rezuman hasta la cripta moriré satisfecho. Y no pocas veces me cruzo con otros que han ido cojeando hasta allí con la misma intención.

Gry respira hondo y hace un intento de ir al grano. Cada vez hay más gente en la taberna y el bullicio empieza a molestarle: los oídos le zumban desde que las explosiones de la artillería lo dejaron medio sordo.

—Antes te he oído mencionar un nombre conocido: Cardell.

Kreutz se queda un momento pensando hasta que el recuerdo le ilumina el rostro arrugado.

—Sí, ese bastardo. Me lo encontré hace un tiempo, en una taberna en Hamburgo, haciendo novillos del servicio, e intercambiamos algunas palabras. Estuvo de lo más antipático, pero lo cierto es que él siempre ha mirado a la gente un poco por encima del hombro. Por una vez en la vida, yo llevaba algo de dinero en el bolsillo: unas monedas que me habían caído porque a un familiar lejano se le debió de resbalar la pluma en el testamento. El caso es que, en cuanto Cardell vio el monedero, se transformó completamente: de pronto éramos como hermanos, y después de beber un rato juntos me pidió dinero prestado. Necio e ingenuo de mí, acepté dárselo con la condición de que me lo devolviera el fin de semana, pero a la mañana siguiente, cuando me desperté, me di cuenta de que había extraviado el pagaré, ¿y qué te crees que ese desgraciado me dijo el sábado, cuando fui a explicarle la situación?

—¿Qué?

—Dijo que no sabía de qué le estaba hablando. Estaba allí sentado, sonriente y con las botas recién lustradas. Así le dio las gracias a un viejo compañero de armas: estuvimos juntos en el *Fäderneslandet*, en Hogland. Tenía sesenta cañones, aquel buque...

—¿Qué clase de hombre era Cardell en aquella época?

Kreutz mira con decepción su jarra vacía y Gry maldice para sus adentros: se da cuenta de que la información no va a salirle gratis. No tiene otra opción que pedirle al mesonero que vuelva a servirles, a ambos, aunque tenga que ser a crédito. Probablemente no le convenga beber, pero ver a otros hacerlo mientras él sigue sobrio nunca ha sido lo suyo. Kreutz asienta con la cabeza, satisfecho.

—Como bien sabes, hay suboficiales y suboficiales. Por un lado están los que ascienden pensando en sí mismos hasta convertirse en pequeños tiranos. Suelen apañárselas bien siempre y cuando no les den a sus hastiados hombres oportunidad de pegarles un tiro accidental por la espalda. Cardell era de la otra escuela: un soldado normal y corriente que iba siendo promovido más o menos contra su voluntad. Era poco adecuado para el puesto. Trataba a sus hombres como si fueran sus hermanos menores y actuaba de forma imprudente. Los de esa clase no suelen llegar a viejos porque, en su caso, son los jefes los que se encargan de ellos.

—¿Y entonces?

—Los tontos de esta última clase lo pasan peor en tiempos de paz que en la guerra. De hecho, sería casi una bendición que pudiesen morir en combate porque, si consiguen sobrevivir, su conciencia los atormenta. Cuando el *Ingeborg* se fue a pique con toda la tripulación a bordo, Cardell fue uno de los pocos que salvaron la vida, y me dio la impresión de que se lo tomaba como un castigo, más que como un golpe de suerte.

En ese punto, Frans Gry ya no puede contenerse y se lanza a hablar atropelladamente:

—Prefiero ser sincero y reconocer que tengo asuntos pendientes con el susodicho, igual que tú. ¿No podríamos, quizá, sumar fuerzas para mitigar su tormento... para siempre? ¿No sabrás dónde vive, por casualidad?

Kreutz se lo queda mirando un momento antes de bajar la voz e inclinarse hacia él.

—No, pero seguro que hay quien lo sabe. Puedo preguntar con discreción. Le haríamos un favor no sólo a él, sino a otras personas.

Kreutz no necesita el permiso de Gry para pedir que vuelvan a llenarle la jarra. Empieza a haber jaleo a su alrededor. Entre gritos, alguien hace subirse a un banco a un hombre que parece dispuesto a cantar. Se aclara la garganta y empieza a marcar con el pie un ritmo que otros imitan hasta hacer que el suelo retumbe. Encadena estrofas con voz aguda y limpia, y la melancolía cautiva a los parroquianos. Algunos, entre los más ebrios, incluso se echan a llorar.

Sobre la mar oscura o el río negro, de noche,
mientras los mástiles se balancean,
arriesgo mi joven vida sobre la cubierta.
Y cuando vayas a la playa verás ahí
mi ataúd, con su gallardete y su bandera.

17

—¡Mickel!

Al principio se pregunta si no llamarán a alguien del mismo nombre, pero cuando vuelve la cabeza, una niña lo saluda con la mano y se aparta de un grupo de vendedoras ambulantes de fruta que están pegadas a la pared del edificio de la Bolsa. Todas tienen más o menos su edad, llevan pañuelos en el pelo y vestidos de un gris distinto, dependiendo de cuántas personas los hayan heredado antes que ellas. Lotta Erika camina hacia él con la cesta vacía en la mano. Se encuentran a medio camino y se refugian bajo las columnas de la Bolsa para que el sol no les dé en los ojos. El rabioso calor del verano parece una venganza contra las lluvias frías de la primavera. Cardell la saluda con un gesto de cabeza.

—¿Cómo te va, Lotta?

Ella simplemente se encoge de hombros, pero él adivina la respuesta sólo con mirarla: no tiene la cara ni la ropa manchadas, como es típico en quienes duermen en la calle, ni moratones en los brazos. Parece bien alimentada.

—Tirando —dice al fin.

—¿Y en casa?

La chiquilla vuelve la cara y escupe por encima del hombro como para ahuyentar los malos presagios.

—Frans me mira con ojos de lujuria, Mickel. Sólo me atrevo a lavarme cuando está fuera; si no, lo más seguro es que se invente una excusa para pasar por ahí con la esperanza de ver más de lo que debería. Pero tocarme, no me toca, y hace lo que le has ordenado.

—Estás ahorrando, ¿no?

—Todo lo que puedo, y si consigo un trabajo me iré de casa.

—Bien.

Él mira inquieto hacia la fuente mientras aguarda a que la chica vaya al grano. Los leones de piedra escupen agua en un cubo tras otro y la gente se pelea por el puesto en la cola. Un chico harapiento a quien han obligado a retroceder entretiene a su creciente audiencia con una retahíla de coloridos insultos. Se ve que ha tenido los mejores maestros.

—Tres cosas, Mickel. Creo que Frans está planeando vengarse. No sé cómo, pero cuando bebe se pone a repetir tu nombre con cara de furia.

—A lo largo de los años me he enfrentado a hombres mucho peores que Frans Gry.

—Es malvado, y es peor sobrio que borracho, te lo advierto.

—¿Qué más?

—Me dijiste que buscabas a un hombre escondido. Lo he hecho correr entre las chicas.

Le hace un gesto a una de sus compañeras, que asiente tímidamente con la cabeza y se acerca corriendo. Saluda a Cardell con una reverencia y él responde asintiendo con la cabeza.

—Ésta es Lisabet, es la hermana menor de una chica a la que conozco y que vende fruta en los alrededores de la iglesia de Santa Gertrudis. Vamos, Lisa, cuéntale a Mickel lo que me has contado a mí.

La interpelada es bajita y fornida, y parece más pequeña que Lotta.

—Hay un hombre viviendo en Casiopea, muy cerca de nosotros. Llegó en otoño y no asomó la nariz a la calle en todo el invierno. Mi primo le lleva leña y provisiones a cambio de unas monedas.

—¿Y?

—Ahora lleva barba, pero no cuando llegó. Entonces tenía una herida horrible en la mejilla.

—¿En qué lado?

La chiquilla se prolonga la comisura izquierda de la boca con el dedo.

—¿Me enseñarás la casa?

Antes de irse, Lotta lo retiene para la tercera cuestión. Hace venir a otra chica cuyo rostro muestra rastros de algunos moratones que vuelven a hacerse evidentes cuando se sonroja. Lleva las manos a la espalda y, cuando llega hasta donde está Cardell, le tiende una pequeña corona de flores rosadas. Su aroma se superpone al hedor de la plaza.

—Tuvimos que ir casi hasta la aduana para cortarlas.

Cardell se queda allí, de pie, con la corona en la mano, perplejo y sin saber qué hacer. Siente que las flores se van a marchitar rápidamente sólo porque él las ha tocado.

Lotta y la chica de la corona vuelven con las demás y se marchan juntas; él se acomoda lo mejor que puede la corona de flores en el cinturón y sigue a Lisa, que lo está esperando para ir al barrio de Casiopea.

18

Esperan juntos dentro del cuarto. Más arriba en la escalera han ubicado a un policía preparado para cortar la vía de escape si se lo ordenan. Ha hecho lo posible para ir de incógnito: lleva un abrigo por encima de la casaca del uniforme y la chapa escondida bajo las solapas del cuello. El lugar es diminuto y una corriente de aire se filtra a través de las tablas del techo y entre el marco de la ventana y la pared de piedra, unidas por conveniencia, pero a regañadientes por ambas partes. Está claro que ni siquiera una estufa de cerámica a toda potencia podría mantener a raya el frío del invierno y, en el verano, deben de colarse unos efluvios calientes como suspiros. Las ventanas están sucias y no dejan entrar la luz; el polvo y la mugre cubren el suelo, y sobre el camastro, colocado contra la pared, hay mantas andrajosas en las que las chinches retozan descaradamente. El olor del cuarto le recuerda a Cardell el del manicomio de Danviken, la prisión de Kastenhof, el calabozo bajo la Casa Indebetouska, el dormitorio bajo la cubierta del *Ingeborg*, las barracas militares y, en general, el de todos los lugares donde la gente pasa demasiado tiempo. La verdad es que su propio cuarto olía de forma muy parecida durante el pasado invierno. Sacude el cuerpo como un perro mojado para ahuyentar ese recuerdo.

—Si ésta es la guarida de Ceton, dispone de menos recursos de lo que habíamos creído. Puede que los caseros de Estocolmo sean todos una panda de usureros a los que el mismísimo diablo les tiene reservado su caldero más caliente, pero ni siquiera uno de ellos podría pedir gran cosa por un cuchitril miserable como éste.

—Esto es bueno, Jean Michael, mejor de lo que podríamos haber imaginado: si contara con la buena voluntad de sus antiguos hermanos de la orden, se habría alojado en un lugar mucho mejor.

Emil sostiene entre el pulgar y el índice un libro que acaba de sacar de debajo de la cama. A Cardell el título no le dice nada, simplemente juega la carta más segura:

—¿Francés?

Winge asiente con la cabeza.

—Uno de los títulos que mencionaba Tres Rosas en su texto: se lo había prestado a Ceton para que matara el tiempo en el viaje de regreso a casa. Dudo mucho que lo leyera.

Cardell encuentra en el fondo de un baúl un objeto envuelto en tela encerada y, después de desenvolverlo y acercarlo a la luz, se lo pasa a Winge con una sonrisa triunfal.

—No soy ningún heraldista pero, si ése no es el escudo de armas de Tres Rosas, o yo no he visto una rosa en mi vida o no sé contar hasta tres.

También Winge busca la luz y observa casi con fervor la pulida culata y el cañón pavonado.

—Es la pistola de Erik, con su monograma. La que Schildt llevó consigo a Cul-de-Sac. Con esto lo tenemos, Jean Michael: ahora podemos relacionarlo con los crímenes basándonos en algo más que sus propios cuentos chinos y nuestros testimonios.

No parece haber nada más de valor.

—Debe de haber vendido ya todos los objetos de valor que pudo traer consigo, y a juzgar por su situación no pueden haber sido muchos.

Cardell asiente.

—¿Notas el olor? Está impregnado en las paredes.

—¿Olor a qué?

—A desesperación.

Junto a la ventana hay una silla, colocada para captar la poca luz que brinda la ventana. Cardell limpia un poco el asiento y el respaldo y se la ofrece a Winge:

—Siéntate y enciéndete la pipa. Nadie podría verte a través de esa ventana tan sucia, y el olor a tabaco es mil veces preferible al de la roña de Tycho Ceton. Lo único que podemos hacer es esperar y cruzar los dedos para que las chinches no acaben matándonos de tanto chuparnos la sangre.

Ya le pica el cuerpo. Se golpea la nuca y el hombro izquierdo, pero sin mucho entusiasmo, consciente de que todo esfuerzo será en vano. Se sienta sobre el baúl, cuya madera, arqueada de por sí, se queja bajo su peso.

—Sería bueno que pudiéramos pillar a ese desgraciado hoy mismo.

Winge, que ha estado sentado sólo un momento y, tras encender su pipa, ha empezado a pasearse por el cuarto, enarca una ceja.

—En dos semanas tengo apalabrada una pelea con Petter Pettersson, el alcaide de la hilandería penitenciaria. Si todo va según lo acordado, seremos dos los que nos presentemos y sólo uno el que saldrá vivo de ahí.

—¿Y estás seguro de que serás tú?

Cardell se estira.

—Es corpulento, lo reconozco, pero ¿qué puede saber alguien como él del dolor, más allá del que provoca él mismo? En eso le saco ventaja.

—¿Es por Anna Stina?

—Por ella y por otras: ese hombre azota a las muchachas por puro placer. Respecto de Anna Stina, sabe de su paradero tan poco como los demás, pero creo que también la está buscando y, si la encuentra, saldrá mal parada. En cualquier caso, Pettersson ya ha vivido demasiado tiempo.

—¿De verdad te parece sensato, Jean Michael?

—Tú ocúpate de lo tuyo, que ya me ocupo yo de lo mío. ¿No fuiste tú quien me pidió que resolviera primero mis asuntos con la muchacha?

El humo del tabaco sirve de poco para purificar el aire viciado del cuartucho. Cardell saca su corona de flores y se la lleva a la nariz al tiempo que aparta la cara para esquivar la siguiente pregunta de Winge antes de que éste se resuelva a formularla.

Winge fuma en silencio mientras la tarde va cayendo. Están prácticamente a oscuras, salvo cuando él se lleva la pipa a la boca y reanima las sombras. Cuando ha terminado se queda quieto y deja que la pipa se enfríe. Se retuerce en la silla, inquieto, y lanza una nueva mirada infructuosa al patio miserable ya cubierto con el manto del atardecer. Una cerda gruñe en su pocilga.

—Todas las cosas llegan a su fin, Jean Michael: este año es el último de Reuterholm. Pronto volveremos a tener un rey.

—¿De veras crees que algo cambiará?

—La gestión del gobierno ha sido pésima; en muchos momentos más parecía una farsa. Se han hecho toda clase de locuras y el joven Gustavo ha podido observarlo todo desde un lugar privilegiado: ha tenido todas las oportunidades posibles de aprender de los errores de los demás.

Cardell resopla y escupe un poco de tabaco sin querer.

—Si las cosas fueran así, cada año de penurias sería el anuncio de una edad de oro de paz y benevolencia.

Winge se encoge de hombros.

—Este siglo ha traído consigo muchas cosas buenas. Sin ir más lejos, algunas mentes cuyas ideas dan esperanzas de un mundo mejor.

—Yo me imagino el futuro como la isla de Stadsholmen vista desde la cuesta de Bödelsbacken: de lejos parece muy hermosa, pero cuando te acercas ves que está llena de mierda.

—¿Y qué nos queda, sino la esperanza?

En vez de responder, Cardell se levanta para otear por la ventana.

—¿Qué harás después, Jean Michael?

—¿Qué quieres decir?

—Supongamos que oímos los pasos de Ceton en la escalera y conseguimos detener a ese malnacido en su propia puerta, como tú mismo has dicho. La justicia hace su trabajo y se lo condena por sus crímenes. ¿Qué piensas hacer después?

—Depende.

—¿De la muchacha?

Cardell asiente adusto.

—¿Y si no das con ella?

—Seguiré buscando.

—¿Pero...?

Emil se interrumpe y deja que la pregunta muera en sus labios. Busca una manera mejor de expresar su opinión.

—Te deseo suerte. Lo que intento decir es que todo el mundo parece menospreciarte constantemente: no confundas su error con conocimiento para que no cometas la misma equivocación. Mientras tengas voluntad, tendrás muchas oportunidades por delante.

Cardell se cambia de carrillo la bola de tabaco de mascar y se revuelve un poco en el improvisado asiento.

—¿Y tú, Emil?

—No puedo darte ninguna respuesta definitiva. Sólo sé que no voy a continuar por el mismo camino. Prometo que te lo contaré cuando lo tenga claro.

—No lo pienses tanto. A los letrados, sus propios pensamientos los atormentan más que los resfriados a la gente común. Prefiero la sabiduría popular: «No vendas la piel del oso antes de cazarlo.»

Winge suspira y asiente.

—Tienes razón. Esperemos a ver qué pasa.

Abajo, en el callejón que conduce al patio, está la chiquilla que ha guiado a Cardell hasta Casiopea. Su rostro se enrojece por el esfuerzo mientras apoya todo su peso en el palo de la escoba, que está usando a modo de palanca. El palo se arquea y cruje, un barril se inclina y se vuelca de lado arrojando su contenido al callejón y convirtiendo los adoquines en una peligrosa y maloliente pista de patinaje. Después, busca una sombra donde ocultarse.

Al alba, los cazadores tienen que irse a casa con las manos vacías. La larga espera sólo les ha servido para perder todo el día: Ceton no ha asomado la nariz por ahí y han de contentarse con pedirle al casero que los avise si vuelve a aparecer, aunque sin demasiadas esperanzas. En el estrecho callejón, la bazofia suma la humillación a la derrota. Una vez en casa, Cardell se ve obligado a dejar las botas en el rellano por culpa del hedor.

19

Esa noche es Kreutz quien invita. Vuelve a llenarle la jarra a Frans Gry, aunque hace rato que éste sació su sed. Pero ¿quién dice que no a un trago? Si por la noche consigues emborracharte lo suficiente, a lo mejor te dura hasta la mañana: de vez en cuando se dan milagros así. Gry lleva horas hablando pestes de Cardell sin ninguna discreción: a esas alturas, incluso en el lejano muelle de Järngraven debe de haber gente enterada de su animosidad, pero la lengua se le traba cada vez más y sus palabras parecen, menos que balbuceos, los gruñidos propios de algún animal. Kreutz, en cambio, ha sido más cauto con la bebida. Él también necesita lo suyo para armarse de valor, pero no quiere que se le nuble la conciencia y le falle la mano: hombres mejores que él han salido mal parados en asuntos como ése. Y también le preocupan los dos matones a los que ha dejado en la puerta, entretenidos con sendas jarras grandes de cerveza. En el local reina el alboroto. Hay tanto humo que los ojos le lloran. El tiempo ha pasado volando y ya va siendo hora de ir al grano. Se levanta, va a sentarse al lado de Gry y le pasa el brazo por el cuello en un gesto de complicidad.

—Esta noche no he venido tan sólo para recordar viejas batallas, Frans. He hecho mis averiguaciones: hay más gente a la que Cardell le ha estado tocando las narices. —Se le acerca aún más y le susurra al oído—: Además, sé dónde tiene su pocilga, el muy cerdo. ¿Qué me dices? ¿Nos damos una vuelta por el callejón Överskärargränd antes de que termine la noche, a ver si ajustamos las cuentas?

Gry no se hace de rogar, más seguro que nunca de sus habilidades de peleador, pese a que no consigue mantenerse en pie sin ayuda. Con un gesto, Kreutz le indica a los hombres de la puerta que es hora de moverse y los observa atentamente mientras salen. No van demasiado borrachos. Bien. Dos rusos jóvenes y bien plantados que ha encontrado en el puerto de Stadsgården, dispuestos a escuchar cualquier proposición en la que hubiera dinero de por medio, de preferencia un ajuste de cuentas, antes que un polvo detrás de las letrinas. Cada uno con su propio cuchillo, cada cuchillo exactamente como lo había imaginado: con marcas de uso, la hoja aún manchada de sangre. Adelante, pues. Les encomienda a Gry y los otros lo toman de los brazos como si estuvieran acostumbrados. Que no le respondan en sueco no le importa. Se coloca delante y los guía. Pasan por la báscula de Järnvågen y por el cementerio, cruzan la Esclusa y se adentran en la ciudad entre puentes.

Llegados a Överskärargränd, la beligerante verborrea de Gry se vuelve una molestia. No hace caso a las indicaciones y la marcha se ha ralentizado considerablemente. El reloj de la torre de Santa Gertrudis vuelve a ser claramente visible: están más cerca del amanecer que de la medianoche. Los dos matones empiezan a perder la paciencia y revelan su irritación poniendo los ojos en blanco y lanzando maldiciones incomprensibles. El portón es fácil de forzar. Mientras los rusos arrastran la carga escaleras arriba, Kreutz se ata un pañuelo cubriéndose la mitad de la cara. Gry intenta en vano coordinar sus pasos: se tropieza, resbala, hace ruido. Cuando llegan a la puerta correcta, se reagrupan como pueden en el estrecho descansillo. Los matones desenfundan sus cuchillos, Kreutz se hace cargo de Gry. Con grandes dificultades, le pasa el brazo izquierdo por debajo de la axila y le tapa la boca con la mano.

—Tendrás que disculparme, Frans: preferimos que te quedes aquí en el rellano, para mayor credibilidad. No te lo tomes como algo personal y, sobre todo, no nos lo pongas más difícil de lo necesario. —Entonces, jadeando por el esfuerzo, saca su propio cuchillo de la vaina, se toma su tiempo para encontrar el punto correcto en la espalda de Gry y le clava el cuchillo con todas sus fuerzas. La sangre caliente empieza a correr, gotea en el suelo.

Frans Gry hace un papel tan lamentable en el momento de la muerte como durante toda su vida: jadea, desconcertado, y, cuando se da cuenta de lo que sucede y pretende gritar, el cuchillo de Kreutz encuentra su corazón entre las reticentes costillas. Se pone pálido y lastimoso, las piernas le fallan, la vida lo abandona. Kreutz lo deposita en el suelo procurando hacer el menor ruido posible, asiente con la cabeza y los rusos echan la puerta abajo como si estuviera hecha de paja.

El primero tropieza con un arcón que se ha colocado en su camino, vuela y cae de bruces partiéndose la nariz. El otro se lleva un mamporro entre ceja y ceja, el cuchillo se le escapa de la mano y se desliza por la escalera. Entonces, una voz grave les grita desde el rellano:

—Corred, estúpidos.

Cardell intenta cerrarles el paso colocándose en la puerta, pero allí descubre a otro hombre, desconcertado. Sin tiempo para defenderse, nota en el brazo bueno un ardor repentino que desaparece igual de rápido, como si el líquido que le empapa la manga de la camisa lo hubiera borrado. Gira sobre sí mismo y lanza un golpe recto con el puño de madera. El choque es duro y seco, con un gemido por toda respuesta. Siente una punzada de dolor casi irresistible en el muñón.

Los que habían entrado en el cuarto pasan corriendo por su lado y se precipitan por la escalera entre lloriqueos, dejando en su huida un reguero de sangre y dientes astillados. La distracción salva al hombre que le había tendido una emboscada y se suma a los otros corriendo como perro escaldado. Por la escalera sube el eco de las suelas golpeando los adoquines. Cardell se cree solo en el rellano... hasta que tropieza con el muerto.

20

Cardell se agita, inquieto, bajo el ligero velo de su descanso. Está sentado en el suelo, con la espalda apoyada en el pilar de piedra que sostiene la escalera. Por un ventanuco, medio piso más arriba, se cuela la luz de la mañana, que se proyecta en la pared curva. Winge no tiene tiempo ni de abrir la puerta antes de que el guardia abra un ojo.

—Buenos días.

—¡Jean Michael! ¡Me has asustado!

—Anoche tuve visitas: unos tipos un tanto peleones. El caso es que se han marchado tan deprisa que no les ha dado tiempo de explicarme qué hacían ahí y yo he preferido asegurarme de que no ocurría nada parecido por estos lares.

—¿Llevas toda la noche aquí sentado?

Cardell se despereza y niega en silencio.

—Sólo un rato. Si te soy sincero, esperaba poder marcharme antes de que llegaras: esto lleva igual de tranquilo desde que he llegado. He montado guardia en vano. Debo de haberme quedado dormido al amanecer.

La chaqueta azul de Cardell tiene en la manga una mancha oscura, y el puño de la camisa que asoma por debajo está teñido de rojo.

—Estás sangrando.

Cardell aparta el brazo fuera de la vista de Winge.

—Sólo es un rasguño: el cuchillo ha cogido piel y grasa, nada de lo que presumir.

Se pone en pie.

—¿Quiénes eran?

—He sacudido algún que otro nido de avispas últimamente, y si lo haces te arriesgas a que te piquen tarde o temprano.

—¿Qué ha pasado?

—Acababa de llegar a casa un poco tarde por la noche y antes de meterme en la cama he oído ajetreo en la calle y ruidos en la escalera. Si querían sorprenderme podrían haber sido más discretos, pero supongo que contaban con pillarme durmiendo como un tronco. Al cabo de un momento han entrado dos tipos por mi puerta; ya estaba esperándolos. En su día trabajé a tiempo parcial echando a borrachos pendencieros a la calle y eso fue precisamente lo que hice. El caso es que inmediatamente después descubrí un cadáver en mi escalera, un tipo al que yo ni siquiera había tocado, pero a quien conocía: un viejo compañero de armas a quien por desgracia tuve que darle un toque en primavera.

—¿Y qué has hecho con él?

—Lo he llevado calle abajo y lo he sentado en la esquina. Luego he despertado a una vecina que me debía un favor para que me ayudara a limpiar. Estoy seguro de que no dirá nada.

—¿Y por qué iban a matar a uno de los suyos?

—Vete a saber. Apestaba como si de la herida de la puñalada en la espalda hubiera brotado aguardiente en vez de sangre. Si sus compinches iban en el mismo estado, no sería imposible que lo hubieran matado sin querer, por culpa del frenesí y la vista nublada.

—¿De verdad lo crees?

Cardell niega con la cabeza.

—No. De haberlo creído me habría quedado a dormir en casa. Pero ahora mismo ya no sé qué pensar.

Ambos salen a la calle y Winge cierra la puerta y se guarda la llave en el bolsillo.

—Bueno. Iré a hablar con Blom para averiguar si ya han encontrado al muerto. Al menos sé que éste no tiene nada que ver con Ceton.

Cardell lo acompaña un tramo, pálido bajo la luz de la mañana, y continúa hasta el final del callejón, donde sus caminos se separan.

—Jean Michael, mejor que alguien te cure esa herida.

21

La rutina es la misma cada mañana, inalterable desde principios de año, a pesar de que ya es pleno verano. Emil Winge acude al lugar de encuentro en el barrio de Cefeo a la espera de recibir información. Si la noche ha trascurrido sin incidentes, nadie se presentará; si Isak Blom tiene algo importante que contarle, acudirá en persona; si se trata de algo trivial, mandará a un mensajero al tanto de los informes que los del turno de noche les habrán dejado a sus relevos. Tales informes no suelen ser muy confiables; muchas veces son simples comentarios que un policía muerto de sueño le ha hecho a uno acabado de levantar, o bien unas pocas palabras anotadas en el diario de la comisaría. Los borrones de tinta y la pésima caligrafía dan fe de los problemas de embriaguez y de falta de formación con los que tiene que lidiar la jefatura de policía. Por lo común, tras recibirlos Emil no tiene mejor opción que tomar nota del barrio en que sucedieron los hechos y luego presentarse en el cementerio para realizar su investigación. Los sepultureros ya lo conocen. Algunos lo rehúyen, sobre todo en los meses de verano, cuando los muertos se descomponen enseguida y cualquier demora en el entierro es una invitación a las moscas y los gusanos, pero hay otros que se alegran de su visita porque les da un tiempo antes de su siguiente lumbago.

Siente una punzada en el estómago cuando ve que Blom ya ha llegado y se ha puesto a contemplar con impaciencia cómo la luz del sol avanza con demasiada lentitud sobre el revoco amarillento de las paredes de los edificios. Cuando se le acerca, el rechoncho secretario lo mira con los ojos entornados.

—Esta mañana he hablado con los del turno de noche. Han encontrado un cuerpo. Creo que podría interesarte.

—¿Dónde?

—En San Jacobo.

No necesita más información que el brillo en los ojos de Blom y ese dato. Se da la vuelta dispuesto a marcharse.

—Te encontrarás con un gentío en el puente.

—¿Por qué?

—Todos los guardias reales y municipales, del primero al último, han sido citados allí. Será alguna de las maquinaciones de Reuterholm: los periódicos llevan todo el verano diciendo que la ciudad está que rebosa de gente ociosa y desempleada, y supongo que el barón tiene intención de hacer algo al respecto. Yo de ti me mantendría al otro lado del puente hasta que caiga la tarde, por si acaso. Tengo un mal presentimiento y no me sorprendería que las canaletas de las calles se llenen de sangre antes de terminar el día.

Llevaba ya varias semanas haciendo un calor atroz, pero parece que el verano se despedirá por todo lo alto, pasado por agua. Una tormenta ha estado cayendo en altamar desde antes del alba, y los relámpagos iluminan de tanto en tanto el cielo rojísimo. La ciudad no se salvará de un buen aguacero y el camino estará fangoso a la vuelta. En las caballerizas de Helgeandsholmen, un irritado capitán de la Guardia Real habla a una deslucida tropa de guardias municipales. Grita e insiste, agita el sable y recibe a cambio desorden y risitas. Winge pasa de largo sin que lo vean y sigue hacia el puente de Slakthusbron, donde se realizan unas obras que parecen condenadas a quedar inconclusas; pasa por delante de la ópera y el Tribunal de Justicia, y al poco rato está aporreando la puerta de la iglesia de San Jacobo. Un sacristán soñoliento le da la información que necesitaba: sí, han hallado un cadáver en los jardines de Kungsträdgården la pasada noche, pero lo han mandado a la iglesia de San Juan. Así es como se hacen las cosas en esa parroquia: se consideran mejores, de modo que, si intentan endilgarles el cuerpo de alguien que no era del barrio, lo envían lejos en carro. Ni siquiera muertos somos todos iguales.

Continúa su camino mientras el viento del este termina de ahuyentar el calor. Por encima de su cabeza, el cielo se oscurece y los truenos retumban cada vez con mayor fuerza, pero él suda a chorros. Tiene que ascender la colina antes de alcanzar el camposanto de San Juan, tan bien situado como terrible a la vista. Allí, igual que en las afueras de la ciudad, se ven las consecuencias de los grandilocuentes planes que quedaron abandonados para siempre tan pronto como murió el rey Gustavo. Durante años, el pastor de la iglesia albergó la esperanza de que la vieja construcción de madera se derruyera para erigir una nueva, pero el rey Gustavo rechazó el diseño que le presentaron por puro capricho: acababa de volver de Italia y había decidido que todas las construcciones, en adelante, serían de estilo italiano. Enseguida se proyectó un templo pagano sin ventanas, con columnas dóricas y frisos, pero incluso el rey entró en razón al ver los dibujos. Se abandonaron las obras: mejor ocupar el dinero en otra cosa, así que la primitiva iglesia de madera sigue en pie, marchitándose en su fealdad, humillada por un cerco de bloques de piedra olvidados.

Los sepultureros se han reunido en el callejón de David Bagares Gränd y hablan a gritos delante de las casetas, que sirven de sede informal del gremio. Emil Winge se sorprende de verlos allí a esa hora tan temprana: quizá estén celebrando un festivo de alguna clase o dando la bienvenida a un nuevo miembro de su comunidad. Cuando se acerca, sin embargo, se da cuenta de que no se trata de nada de eso: al verlo se quedan callados de inmediato, algunos incluso se ponen pálidos, como si lo que discuten fuera, y debiera seguir siendo, un secreto. Sólo uno, un tipo barbudo, acude a su encuentro. Emil sabe que es el que tiene más responsabilidad en el cementerio. Se llama Jan algo, no recuerda el apellido.

—Ha venido a ver el cadáver, ¿verdad?

—Sí.

—Será mejor que se dé prisa: he conseguido que los compañeros prometan guardar silencio, pero mi experiencia me dice que los cotilleos cruzan los puentes tan rápido como las piernas de los cotillas se lo permiten.

—¿Por qué? ¿Qué ocurre?

El sepulturero se rasca la barba y lo lleva aparte.

—Depende de a quién le pregunte. Será mejor que lo vea por sí mismo. Entre, yo vigilaré la puerta para que nadie lo moleste.

Tras abrir la puerta con el máximo secretismo posible, hace entrar a Emil de un empujón y enseguida vuelve a cerrar. Dentro se oye zumbar a las moscas: no hay lugar que se les resista cuando perciben el llamamiento de la carne corrompida. Winge tarda unos momentos en acostumbrarse a la luz mortecina. El cuerpo yace desnudo sobre la camilla, la mortaja en el suelo. Él tiene que espantar a las moscas una y otra vez: rebotan contra sus dedos, pero vuelven al instante.

El cadáver está desnudo y, a todas luces, embadurnado de aceite, como si hubieran querido darle brillo a la piel. Por desgracia, ese mismo aceite ha propiciado que la suciedad y el polvo se le peguen. Winge se queda quieto un momento, concentrado en asimilar lo que ve. Luego comienza a caminar en círculos alrededor de la camilla, acercándose de tanto en tanto para distinguir mejor algún detalle. Levanta una mano fría y nota la resistencia que oponen los músculos rígidos del brazo, como si el cadáver se negara a revelar sus secretos. Puede ver marcas que parecen de vendas, rastros secos de sangre y una herida en la palma de la mano.

Cecil dice: «Fue herido y después curado», Cecil dice: «Las heridas son superficiales», Cecil dice: «Simplemente están allí para que se vean.» Tiene heridas parecidas en la otra mano y en ambos pies.

Le resulta imposible levantar más el brazo del muerto y, en lugar de forzarlo, se pone en cuclillas para verlo por debajo. Empuja un poco el cadáver para atisbar la piel de la espalda, donde la sangre se ha acumulado.

Cecil dice: «Todavía rojo; no azul», Cecil dice: «Murió anoche», Cecil dice: «Mírale la frente», y Emil hace lo que le ha ordenado. Una serie de cicatrices la recorren de lado a lado y continúan alrededor de toda la cabeza; el pelo está apelmazado por culpa de la sangre seca.

Se detiene frente al costado derecho del cadáver: ahí hay otra herida. Su contorno amoratado encierra en un círculo la oscuridad de las entrañas. Es mucho más grave que las demás, y ya nunca se cerrará. Deja el sagrado interior de un ser humano a la vista de los extraños. Intenta imaginar un arma que pueda causar una herida como ésa, pero es incapaz de conseguirlo. Cecil dice: «La muerte entró por allí.» Es la herida mortal. Cecil dice: «Mira si hay algo dentro», y él busca a su alrededor algún utensilio que le pueda ser de ayuda. Tiene que contentarse con arrancar una astilla de la camilla de madera. Es lo bastante larga. La hunde y, tras sacarla de nuevo, observa en la punta pringosa una especie de perla minúscula. Otras más reflejan la luz en el borde de la herida, y aún otras refulgen entre los rizos del pelo.

Envuelve sus hallazgos en un pañuelo que se guarda en el bolsillo. Luego golpea la puerta y Jan lo deja salir.

—Encárgate de que venga alguien a lavarlo. Cuanto antes lo entierren, mejor, y marca la tumba de modo que sólo tú sepas dónde está. Sé a lo que te referías, insiste en que nadie diga nada.

Jan asiente y Emil se da la vuelta para retirarse.

—¿Puedes hablar con los muertos?

Emil responde con un gesto de la mano, restándole importancia al asunto y despidiéndose a la vez.

—Les debo mi pan de cada día.

22

Cardell siente como si la luz se le clavara en los ojos. Así es como empieza. Aprieta los párpados, pero de todas formas tiene que cubrirse con el brazo, pese a que va caminando por el lado sombreado de la calzada. Luego, sus oídos empiezan a fallar y algunos ruidos se elevan por encima del ajetreo constante de la ciudad: una rueda de carro rechina en su eje, una barra de hierro choca contra los adoquines del suelo, una joven lanza un grito de alegría o de auxilio. Él se estremece, respinga y atrae las miradas de los transeúntes como suelen hacerlo los borrachos o los locos. Jamás había sentido nada parecido. Va a refugiarse en su cuarto, busca una jarra de agua y se arremanga la camisa para inspeccionar la herida.

No es precisamente bonita, pero tampoco impresiona. No es particularmente grande ni profunda; de hecho, es mucho más leve que otras que sufrió en las incontables ocasiones en las que le tocaba darle puerta a algún parroquiano indeseable. No es más que una línea roja sobre la cual empieza a formarse una costra. Podría tapársela con la mano... si aún la tuviera. No es más que un rasguño en un brazo con más marcas que la pared de una prisión. No supura, no huele mal, la piel de alrededor no está más hinchada ni sensible de lo que debería. No ve tejido muerto. Aun así, hay algo que no va bien. Fuera, una noche lluviosa se ha ido cerniendo sobre Estocolmo. Entre trueno y trueno, le parece oír bramidos y voces: es como si el mismísimo Tor se hubiese presentado montado en su carro y seguido de los espíritus de sus guerreros muertos en batalla. La lluvia cae a borbotones, interminablemente.

Procura dormir para olvidar su incomodidad, pero cuando despierta le cuesta tragar, y una y otra vez algo parece apretarle la mandíbula hasta que le rechinan los dientes. Se oprime las mejillas con los dedos tan fuerte como puede y los músculos contraídos acaban cediendo, aunque no sabe si es mérito suyo o si sencillamente los ataques son cortos. Bebe agua, pero le cuesta tanto masticar que prefiere no comer nada. Al día siguiente se descubre aún peor. Los espasmos se han apoderado de todo su rostro, y cuando comienzan son incontenibles. La boca se le abre dejando los dientes al descubierto como en una sonrisa loca que dura varios minutos. Se da bofetones para relajar la cara. A veces funciona, por lo general no.

Desearía poder comer alguna cosa, pero la luna creciente va llenándose y él no mejora. Eso que se ha ido adueñando de su cuerpo poco a poco se extiende imparable, y cada vez más a menudo se despierta con el brazo derecho temblando, tenso como una maroma de ancla, doblado sobre el pecho como para protegerlo del peligro, la muñeca retorcida, los nudillos blanquecinos y los dedos rígidos. Lo peor, sin embargo, es el muñón, cuyos músculos se contraen bajo el tejido cicatricial y la piel fruncida. Incluso su brazo fantasma sufre espasmos en su mundo espectral.

Emil Winge va a verlo en un buen momento, gracias a Dios: los tendones tensos como cuerdas de arpa acaban de relajarse, el espasmo acaba de irse. Cardell se echa agua en la cara y aparta la puerta destrozada que aún no ha tenido ánimos de volver a colocar en sus goznes.

—Ya empieza, Jean Michael.

—¿Han encontrado un cadáver?

—Sí, anoche, cerca del amanecer, en Kungsträdgården.

—¿Y ha sido Ceton?

—Eso creo. No es lo que me había esperado, pero algo me decía que intentaría superarse a sí mismo. Ahora sí que necesito tu ayuda. ¿Estás preparado?

Cardell coge una bocanada de aire y responde con una mueca de resignación.

—Mañana es la reunión de la que te hablé. Deja que zanje el asunto y luego seré todo tuyo.

Winge se queda callado hasta que su mirada escrutadora le pone a Cardell la piel de gallina.

—Bueno, ¿qué hay que hacer?

—Lo de siempre, para empezar. Tendremos que preguntar por ahí. El lugar del crimen no está claro y será mejor que lo ubiquemos cuanto antes. Y luego está esto.

Saca su pañuelo del bolsillo y busca un lugar donde ponerlo, pero la mesa plegable del cuarto que Cardell alquila amueblado ha quedado reducida a astillas, así que Emil sostiene su hallazgo en la mano para que pueda verlo. Trocitos de sol iluminan las paredes y el techo.

—¿Qué es?

—Son fragmentos de un espejo.

23

La tarde se acerca inexorablemente. La luna llena llegará justo la noche que pone fin a una semana y da comienzo a la siguiente. Cardell tiene la impresión de que los campanarios llevan varias horas tocando a misa. Espera el siguiente espasmo con paciencia forzada. Su rostro es lo primero que se retuerce: los dientes al descubierto marcan el inicio de cada ataque. Siguen la nuca, los omoplatos, los brazos, como una maraña de cuerdas que se fueran tensando lentamente hasta formar un nudo. La espalda se le encorva hasta que le crujen las vértebras y el pecho se le endurece de tal modo que le cuesta muchísimo respirar. Los músculos de sus muslos se paralizan. Tal como viene, se va. Calcula el tiempo lo mejor que puede: cuenta en silencio desde que oye doblar la campana grande de San Nicolás y llega hasta mil antes de que la campana pequeña marque el primer cuarto.

Sabe que una pelea puede decidirse con un solo golpe, sobre todo si lo lanza con el puño izquierdo, pero también que eso depende del azar. Petter Pettersson estará preparado. Si tan sólo el espacio entre espasmo y espasmo fuera suficiente... Pasa una hora y media sin notar nada, pero enseguida llega el siguiente episodio. Cuenta hasta ochocientos. Lo único que puede hacer es esperar.

• • •

Se encamina con anticipación al lugar de la cita para así disponer de tiempo para estudiar el lugar elegido. Va contando mentalmente como antes, y acompasa sus pasos con ese conteo. Se dice que el paseo puede venirle bien: el calor del sol se ha ido arrastrando como el velo de una novia y el aire de la noche es fresco como después de la lluvia. Los espasmos se presentan cerca del monte Ansgarieberget: su cuerpo se bloquea y tiene que detenerse y esperar que llegue el alivio. Ochocientos cincuenta. Mejor ahora que más tarde. Lo único que puede hacer es cruzar los dedos para que el episodio no sobrevenga cuando más necesite sus extremidades, que los ataques se espacien y le den un respiro durante el tiempo suficiente. Se siente mejor: ya puede ponerse en pie. Procura relajar los músculos y vuelve a echar a andar contando mentalmente.

Doscientos. Es el primero en llegar. La noche ha sido buena elección, al igual que el sitio: una franja de playa perfectamente despejada, sin obstáculos ni hoyos. Más allá, un cuerpo de agua negrísimo que se extiende hasta la ciudad entre puentes. Hay oleaje, pese a que no hay mucho viento, y el agua chapalea como para quitarse de encima el reflejo de la luna de agosto, que avanza entre nubes dispersas, grande y ligeramente enrojecida, sus rayos lo bastante intensos como para dibujar sombras. Ve a la distancia que otras personas se dirigen allí. Pettersson debe de haberse ido de la lengua: habrá público.

Cuatrocientos. Se tensa las correas que sujetan el puño de madera tanto como puede sin afectar a la movilidad. Ese malnacido llega tarde. Seiscientos. Sin embargo, un ruido a su espalda le anuncia que ya está ahí. Se vuelve y observa a Petter Pettersson caminar con el látigo bajo el brazo. Está convencido de que podría ganarle... cualquier noche menos ésa. Cuando Pettersson se le acerca, su mirada detiene al alcaide en mitad de un paso.

—Hay que joderse, Cardell, ¿tanto te alegras de verme?

SEGUNDA PARTE

El baile de disfraces de Ceton

PRIMAVERA Y VERANO DE 1795

A sus hijos inocentes, las madres
el pecado les describen
horrible como una bruja,
deforme como un demonio.
Y así, desde la más tierna edad,
de la fealdad se apartan:
huyen del pobre y del desvalido,
sin reconocer jamás,
bajo la bella apariencia del rico,
el horror de su maldad.

Anna Maria Lenngren, 1795

1

Estocolmo, ciudad orgullosa. Alguna vez fue su jardín el escenario de sus juegos, pero es una amante traicionera y todo eso ha quedado atrás: ahora tan sólo tolera su presencia por lástima. Se ha convertido en un horrible laberinto por el que deambula, a la caza, un minotauro incansable y manco.

Tycho pisa la calle en contadas ocasiones, y cuando lo hace lleva el chambergo bajado sobre la frente, una bufanda cubriendo la barba que se ha dejado crecer desde principios del invierno, subido el cuello del abrigo cuyos bajos llegan casi al suelo —quizá empeñado por un gigante al que el hambre apretaba más que el frío—. Ni su propia madre lo reconocería. Aun así, camina agazapado; sin despegarse de las paredes, como las ratas; asomándose antes de doblar las esquinas para ver quién se aproxima en sentido contrario: un encuentro desafortunado bastaría para hundirlo. Por fortuna, se conoce los estrechos callejones de la ciudad al dedillo.

Los sábados son el peor día porque debe cruzar la Esclusa y abandonar la isla central en dirección a Hammarby. Pero no puede evitarlo: una rienda invisible tira de él, y no sólo de pan vive el hombre.

Suele ver, en lo alto, las ventanas iluminadas de los palacios donde las fiestas más extravagantes continúan sin él, y pensar: «En breve se apartarán las largas mesas para dar espacio al baile.» Recuerda esos palacios y mansiones señoriales que se elevaban por encima de las fangosas calles que él, por entonces, no se rebajaba a pisar. Desde sus ventanas, el cielo era más ancho, la noche más clara. Recuerda los amplios salones, los techos altos decorados con querubines, las sedas y los dorados compitiendo en esplendor a la luz de las velas hechas de la mejor cera. La ciudad que se ve obligado a recorrer, en cambio, es el reino de las ratas y las chinches; los techos son tan bajos que las vigas amenazan la frente de los descuidados, y el sebo y el aceite de colza arrojan más malos olores que luz. La constante penumbra sofoca los colores con los que la chusma se atreve a disfrazarse, y al cabo hace cumplir inesperadamente la ley suntuaria porque todos parecen ir vestidos de gris. La inmundicia del suelo hace resbalar a los transeúntes y ningún baile es posible sino el de los osos encadenados. El hedor que emana de las aguas de la bahía de Riddarfjärden rivaliza con el de la celda sofocante que tiene por cuarto, y empeora cuando la nieve y el hielo derretidos ya no se avienen a cubrir y neutralizar la mugre.

Cuando pasa por la plazuela de Brända Tomten, ve los carros detenerse para que bajen los campesinos seducidos por el sueño de una vida mejor. Cada vez, un grupo de chiquillos los rodean, ofreciéndose a llevar sus pesados arcones y baúles, pero al menor descuido huyen con la carga entre risas y se pierden por pasadizos y callejones que conocen a la perfección, dejando a los incautos aún más pobres que antes.

Es una primavera fría y ha estado lloviendo. Los chubascos empapan Estocolmo y sus islas a veces durante varios días seguidos, a veces tomándose un respiro, pero dejando el ambiente tan húmedo que la gente tiene que secarse al fuego para no ir siempre con la ropa empapada. Las palomas se resguardan donde buenamente pueden, silenciosas y pacientes, hasta que el hambre las hace levantar el vuelo y el batir de sus alas resuena como un pistoletazo en los callejones. El sol recorre el cielo envuelto en jirones de nubes bajas y grises que se niegan a dejar pasar la luz y el calor que la estación prometía. Desde la plaza de Stortorget, por las canaletas que flanquean la calzada corre un continuo torrente de agua sucia, y cuando encuentra un obstáculo se forman grandes charcos donde los mosquitos se reproducen por miles. Las dolorosas picadas se le antojan un continuo mensaje de la ciudad entre puentes: «No vales nada.»

A veces, se demora al calor de un portal o bajo la luz de una ventana y escucha los chismorreos de la gente; casi siempre noticias bien conocidas, pero también algunas novedades: las cosas están cambiando por todas partes, el futuro será mejor; la mala cosecha en el sur es ya inevitable y amenaza la hambruna; la regencia se acerca a su fin, pero quizá el joven rey nunca llegue a gobernar; los poderosos se vuelven cada vez más mezquinos y quisquillosos; los suspiros que suscita el desgobierno se convertirían en carcajadas si todo fuese una farsa, y no la realidad.

Sin embargo, la fiesta continúa: el aguardiente sigue corriendo, aun al borde del abismo. Que el mañana sea incierto no quita las ganas de fiesta; por el contrario: si se acerca el Ragnarök, el fin del mundo, ¿qué mejor que disfrutar del momento? Causa y efecto se anulan. Puede que la muerte no sea bienvenida, pero al menos los muertos no tienen deudas. Alimentados por la desesperanza, la alegría y el baile se desbocan sobre los tablones sucios del suelo de las tabernas. El juego se multiplica como nunca antes; ingentes cantidades cambian de manos y los ricos desfalcados tienen que aceptar que los miserables les paguen las bebidas. Es como si una fiebre se hubiera apoderado de la ciudad.

Esa noche, Ceton tiene especial urgencia: se le está acabando el dinero. Ya ha empeñado todos los objetos de valor que poseía y no puede pagar ni el alquiler de su miserable cuartucho. A final del mes lo echarán de su guarida y en la calle no podrá esconderse por mucho tiempo. Necesita ayuda y sólo le queda un clavo ardiendo al que aferrarse. Ha estado esperando atento a los sonidos que marcan la hora mejor que un reloj:

cada noche, alrededor de las diez, el tamborilero hace su ronda por los callejones preparado para llamar con sus redobles a la policía cuando descubre que alguna taberna sigue abierta. Los taberneros le pagan la tarifa que les pide para llevar la fiesta en paz, y algunos incluso le invitan a un par de tragos por pura buena voluntad. Esa noche en particular, sin embargo, parece haber bebido de más, y se esfuerza en tocar un tambor cuyo parche alguien debe de haber roto tras pagar la tarifa, simplemente para asegurarse.

Él se pone el abrigo y el sombrero, bajado sobre la frente. Luego se pasa la mano por la barba crecida: a menudo, cuando su mente divaga, se lleva la mano a la mejilla como para asegurarse de que el vello ha conseguido cubrir la cicatriz que lo identifica; no obstante, en cuanto se da cuenta aparta la mano y la mete en el bolsillo del abrigo. Eso sí: la mano parece tener voluntad propia y no tarda en volver adonde estaba, inquieta y nerviosa, una araña en tela desconocida. Ceton baja a la calle y, tras mirar a los lados, emprende la marcha.

2

Mientras Tycho Ceton avanza por los callejones, va acordándose de las penurias del invierno: semana tras semana en el penumbroso cuartucho de alquiler, muerto de frío aunque pegara la espalda contra la estufa de cerámica y con los ojos llorosos por el humo del candil de aceite de ballena. Sin más visitas que las del hijo del casero: dos veces por semana para llevarle leña y algunos libros escogidos al azar entre los volúmenes que el vendedor ambulante hubiera podido comprarle a los familiares de algún fallecido. Recuerda el estofado de la taberna de abajo: más caldo que otra cosa, y siempre idéntico, pese a tener un nombre distinto cada día, y la omnipresencia de las chinches, y cómo las yemas de los dedos se le han llenado de callos de tanto chafarlas, y cómo siempre volvían a aparecer; y el silencio, más insoportable cada día, y cómo el dinero se le ha ido agotando a pesar de gastar sólo lo mínimo para sobrevivir.

La gente con la que se cruza lo horroriza: le parecen feos, torpes como niños, dando tumbos por la vida sin rumbo ni sensatez. Los que aún tienen salud y placer ignoran que tarde o temprano el cuerpo y el mundo los traicionarán, los que sufren ahogan su dolor en aguardiente. La insistencia con que esos seres se aferran a una vida que no vale nada lo asquea: el aprendiz de zapatero con los nudillos llenos de costras, el secretario que bizquea detrás de unos lentes rayados y con la montura torcida, el presumido que se jacta de unas prendas que le han vendido a un precio ridículamente alto con la promesa de que despertarán la admiración de todo el mundo, la criada que intenta disimular una barriga prominente y vergonzosa. Lentamente van ocupando sus puestos: dóciles piezas de una máquina demasiado grande para que puedan verla, demasiado compleja para que puedan entender su funcionamiento, con un propósito que será un enigma para ellos desde la cuna hasta la tumba. Se dirige a la calle Skeppsbron; la pendiente acelera su marcha. Más allá de los últimos edificios suspira la gran masa negra, las maromas crujen con el vaivén de las olas. En el límite entre Estocolmo y el resto del mundo se mezclan lenguas hasta producir un bullicio ininteligible.

Lo hacen esperar un buen rato después de llamar al portón, y cuando el pretencioso sirviente vuelve a abrirle, media hora más tarde, arquea las cejas, sorprendido de encontrárselo aún allí: cada minuto convierte en un ser más indigno a quien espera por necesidad, y lo rebaja aún más ante quien está en condiciones de darle o negarle lo que necesita.

—El señor os recibirá ahora.

Ceton da un paso hacia el umbral, pero el sirviente le impide la entrada.

—Por aquí no: dé usted la vuelta y entre por la puerta de servicio.

Para acceder al patio, tiene que recorrer el estrecho espacio que separa las casas. Allí juntan la basura, rezumante de líquidos malolientes; por allí entran, con sus barriles, los vaciadores de letrinas, que no siempre consiguen evitar que una parte de su carga caiga al suelo. La inmundicia le mancha los zapatos y, cuando intenta eludirla, se golpea los hombros y los codos contra las toscas paredes. Humillado, consigue por fin llegar a trompicones al patio. Al menos, el criado lo espera con la puerta abierta y no tiene que volver a llamar. Lo hace pasar y lo guía escaleras arriba hasta un lujoso despacho presidido por un escritorio de rara belleza. Alrededor, todo es parecidamente hermoso. Hay una jaula cubierta en la que unos pájaros cantores deben de estar descansando, una cómoda de taracea cuyos cajones prometen toda índole de curiosidades, librerías repletas de volúmenes bellamente encuadernados y ordenados por tamaño, los infolios abajo, los octavos y duodécimos más arriba. En una de las paredes hay un grupo de tres armarios, cada uno coronado por una vitrina que resguarda una colección de mariposas clavadas en tablas forradas de seda. No ve ninguna silla donde sentarse, así que tiene que quedarse de pie delante de su anfitrión como un escolar frente al maestro que se dispone a castigarlo.

El hombre tras el escritorio es delgado y calvo, y tiene las mejillas marcadas por la viruela. Va en chaleco, con la camisa arremangada hasta los codos y la corbata desanudada. Escruta a Ceton de arriba abajo con mirada displicente: el calzado sucio, el abrigo manchado y demasiado grande, la barba descuidada, la peluca de lana... Ceton no ha hecho ningún esfuerzo por mejorar su aspecto andrajoso, consciente de que el esfuerzo apenas habría valido la pena, así que se queda quieto sin intentar ocultar nada: el último vestigio de dignidad que le queda. La voz que le habla es nasal y no disimula su molestia.

—Tycho Ceton, cómo se han derrumbado los antiguos héroes. No pensaba que fueras a presentarte por aquí nunca más.

Ceton se aclara la garganta.

—Bolin, de todos los hermanos de la orden tú eres al que más afecto le he tenido siempre...

—¿Pretendes que eso sea un cumplido? No pierdas el tiempo ni me hagas perder el mío; abandona esa supuesta familiaridad y ahórrate los halagos.

El anfitrión saca su reloj del chaleco con gesto irritado, lo desprende de la leontina y lo deja encima del escritorio, que hace de caja de resonancia para el tictac del mecanismo.

—Tienes cinco minutos, ni uno más. Te aconsejo que vayas al grano.

—Determinadas circunstancias han hecho que no disponga momentáneamente del dinero que necesito. No he tenido la culpa: estas cosas pueden ocurrirle a cualquiera independientemente de sus méritos. Ambos sabemos que los Euménides no siempre veían con buenos ojos las libertades que me tomaba...

Anselm Bolin resopla ruidosamente ante el eufemismo. El olor a encierro de Ceton se ha esparcido por el despacho, de modo que coge un frasco de sales aromáticas y se lo pone bajo la nariz.

—Aun así, quiero creer que el regalo de reconciliación del verano pasado fue el comienzo de un nuevo entendimiento.

Bolin, impaciente, tamborilea con los dedos sobre el escritorio.

—No me cuentes tus penas, Ceton.

—Me han robado la fortuna que con tanto esfuerzo había logrado reunir. En breve habré gastado mi última moneda.

Bolin levanta una ceja.

—¿Algo más?

—Dos perros rabiosos me persiguen sin motivo. Me he convertido en una obsesión para ellos y, por desgracia, todo indica que cuentan con la venia de la Casa Indebetouska.

Bolin baja el pie del taburete donde lo mantenía apoyado y se levanta esforzadamente de la silla apoyándose en un bastón de marfil. Está descalzo y camina cojeando hasta plantarse delante de uno de los armarios. Una vez allí se dedica a contemplar con cara de conocedor aquella explosión congelada de colores y formas de alas. Por fin lanza un suspiro y se frota la cara.

—Me pregunto, Ceton, si de verdad no sabes por qué has despertado tanto resentimiento entre los hermanos.

Se hace a un lado torpemente para darle espacio al visitante.

—Ven a mirar. En el centro de la segunda fila, empezando por arriba, verás dos mariposas juntas.

—Dos de la misma especie.

—Sólo a ojos de los legos. Ambas son *Lepidoptera*, sin duda, pero a partir de allí todo parecido es meramente superficial. Así lo comprobó Pieter Cramer, el primero en clasificar las mariposas siguiendo las pautas de Lineo, cuando las puso bajo su lente convexa. Mi impresión es que la de la derecha ha imitado los colores de su vecina, que tiene un sabor amargo, como bien saben los pájaros, que cada vez que ven esos puntitos blancos sobre un fondo amarillo cierran el pico y se van de allí. Así, pese a no tener ella misma un sabor amargo, ha conseguido sobrevivir a sus depredadores.

—¿Y cómo puedes estar tan seguro?

—No digo que sea una verdad inequívoca, pero he hecho mis propios experimentos.

—¿A qué te refieres?

Bolin sonríe mostrando unos dientes sanos y fuertes pese a la edad.

—A que las he probado a ambas, claro. Pero mi intención no era darte una lección sobre mariposas, sino hacer una parábola. —Bolin da media vuelta laboriosamente, apoyado en la pierna mala, y continúa hablando sin esperar a que Ceton diga nada—: El problema contigo no es tu irreflexividad, ni tus excesos, ni tu incapacidad de respetar los estatutos de la orden, sobre todo en lo que a discreción se refiere. ¡Por Dios! Si eso bastara, los salones en que nos reunimos se llenarían de ecos, de tan vacíos. *Così fan tutto.* No.

Se le acerca, pero el mal olor hace que se detenga sin disimular una mueca.

—Tú no eres uno de los nuestros, Ceton, simplemente intentabas parecerlo. ¿Cómo pudiste pensar, pese a tu evidente astucia, que lograrías esconder esa verdad de los demás está más allá de mi comprensión?

—No sé a qué te refieres.

Bolin resopla de nuevo.

—¡Si tan sólo pudieras verte a ti mismo cuando la bacanal alcanza su punto de máximo desenfreno! No puedes, pero los otros sí. Yo mismo he contemplado tu rostro petrificado de horror, los pantalones bajados por obligación y el miembro flácido en el puño mientras otros se entregan a sus placeres. Rehúyes la proximidad de las otras personas, ¿qué auténtico libertino se comportaría así? La ciudad entre puentes es pequeña, Suecia no es mucho mayor, e incluso desde la lejana isla de San Bartolomé los periódicos encuentran el camino a casa. Nos enterábamos de los cuentos de hadas que pretendías hacer pasar por tus aventuras y las exageraciones con las que fantaseabas, pero te conocíamos bien y aquellas historias no concordaban con lo que nosotros mismos habíamos observado. Tú no adoras a Freya ni a Venus, como nosotros: tus motivaciones son otras. Ingenuamente, has intentado ocultárnoslas utilizando pomposos apotegmas y citas de libros que no comprendes del todo. Sin duda, hay puntos en que tu camino se cruza con el nuestro, pero nadie confiaría en alguien como tú a largo plazo.

Esas palabras golpean a Ceton como si fueran puñetazos en la sien. No encuentra nada que decir, el mero empeño en mantener el pecho henchido le resulta insoportable. Bolin vuelve a sonreír de un modo casi compasivo, antes de cojear hasta la ventana para entreabrirla con la esperanza de que la brisa del Báltico se cuele entre los callejones.

—Me parece que apestas más que las cunetas de la calle. Toda una proeza a estas alturas del año.

Bolin sorbe el aire entre los dientes y cambia el peso de una pierna a otra. Es su décima primavera como secretario de los Euménides y últimamente ha tenido que esforzarse para recuperar la esencia de la sociedad. Se siente agotado: la edad se le ha echado encima. Naturalmente, sabía que iba a suceder, pero hasta poco antes le parecía que sólo les ocurría a otros, y ahora es demasiado tarde. De joven, se sentía inmortal: una sensación que ya no es más que un recuerdo agridulce que por momentos le produce ternura y, por momentos, autodesprecio. Es el encargado de llevar los registros de la hermandad, supervisar los rituales con los que se asciende de rango, participar en la organización de los encuentros y festividades, pero hay tanta discordia, tantas intrigas, tanta política, pese a que la mentalidad de los miembros es en principio tan parecida. El poder siempre suscita peleas: se forman facciones y las lealtades cambian de la noche a la mañana. Nadie dudaría en clavarle a otro un puñal en la espalda. Y cuando toca votar a un nuevo presidente, las maquinaciones aumentan todavía más: los de mayor rango se dedican a amenazar y sobornar para que el elegido sea quien ellos prefieren. Justo ese año toca renovar el mandato y él ya sólo puede observar pasivamente un juego destinado a hombres más jóvenes. ¡Al diablo con todo el mundo! Su humor cambia de repente.

—Aunque no seas más que una *limenitis* disfrazada de *danaus*, entre los hermanos hay quienes aún guardan un bello recuerdo de aquella boda en la finca de los Tres Rosas.

Bolin saca una cajita con forma de tortuga del bolsillo y se pone un poco de rapé en el pliegue del pulgar. Lo aspira y ahoga un estornudo en el antebrazo.

—Si no hubieras venido a verme vestido como un mendigo me costaría más echarte de aquí.

Ceton reflexiona un momento. Es como si tanteara en la oscuridad y de pronto viera surgir una chispa.

—A lo mejor podría ofrecer algo a cambio de la benevolencia de los hermanos. ¿Qué tal un evento parecido a aquella boda?

Bolin se suena la nariz con el pañuelo bordado.

—Estamos en un momento particularmente aburrido, lo que crea inevitables tensiones. Una distracción nos vendría bien, pero tendría que ser algo excepcional: una boda en el campo no genera demasiadas expectativas y por eso es fácil que sorprenda, pero aquí, en la ciudad, esperamos cosas más sofisticadas. Piensa un poco, Ceton, e infórmame cuando tengas una propuesta.

Tycho Ceton tiene un nudo en la garganta. Se ve obligado a carraspear y toser antes de conseguir preguntar:

—¿Cuándo tendría que...?

Bolin se lo queda mirando un momento y Tycho reprime un escalofrío ante la responsabilidad que acaba de echarse encima.

—Esperaremos a que tu musa te inspire, pero no tardes demasiado. —Bolin vuelve a prender el reloj a la leontina y se dispone a guardárselo en el bolsillo del chaleco, pero se detiene de pronto, como si aún no quisiera despedir a su invitado—. Por cierto, Tycho. En el secreter junto a la puerta encontrarás un puñado de entradas que me han regalado. Sí, ahí, bajo la pata del león. Coge una. Yo soy demasiado viejo para esas cosas, pero a lo mejor a ti el espectáculo te sirve de inspiración.

Ceton hace lo que le han dicho: coge una entrada de teatro. Luego, Bolin hace un ademán invitándolo a irse.

—Al menos esa barba te cubre un poco la cara.

Al salir, le viene a la memoria algo que el joven Tres Rosas le había contado durante la larga travesía por mar. Era una anécdota de Samuel Fahlberg, el médico de la isla de San Bartolomé, que también era naturalista: al parecer, alguna vez se había topado con un escorpión tan parecido a una araña que las propias arañas se confundían y le permitían acercarse y atacarlas. Al parecer, Fahlberg estaba advirtiéndolo precisamente respecto de él, pero Tres Rosas no había sabido entender la advertencia. El caso es que Bolin no era el primero que lo comparaba con un ser que se hace pasar por otro, aunque en un sentido bien distinto. Quién sabe cuál de los dos estaría más cerca de la verdad.

3

El nombre que lee en la entrada que le ha dado Bolin le resulta familiar: Unge Lindegren. Es aquel chico de Uppsala que componía cancioncillas de taberna. Tuvo un gran éxito con su primera obra de teatro, *El amante ciego*, y ahora ha escrito otra que ya ha sido revisada y aprobada, y que se asegura que es magnífica. Las entradas para el estreno se agotaron hace tiempo, y muchos de los que se apresuraron a comprarlas se han dejado convencer para revenderlas por el doble. Él mismo podría haber vendido caro el regalo de Bolin, pero no ha querido: Tycho Ceton no piensa enriquecerse con los métodos de un tendero. Antes solía acudir a espectáculos como ése, ahora es como si Bolin le hubiese hecho una jugarreta. A lo mejor el viejo se acaba presentando también, simplemente para ver si ha aceptado su invitación.

Ha llovido durante el día, pero el cielo se ha despejado por la tarde. Es la velada que todos esperan, y él se suma a los que cruzan el puente hacia el barrio de Norrmalm y siguen las aguas de la Corriente hasta pasar la ópera. Ahí, entre los jardines de Kungsträdgården y el agua, está la mansión de ensueño a la que solían llamar Makalös, la Inigualable, y que aún le hace honor al mote. Esbelta y elegante, contrasta con el Palacio Tessinska, pesado y chato, y cuya anchura hace que parezca menos alto de lo que es. La Inigualable se yergue como un monumento a la deriva del siglo: erigida para glorificar a su propietario, cayó en manos del Estado cuando se agotaron los fondos. Más tarde, durante la guerra rusa del rey Gustavo, se utilizó como arsenal y, desperdiciada la última bala, se ha convertido en sede de la vanidad y la fantasía: es un teatro.

Pese a ser el último sábado de mayo, hace frío. El público va vestido con ropa de abrigo, muchos incluso llevan sus bufandas del invierno. Ceton intenta ignorar el tiempo. Sube la escalinata como tantas otras veces, pero un brazo extendido le cierra el paso.

—Primero la entrada, si me permite.

Ceton se la entrega y el vigilante, vestido con librea, niega con la cabeza y chasquea la lengua como si hubiese acertado en sus sospechas.

—El público sin asiento es el último en entrar, ¡no intentes colarte antes que la gente refinada! —le dice, y lo hace a un lado sin que pueda protestar.

Ceton aprovecha la luz de una ventana para volver a mirar su entrada y entonces se percata del verdadero valor del regalo de Bolin: una localidad en la zona que llaman el patio, donde hay que estar de pie entre la plebe y pelearse para atisbar el escenario. Se imaginaba que sería un palco o algo parecido, y sólo puede maldecir su ingenuidad.

La humedad y el frío se hacen notar, pese a que lleva encima toda la ropa que posee, y su impaciencia sólo empeora las cosas. Al final dejan pasar al público sin asiento, después de que los vigilantes hayan despejado la escalera y se hayan asegurado de que no queda gente importante rezagada. El río de gente lo arrastra y él avanza como puede, pisando los talones de quienes tiene delante, sufriendo los pisotones de los que vienen detrás. Hay empujones y juramentos; al cobijo de la muchedumbre, ni siquiera las mujeres se cortan a la hora de maldecir e insultar. Pronto, el patio queda completamente atestado. Arrepentido, Ceton, siempre sensible al contacto de terceras personas, busca la salida con la mirada, aunque el camino está completamente bloqueado por la gente que intenta avanzar a toda costa para plantarse más cerca del escenario. El telón se levanta sin esperar al populacho y aparece el taller de un pintor.

Ceton apenas oye los afectados parlamentos de los actores, otras cosas roban su atención: si antes tenía frío, ahora suda a chorros, y la masa de gente es como un mar azotado por corrientes invisibles que lo empuja hacia aquí y hacia allá sin que pueda hacer nada para evitarlo. Todos gritan y ríen con todas sus fuerzas, y él siente en la cara su aliento inmundo, y le parece ver las pulgas saltando de un hombro a otro. Un olor acre y un súbito charco en el suelo explican la cara de alivio de un borracho.

Arriba, en los palcos, está la gente de bien, olorosa a perfume y con espacio suficiente para ver, con ayuda de sus prismáticos, no sólo el escenario, sino quién ha acudido y cómo se ha vestido para la velada. Se ofrecen rapé en cajitas de plata, y los relojes de repetición tintinean por encima del murmullo como campanillas tañidas por ángeles. Muchos observan sonrientes el desorden en el patio y le señalan al vecino lo que les resulta más divertido. La aglomeración de abajo les hace aún más deseable el espacio del que disfrutan, y Ceton es un figurante más en el espectáculo.

Se ve obligado a soportar, en esas condiciones, tres actos y un intermedio en que las bailarinas compensan su torpeza enseñando de más. Finalizada la obra, le toca esperar mucho rato antes de que les abran las puertas: primero hay que desalojar los palcos, y nadie parece tener prisa; cada despedida requiere su tiempo. Una vez fuera, jadea como para limpiarse los pulmones, esconde los ojos llorosos en el ángulo del brazo, vomita bilis. En la Corriente, fragmentos de luna llena flotan esparcidos sobre las crestas de agua. A sus espaldas, los chapiteles de la Inigualable apuntan al cielo, y su indiferencia le resulta insultante. Deshace el camino hasta su penumbroso cuartucho con el odio como única luz, un odio que no mitigan ni la impotencia ni el miedo.

4

—Copenhague está en llamas.

En los callejones debajo de su cuartucho la gente se aglomera, hay cotilleos y alarma. Una chispa en plena sequía ha destruido la capital danesa, sólo quedan montañas de piedras tiznadas de Christianborg. «Un presagio», graznan los pájaros de mal agüero. ¿Cuándo arderá Estocolmo de nuevo, pese a los edificios de piedra? Los ancianos que recuerdan saben que el calor en invierno y las hogazas recién horneadas cuestan más de lo que se piensa: cuando menos te lo esperas, el Gallo Rojo exige un pago por los servicios prestados. Pero Ceton también lo sabe, y mejor que nadie: a él ya se lo ha arrebatado todo.

El verano se acerca y el creciente calor hace que su cuarto se vuelva aún más insufrible que con el frío del invierno. De éste podía librarse acurrucándose bajo la manta, pero con el calor no hay nada que hacer. El aire es denso y está cargado de olores, su cuerpo sediento le exige lo que ha perdido con el sudor. Los picores que ya tenía han empeorado: no sólo lo atosigan por fuera, sino también por dentro. Ha perdido la cuenta de los días. Cuando el campanario de Santa Gertrudis hace temblar el barrio entero llamando a misa, tiene que contar seis días y seis noches para saber que es sábado: el día de su única rutina fija.

Lee el anuncio en la fuente: por fin, en el patíbulo de Hammarby un ladrón recibirá su merecido. La horca ha estado vacante tres semanas seguidas: sólo se ha ejecutado a mujeres condenadas por aborto, y a ésas ya no se las cuelga para evitar que los niños de la calle se agolpen a sus pies intentando atisbar algo bajo sus faldas mientras patalean. Ahora arrastran el cepo hasta la plaza y lo colocan directamente en el suelo, y el hachazo del verdugo le interesa mucho menos que la soga.

Sigue a la multitud hasta la fortaleza y sube la cuesta. Reina un ambiente alegre, hace un día excelente de verano, sin nubes en el cielo. Una vez en su destino, se abre paso a regañadientes para acercarse todo lo que puede y procura unirse a un grupito entre cuyos miembros le parece que no destacará demasiado. El carro del verdugo no tarda en aparecer, llevado por un cochero que fustiga a su caballo entre las maldiciones de los ayudantes que tienen que empujar cuando el vehículo se atasca. Sacan al condenado: un joven de pelo rojo y aspecto bonachón. Lleva las manos esposadas y tiene cara de sorpresa, pero enseguida parece ponerse eufórico ante la atención con que la plebe lo recibe. Su cara sonrosada se ilumina cada vez que pasa junto a alguien a quien conoce: le sonríe y lo saluda a gritos. La base de la horca es redonda y hecha de obra, con una sencilla abertura en la que se halla la escalera que lleva hasta la plataforma. Una vez arriba, unas vigas configuran un triángulo entre pilares de piedra, cada una con cuatro lazos bien fijados para resistir la tensión de las cuerdas que soportarán la carga. Aunque el condenado tiene la mano del pastor en el hombro y un ayudante del verdugo lo sujeta firmemente por las esposas, parece fascinado ante las vistas y seducido por el público. Cuando leen la sentencia, no puede evitar dar unos pasitos de baile y repetir burlonamente las palabras con los labios, y apenas reacciona cuando uno de los ayudantes le da una colleja. Hasta que no se hace silencio, nadie parece advertir la gravedad del momento. Le ponen la horca al cuello y él sacude la cabeza como si acabara de darse cuenta de que los hombres que lo rodean están ahí para arrebatarle la vida.

—Esperad, esperad...

El mismo ayudante que le ha dado la colleja le propina ahora unas palmadas en la espalda para tranquilizarlo. Ciñen bien el lazo y lo prueban dándole un tirón, luego esperan la venia de la autoridad.

—Esperad, esperad...

Los ayudantes saben que no deben demorarse hasta que el pánico convierta los susurros en gritos, así que tiran de la cuerda como si estuvieran compitiendo contra otro equipo, levantan al pelirrojo del suelo y fijan la cuerda para mantenerlo ahí antes de restregarse las manos en las perneras como para quitarse la culpa. La expresión del colgado es de desconcierto. Los labios se le van poniendo azules mientras siguen suplicando inaudiblemente un momento más; sus ojos miran de un lado a otro sin hallar dónde fijarse. Estira las piernas en vano buscando la plataforma, arquea la espalda y tensa cada músculo de su cuerpo para intentar romper la cuerda que lo sujeta. Luego empieza a patalear cada vez más rápido, como si corriera en el aire, como si fuera una de esas gallinas sin cabeza cuyos reflejos les permiten escapar de su dueña. Pero cada movimiento estrecha aún más el lazo. La lengua ya no le cabe en la boca, y Ceton abre los ojos de par en par ante el espectáculo, ansioso de no perderse nada, estremeciéndose. El pánico se apodera de él, pero es incapaz de mirar para otro lado, ni siquiera pestañea. Busca la mirada del moribundo, sus ojos saltones e inyectados en sangre; le parece que se ha despedido de este mundo y mira a la eternidad. Busca un signo, un cambio que se pueda interpretar, un indicio de que esos ojos están mirando algo reservado sólo para ellos, pero el instante es demasiado breve, siempre demasiado breve, por muy largo que haya sido el camino hasta allí. Lo que hace un momento era una persona viva se queda inmóvil tras las últimas sacudidas, perdido aquello que lo identificaba como un ser humano. Lo que pende de la cuerda es otra cosa.

Ceton debe hacer un esfuerzo para calmarse mientras mira al resto de los congregados, que ya están dando media vuelta con la intención de volver a la ciudad llevándose un buen recuerdo del espectáculo. Se pregunta cómo es posible que consideren la muerte algo que sólo atañe al ahorcado: todos llevan su propia soga al cuello, y ya está atada a las horcas, cada una distinta, que se han montado para ellos. Es evidente que no lo ven, pero él sí. Cuánto le gustaría sentir la misma indiferencia.

Entonces se queda de piedra porque entre la muchedumbre hay dos hombres a los que reconoce: Cardell, el manco, con su puño de madera aún negro por el fuego sujeto al muñón, y a su lado, Winge, el loco, inmóvil, con una pipa en la boca y las manos a la espalda. Ambos recorren el gentío con la mirada. De pronto, Cardell apunta en su dirección y Winge vuelve la cabeza buscándolo. Él se agazapa, se cuela entre la gente y obliga a sus piernas a obedecerlo aunque esté temblando de arriba abajo. Avanza tan rápido como puede sin dejar de agacharse, luego acelera y trepa la colina: con suerte lo perderán de vista. Delante, la pendiente conduce hasta la fortaleza.

Se permite hacer un alto y echar un vistazo, y entonces se percata de que no ha sido lo bastante rápido: lo siguen, ambos. Cardell está más cerca, y avanza apartando entre juramentos a los que le estorban el paso. Ceton siente que el corazón le da un vuelco como si quisiera salírsele del pecho y se precipita cuesta abajo tan rápido que de vez en cuando resbala y rueda en tierra. Siente el viento golpeándole la cara, los oídos le zumban. Una ráfaga le arrebata el sombrero. Las piernas se le han atrofiado en el cuartucho durante el invierno, el costado le duele como si le hubiesen clavado un punzón. En la aduana hay algunos guardias, pero detrás de la barrera hay camino libre. Sin embargo, se siente exhausto y asustado; tiene que pensar, encontrar una solución. Vuelve a mirar atrás y ve a Cardell tan cerca que puede distinguir los remiendos de su abrigo.

Rápidamente, se oculta detrás de un carro, coge un puñado de tierra y se la restriega por la cara y la ropa: suciedad nueva para disimular la vieja. Se tira del chaleco para arrancarse algunos botones. Luego hace lo que puede para recobrar un poco el aliento y corre hacia los uniformados.

—¡Capitán! ¡Capitán!

Los hombres interrumpen sus conversaciones y miran cómo se acerca. Ceton sube la voz una octava por encima de lo normal para dar la impresión correcta: un noble agraviado que hace lo que puede para mantener su dignidad aunque el llanto asome a su garganta. Se dirige al hombre con las insignias correctas:

—Capitán, me han atacado. Trabajo para el gobernador y he estado en Hammarby durante la ejecución para cumplimentar los registros, pero en cuanto he partido de vuelta a casa un vándalo me ha hecho saltar el sombrero de un golpe, me ha tirado al suelo de un empujón y ha arrojado mis papeles y utensilios de escritura cuesta abajo de una patada. Estaba ebrio, pero me ha parecido entender que es cuñado del ajusticiado. —El sonrojo fruto del esfuerzo se confunde con el del orgullo herido y, al ver que los hombres no consiguen contener una sonrisita burlona, endereza la espalda y empieza a arreglarse el chaleco roto con gestos torpes, como para recuperar parte de la dignidad de la que lo han despojado. Tensa las comisuras de la boca en una trémula mueca de altivez y deja que se le quiebre la voz—. No quiero exagerar mi propia relevancia, señores, pero debo hacerles saber que cualquier ataque contra un servidor del Estado es un ataque contra el Estado en sí. Allá donde se permita que cosas como ésta sucedan sin más, la revolución no tardará en echársenos encima. —Sin esperar respuesta, señala hacia atrás, hacia la cuesta. Cardell se encuentra a cien pasos de allí—. Ahí viene. Antes de verme obligado a huir lo he advertido severamente de que pensaba solicitar la protección de nuestros *corps-de-garde* y su contestación... no, me niego repetir semejantes palabras.

Los guardias intercambian miradas y el capitán verbaliza el deseo de todos:

—Dilo.

Ceton titubea un rato antes de negar con la cabeza en señal de capitulación. Luego, teatralmente, se lleva una mano a la mejilla como si quisiera ocultar sus labios de algún extraño que pudiera leerlos y dice en un susurro:

—Me aseguró que todos ustedes son unos mariquitas y que sólo saldrían victoriosos de una competición de *fellatio*.

Un soldado más joven que con su habla revela su origen sureño mira a los otros con evidente incomprensión.

—¿Una competición de qué?

El capitán desenfunda su sable mientras comienza a reunir a sus ofendidos hombres para darle la bienvenida al bocón.

—¿Querría algún mundano traducírselo a Jansson?

Son varios los que responden a coro:

—Una competición de mamadas.

5

El día se convierte en un tormento para Ceton. El sol patrulla por los techos, ahuyentando la niebla y las sombras, y dejando al descubierto cualquier escondite. El suyo se le hace cada vez más insoportable: el calor y el hedor creciente lo hacen sentir como si el cuartucho en que está confinado se estrechara más y más. La madera a su alrededor cruje como si alguien estuviera llamando a su jaula sólo por diversión, para azuzar al animal encerrado. Se ha habituado a esos sonidos, pero cada vez que oye un ruido fuerte proveniente del patio corre a esconderse. El tedio y el miedo lo llevan a pasearse de aquí para allá, del ventanuco a la estufa y viceversa, una y otra vez, mientras piensa en su dilema. Casi puede oír la voz ladina de Bolin susurrándole al oído.

Por las noches, las farolas permanecen apagadas en la ciudad entre puentes: en verano, el sol completa su trayectoria apenas por debajo de la línea del horizonte, y el cielo conserva un color azul únicamente salpicado por las estrellas más intensas. Sólo cuando llegue el otoño volverán a encender esos frágiles puntos de luz, crepitantes y olorosos a aceite vegetal, que muestran el camino de un barrio a otro. Hasta entonces, la única iluminación es la pálida bóveda celestial y el resplandor de las puertas entreabiertas de las tabernas.

Aun así, Tycho sólo se atreve a salir después de que el sol se haya puesto. El aburrimiento y la desesperación lo echan a la calle, y se permite merodear un poco por los callejones, pendiente siempre de la gente con quien se cruza. Aun en verano, la noche atenúa los sonidos de la ciudad, pero oye brotar de las casas pobres los gritos de los bebés enfermos en sus cunas; del palacio, las notas graves de los violoncelos que acompañan la contradanza; de la plaza, los chillidos y gritos de las riñas; de la calle Baggensgatan, los gemidos de la lujuria; de tabernas y bodegas, el ajetreo y los cánticos de la borrachera. Rateros y malhechores que se esconden en pasajes y portales lo dejan pasar sin molestarlo: reconocen los pasos nerviosos o el alcohólico tambaleo de sus presas, y en él no perciben ni lo uno ni lo otro, tan sólo ven a un pobre desgraciado que busca la oscuridad igual que ellos. En vez de correr el riesgo de equivocarse, se apartan de él como de una peste ambulante.

En la plaza Stortorget, junto al pozo, arde una antorcha. Ya la ha visto antes, muchas noches seguidas, y cada vez se ha sentido tentado a acercarse, igual que otras personas que se apresuran hacia la luz como los mosquitos. Ha visto que una pequeña pero variopinta multitud rodea el fuego y arroja sombras oscilantes en los muros y el suelo. La reunión nunca se prolonga mucho, pues acaba atrayendo a los soldados, que dispersan a la gente con palabras rudas. Pero a la noche siguiente es la misma historia, y cada vez se siente más curioso. Sabe que el encuentro se produce a distintas horas, seguramente para no convertirse en una rutina más para la vigilancia nocturna, y algunas noches tiene que quedarse esperando mucho rato en la esquina de la Bolsa o junto a la fuente de la plaza simplemente para ver a los reunidos a la distancia.

Esa noche por fin se acerca y descubre que los que se reúnen no son ni jacobinos ni gustavianos, sino algo distinto. El hombre que está en el centro del círculo señala hacia arriba, por encima del edificio de la Bolsa, hacia la aguja de la catedral.

—Dicen que la iglesia es espaciosa, lo bastante grande como para albergar a todo el mundo, pero no es cierto. Es pequeña, hermanas y hermanos, demasiado apretada. Y el Señor jamás pondría un pie en un lugar tan reducido que no les puede dar cobijo a todos los que sufren.

Ceton se acerca un poco más y ve que una mujer sostiene en su mano una antorcha para que todos puedan ver al hombre que habla, un tipo tosco de barba entrecana que lleva el sombrero en la mano.

—¿Por qué querría el Señor imponer costumbres rígidas a su grey y hablarle siempre con las mismas palabras antiguas? No, hermanos y hermanas, el Señor nos habla de un modo distinto a cada uno, como si fuera nuestro amigo más querido. Cuando la vida se complica, sólo hay que rezar con fe y Él vendrá a visitarnos a nuestra propia casa, desnudo y ensangrentado, coronado de espinas y herido con una lanza en el costado, y nos estrechará en sus brazos lleno de compasión. Aproximaos, escuchad el testimonio de los que ya han recibido su visita y vuestros ojos también se abrirán.

Muchos de los que se han acercado por curiosidad empiezan a retirarse en cuanto comprenden que están escuchando el sermón de un hereje. También Ceton se vuelve para marcharse, decepcionado, pero se detiene al comprender que el hombre está dirigiéndose a él.

—¡Hermano! Espera, no te vayas. Te he visto, igual que el Señor. No te ha traído hasta aquí para nada, sino para tenderte una mano en tu necesidad. Mi nombre es Lars Svala. ¿No quieres acompañarnos?

Ceton vacila, pero acaba girándose como para rechazar a un prestidigitador callejero y vuelve a emprender la marcha. Sin embargo, el hombre se apresura, le cierra el paso y le dice mirándolo a los ojos:

—Mi vista es aguda: el Señor le permite ver más de lo habitual. Algunas noches te has acercado lo suficiente como para que la luz de la antorcha te ilumine el rostro. Tus pesares son mayores de lo que eres capaz de esconder: tu dolor y tu tormento son como un almenar en la noche. Puedo ayudarte; es la Providencia la que ha hecho que se crucen nuestros caminos.

En lugar de apartar al tipo, Ceton prefiere darse la vuelta y continuar en otra dirección. Entonces, Svala se abre de brazos como si acabara de confirmar su tesis y dice en tono triunfal:

—¿Ves? Te da igual ir por un camino o por otro, ¡eres como una hoja a merced del viento!

Ceton acelera el paso, pero Svala alza la voz para que ninguna de sus palabras se pierda en la distancia y le dice en tono serio:

—Demasiada gente vive sus vidas como un sueño en el que no hay nada en juego, pero tras la muerte nos espera la eternidad. He velado a muchos moribundos y he visto cómo sólo en sus últimos momentos comprenden esa verdad y quieren arrepentirse, pero ya es demasiado tarde. No te conviertas en uno de ellos.

Ceton se detiene en seco y se queda quieto un instante antes de dar media vuelta. Lars Svala sonríe con los ojos anegados en lágrimas ante la incipiente promesa de guiar a otra alma hacia el reino de los cielos.

6

La congregación de los herejes tiene una sede mucho más notable de lo que Ceton imaginaba, justo ante el muro de los jardines de Kungsträdgården, cuyas puertas de hierro aún están abiertas, lo que le permite atisbar los laberintos de boj y la fachada amarilla del invernadero. Se trata de una gran finca con tres edificios —uno de los cuales se usa como sala de oración— y un enorme jardín en el frente. Es domingo, el mismo día y a la misma hora en que las campanas de las iglesias llaman a misa. El sol hace destellar las veletas —gallos y cruces— que coronan los campanarios cercanos, y el tañido parece caer directamente del firmamento azul. En la finca, una única campana desafiante, de tono agudo y estridente, llama también, y los herejes van acercándose desde aquí y allá, algunos con la cabeza gacha, como avergonzados de su nueva fe, otros erguidos y orgullosos, llenos de desprecio contra aquello que han rechazado. No son muchos, quizá una treintena. Saludan en la puerta antes de entrar. Al principio, la sala está fría, pero un rato después los cuerpos de los congregados suben la temperatura hasta tal punto que las ventanas se empañan. Ceton se sienta en el extremo de uno de los bancos que están colocados en semicírculo delante de la mesa que parece hacer las veces de altar, cubierta con un mantel bordado.

Detrás hay una tosca imagen de Jesucristo crucificado completamente distinta a cualquier otra que Ceton haya visto.

Es más o menos de tamaño natural, aunque el Salvador se ve extraordinariamente delgado. Es obvio que está inacabada: la madera todavía muestra las marcas de las herramientas con que la tallaron, pero quien sea que la haya hecho debe de haber estado inspirado, porque irradia dolor. La cabeza cuelga sobre el pecho y los tendones de brazos y hombros se ven tensos como las cuerdas de un instrumento. La sangre se derrama de la corona de espinas sobre la frente y el rostro, y la llaga del costado recuerda de modo inequívoco la punta de una lanza. La piel está pintada del blanco más pálido, pero cada gota de sangre roja brilla a la luz del grueso cirio que arde en el altar, ante el cual se halla Lars Svala, el hombre que lo invitó a acudir a la ceremonia. Parece rezar sin palabras, con los ojos cerrados. La sala queda en silencio, tan sólo se oyen las respiraciones, el frufrú de los vestidos y el rumor de las suelas cuando alguien cambia de postura. Ceton observa a la gente: es un grupo de lo más variopinto, lo mismo mendigos andrajosos que burgueses elegantemente vestidos, jóvenes y viejos, mujeres y hombres; sólo en sus rostros hay algo en común: la fraternidad. Lars concluye su plegaria silenciosa, abre los ojos, pasea la mirada por los congregados y al final sonríe.

—Hermanos y hermanas, nos hemos reunido este día no para escuchar lo que escribieron hombres que murieron hace mucho tiempo, sino para que quienes han conocido al Salvador en persona nos cuenten su experiencia. ¿Quién de los presentes quiere hablar?

Una mujer de unos cincuenta años parece titubear hasta que Svala le tiende la mano y la invita a acercarse al altar.

—Elsa Gustava.

La mujer se abre paso y avanza de forma inestable y moviendo la boca desdentada como si masticara. Luego toma aire y empieza:

—De pequeña, la religión me atraía mucho, pero pronto la dejé de lado porque no parecía consistir en nada más que en repetir frases como un charlatán de feria. Mi madre me animaba a rezar cada noche, pero no iba conmigo. Luego, cuando me enviaron a Estocolmo a servir, fue como si Dios desapareciera por completo de mi vida. Me entregué al deseo y los placeres. Entonces, una noche en que me sentía llena de remordimientos, Jesús se me presentó y se puso al lado de mi cama desnudo y ensangrentado como si acabara de descender de la cruz. —La pobre mujer ha empezado a llorar de emoción y, mientras continúa hablando, mira por encima de las cabezas de la gente como si volviera a ver lo que está describiendo—. Yo me quedé inmóvil, sin atreverme a mover ni un dedo, y entonces Él señaló la llaga de su costado y me permitió besarla. Probé su bendita sangre y fue para mí un deleite mayor que todos los que me había deparado la lascivia. Me abrazó y juró que de ahí en adelante sería un esposo para mí, y el placer más intenso que jamás había experimentado atravesó mi cuerpo como un rayo.

Más tarde, después de los cánticos en que la voz grave de los hombres se mezclaba con el timbre más agudo de las mujeres y de la comunión, Lars Svala llama a un aparte a Ceton.

—Eres escéptico.

Ceton deja que el silencio responda por él y Svala asiente con la cabeza.

—Si no era nuestro Señor, ¿quién se presentó junto al lecho de nuestra hermana cuando ella más lo necesitaba?

—Un borracho famélico que se confundió de puerta. Iría ensangrentado después de caerse al suelo varias veces, y con ramas en el pelo tras una siesta en la cuneta.

—¡Ah, la burla! Si es para mitigar tu propio sufrimiento, no te lo reprocho. Pero contéstame seriamente.

—Voltaire lo expresó de la mejor manera: si Dios no existiera sería preciso inventarlo. La fantasía de esa mujer acudió a su rescate. Cuando los locos tienen visiones, se les encierra, pero si se trata de un beato lo llaman «religión».

Svala le responde con una leve sonrisa. En su actitud no hay el menor indicio de escándalo.

—Nuestro Salvador se presenta en la forma que cada cual necesita. Entre nosotros hay gente sencilla, y tal vez necesiten a un Salvador igualmente sencillo. Para ti, adoptará otro aspecto.

—¿Y para ti?

Svala arruga la frente.

—Yo sigo esperando el día que venga a mí en persona y me deje comulgar con su sangre. Pero estuve a punto de morir hace tiempo. Sufría una enfermedad sin cura y temblaba de miedo ante mi ineludible final. Mis pecados eran muchos. Me habían costado familia y amigos, y la fortuna que alguna vez tuve. El pastor estaba sentado a mi lado, repitiendo simplemente palabras que sabía de memoria, y de tanto en tanto volvía la cara para mirar a través de la ventana el reloj del campanario vecino, ansioso por marcharse. Entonces caí en la cuenta: ¿qué eran los dogmas de su fe, sino obstáculos colocados en el camino de los creyentes, aduanas levantadas en la frontera del reino de los cielos para enriquecerse con ellas? Después, soñé con el paraíso, y entendí aquel sueño como la promesa de un Dios distinto. Sin decir nada, abjuré de mi antigua fe y me entregué a la nueva, y de pronto la fiebre cesó. A partir de ese momento empecé a conocer a otras personas como yo. —Svala intenta ponerle una mano en el hombro a Ceton, pero retira el brazo en cuanto éste da un paso atrás para quedar fuera de su alcance—. Como pastor de este rebaño, he aprendido a conocer a mis semejantes. Vienen muchos, ricos y pobres, y el camino de cada uno es diferente. En ti he notado algo singular: un sufrimiento que pocas veces he visto antes, pero que tú te esfuerzas en esconder. Sólo cuando estás distraído aparece por breves instantes, en la forma de una horrible mueca de dolor. Me pregunto si tú la has visto alguna vez. Sé muy bien que no eres un hombre piadoso, pero debes saber que es a los pecadores como tú a los que nuestro Salvador quiere redimir con más ahínco. Cuando te sientas perdido, busca en tu interior lo que realmente anhelas, y cuando lo encuentres recuerda que ésa es la prueba fehaciente de la existencia del Señor, una semilla que Él ha sembrado con sus propias manos.

—¿Quieres decir que cada impulso de mi corazón proviene de Dios?

Svala niega con la cabeza, sonriendo.

—Distinguir nuestros verdaderos deseos es el desafío que el Señor ha querido ponernos delante. Pero vamos, hay pan recién salido del horno en la puerta. Compártelo con nosotros y vuelve pronto. Aquí, y en ningún otro lugar, hallarás el consuelo que buscas. Ven a escuchar los testimonios de los demás y hablemos de nuevo para ver cómo te has sentido. Sé que dudas, pero debes dar un paso al frente.

Cuando Ceton le da el primer bocado a la hogaza de centeno aún caliente, cae en la cuenta de que no come por cortesía, sino porque tiene hambre y no puede permitirse comprar comida.

7

Ceton se dirige a casa entre el bochorno de la noche con las palabras de los herejes aún royéndole la cabeza. A esas horas, los borrachos ya han buscado protección en los portales. La experiencia les ha enseñado que es mejor cambiar las últimas monedas por aguardiente que despertarse con los bolsillos vaciados por dedos ágiles. Los más curtidos se vuelven los bolsillos vacíos del revés para ahorrarles molestias a los ladrones, conscientes de que los más malvados hacen pagar el esfuerzo inútil con patadas y golpes. Está oscuro y no puede ver los adoquines del callejón, aunque puede oír sus suelas pisar la inmundicia que muchos han arrojado a la cuneta, una suerte de escarcha veraniega casi tan resbaladiza como la del invierno. Mientras avanza tiene que ir espantando nubes de moscas.

En el patio de la casa donde alquila su cuartucho, una cerda vieja ronca encerrada en su pocilga, cuya puerta está adornada con todo tipo de chatarra para que sirva de alarma contra los ladrones. Antes de entrar a la casa se detiene, alertado por un sentido sin nombre que lo advierte de la presencia de alguien. Hay luna nueva, pero la luz de las estrellas le revela la silueta de alguien de baja estatura y pronto oye la voz de una niña que le susurra:

—¿Señor?

Ya la ha visto antes, correteando por el barrio como muchos otros críos. Todavía es pequeña, pero ya tiene edad para desentenderse de los hermanos menores a su cargo igual que sus padres se desentienden de ella, y sabe que no la castigarán si vuelve a casa cuando la embriaguez ya se haya apoderado de ellos, un saber que sin duda le será útil cuando vaya a parar a uno de los burdeles de la calle Baggensgatan, como dicta su destino.

—Llevo muchas horas esperándolo. —La chiquilla se lleva un dedo a los labios pidiéndole silencio antes de que pueda responder. Luego agrega—: Y no soy la única.

Le hace un gesto para que se acerque y con otro más le indica que mire a la vuelta de la esquina, hacia la única ventana de su cuartucho. Ceton necesita un rato para distinguir lo que la niña quiere que vea: al otro lado de la ventana se aprecia un débil resplandor, invisible para quien no esté advertido de que hay algo que ver. Alguien lo está esperando allí dentro.

—Han llegado al anochecer. Si fueran sus invitados, a estas alturas ya habrían encendido una vela, pero han estado esperando en silencio y con la puerta cerrada para que nadie note su presencia.

Ceton retrocede al arropo del callejón.

—¿Sabes quiénes son? ¿Los has visto?

—Uno es el guardia Cardell, el otro es un hombre flaco y descolorido, a la legua se ve que no es del todo normal. Venían acompañados de un policía con su placa al cuello.

—¿Y a qué viene tanta amabilidad de tu parte?

—Usted lleva tiempo alquilando aquí, ya es uno de nosotros. ¿Qué sería de la ciudad entre puentes si ni siquiera los vecinos nos cubriéramos las espaldas? Pero un acto de caridad merece una recompensa. Quizá tenga usted alguna moneda que le sobre.

Entre gruñidos, Ceton escoge a ciegas entre las pocas monedas que le quedan, consciente de que al menos ya no tendrá que gastarse el resto en el alquiler, pues ya no podrá volver más a su cuartucho. Finalmente encuentra un chelín en su bolsa, se lo entrega a la niña y echa a andar, pero una manita aferra la manga de su abrigo.

—Me he ganado más que esto, señor.

Ha alzado un poco la voz. Al tiempo que la manda callar, se percata de que la chiquilla tiene las circunstancias de su parte. Le entrega otro chelín, pero en lugar de cogerlo, ella da un paso atrás.

—Los señores de allá arriba están preparados para sorprenderlo en cuanto oigan pasos en la escalera. Si por casualidad me pusiera a gritar, se presentarían aquí en un santiamén: al fin y al cabo no soy más que una niña que no ha vuelto a casa a estas horas, y la noche está llena de peligros.

—Está muy oscuro y me bastaría dar vuelta a la esquina para que sus esfuerzos fueran en vano, igual que los tuyos.

La niña se encoge de hombros.

—A lo mejor tienen suerte y adivinan por dónde ha huido; no sería tan extraño. Y a lo mejor se ha fijado, cuando venía hacia aquí, en que casualmente alguien ha volcado el barril de las letrinas en el callejón. No vaya usted a resbalar si va con prisa.

Ceton puede intuir su sonrisa de suficiencia.

—¿Qué precio te parecería justo?

—Todo el contenido de su bolsa y cualquier otra cosa de valor que lleve encima.

—Entonces retrocedamos unos pasos, no tantos como para que esos hombres no puedan oír tus gritos, pero los suficientes para que yo pueda escapar si te da por gritar con la esperanza de ganarte además una recompensa por delatarme.

La niña asiente ante la sensatez de la propuesta, pero conoce bien el mundo en el que vive: se detiene donde sus gritos aún podrían salvarla, pero además fuera del alcance de Ceton: no vaya a querer echarle el guante. Ya preparado para huir, Ceton le tiende la bolsa con las últimas monedas que posee.

—Si volvemos a cruzarnos, es muy posible que no tengas tanta suerte.

Ella vuelve a encogerse de hombros mientras se esconde el botín debajo de la falda. Enseguida dice con voz impasible:

—El año pasado tenía nueve amiguitos de mi edad aquí en el barrio. Tres de ellos celebraron Año Nuevo bajo tierra, a la cuarta se la llevó la fiebre en primavera, otra hace la calle, otro ha acabado en el orfanato. Prefiero aprovechar las oportunidades que se me presentan y dejarle el futuro a los que lo tienen asegurado.

8

La voz de Lars Svala es perfecta para predicar: suficientemente potente para llegar a los oídos lejanos sin esfuerzo y con un evocador timbre de barítono. Los fieles lo escuchan con una devoción que roza la euforia y algunos incluso se mecen de un lado a otro como si siguieran un ritmo inaudible. Ceton pasea la mirada por el grupo, que hoy debe de consistir en unas cincuenta personas, y vuelve a sorprenderse al ver representados todos los estamentos de la sociedad: hay maestros artesanos —fáciles de reconocer por las manos toscas, las espaldas encorvadas y los rostros repletos de arrugas de tanto entornar los ojos mientras trabajan con luz insuficiente— y sus aprendices; pescadores vestidos con andrajos y pastores con capas negras. De tanto en tanto destellan los botones de los bien cepillados abrigos de la gente de alcurnia, o las leontinas de sus relojes. Pese a las diferencias, nuevamente comprueba que todos tienen la misma expresión en la cara. Se le antojan un banco de peces atrapados que se acercan a la ranura donde el vivero se abre al mar que tanto anhelan, pero no puede evitar oír la voz que demanda su atención. La gente vuelve a mecerse al ritmo de las palabras:

—Incluso cuando llegamos al mundo ya estamos manchados por el pecado, hijos como somos de padres justamente desterrados del jardín del Edén. Pero el Señor se apiadó de nosotros y nos envió a su hijo unigénito para salvarnos con su sacrificio. Cristo estaba clavado a la cruz en el Calvario sin haber cumplido aún su misión cuando un soldado fue enviado para comprobar si seguía o no con vida. Se llamaba Longinos, y tomó su lanza y la clavó en el costado del Señor. Por esa llaga asomó su corazón para que la gente lo viera. Así se despejó nuestro camino a su amor ilimitado. Las puertas del reino de los cielos ya no estaban decoradas con perlas y piedras preciosas sino abiertas en la carne desgarrada, y toda la gente cayó de rodillas ante la luz que Jesús irradiaba y ante su sangre bendita.

La pasión con que Svala predica y el calor que emanan los cuerpos apretujados en la sala hacen sudar a Ceton. Svala guarda silencio un momento, da un paso a un lado y señala el sencillo cáliz que espera sobre el mantel del altar.

—Esa misma sangre bebemos ahora en su recuerdo, además de comer su carne. Recibidla con devoción, y cuando moje vuestros labios cerrad los ojos y pensad que podríais estar bebiéndola directamente de la lanza de Longinos, como sanguijuelas en el cuerpo santo reunidas para sorber la salvación.

Antes de la comunión, los creyentes comparten sus testimonios. Dos jovencitos se han acercado al altar, se parecen tanto que podrían ser hermanos. Ambos conservan la esbeltez de los cuerpos juveniles, ninguno ha cumplido aún los veinte. Uno es más alto y seguramente también mayor, y con un titubeo da un paso al frente tras haberle lanzado un vistazo a su compañero, cuya barbilla descansa sobre su pecho, los ojos escondidos bajo el flequillo y derramando lágrimas, el rostro retorcido en una mueca. El mayor toma aire y empieza a hablar:

—Mi nombre es Albrecht y mi primo se llama Wilhelm. Venimos del sur: nacimos súbditos de Federico Augusto el Justo.

Su pronunciación es buena, sólo algunas palabras delatan que su lengua materna es otra.

—Los dos somos aprendices de herrero. Wilhelm aún no tiene edad para hacer nada más que accionar el fuelle, pero yo ya he empezado a moldear cosas con martillo y tenazas. —Se le traba la lengua y vacila, no tiene claro cómo continuar—. Nosotros... nuestra región lleva mucho tiempo siendo escenario de guerras entre vecinos, y en el pueblo la necesidad llegó a ser tan grande que nos mandaron al norte, a Rostock, frente a las costas de Suecia, pues sabían que Luisa Ulrica de Prusia había sido proclamada reina de este país y pensaban que tal vez acogería a otras personas de su mismo origen. Nuestra familia siempre ha sido temerosa de Dios, y el pastor procuró aconsejarnos bien desde niños: ellos no tienen la culpa de lo sucedido. —Pierde el hilo y tiene que hacer una pausa para encontrar las palabras adecuadas—. Nos enviaron juntos para que cuidáramos el uno del otro, aunque pronto nos dimos cuenta de que éramos tres, y no dos, los que nos habíamos embarcado en el viaje, y que el tercero era el Diablo. Nos lanzó sus redes y nosotros... nosotros... —En el silencio sólo se oyen los sollozos del más joven y algunos ruidos involuntarios que producen los miembros de la congregación: respiraciones, maderas que crujen cuando alguien cambia de posición, toses—. Entre nosotros surgieron sentimientos que sólo deben existir entre un hombre y una mujer, una tentación carnal cada vez más intensa, más difícil de resistir. Cuando finalmente caímos supimos enseguida que estábamos condenados, y desde entonces nuestro sufrimiento ha sido insoportable. Como extranjeros, no sabíamos dónde podríamos encontrar ayuda. Un día pasamos por aquí y un hombre nos explicó que era el templo de la Hermandad de Moravia, entonces Wilhelm recordó que en Herrnhut, un pueblo cercano al nuestro, el difunto conde Von Zinzendorf les había dado refugio a muchísimos creyentes de esta fe, y pensamos en venir. —Su voz se vuelve cada vez más ronca hasta quebrarse, y los sollozos lo obligan a hacer una pausa. Respira hondo y, cuando consigue serenarse, continúa hablando, aunque cabizbajo—: De buena fe, el maestro herrero nos ha alojado en un mismo cuarto donde deberíamos compartir un camastro, pero no nos hemos atrevido a hacerlo por miedo a volver a caer en la tentación. Wilhelm se acuesta en el lecho y yo me acomodo en el suelo, y aun así pocas veces conseguimos dormir. Cada noche le rogamos a Jesucristo que nos redima y nos libere de nuestros tormentos, y que venga en persona, desnudo y ensangrentado, a rodearnos con sus brazos y a reclamar el amor que el maligno quiere dirigir por los caminos del mal. Os pedimos... os pedimos vuestras oraciones para superar esta tortura.

Acabada la ceremonia, Lars Svala le ofrece a Ceton su bolsa de tabaco y su pipa. La encienden con la última vela de sebo que queda en la sala de la congregación y luego se sientan en un banco en el pequeño jardín. Los fieles se han marchado ya, empoderados por la sangre y el cuerpo de Cristo. Desde la bahía de Katthavet les llega el rítmico rumor de las tablas de las lavanderas y los gritos de los vendedores de pescado, y desde los jardines de Kungsträdgården, las risas y los gritos de los paseantes que han acudido para refrescarse entre la vegetación. Hace calor, como siempre en ese largo verano. Svala rompe el silencio.

—¿Qué me dices del testimonio de esta tarde?

Ceton deja que el humo le acaricie la lengua, da otra calada y expulsa el humo hacia el lado contrario adonde está su anfitrión.

—Amar y ser amado: no a todo el mundo, ni mucho menos, se le concede esa gracia. El destino les ha dado la ocasión de satisfacer sus necesidades sin molestar a nadie. Están en la flor de la vida, ambos son guapos. El único pecado que veo es que renuncien a la felicidad que tienen a su alcance. Y por cierto que, en caso de ser pecado, el difunto rey Gustavo lo cometía gustosamente, por no hablar del barón Reuterholm. Mira por dónde, al menos eso tienen en común esos dos: su preferencia por los jovencitos. La llaman «la inclinación italiana», aunque florece por doquier. De las personas que la tienen no se puede hablar ni mejor ni peor que de las demás.

—¿Y qué pasa con la eternidad y la condenación de las almas?

—¿Por qué crearía un dios un ser a su imagen y semejanza y lo llenaría de pulsiones que le supusieran una carga? Si en verdad es omnipotente, ¿por qué nos habría hecho imperfectos?

—Nuestra fe nos enseña que sufrimos la tentación para poder elegir voluntariamente entre el bien y el mal.

—¿Entonces somos las fichas de un juego? ¿La distracción de un creador aburrido? Donde hay un todopoderoso no hay sitio para el libre albedrío de los demás. Él ya sabía cuál sería el resultado, y en un abrir y cerrar de ojos podría haber corregido cualquier error en lugar de hacer como los niños con los animales moribundos y golpearnos con un palo sólo por curiosidad. Si la fe de esos muchachos perdura sesenta años más, serán dos viejos solitarios con una muleta bajo el brazo en vez de un ser amado que los apoye. Mirarán atrás y verán una vida desaprovechada, y su único consuelo será que no les queda mucho sufrimiento por delante.

—Amigo mío, ¿qué crees que nos espera al otro lado?

Ceton se inclina hacia delante para frotarse una mancha en el muslo.

—Nada. ¿Qué va a haber? Y en realidad no me importa. La naturaleza no permite que se desperdicie nada. Hoy somos personas, mañana seremos alimento para los gusanos. ¿No es eso una manera de continuar? Eso sí: no queda ninguna conciencia, ningún alma que deba rendir cuentas a nadie, ningún castigo.

Lars Svala se ríe en voz baja. La aguja de la iglesia de San Jacobo se recorta en el cielo al fondo.

—Tus palabras refuerzan mi creencia. ¿Quién, sino Dios, pudo hacer que me cruzara en tu camino? No hay alma más necesitada que la tuya. Comparte el pan con nosotros antes de marcharte.

Ceton come con frenesí y Svala mira para otro lado para dejarlo tranquilo mientras sacia su hambre. Luego le pregunta:

—Amigo mío, ¿has dormido en la calle esta noche?

Ceton se mira la ropa y de pronto ve lo mismo que Svala: su abrigo y sus pantalones están manchados de la inmundicia de la calle. Un intento de limpiarse las rodillas ha terminado resultando peor, y hace tiempo que ni siquiera se lava las manos. Se encoge de hombros: la única respuesta que un caballero venido a menos puede dar a una pregunta que escuece demasiado como para dignarse a contestar con sinceridad. Lars Svala se vuelve a mirar el jardín de fuera y le dice sin compasión:

—Hay agua y jabón delante de la cocina, y disponemos de una cama para quien la necesite en una habitación austera, pero con todo lo necesario. Dile a la criada que lo he dicho yo y ella te la enseñará. Yo te prestaré alguna ropa.

9

Ya no puede volver al patíbulo de Hammarby, así que, según acostumbra últimamente, va hasta la Corriente de Estocolmo y se queda un rato junto al agua. A lo lejos otea Norrbro, donde han colocado unos arcos de madera temporales sobre las columnas del puente, que llevaban desatendidas desde que se erigieron, y observa fascinado cómo las aguas que se desbordan del lago Mälaren corren violentamente y, tras estrellarse contra los muros de piedra, se alzan como estirándose hacia él. Después sigue el curso del agua hasta la isla de Kyrkholmen, en cuya orilla se halla el matadero, sube la cuesta que conduce a la iglesia y encuentra un sitio justo donde un hueco entre las casas le permite ver el patio interior. Cuando las campanas doblan marcando el inicio de una nueva jornada, los matarifes salen uno a uno, se atan los delantales y estiran los brazos y la espalda para desentumecerse. Luego llevan al primer buey y lo atan a un poste ignorando sus bramidos de protesta. El pañuelo que lleva en los ojos no basta para calmar su desasosiego, pues su instinto le dice que no le espera nada bueno. Los hombres intercambian miradas y, sin decir palabra, comienzan la rutina que conocen bien: un joven flacucho posa una mano tranquilizadora en el cogote del animal, levanta un cuchillo y lo balancea entre los dedos haciéndole señas al que lleva el mazo, que lo mira y asiente; el otro se escupe en las manos, blande su herramienta y, con la destreza que da la experiencia, golpea al buey en la testuz produciendo un chasquido que recuerda el de un leño que se agrieta por el calor. El bicho cae de lado sacudiendo las patas y Ceton se pregunta qué clase de pensamientos pasarán por su cabeza en sus últimos instantes; quizá ninguno.

Como es el primer animal del día, los matarifes se quedan de pie un rato y observan cómo agoniza, concediéndole un momento de solemnidad a esa muerte a la que seguirán muchas más. El del mazo mira a sus compañeros como preguntándoles si debería golpear de nuevo. No es necesario. El hombre sonríe orgulloso: ha hecho bien su tarea.

El del cuchillo degüella al animal aún vivo y la sangre espumea sobre las piedras del patio formando un charco que no para de crecer. Ceton observa ávido, aunque la batalla con la muerte dura muy poco más.

Queda una docena de animales por delante antes de que caiga la tarde, quizá más, si tiene suerte. No son muchos para alimentar una ciudad, pero los precios se han disparado por culpa de la mala cosecha. Ceton se acomoda en su sitio mientras llevan el siguiente buey.

Después, pone rumbo a la sede de la Hermandad de Moravia pasando por delante de la Inigualable. Oye cantos: parece el ensayo de un coro, y cuando hacen una pausa nota el traqueteo del sistema de poleas de la tramoya. Alguien agita un trozo de chapa para imitar el ruido de una tormenta.

10

Bolin lo recibe de otra manera en la siguiente visita, acordada rápidamente después de que él le ha enviado su propuesta. Tiene que entrar de nuevo por la puerta de atrás, pero esta vez lo conducen a una sala distinta. Siente una chispa de esperanza, como el jugador que por fin ve la oportunidad de ganar en una noche nefasta. Las llamas de los candelabros que flanquean el pasillo parpadean a su paso y los espejos multiplican el efecto. De pronto, le parece que el papel pintado de las paredes, incluso el suelo y el techo, ondeen. Se halla de nuevo en el mundo que una vez fue suyo; cada superficie, cada objeto, es elegante y bello, en el aire flotan aromas que solían ser habituales para él: popurrí en cuencos repartidos aquí y allá, lavanda en los armarios de ropa, vino decantado para la comida, carne asándose y verduras pochándose en la olla, especias de tierras lejanas... Siente confianza porque, si la propuesta que escribió deprisa y corriendo no hubiese despertado el interés de Bolin, simplemente no lo invitaría a una estancia donde debe de haber demasiados objetos de valor para mancharlos de sangre. Conociéndolo, habría hecho las cosas de forma más sencilla: lo habría abandonado a su suerte o quizá le habría enviado a algún matón a callarlo para siempre con un atraco como pretexto.

También se siente más seguro porque tiene mejor aspecto que en la primera reunión. Por gentileza de Lars Svala han lavado y frotado su ropa, y aunque algunas manchas se han resistido a desaparecer, al menos va limpio. Así vestido, le parece más fácil erguirse en toda su estatura. Se ha peinado el pelo y la barba. Dos puertas con espejo se abren por fin y lo invitan a encontrarse con el destino que han elegido para él sus antiguos hermanos.

Son tres, de pie junto a la ventana, más Anselm Bolin, que descansa una mano sobre un bastón de marfil y con la otra acaricia el faldón de su traje. Al oírlo entrar, da media vuelta y camina con dificultad para recibirlo.

—Ah, Tycho.

Los otros tres lo saludan con la cabeza, sudorosos y sonrojados por el calor que producen sus elegantes vestimentas. Acostumbrado a leer los matices de la etiqueta, Ceton interpreta el saludo como distante, pero no hostil: así se recibe a un paria que vuelve con buenas noticias, o a un corredor de apuestas que empieza a remontar después de una mala racha y en quien quizá se podría confiar, aunque con reservas. Ceton reconoce sus caras: dos asistieron a la boda de Tres Rosas y a su entretenida noche de bodas. Bolin intercambia una mirada con ellos y después avanza tambaleándose hasta una mesa junto a la pared, donde hay una bandejita de plata con bombones.

—¿Quieres uno? —le dice.

Ceton los ha probado, están rellenos de licor dulce. Se le hace la boca agua, pero hace gala de voluntad. Bolin se encoge de hombros.

—Bueno. Ya conoces a Tosse, Sneckenfelt y Stjärnborg. Representan las distintas posturas de los hermanos: uno habló en tu favor en el pleno con una calidez que despertó simpatías, otro hizo lo contrario, el último se siente indeciso. Por mi parte, he preferido guardarme mi postura para mí y limitarme a participar en calidad de moderador.

Torpemente, pero con la desenvoltura que da la costumbre, Bolin apoya su peso en el reposabrazos de una de las sillas y se deja caer. Luego apoya el bastón contra la pared.

—Después de recibir tu propuesta le he explicado el asunto al resto de los hermanos. Te seré sincero, Tycho: en pocas ocasiones he visto semejante polémica. Los bandos se mostraron parecidamente convencidos de su posición. Te ahorraré las peores acusaciones de los que estaban contra ti: el caso es que, tras muchas dificultades, logramos mantener una conversación más o menos constructiva. —Se aclara la garganta y cambia de postura en la silla antes de proseguir—: Dejemos de lado antiguas rencillas y contentémonos con decir que tienes un historial que no ha pasado desapercibido. Centrémonos en tu última travesura: la boda de Tres Rosas. Los que asistieron al evento compartieron los buenos recuerdos que guardan de él y te retrataron como un anfitrión atento y considerado. En tu favor, se recordó que aquel gesto de reconciliación tuvo lugar en un momento en que todavía te hallabas en una posición de poder, lo que avala su sinceridad. Ahora, sin embargo, la situación es muy distinta, y varios se preguntaban qué clase de hombre tiene tan pocos amigos que debe dirigirse a sus enemigos en busca de ayuda...

Stjärnborg carraspea y le lanza una mirada reprobatoria a Bolin.

—Bueno. Supongo que da lo mismo. El festejo en la finca de Tres Rosas se escrutó al detalle y ni siquiera respecto de él las opiniones fueron unánimes. A más de uno le pareció campechano, carente de la sofisticación que caracteriza a nuestra orden: un joven crédulo aturdido, una hija de un campesino en irremediable inferioridad... Tampoco le gustó a todos que hayas salido ganando con el asunto y te hayas enriquecido con la tutela del tipo, que acabó internado en el manicomio de Danviken. Sienten que te aprovechaste de los Euménides para favorecer tus intereses. Otros elogiaron tu astucia y consideran la maniobra un ejemplo de tu ingenio. En cualquier caso, al final se llegó a un acuerdo. —Bolin extiende el brazo hacia sus invitados—. Los caballeros aquí presentes y yo tenemos la misión de votar a favor o en contra de la propuesta que esperamos que nos expongas con todo detalle. En caso de considerarse satisfactoria, se nos ha dado acceso a los recursos necesarios. No son pocos: al fin y al cabo, esta clase de diversiones son la *raison d'être* de nuestra sociedad.

La mente de Ceton viaja hasta la cama dura que le han prestado y al pan seco que hay que mojar en agua para poder tragarlo. Anselm Bolin intercambia miradas con sus invitados y abre los brazos.

—Muy bien. Caballeros, tomen asiento. Tycho, ¿prefieres quedarte de pie?

Cuando ha terminado de hablar, los otros se despiden uno a uno de Bolin para dejarlos solos. El último en salir es Gillis Tosse, que al pasar lo agarra del brazo y se inclina hacia él con sus ojos rojos de cerdo y sus dientes ennegrecidos. La gran barriga da testimonio de una lucha perdida contra la gula. Le susurra:

—Tú y yo nunca nos hemos entendido, así que óyeme bien. Te he dado mi voto por una única razón: si lo que pones sobre la mesa no basta para saciar el apetito de los hermanos, tú mismo te convertirás en el plato principal. Mi experiencia me ha enseñado que a personas como tú sólo hay que prestarles una cuerda para que se ahorquen solas, y no me creo que estés en condiciones de llevar a cabo unos planes tan memorables. Si piensas lo contrario, estás loco. Será un placer contemplar tu caída desde el mejor asiento.

Ceton responde con una sonrisa, la primera en mucho tiempo, y nota una punzada en la cicatriz de la mejilla. Vuelven a estar entre iguales, él y sus enemigos. No, no entre iguales: él está en mejor posición que nunca.

Cuando se quedan solos, Bolin estira la pierna sobre una otomana y se toca el pie con una mueca de dolor.

—Todavía hay asuntos pendientes, Tycho, y ahora hay sillas libres de sobra. ¿Quieres sentarte?

Ceton acepta la invitación.

—Hablemos del asunto que me comentaste la última vez: los perros rabiosos que te persiguen. Me he tomado la libertad de buscar a un informante en la jefatura de policía, uno que conoce a los dos tipos. No ha salido barato en absoluto: le he tenido que prometer una silla en la Academia, nada menos. Ya sé que esa institución ha sido suprimida, pero eso no será así por mucho tiempo: las cosas sin duda volverán a la normalidad cuando el joven rey asuma el trono, y el viejo Schröderheim está agonizando, con lo que...

—¿Y qué te ha dicho el informante?

—Uno de tus perseguidores es Emil Winge, hermano del renombrado, y ahora difunto, Cecil. Ha ocupado el puesto de su hermano en la Casa Indebetouska y al parecer tiene talento, por lo que no podemos borrarlo del mapa así como así sin levantar sospechas que pondrían en riesgo la discreción que nos ha caracterizado siempre. *Esse non videri*, ¿no es cierto? —Bolin se suelta la corbata y continúa sin esperar una respuesta—: El otro es el tal Cardell, un caso bien distinto. Vive al día, y casi siempre al borde de la muerte. Si se hallara su cadáver con la garganta rebanada nadie se sorprendería. No obstante, prefiero que haya una explicación a mano para los curiosos, por eso he contratado a un ayudante. Un antiguo soldado, igual que Cardell. De hecho, lo conoce vagamente. Está haciendo una ronda por tabernas en las que la gente de esa calaña intenta ahogar sus penas y hablando mal de Cardell abiertamente con la esperanza de encontrar a alguien que le profese la misma animosidad. Cuando lo encuentre nos lo montaremos para que el susodicho sirva de cabeza de turco.

11

Vienen días de ajetreo para Tycho Ceton. Los echaba de menos, aunque resultan más exigentes de lo que recordaba. Hay muchos preparativos que hacer: no puede cometer errores y el tedio del invierno ha dejado su marca. Pensar tanto lo cansa y hace que le duela la cabeza. Eso sí: cuando llega la noche cae en brazos de Morfeo como un borracho en un portal, y los sueños le ofrecen un anticipo del triunfo. Ve fragmentos de lo que va a ocurrir y nada sale mal. Ciertamente, se despierta con un sentimiento agridulce ante la mísera realidad que todavía lo rodea, pero le cuesta menos soportar la cama dura y las sábanas viejas que le ha prestado Lars Svala. Antes era un menesteroso agradecido de contar con un techo, a merced de los otros; ahora, la indigencia es sólo la máscara que ha elegido. Hasta las picaduras de los piojos son distintas porque sabe que son autoinfligidas, que la puerta cerrada ha vuelto a abrirse y le ofrece algo que no teme, sino que desea.

Entra al cuarto y saca el paquetito que guarda en el forro del abrigo. El mismo papel con que está envuelto ya le parece extraño; granulado y gris, sin duda proveniente de un lugar lejano. No fue fácil dar con el vendedor, y tuvo que subir a su destartalada balandra temeroso de que se hundiera. Ni el penetrante olor a canela disimulaba la peste a podredumbre de la madera. Bajo la cubierta lo esperaba un marinero prematuramente envejecido, y tan mugriento que sólo las arrugas de su rostro se veían blancas. Como tantas otras veces, confirmó que la avaricia es la lengua universal: pese a no comprender una sola palabra de lo que decía el otro, lograron entenderse. Él inspeccionó detenidamente los productos y regateó como pudo mientras el vendedor agitaba las manos y, con fingida decepción, señalaba hacia el horizonte y la lejanía. Al final cerraron el trato tan satisfechos como era posible.

Se sienta a la mesita, abre el paquete, contempla de nuevo su adquisición bajo el resplandor de la vela de sebo y de pronto se pone nervioso. Algo está mal, el color no es el correcto. Ladea la cajita y tres pequeños escarabajos aterrizan en la palma de su mano y se quedan inmóviles. La agita un poco y aparecen otros nueve: doce en total. Los que había visto antes eran de un color dorado y éstos son de un verde completamente nuevo para él, casi irreal. Parecen de otro mundo. Entonces llaman a la puerta y él se apresura a devolverlos a la caja y rehacer como puede el envoltorio.

Lars Svala no espera a que le abra, aunque se queda en el quicio y carraspea, lo que le da la oportunidad de meterse discretamente el paquete en el bolsillo del chaleco.

—Después de la misa te he visto conversando con esos jóvenes del sur. Habéis salido juntos y luego has tardado mucho en regresar.

Ceton se demora en responder y, cuando finalmente se gira en el taburete, el intenso calor del cuarto casi ha hecho que Svala se olvide de su propia pregunta. Por un instante le parece que se encuentra delante de un desconocido. Ceton se frota el mentón afeitado, vuelve a girarse y acomoda el espejo para observarse mejor.

—Me picaba, me alegro de habérmela quitado.

El trapo que ha usado a modo de toalla yace en la mesa con manchitas de sangre de cada vez que el filo del cuchillo ha rozado los bordes de la herida. Evocando el afeitado, mueve la mandíbula hacia abajo sin abrir la boca para tensar la piel de las mejillas y evidencia que la comisura izquierda es significativamente más larga que su vecina. Tras un último vistazo al espejo, se da la vuelta y le presta toda su atención a Svala.

—Disculpa. Sí, he pasado un buen rato charlando con Albrecht y Wilhelm en los jardines de Kungsträdgården. No es la primera vez: es un lugar fresco y agradable para conversar. Son buenos muchachos y yo les agradezco su confianza.

—¿Qué quieres de ellos?

—¿No soy parte de la comunidad, igual que todos los demás? Llevo mucho tiempo solo y disfruto de la compañía.

—¿De la compañía de esos chicos en particular? ¿Por alguna razón en concreto?

—¿Por qué lo preguntas?

Svala se sienta en el borde de la cama y se acomoda el cuello de la camisa, que el sudor le ha pegado a la nuca. Frunce el ceño.

—Estoy preocupado por ellos. Cualquier persona con sentimientos puede imaginar el tormento que están sufriendo. Cada uno cuenta con el afecto del otro, pero ambos quieren más, y las tentaciones de la concupiscencia son muy grandes cuando se es joven. Nuestro Señor debe de ver algo especial en ellos para poner semejante prueba en su camino. —Empieza a pasearse de aquí para allá y luego continúa—: Sé cómo piensas, y me temo que una simple palabra desacertada podría llevarlos a la perdición.

—¿La voz de tu dios es tan débil que la mía se oye mejor?

Svala ve a Ceton a contraluz y le parece que está sonriendo burlonamente, pero quizá sólo sea la cicatriz de la mejilla. Prefiere no contestar y Ceton continúa:

—Debes saber que me siento muy agradecido por todo lo que he aprendido aquí. Habéis ampliado mi mundo, aunque quizá lo he entendido todo mal. —Se inclina hacia delante en su taburete, muy despacio—. Pese a su omnipotencia, tu dios me parece muy mezquino, ¡mira que preocuparse por nuestros pecados, con lo insignificantes que somos! Déjame que te haga una pregunta: ¿crees que existe un sacrilegio lo bastante grave como para que por fin abandone su *chaise longue* de nubes y se nos muestre en persona?

—¿Qué puede haber que Él no haya visto ya? Sin embargo, sus caminos son inescrutables.

Ceton abre la mano y lo que sostiene destella al sol ante los ojos de Svala. Es un ducado amarillo y brillante como solamente puede serlo el oro.

—Una vez fuiste jugador. Si aún lo fueras, ¿apostarías conmigo por sus almas?

Por un instante, Svala siente vértigo.

—¿Tomarías partido por el Maligno?

—Aquí sólo estamos tú y yo.

Pese al calor, un escalofrío le recorre la espalda.

—Ha llegado el momento de que te marches, amigo mío. Nada me habría gustado más que entregarte el regalo de la fe, pero si siembras la turbación entre la grey que Dios me ha encomendado vigilar no me dejas otra opción que expulsarte como al lobo.

Le vienen recuerdos poco gratos: el éxtasis de noches de entrega al juego y al azar, la inigualable emoción de los dados y de los naipes, la posibilidad de perder o ganar en un instante.

—No apostaré nunca más, y mucho menos lo que no me pertenece.

—No elegimos todas nuestras batallas. A veces no tenemos más remedio que luchar. Si no, la derrota está servida. —Ceton lanza la moneda al aire y la caza al vuelo—. Los chicos y yo nos hemos hecho amigos. Son seres simples, pero adorables en su sencillez. La juventud y la belleza les dan un brillo que, aunque sea pasajero, no deja de resultar atrayente; más aún cuando no son conscientes de que lo poseen. ¿Sabes por qué no podrías ganar la apuesta? ¿Sabes por qué me preferirían a mí, antes que a ti, si tuvieran que elegir?

Lars Svala lo sabe, pero baja la mirada avergonzado mientras Ceton hunde el dedo en la herida.

—Los has aceptado en la congregación por lástima. Quieres transformarlos en corderitos, convertirlos en lo que no son. En el fondo, los odias. Puede que estén confundidos, pero en el fondo son conscientes de su naturaleza. Durante las oraciones les arde la cara ante las miradas inculpadoras de los demás. El pecado se cierne sobre ellos como una nube de inquietud que las personas como tú no comprenden ni pueden aceptar. Yo soy el único que los ve como lo que son y no pretende que cambien. Yo soy el único que no los juzga.

—Razón de más para que te vayas. Ya no eres bienvenido en esta casa.

Ceton inclina la cabeza.

—Tengo que pedirte un favor, el último.

Lars Svala frunce el ceño en una mueca de asombro: no esperaba ninguna petición.

—¿Y bien?

—Durante mi estancia en el Caribe contraje una enfermedad rara, una fiebre. Aparentemente me curé, pero pronto me di cuenta de que no desaparecerá nunca del todo. Permanece latente y, de tanto en tanto, recaigo con consecuencias difíciles de predecir: a veces es leve, a veces no.

—Y ahora sientes que se acerca.

Ceton asiente con fingida compostura.

—Ya llega, y creo que esta noche será difícil. ¿Me permitirías que la pase en un cuarto al que me he acostumbrado y donde puedo estar tranquilo? Ya me ha subido la fiebre y siento los músculos entumecidos. Prometo marcharme en cuanto mis piernas me soporten de nuevo.

Svala titubea, dividido entre su propio instinto y aquello que da sentido a su prédica.

—Yo...

Ceton se esfuerza para que su rostro no delate que se sabe triunfador. Agradece tener una fea herida en la mejilla.

—«Un hombre descendía de Jerusalén a Jericó, y cayó en manos de ladrones, los cuales lo despojaron, lo hirieron y se fueron dejándolo medio muerto.»

Svala sonríe de mala gana y completa la cita:

—«Coincidió que descendía un sacerdote por aquel camino, y viéndolo, pasó por el lado opuesto del camino.» Tus conocimientos bíblicos son admirables en un descreído. No, este pastor no va a pasar de largo.

De nuevo a solas en el cuarto, Ceton se encierra, vuelve a sacar tres de los escarabajitos verdes y los desmenuza entre el pulgar y el índice sobre un vaso de agua, echa la cabeza atrás y se lo bebe todo de un trago.

12

Primero, nada. Luego, gradualmente, un ruido extraño: olas fantasmagóricas que rompen en la linde de la realidad, cada vez más intensas, hasta que el cuarto empieza a temblar y la vista se le nubla. Oye un ruido y luego se percata de que son sus dientes rechinando. Suda a chorros, cada vez más: su cuerpo se rebela contra el polvo de color verde esmeralda que ha empezado a disolverse en su estómago y a filtrarse en su sangre. Las sombras del cuarto adoptan formas amenazantes, los ángulos rectos se doblan hacia dentro y hacia fuera. Los espasmos lo hacen revolverse en la cama dura; se cubre con la manta, se descubre; se oye a sí mismo reír, llorar y aullar hasta que todo se vuelve negro y se hunde en un gran vacío.

De la oscuridad surge una voz, un lamento. Sueña que está en Saxnäs. No es más que un chico con las cicatrices de la viruela aún sin secarse: ha despertado en un mundo en el que su padre ha dejado de existir hace poco. Rodeado de las cabañas donde los apestados agonizan entre sollozos, él sólo oye el silencio, un silencio reservado solamente para él. Silenciado el padre, Dios ha enmudecido también, y las plegarias ya no le brindan ninguna paz. Camina entre las cabañas haciendo él solo lo que antes hacía acompañando a su padre. En el zurrón lleva una botella de agua, un paño para limpiarles la frente a los enfermos, una Biblia y un himnario.

Sigue un sendero entre la nieve húmeda. A cada paso en falso la nieve se le mete en el zapato, mojándole las medias de lana. Cuando llega al lugar al que se dirigía, da unas pataditas contra la pared de madera de la cabaña para que la costra de nieve se le desprenda de las suelas. Entra en la cabaña y se sumerge en la penumbra de la cocina para echar un poco de leña al fogón casi extinto. Ahí hay una vela, una llamita florece en la oscuridad. Mete el dedo en el asa del humilde candelero de latón y se encamina hacia donde oye toses y respiraciones sibilantes. El olor le pica en la nariz. Ve la austera cama con dosel y a Karis Johan en las últimas, el rostro cubierto de ampollas. Respinga cuando lo siente cerca y él tiene que apartar la mano que se agita en el aire buscándolo. Karis Johan era un hombre corpulento con una voz lo bastante potente para corregir a un chico desde la otra punta del campo de cultivo. Ha perdido tanto peso que parece un puñado de huesos metidos en un saco de piel demasiado grande. De su voz sólo quedan murmullos.

—¿Ulrika? Mi Ulrika, ¿eres tú?

Él ha dejado de responderles a los moribundos: sabe que ya no son capaces de conversar. La esposa de Johan lleva enfriándose en su tumba desde hace una semana, pero el pobre hombre está tan grave que se ha entregado al olvido y a la esperanza. Él se sienta a su lado, en el taburete que hay junto a la cama, y pasa un buen rato pendiente de cada respiración, comprobando de tanto en tanto si aún tiene pulso. Ha visto morir a mucha gente y sabe cuándo se acerca la hora. Cuando comienzan los estertores, se levanta y se arma de valor para abrirle uno de los inflamados párpados. Johan intenta apartar la cabeza y él tiene que insistir. Lo hace con más fuerza de lo que es necesario porque también debe vencer la aversión al contacto físico que experimenta desde que él mismo enfermó. Entonces, siente en la cara el último suspiro de aquel hombre: un vaho sucio proveniente de lo que hace un instante era un ser humano y que se ha convertido en nada delante de él sin que por ello sea más sabio. Los ojos ya no miran, el rostro no expresa miedo al purgatorio ni dicha de ver abrirse las puertas del cielo, sólo vacío, tiempo pasado. Mientras regresa a casa, siente ese mismo vacío por dentro: tiene que irse de ahí, buscar respuestas en otra parte del mundo. Cuando llega, ha caído la noche. En el trocito de cielo que puede ver desde la ventana hay decenas de estrellas hermosas e impasibles. Nota su peso sobre los hombros. Se arrodilla al lado de la cama y se pone a rezar simplemente por costumbre, porque lo ha hecho desde que era pequeño, y de pronto el cuarto se ilumina y del centro de la luz surge una voz que le dice:

—Hijo mío, ten fe, estoy aquí contigo.

Una mano brillante le acaricia el hombro y ve a su padre vestido de luz, emanando luz, el rostro lleno de piedad, apacible y triunfal, sin rastro de las ampollas de la viruela. Primero se siente eufórico al ver confirmada una convicción, pero enseguida el pánico le atraviesa el corazón como un carámbano. Se le nubla la vista y sólo puede balbucear una pregunta.

13

Ceton siente un paño húmedo y fresco en la frente: Lars Svala lo sostiene, y no lo retira hasta que reconoce en sus ojos un atisbo de conciencia. La luz de la mañana entra por la ventana, rayos oblicuos iluminan un remolino de polvo suspendido.

Todas sus extremidades están en su sitio y responden debidamente. Siente un dolor punzante en el diafragma: se diría que alguien está golpeándolo por dentro con el puño, o incluso con un martillo. Procura cubrirse con la manta mientras Svala aparta la vista por discreción. Prueba a hablar y su voz brota ronca.

—¿Cuánto tiempo has...?

—Toda la noche.

Ceton nota lo cansado que está tras la larga noche en vela. Se le cierran los ojos, tiene grandes ojeras oscuras.

—Perdóname por entrometerme. Balbuceabas y parecías muy angustiado. Temía que fueras a hacerte daño tú mismo.

Le tiende una taza con agua que Ceton bebe ávidamente.

—¿Ha pasado ya? ¿Te sientes mejor? Ya no pareces tener tanta fiebre.

Con los músculos entumecidos, Ceton se incorpora como puede y baja las piernas al suelo. Le duele todo el cuerpo, pero fuera de eso parece estar bien.

—Sí. Pocas veces ha sido peor. Es como si una bruma lo cubriera todo.

Svala se levanta y se frota la cara.

—¿Me disculpas? Tengo que dormir un poco.

Ceton asiente con la cabeza.

—Sí, por supuesto. Y gracias.

—Hay agua fresca del pozo en la palangana. La he ido a buscar hace menos de una hora, cuando me pareció que ya estabas fuera de peligro.

Se detiene con una mano sobre el pomo de la puerta.

—Yo...

Luego cambia de idea. Se encoge de hombros, sale y cierra la puerta.

Ceton espera hasta que deja de oír sus pasos en la escalera y en la gravilla bajo la ventana antes de acercarse rengueando al lavamanos. Se desnuda y se pone de puntillas para echarse agua sobre el miembro dolorido, erecto como un garrote. Al cabo de un rato, parte de la sangre vuelve al cuerpo, la hinchazón baja y Ceton no puede evitar reír ante la situación que han provocado los extraños escarabajos con su peculiar color verde. No eran los equivocados, ni mucho menos: estaban frescos, llenos de un singular poder que no languideció en el frasco de algún farmacéutico. Sin duda se excedió: para sus propósitos bastará con uno sólo; uno y medio, para asegurarse... «Venid —piensa mientras gesticula como si diera la comunión a los fieles—. Venid, ya está todo preparado.»

14

Ha conseguido una pluma, tinta y papel, y va llenando hoja tras hoja con listas de pendientes. Bolin le ha prestado un criado para los recados que hay que hacer durante el día, y que involucran a farmacéuticos que ya han apoyado antes a la sociedad y a pastores que no atienden a cualquiera. Él, por su parte, rehúye la luz: no cruza el umbral hasta que las largas sombras se funden con la penumbra. Va a los talleres de la ópera, donde los sastres trabajan en su encargo con las espaldas encorvadas. No deja nada al azar, supervisa lo que hacen y corrige los errores: telas equivocadas, costuras mal hechas. A veces coincide allí con Bolin. El viejo se ha animado considerablemente, le cuesta mantenerse al margen, no consigue disimular su frenesí ante lo que, a su parecer, comienza a tomar las dimensiones que corresponden. En su casa, sus mariposas lo esperan incólumes, las alas abiertas oponiéndose a un falso viento, flotando cada una sobre su propia aguja.

Caminan juntos por el costado del puente en obras. La Corriente de Estocolmo parece adormecida y perezosa bajo el calor del anochecer, sólo Sirio y Capella brillan en el cielo claro. Bolin se duele de la pierna, así que se detienen ante la torre de la Inigualable y contemplan la rala arboleda de mástiles en las aguas de la bahía de Skeppsbron y los muelles del Báltico. Son pocos, mucho menos que en los dos años anteriores. Así ha sido desde que el rey recibió aquel disparo en la espalda y exhaló su último aliento. Y las horrendas cifras del año pasado serían un sueño en éste. El comercio está por los suelos. Los que aún tienen ahorros los gastan con una lógica implacable: más vale una muerte rápida y plácida que una larga agonía. Bolin junta las manos en la espalda sin dejar de sujetar su bastón.

—¿Cómo van los preparativos?

Sobre las aguas, los murciélagos cazan entre palos y obenques, inconfundibles por sus trayectorias aparentemente erráticas y rápidos cambios de dirección.

—Todo en orden, según lo previsto.

Bolin cambia el peso de su cuerpo hasta encontrar una posición más cómoda para su pierna mala. Parece no tener claro cómo exponer lo que tiene en mente.

—Sabes igual que yo lo difícil que es mantener las cosas en secreto en un círculo tan pequeño como el nuestro.

—Bolin, ¿me estás diciendo que no has conseguido guardar el secreto?

Pese a la penumbra, Ceton percibe que el viejo se ha sonrojado. Se imagina la situación: entusiasmado por el proyecto, Bolin sólo tuvo que tomarse unas copas para desembucharlo todo. El muy estúpido ha puesto su propia reputación en juego y, si él fracasa, será castigado también. Qué pronto han cambiado las tornas. Después de la larga sequía, siente como si un río de poder le recorriera el cuerpo. Casi siente gratitud hacia el viejo. Sonríe sin disimular su satisfacción y nota que Bolin se estremece.

—No me importa.

Bolin otea los barcos sin centrar la vista en ninguno.

—Debo reconocer que podría haber contado menos. En fin. Las expectativas van en aumento, los hermanos apenas hablan de otra cosa. Me interesa que todo proceda según lo acordado.

—No hay razón para preocuparse. Solamente necesito asegurarme de una cosa, luego ya podremos decidir día y hora.

—¿El escenario? ¿Qué tienes en mente?

Ceton le da la espalda a la Corriente, Bolin sigue su mirada y capta el mensaje.

—¿El Teatro Arsenalen, la Inigualable? ¿Has perdido el juicio?

Ceton niega con la cabeza.

—No hay lugar mejor. No queremos decepcionar a nadie, menos ahora que tú mismo has contribuido a elevar las expectativas. Sin duda los hermanos tienen los contactos necesarios. ¿Me harías el favor de pedírselo en mi nombre, Bolin?

Bolin hace un gesto a medio camino entre el enfado y la resignación. Carraspea y escupe, incómodo, hasta que consigue volver a centrarse en el tema.

—He pensado que ya es hora de que vivas en un lugar decente, Tycho. Te he preparado una habitación en mi propia casa con todas las comodidades. Compartimos una puerta, pero he ordenado que pongan una librería delante para que estés más a gusto. ¿Qué me dices? Incluso he mandado comprar algo de ropa que seguro que te gustará.

Ceton entorna los ojos ante semejante muestra de generosidad.

—Es un ofrecimiento muy oportuno, y tentador, a decir verdad. Hasta el punto de que me pregunto si la rosa no tiene una espina oculta.

Bolin vuelve la mirada hacia la cuesta para esconder su sonrojo.

—La emboscada que le preparé al tal Cardell no ha salido como esperaba. Ha sido un verdadero contratiempo. Confieso que lo subestimé, y el resultado es que ahora es consciente del peligro que corre y yo no puedo malgastar más recursos de los hermanos en un asunto tan peliagudo, no sin órdenes superiores. Lo lamento. —Bolin hace una breve pausa y después continúa—: Al menos he averiguado algunas cosas que pueden serte útiles. Mi fuente me ha dicho que Cardell lleva desde otoño dedicando el día entero a buscar a una muchacha, una presa que se fugó de la hilandería, y que le vendería su alma al diablo con tal de encontrarla porque se siente profundamente culpable con ella.

Ceton asiente para mostrar que lo ha entendido.

—Creo que sé de dónde viene esa culpa.

—El caso es que los hombres del secretario Edman, de la jefatura de policía, últimamente también han estado buscando a una hilandera fugada, aunque por razones completamente distintas. Como te imaginarás, no hay muchas jóvenes que puedan presumir de haberse escapado de la hilandería, así que no cabe ninguna duda de que es la misma persona. Se llama Anna Stina Knapp, y resulta que un guardia municipal al que enviaron al estreno de *El padre reconciliado* para evitar que las putas masturbaran a la chusma en la oscuridad del patio la descubrió allí con un muchachito quizá contratado por su alcahuete para vigilarla, y como es aficionado al dibujo incluso les hizo un retrato con carboncillo. Han colgado copias de ese retrato en todas las aduanas y comisarías, e incluso por fuera de los muros de las prisiones.

—¿Puedes pedirle una copia a tu informante?

—Cuenta con ello. Y anímate, Tycho: si nuestros planes llegan a buen puerto y los hermanos se apiadan de ti, la vida de esos dos perros que te acosan no durará mucho más.

15

—¡Demonios, qué calor hace aquí!

Magnus Ullholm se quita la peluca de lana y se enjuga la frente con ella. Edman está sentado en mangas de camisa detrás de su escritorio, su chaqueta cuelga del respaldo con el chaleco doblado encima y él se abanica con unos papeles.

—Al menos tenemos sombra la mitad del día: en el lado sur todos los despachos están desiertos. Quien se meta allí por error al mediodía podría asarse como un lechón. —Levanta un vaso y el contenido tintinea—. Y además hay hielo almacenado en los sótanos.

Se bebe el vaso entero y lo deja encima de la mesa. Luego se queda mirando a Ullholm con rostro inexpresivo antes de ofrecerle que se sirva. El otro bebe en silencio bajo su mirada atenta.

—Así que no hemos dado con la muchacha pese a llevar tres semanas buscándola. Los conspiradores deben de estar encantados de continuar a lo suyo sin obstáculos.

Ullholm lleva intentando recuperar el aire desde que ha vaciado su vaso. Intenta disimular el alivio poniendo cara de circunstancias.

—Seguimos en ello.

Edman refleja su descontento con una mueca.

—¿Y habéis preguntado lo suficiente?

—Hemos conseguido muchos informantes en los burdeles. O mejor dicho, les he permitido a varios de mis hombres que forniquen, digamos, a crédito, siempre que hagan preguntas. Di por hecho que la tal Knapp estaría prostituyéndose, pero puede no ser así, a juzgar por los resultados. Los comisarios de los distintos barrios también han estado preguntando sin éxito a los dueños de viviendas de alquiler, porteras y vecinos. Sin embargo, hay un asunto que puede interesarnos, ¿te han llegado los rumores del baile?

—¿Cuál de ellos? La gente no hace otra cosa que bailar, a pesar del calor. No entiendo cómo pueden tener ánimos.

Ullholm se inclina hacia delante, ansioso por ser el primero en compartir con Edman un cotilleo tan jugoso.

—Aún faltan algunas semanas, pero será muy cerca de aquí: con el beneplácito del príncipe Federico, van a celebrar un baile de putas en el ala norte del Palacio Real, más precisamente en los salones que la reina viuda no ocupará durante el verano.

Edman se acaricia la incipiente calva y se queda pensando un momento. Luego frunce la boca.

—La corte se escandalizará y habrá chismorreos durante lo que queda del año. Las damas de honor cacarearán como gallinas y el príncipe será enviado a Tullgarn a meditar sobre sus actos. Sin duda, Reuterholm pondrá el grito en el cielo, y otra gente sin mayor importancia se hará eco de su ira y se distraerá. Podremos actuar en paz. Muy bien: dejemos que las putas engrasen los engranajes del Estado, para variar. —Su rostro se congela en una mueca de satisfacción antes de volver en sí—. Pero ¿qué tiene esto que ver con el asunto de la muchacha?

—He tenido una idea.

La pausa teatral de Ullholm sólo consigue irritar a Edman, que le borra la sonrisa simplemente con el tono de voz.

—Habla de una vez.

—Registros generalizados entre los pobres. Cortamos los puentes y pasamos por el tamiz a toda la ciudad, manzana por manzana. Guardias Reales y municipales sumarán fuerzas con la policía. Hablaré con Lode y él hablará con Reuterholm. No será difícil hacerle ver que se trata de un asunto de Estado. La gente del pueblo no tiene amigos: son un lastre.

Edman se muerde la uña del pulgar mientras sopesa la propuesta.

—¿Cuándo sería?

—Estaba pensando en el día después del baile, un viernes. Desde el amanecer, el día entero, todo el tiempo que necesitemos. Los que hayan asistido a la fiesta no nos estorbarán: seguirán en la cama con las putas o tendrán un horrible dolor de cabeza. Tan sólo quedará la chusma. Pondremos barreras en todos los puentes e iremos de manzana en manzana desde Slottsbacken hacia el sur. Peinaremos cada escalera, buhardilla, pasillo y rincón. Los inspectores de los barrios sacarán a los caseros de la cama, con excepción de la gente de bien, desde luego, para que identifiquen a sus inquilinas, y aquellas de las que nadie pueda dar razón serán llevadas a la Esclusa. Allí separaremos el grano de la paja, encontraremos a la famosa Anna Stina Knapp y de paso mandaremos a la hilandería a cualquier otra muchacha que nos parezca ociosa y desocupada.

Edman asiente y se pone a contar mentalmente los días que faltan.

—Emplea bien el plazo que tienes, no pierdas el tiempo. Busca entre tus hombres a algunos que sepan escribir y hazlos enviar quejas a los periódicos sobre mendigos, vagabundos y maleantes en general, y asegúrate de que salgan publicadas: hay que poner a la opinión pública de nuestra parte. No dejes de vigilar los puentes y mantenme al día.

16

La prohibición del café entró en vigor el verano anterior, con la ley suntuaria del barón Reuterholm, y fue recibida como tantos otros decretos de la misma índole: los ricos la ignoraron, los adictos la infringieron, los emprendedores la aprovecharon. Para el cuerpo diplomático extranjero, enviado al alto norte por los pecados cometidos, fue una especie de afrenta: no sólo tenían que humillarse ante los caprichosos pavos reales de la regencia, sino que ya ni siquiera podían ahogar sus penas en oro negro. Decidieron no hacer caso de Reuterholm, ese arribista cuyo único mérito consistía en susurrar a la oreja del duque, y seguir a lo suyo. El régimen reaccionó con irritación ante esa violación de una ley sueca, y los embajadores fueron convocados a una reunión con el gobernador con el pretexto de tratar asuntos políticos. En vez de eso, recibieron una reprimenda que los indignó, y que enseguida aprovecharon para despedirse de aquel reino en decadencia, antigua potencia que a esas alturas se tambaleaba cual borracho al borde del abismo. Así, Suecia, que ya vivía de las limosnas extranjeras y la buena voluntad de sus antiguos aliados, se quedó sola, aislada del continente. Casi era posible oír, desde el otro lado del Báltico, el rumor de las piedras de afilar rusas, preparando la venganza por los agravios de la década anterior. La flota hundida en la batalla de Svensksund había resurgido, más grande y poderosa, preparada para levar anclas. Lo único que Suecia tenía para defenderse era su miseria. ¿Qué hacer? Reuterholm inició negociaciones con la Francia revolucionaria, la gangrena de Europa, y sucedió lo inconcebible: Suecia reconoció a la recién nacida república a cambio de recibir en las menguantes arcas del Estado las monedas rescatadas de las zanjas donde se apilaban los cadáveres. Suecia, sin aliados en Europa, tuvo que lanzarse, por pura estupidez, a los brazos del enemigo común.

No obstante, los Euménides prefieren hablar de otras cosas. Está claro que Reuterholm es un cretino y que el reino se va a la mierda, así que lo mejor es distraerse y ocuparse de los propios intereses. El calor de agosto convierte la ciudad entre puentes en un lugar insufrible, los enjambres de insectos que asolan la isla de Stadsholmen se ven a simple vista desde los barrios de tierra firme, y sin embargo hay más hermanos de lo habitual en la ciudad, pese a que, a esas alturas del verano, en otras circunstancias ya se habrían marchado para ir a buscar diversión y aire fresco a otra parte. Los rumores y expectativas los han animado a quedarse. Se los ve formando grupitos en las ocasiones más disímbolas: se juntan a tomar café en el salón de uno u otro porque entienden que las infracciones que se saldan con una multa son permisos tácitos para quienes pueden pagar; charlan en los bailes donde se encuentran o en alguna *petite maison* donde han ido a ver el género nuevo que la mala cosecha ha empujado a la costa: muchachas y muchachos de carne tierna, sin la malicia que caracteriza a los que han padecido la vida en la ciudad, ingenuamente confiados en que el dinero por el que se venden les permitirá salir adelante haciendo de noches como aquélla una mera excepción. Muchachas y muchachos para los que el oficio aún no se ha convertido en rutina y que aún son capaces de mostrar deseo o miedo, o ambos, o lo uno después de lo otro. El género de ese tipo se echa pronto a perder, se vuelve rancio y se abarata, y antes de que te des cuenta el lastre que suponen sus propios sueños los ha arrastrado hasta el fondo sin posibilidades de salir a flote nunca más.

Los hermanos procuran disfrutar, y para quien pueda pagárselo las posibilidades parecen infinitas. Necesitan novedades: lo distinto también aburre. Uno cree haber encontrado algo nuevo con lo que distraerse, pero llega el día siguiente y lo que antes brillaba se ensombrece y se vuelve monótono. De ahí la curiosidad: ¿qué tiene en mente Tycho Ceton, ese pobre diablo desfigurado? No cabe duda de que está mal de la cabeza; aunque sus ocurrencias pueden ser divertidas, y tonto no es. Los sirvientes de Bolin son como un colador y dicen lo que saben a cambio de que se les den los medios para beber hasta perder el sentido: Ceton ha comprado mosca española. La información los decepciona: ¿quién no la ha empleado alguna vez? Si bien es cierto que el miembro se mantiene erguido si la dosis es correcta, también lo es que pica y escuece, ¿y la idea misma no es estúpida y archisabida? Pocos apuestan por su proyecto y su futuro en general.

Hay algo en lo que, sin embargo, parecen estar todos de acuerdo: no se pierde nada con probar. Si el espectáculo vale la pena, fantástico; y si no, se alegrarán con la caída de Ceton. Gillis Tosse susurra bromeando sólo en parte:

—Siempre me he preguntado cuántas pollas de marinero caben en esa boca rajada. Y, si resulta demasiado estrecha, siempre se le puede alargar la otra comisura.

Todos ríen.

El calor sofocante también provoca impaciencia. El tiempo tiene que cambiar pronto: el verano no puede durar para siempre y en algún lugar las nubes ya deben de estar acumulándose. Seguro que se avecina una buena tormenta.

En eso llega la noticia de que Ceton por fin ha puesto una fecha. Bolin incluso lleva varias invitaciones personalmente, y está tan ansioso que hasta parece caminar más rápido, pese a la gota. El local elegido produce un tremendo golpe de efecto, ¡qué audacia! Ya están ensayando, pero todo debe hacerse con absoluto secretismo.

17

Bolin tiene contactos, y sólo ha tenido que ofrecer la cantidad adecuada para conseguir la Inigualable, el nuevo Teatro Real. Ese tipo de negociaciones siempre lo han fascinado. Ha logrado que los ensayos nocturnos y el estreno en mitad de la noche parezcan idea del mismísimo responsable del teatro y gracias a eso pueden entrar y salir sin ser vistos ni importunados; incluso se ha permitido regatear, no porque los hermanos no puedan pagar mucho más, sino por principios. Eso sí, hay montones de detalles que pulir porque los hermanos están acostumbrados a lo mejor y no aceptan menos. Hay que limpiar el teatro minuciosamente y asegurarse de que esté perfectamente iluminado. El espectáculo será privado, sin excepción de persona. De la limpieza posterior se encargarán ellos mismos: dejarán las instalaciones en el mismo estado en que las encuentren. El representante se ríe entre dientes ante tanto misterio: como cualquiera que esté a cargo de un local codiciado en Estocolmo, a él también lo han cortejado varias de las hermandades de la ciudad, a cuál más excéntrica, así que le guiña un ojo cómplice a Bolin. Seguro que piensan representar una de esas comedias eróticas en las que las actrices llevan ropa tan fina que los pezones se les adivinan a través de la ropa, la clase de entretenimiento que fascina a los señores cuya lascivia sigue ardiendo aunque el fuego de la virilidad se haya apagado. Bolin no le devuelve el guiño: prefiere fingirse ofendido por haberse dejado calar tan fácilmente. La suma acordada cambia de manos.

Ceton ha medido el escenario a lo largo y ancho, ha revisado los decorados existentes y ha elegido uno para cada acto. El criado de Bolin y otro ayudante, sordomudo de nacimiento, han recibido instrucciones para el manejo de la tramoya construida por Johan Schef, una maraña de cuerdas, poleas, aparejos y palancas de madera, ruedas y manivelas que se extienden por debajo y por encima del escenario. Los que apenas dos años antes presenciaron el estreno de *El napolitano celoso*, de la pluma del mismísimo rey difunto, se preguntaban cómo era posible que dentro del edificio cupiera todo un valle italiano azotado por la lluvia con un castillo de fondo hasta que vieron cómo cambiaban la escenografía, con lo que quedó claro que todo había sido un ingenioso trampantojo. Para el primer acto, Ceton ha encontrado un decorado campestre en el que un camino serpentea hacia una lejana ciudad amurallada bajo un cielo que se puede iluminar para que parezca tormentoso o perfectamente despejado. En el escenario como tal sólo va una alfombra que simula ser el principio del camino, nada más. Temía que se viera totalmente bidimensional, pero ha comprobado el efecto desde distintos ángulos y sabe que resultará perfectamente creíble para los espectadores si la luz es la correcta. Para el segundo acto ha escogido un sombrío olivar lleno de árboles nudosos que, para funcionar, necesita que se coloque una serie de espejos. No le resultó fácil conseguir que se los prestaran, porque cuestan una fortuna, pero sin duda el esfuerzo valía la pena.

Recorre el pasillo que separa el escenario de la zona que llaman el patio, donde se colocarán butacas. Por encima de su cabeza hay tres niveles de palcos, cada uno decorado con liras blancas o doradas sobre un fondo azul celeste. El color y el pan de oro brillan intensamente y, en general, todo está como nuevo. Ni siquiera en los rincones donde sólo los más esmerados limpiarían se ve el menor atisbo de polvo o suciedad.

Hasta el techo está impecable. El aire huele al cáñamo de las cuerdas y a la madera recién serrada y tallada, a pigmentos naturales y al popurrí de los camerinos. Pasados los años, todo olerá a podrido y a rancio, a la peste de los cuerpos que se apretujan en el patio, pero hay un largo camino hasta ahí, y Ceton no tiene intención de volver jamás. Repasa mentalmente lo que tiene que hacer y los deberes de los demás. Sus ayudantes esperan bostezando detrás del escenario: se mueren de ganas de irse a casa. Tan sólo los deja marchar después de obtener respuestas satisfactorias a distintas preguntas. En cuanto se van, Ceton se estira, balancea la cabeza de un hombro a otro para relajarse y luego se planta en mitad del escenario con el fin de ensayar su actuación en solitario. Hace una reverencia ante su público imaginario: un paso en diagonal hacia atrás, un brazo agitándose por delante, el otro levantado hacia atrás, una y otra vez. Casi puede imaginar los aplausos y los vítores. Se agacha una vez más, profundamente, para que ni siquiera los espectadores de la primera fila puedan distinguir su sonrisa burlona.

18

Es la noche esperada, y no resulta raro ver a gente enmascarada cerca de los teatros y palacios de la ciudad: disipado el eco de los disparos en la ópera, los bailes de disfraces han vuelto a ponerse de moda. Ya es posible ponerse antifaz y capa con capucha sin que nadie lo acuse a uno de jacobino, y la ciudad vuelve a entregarse al pasatiempo que tantos prefieren porque sólo bajo la protección de las máscaras pueden relacionarse con auténtica naturalidad, conscientes de que la persona cuya mano han rozado en el minué podría ser cualquiera, igual que ellos. Eso los anima a hacer cosas a las que en otras circunstancias no se atreverían: el torpe puede permitirse ser brusco; el casto, mostrarse lujurioso, y el tímido, lanzarse a declamar. Desde luego, los gestos aún pueden traicionarlos, y qué decir de los ojos, que asoman por dos agujeros: es imposible que el engaño sea total en una ciudad tan pequeña, pero cada cual hace lo que puede. La condesa y la dama de compañía intercambian vestidos; el conde toma prestado el uniforme de un caporal; el hijo del burgués se pone un atuendo de arlequín... Buscan vivir una aventura que, en parte, es de otra persona: un morreo detrás de una cortina, un amorío fugaz. Por una noche, el guapo puede ser pobre y el feo, rico. Cada uno se esfuerza por parecerse a lo que ansía ser.

Sin embargo, el caso de los Euménides es bien distinto. La mayoría se conoce, pero las máscaras son obligatorias, y nunca hay que usar la misma dos veces: eso dice la norma. La hermandad tiene algunas disponibles para préstamo, aunque casi todos prefieren llevar una propia, confeccionada a su gusto: de simio, de macho cabrío, de médico de la época de la peste negra...

Algunos están solos, pero la mayoría forma pequeños grupos. Acaban de llegar de la fiesta que aún continúa en el ala norte del Palacio Real, donde han podido beber para refrescarse un poco y especular sobre el curso posterior de la noche: ¿qué se habrá inventado Ceton? Allí, no llevaban máscara, así que muchos han dado un rodeo por los jardines de Kungsträdgården, donde los setos han crecido hasta enmarañarse porque no hay dinero para podarlos, y han emergido con un aspecto nuevo. A lo lejos, se oyen voces y música: ha habido otro baile en el salón de fiestas Vauxhallen, y los invitados no tienen prisa por irse a casa. Han persuadido a un violinista de que toque para ellos sin acompañamiento. Debe de haber habido alcohol de por medio, porque ya se sabe que los músicos, cuanto más borrachos, mejor tocan en tono menor.

Las prostitutas también deambulan por los descuidados y sombríos jardines, sabedoras de que muchos de los caballeros no han conseguido el baile que deseaban y están dispuestos a pagar algunas monedas a cambio de una compensación rápida. La presencia de los hermanos las ahuyenta hasta la Corriente: las espantan con sus máscaras y sus burlones rugidos de depredador, conscientes de que los espera una satisfacción mucho más refinada. Detrás del jardín se yergue la Inigualable, rodeada de un muro en el que se puede orinar al amparo de la oscuridad. Desde lo alto de la gran puerta flanqueada por falsas ventanas, una escultura de Marte observa a los que entran.

La noche es bella, y también la Inigualable, con sus almenas, torres y chimeneas apuntando a las estrellas, y el tejado inclinado de chapa de hierro que semeja una escalera al cielo. Muchas voces protestaron cuando se habilitó como teatro, pues cada piedra de la fachada parece estar dedicada a la sed de sangre: un friso muestra cañones, morteros, estandartes, campamentos militares, soldados a caballo con las espadas desenvainadas; otro, cabezas de león y de turco decapitado, y militares romanos con gálea y penachos de plumas. Los que echan de menos la gloria bélica de otros tiempos lamentan el destino del palacio, dedicado a albergar todo un arsenal de espadas, escudos y hasta cañones de utilería. Los hermanos, por su parte, encuentran los relieves de la fachada de lo más interesante y apropiado.

La creciente oscuridad le añade a ese palacio de cuento de hadas un aire de misterio cuando las campanas de San Jacobo marcan la medianoche. Bolin está en lo alto de la escalinata de piedra, vestido con cornamenta y capa de pelo de ciervo: nadie cruza el umbral sin estrecharle la mano de la manera correcta y susurrarle la contraseña al oído. Algunos ya han bebido de más y su conducta roza la indiscreción, así que él se apunta mentalmente sus nombres para reconvenirlos otro día. A los que conoce tan bien que ninguna máscara bastaría para confundirlo los saluda con una leve inclinación de cabeza. Aunque intente disimularlo, está tenso por la expectación y el miedo. Se pregunta cómo ha podido ponerse él solo en esa situación, pero no se arrepiente: hace mucho que no ponía nada en juego; tanto que había olvidado la fascinación que sólo el riesgo es capaz de producir.

—¿Preparado? —Ceton está en uno de los camerinos, ubicados en la segunda planta de la torre sudeste, sentado frente a Albrecht, al que le ha servido una copa de vino para mitigar su temor a aparecer ante el público. Adopta un tono suave y amable porque al pobre chico le tiemblan las manos—: No hay nada de qué preocuparse. Ya te lo he dicho: esta hermandad está conformada por gente muy distinta a la que has conocido a lo largo de tu vida. Sin ir más lejos, completamente diferente a los miembros de la congregación de Svala: gente simple que no puede evitar ir por la vida juzgando a los demás. Aunque traten de hacer pasar su silencio por compasión, en el fondo quisieran verte en el infierno. Esta noche, en cambio, quienes asisten son magnánimos y bienintencionados. Quieren oír tu historia, no les ahorres ningún detalle. Tu voz se oirá a la perfección no sólo porque la acústica del lugar es inmejorable, sino porque vienen dispuestos a escuchar. No tengas miedo: estás entre amigos.

Albrecht intenta sonreír y le da un trago al vino mientras Ceton comprueba su vestimenta por enésima vez: camisa de lino sucia y con quemaduras de chispas de la fragua, calzones manchados y raídos. Ceton no tiene reloj de bolsillo, pero si no pasa ya de la medianoche, poco debe de faltar.

—Es la hora. Ven, pongámonos en marcha. Te acompañaré al escenario y después me quedaré justo al lado, donde puedas verme.

El pasillo de detrás del escenario está desierto: los ayudantes de Bolin ya están en sus lugares, dos niveles más abajo, en los sótanos desde donde se maneja la tramoya, espacios que no sería inadecuado llamar fantasmales, puesto que sólo existen para hacer posible la fantasía de los espectáculos. Puede que el escenario y la sala sean sublimes, pero allí abajo se hace evidente toda la violencia que se ha ejercido sobre el edificio: se han levantado suelos y derrumbado paredes, las escaleras pensadas como provisionales se han vuelto permanentes al agotarse los fondos, corredores que conducían a alguna parte se han transformado en callejones sin salida llenos de escombros, hay puertas tapiadas y ausentes... Lo nuevo se ha impuesto sobre lo viejo y allí abajo el resultado es repugnante. Ceton avanza tras bambalinas, iluminándose con un farol, siempre atento a que Albrecht, que lo sigue, no se despiste y se pierda. Enseguida oyen el bullicio: cientos de voces que los guían por el camino correcto. Bolin grita tan fuerte como puede:

—¡Caballeros! ¡Tercera llamada, guarden silencio!

• • •

Ceton se asoma por una abertura en el suelo para avisar al criado de Bolin de que ya empiezan —el sordomudo necesita un codazo de su compañero— y luego le aprieta el antebrazo a Albrecht para infundirle coraje.

—Vamos, sal. No tengas miedo. Espera un momento hasta que se haga el silencio y luego cuéntales tu historia. Si te quedas en blanco, simplemente mírame y yo te diré algunas palabras que te ayuden a continuar.

Albrecht sale titubeante de la penumbra tras bambalinas y avanza como un animalillo asustado hasta el centro de la escena. Ceton percibe cómo los espectadores más atentos alertan a sus vecinos y luego hacen callar con siseos a los más charlatanes. Después se produce un silencio que sólo es posible en un teatro, y Ceton no puede resistirse a espiar por detrás del telón. Entonces ve a los Euménides por primera vez en muchísimo tiempo, sentados por estricto orden jerárquico en las tres hileras de butacas que se han colocado en el patio: gatos, leones y toda clase de personajes estúpidos. Ha preparado muy bien a Albrecht: le ha prometido que valdrá la pena. Desde luego, esta hermandad tiene sus peculiaridades, como las tiene la de Moravia, pero ¡sea por Dios! Lo escucharán con atención y seguramente lo ayudarán después. Si alguien puede ayudarlo, son ellos.

El joven cumple de sobra con sus expectativas: sus sentimientos son tan transparentes que parece que fuera desnudo, incapaz de ocultar nada. La voz se le quiebra, pero logra recomponerse; las lágrimas ruedan por sus mejillas, pero no se interrumpe. Nada de eso resulta molesto, más bien intensifica la emoción. A algunos les recuerda una clase de amor que se hallaba profundamente enterrado en su memoria, si alguna vez les fue concedido; y la inocencia, la sinceridad, las promesas y esperanzas de la juventud. Albrecht les habla de la fe de sus padres, del viaje a Estocolmo desde Prusia, del Cristo sangrante que hasta la fecha se ha negado a manifestarse ante él, de la particular mística de la Hermandad de Moravia, de sus progresos como artesano —incluso ha llevado una muestra de su trabajo—, y todo ello entre muestras de dolor y arrepentimiento por sus inclinaciones. Ceton siente cómo el silencio va cambiando hasta convertirse en algo semejante a la devoción. Nadie parece siquiera estar respirando. Intuye que las máscaras resultarán útiles para ocultar las lágrimas de muchos. Las palabras sencillas del chico resuenan incluso en el corazón del más mundano, que vuelve a doler, a existir, después de muchísimos años, y a anhelar un amor como ése: ferviente y puro. Entonces Albrecht concluye su relato agachando la cabeza y por un instante se hace tal silencio que sería posible oír un alfiler cayendo desde los palcos. Luego estallan los aplausos, reforzados por gritos y silbidos. Atolondrado por la acogida, Albrecht le lanza una mirada a Ceton mientras se enjuga las mejillas con la manga de la camisa, y Ceton finge una reverencia hasta que el muchacho lo entiende y lo imita. Con un gesto, hace que Albrecht salga del escenario: tiene que llevarlo al camerino para preparar el segundo acto.

Oye la voz de Bolin alzándose por encima del bullicio.

—¡Hay champán esperando en el vestíbulo, caballeros! Haremos un descanso de una hora.

19

Guía a Albrecht de regreso por el camino por el que han venido. El chico parece emocionado, pero también aliviado tras una prueba que ha salido mucho mejor de lo que esperaba. De nuevo en el camerino, bebe lo que él le ofrece sin hacer preguntas. Esta vez champán, del mismo que beben los hermanos, aunque enriquecido. Se dedica a elogiar al chico, aunque sin dejar de prestar atención a los graduales efectos de lo que ha empezado a correr por sus venas.

Los Euménides se relajan en el vestíbulo y, en lo alto de la ancha escalinata, beben y charlan después del silencio obligado. Lo que han presenciado no era lo que tenían previsto, y el ambiente es de confusión. Nadie sabe qué pensar, muchos se resisten a opinar siquiera. Los ojos enrojecidos y los párpados hinchados de algunos dan cuenta de un inesperado sentimentalismo, otros consideran que les han hecho perder el tiempo, pero saben que falta el segundo acto y no quieren inclinarse ni a favor ni en contra hasta que el espectáculo haya terminado. A lo mejor Ceton, de quien nunca se sabe si sonríe o no, está jugando con ellos: mejor no decir nada que quedar como un tonto después. Al menos están de acuerdo en la calidad del champán y, tras algunas copas, también les queda claro que lo peor de sus vidas es el tedio: todos han disfrutado de cuanto querían desde niños, y a partir de entonces han tenido que buscar la novedad que alimenta la vida en los sitios más dispares. Con *madame* Sachs, por ejemplo, en la Casa Keyser, cerca de Röda Bodarna. Lo malo es que ese lugar desapareció hace tiempo, y sus paredes, una vez inundadas de representaciones del deseo, están ahora revestidas de librerías llenas de apócrifos y cancioneros para herejes. El caso es que lo que han visto hasta ese momento en el espectáculo los inquieta y están dispuestos a darle una oportunidad a Ceton por causa de la ansiada novedad.

El criado de Bolin ya ha preparado el escenario para el segundo acto, con sus espejos y demás. Desde el camerino, Ceton cuenta las campanillas que marcan la continuación del espectáculo: una, dos... Anima a Albrecht a tomar un trago más y él, incapaz de oponer resistencia, lo hace como un sonámbulo. Vuelven al escenario. Esta vez, tiene que tomar al chico de la mano.

Se ha pedido silencio absoluto. Las velas están apagadas, excepto por una que ilumina el centro del escenario. Albrecht está tan aturdido que tiene que ayudarlo a apoyarse contra una pared para poder salir él primero al escenario. Ha cogido las herramientas que mandó forjar para esa noche: una larga barra de hierro con una punta afilada como un punzón y un martillo. Las manos le sudan hasta el punto de que tiene que secárselas alternativamente en las perneras. El corazón le late a toda velocidad: sabe que el momento es crítico. Le viene a la cabeza la habitación donde lo alojó Svala, pero se esfuerza por apartar esa imagen de su cabeza y avanza hasta el centro del escenario. Todo está preparado según sus instrucciones. Cuenta las costillas del costado derecho empezando por abajo. La manchita negra de una marca de nacimiento parece marcar el punto correcto. Luego coloca la punta de la barra sobre la piel y nota que el cuerpo se estremece al contacto de aquel instrumento puntiagudo y frío. Entonces golpea con el martillo. Se oye un grito ahogado, pero él se da cuenta de que no ha hundido lo suficiente la punta y vuelve a martillar. La sangre que brota burbujea por el aire que escapa del pulmón perforado. Ya está hecho. Enseguida, vuelve adonde está Albrecht, le quita la bata de lino, lo único que lleva encima, y lo conduce al escenario. El pene erecto del chico parece señalar el camino. Wilhelm yace estirado sobre una cruz colocada a la altura adecuada sobre unos caballetes recubiertos con follaje de utilería. Tiene los brazos y las piernas atados a los maderos y está rodeado de espejos. Va completamente desnudo y embadurnado de aceite, por lo que su piel brilla trémula. Se le ve bellísimo. Tiene el pelo peinado hacia atrás y una corona de espinas que ha hecho brotar algunas gotas de sangre en su frente y sienes. Sobre la cara lleva una tela con el rostro del Salvador cuidadosamente pintado. Los espectadores no pueden ver la mordaza de trapos en su boca.

Ceton conduce a Albrecht hasta donde está su primo y echa un vistazo a sus ojos perdidos, en los que la confusión y el deseo bailan sobre las ruinas de la razón; luego le habla al oído:

—El esposo ensangrentado te espera. Mira la llaga en su costado abierta para ti: ahí hallarás la redención.

Abierta y blanda, la herida es fácil de penetrar. Ceton se retira unos pasos para dejarlo hacer; en toda la sala sólo se oyen los ruidos que producen los dos cuerpos. Se siente como hechizado, contiene el aliento sin atreverse ni siquiera a pestañear porque pronto llegará ese instante que lo fascina y que hace tiempo no ha podido contemplar por culpa de los perros que lo acosan. Quiere oír a la creación misma rebelarse, quiere que Dios haga temblar el firmamento en su ira y que convierta la tierra en una red de agujeros. Wilhelm se agita, sus toses ahogadas suenan como los ladridos de un perro encerrado en una bodega. Parece estar luchando por respirar bajo la tela que le cubre la cara, pese a la mordaza, al pulmón perforado. Junto a él, Albrecht está bañado en sudor, los músculos tensos por el esfuerzo. Ceton se obliga a no apartar la vista. Tiene erizado el vello de los brazos y el pelo de la nuca. El chico ríe y se detiene, la sangre deja de gotear a sus pies y entonces se oye el último suspiro de Wilhelm: un siseo prolongado y áspero. La sangre ya no corre, el corazón se ha detenido. Pese a estar intoxicado, Albrecht parece comprender que algo no va bien, que algo se ha perdido de forma irremediable. Ceton se atreve por fin a volver la cabeza y ve, en un espejo, su cara retorcida en una mueca de miedo implacable. Entonces empieza a oír algunos aplausos que pronto se convierten en una ovación. Bolin chilla:

—¡Un descanso! ¡Hagamos un descanso de una hora antes del último acto!

Ceton sigue mirándose en el espejo con el martillo aún en la mano.

TERCERA PARTE

Investigación

PRIMAVERA Y VERANO DE 1795

Así pues, noble Reuterholm,
que cada año tenga el doble de motivos para ensalzarte
y des a mi poesía temas cada vez más elevados
y tus hazañas pinten de oro el rojo lienzo de la historia.

Carl Gustaf af Leopold, 1795

1

Hay caminos destinados para muy pocos, y Elias disfruta reconociéndolos y trazándolos mentalmente, apoyado en su experiencia y el conocimiento de sus propias capacidades. Un barril apoyado en la pared del callejón le permitiría alcanzar una piedra que sobresale del revocado y agarrarse del marco de una ventana para llegar a cierto tejado; la rejilla del tragaluz de una bodega parece lo bastante ancha como para que alguien lo suficientemente delgado se cuele por ahí. Elias es francamente delgado, y además bajito. En breve cumplirá doce años, pero ha pasado hambre desde que nació. En todo caso, ser así le conviene: puede colarse sin que nadie se dé cuenta, fingirse menor de lo que es. Pero, además, domina como pocos el arte de hacerse el tonto. Durante tres años, ese arte le permitió sobrevivir en el orfanato, donde sólo le encomendaban las tareas más simples. Eso sí, ninguno de los campesinos a los que lo ofrecieron en adopción aceptó: puede que comiera como un pajarito, pero no daba una. Al final, ya ni siquiera se lo ofrecían a nadie. Lo llamaban Elias el Bobo, y el tedio era su único enemigo: las largas horas que pasaba sin hacer nada, viendo cambiar la luz a través de un ventanuco, porque nadie se molestaba en preguntar por él. Ahora las echa de menos, claro, pero la edad se le vino encima y ya había planes de enviarlo a la raspería, una instalación —prisión— gemela de la hilandería, sólo que destinada a los hombres, donde se produce esforzadamente tinte rojo a partir del palo de Brasil, un árbol de durísima madera. Allí, las puertas se cierran con llave, se trabaja de sol a sol, la indolencia se remedia a bofetadas y los que no son capaces de defenderse se convierten en consuelo de los que no tienen mujeres cerca. Pero él supo aprovechar la ocasión para escaparse a tiempo. Ebba, la gobernanta, abrió la verja y él cerró por fin la boca, se limpió las babas del mentón y, tras darle un empujón y colarse, le gritó:

—¡Vete al infierno, bruja! ¡Gracias por la sopa!

Y salió de allí pitando, libre como un pájaro que emprende el vuelo. Luego se dirigió a la ciudad entre puentes a probar suerte.

Nunca olvidará la cara de pasmarote de Ebba, aunque hay que reconocer que, incluso para los más astutos, la vida es dura.

El camino que recorre ahora mismo no pone a prueba sus capacidades: lo ha utilizado muchas veces. Apoya un pie en un poste y alcanza el borde del muro. Se sienta y se asoma para cerciorarse de que no hay nadie en las ventanas ni en el patio; luego avanza a gatas por el perfil hasta alcanzar el tejado de la casa y empieza a trepar por una canaleta de metal. Bajo un peso mayor, sin duda se habría doblado, pero con él no. Llega hasta la cima y empieza a bajar a hurtadillas por el otro lado atento a no resbalar. La casa siguiente tiene el tejado recubierto de cobre, no de teja, como sus vecinas. Deja sus zapatos desparejados en la cuneta y avanza descalzo por el metal áspero y nada resbaladizo. Se acerca hasta la ventana sin hacer ruido. Está entornada, sujeta apenas con un gancho que sería fácil de quitar. Dentro, el salón está vacío, pero él se acomoda y espera fuera, oliendo el jardín y mirando los juncos trenzados que pronto darán flores.

Al final, la puerta del salón se abre y entra una mujer rechoncha envuelta en tul colorido, la cara y el pecho maquillados de blanco, los labios y las mejillas de bermellón. Arrastra consigo una nube de aroma asfixiante: sudor bajo agua de rosas. Elias la conoce como la Pequeña von Platen, y su mera presencia le produce tal rabia que le da dolor de barriga. Últimamente se hace llamar Von Plat y se dedica a contar que es una rica heredera, aunque no aclara si heredará de su padre, de un tío o de un hermano. Pocos en el barrio la creen, y algunos incluso recuerdan su apellido original —Platen, simplemente, sin el «Von»—, pero a ella sólo le importa que se lo crean sus clientes. Elias se agazapa mientras ella prepara el salón para la siguiente visita, le da golpecitos a los cojines de la *chaise longue* y mueve con el dedo la manecilla del reloj de péndulo de sobremesa para que la hora errónea no revele que el mecanismo lleva años sin funcionar.

Lleno de expectación, Elias contiene el aliento. La suerte le sonríe: la joven que entra en el salón es justo la que estaba esperando ver. Se la queda mirando. Qué hermosa es. ¿Cuántos años tendrá? Él nunca ha sabido calcular las edades de los adultos, pero seguro que tiene menos de treinta. En todo caso, los años han sido benevolentes con ella: tiene un cuerpo juvenil, y las escasas arruguitas del rostro incluso la favorecen. Lleva el pelo recogido con una cinta de seda azul y un vestido rosa de muselina: entre estas paredes no rige la ley suntuaria. La Pequeña von Platen sabe muy bien qué manos debe untar, y por eso incluso puede permitirse ofrecerles a sus clientes más distinguidos unas buenas tazas de café.

En cuanto a la joven, quienes la conocen la llaman Dulcesito, Pan de Azúcar, Dulce Klara, pero se llama *mademoiselle* Klara. La sigue de cerca la criada de la Pequeña von Platen, con un saco en la cabeza para que el mundo no tenga que contemplar los estragos del mal francés. Tiene la espalda encorvada, los brazos llenos de negros emplastos de mercurio y los dedos tan torcidos y arrugados que parecen los de una anciana. Lleva un plumero en la mano, escoba y balde, y se apresura a limpiar los rincones que la Pequeña von Platen le va señalando, quita las telarañas y luego se marcha.

La Pequeña coge a Klara por los hombros y la examina. Se chupa el pulgar y le alisa una ceja; murmura para sí, pero a grandes rasgos todo parece de su agrado. Para Elias, su voz es como el graznido de una urraca.

—Bueno, ya estamos listas. Voy a buscarlo, espera aquí al lado hasta que te llame con la campanilla.

—¿Qué clase de hombre es?

En comparación, el timbre de Klara es como el canto de un ruiseñor.

—Es un novato, o casi, diría yo. No muy elegante, pero seguro que puede mejorar bastante con tu ayuda. Juega bien tus cartas y tendrás en el bolsillo a un caballero que te puede dar satisfacciones durante mucho tiempo.

Elias no puede ver la cara de Klara, pero deduce que será de descontento porque la Pequeña von Platen vuelve a la carga:

—Venga, Klarita. Piensa en Charlotta Slottsberg y en Sophie Hagman; empezaron en la calle, no tenían nada en su favor que no tengas tú, y ya ves cómo les fue: la primera llegó a ser amante del duque Carlos, ¡el hermano del rey Gustavo! Fue una tonta, desde luego: el éxito se le subió a la cabeza, se creyó mejor de lo que era y terminó siendo despreciada, pero la segunda, la pequeña Sophie, amante del príncipe Federico, supo ser amable y educada, y muy pronto no había salón elegante donde no la recibieran con los brazos abiertos. ¡El propio rey autorizó que se la presentara ante la corte! Pasaba los veranos en Drottningholm y las Navidades en el palacio. Incluso tuvo el tino de separarse amistosamente hace un par de años. El príncipe Federico ya lleva un tiempo durmiendo solo, y va siendo hora de que una nueva promesa se mude al Pabellón Chino de Drottningholm.

—¿Y cómo quieres que llegue hasta allí si me dedico a desvirgar a jovencitos hijos de burgueses?

La voz de la Pequeña von Platen se vuelve fría y cortante:

—«Quien pretenda llegar a alguna parte, debe primero perfeccionar su arte.»

Klara se ríe con desdén.

—¿Tumbarme de espaldas con los ojos cerrados durante cinco minutos y jadear de tanto en tanto para animar al cliente? ¿Qué más puedo aprender que no haya aprendido ya durante los años que llevo contigo?

—Niña tonta: el arte no consiste en eso. Cuando un hombre quiere aliviarse, cualquier mujer le sirve. Es todo lo que rodea ese acto lo que requiere habilidad: dar y retener, conseguir que te elija precisamente a ti una y otra vez, conseguir que se quede despierto toda la noche con la verga como un palo. Slottsberg y Hagman dominaban ese arte, pero a ti aún te queda mucho que aprender.

Klara se queda sin respuesta y la Pequeña abre la puerta por la que ha entrado.

—Basta. Tu siguiente asunto está abajo, esperando.

Abandona la estancia, y Klara pasa a la habitación contigua por una puerta lateral. Con cuidado, Elias se levanta sobre los antebrazos y los dedos de los pies y se desliza hasta la siguiente ventana. Allí está, sentada ante el espejo del tocador. En la mesita que tiene delante están todas las cosas típicas del gremio: una caja de taracea con cuchillitos para los polvos, espátula para el maquillaje, así como pequeños cepillos de distintos tipos, mondaorejas y raspadores de lengua. Al principio tiene la cara roja y se enjuga las lágrimas de los rabillos de los ojos, pero respira hondo intentando serenarse, coge unas pinzas y se quita un pelo rebelde de la ceja. Luego se queda un buen rato sentada mirándose, gira la cara para verse desde diferentes ángulos, sonríe y pone morritos. La preocupación le arruga la frente mientras se palpa la piel en torno a los ojos y en el cuello. Elias contiene el aliento para no interrumpir ese momento tan especial: son poquísimas las ocasiones en que ha podido verla de cerca sin que haya nadie más, sólo ellos dos. Pero enseguida se oyen ruidos en el salón y Klara sale de su ensimismamiento y se apresura a polvearse la cara. Elias puede oír a la Pequeña von Platen cortejando a su invitado. Vuelve con cuidado a su puesto inicial para contemplar el espectáculo.

—¿Señor Baltsar, me ha dicho? ¿Podemos poner ese nombre en nuestros registros?

—Desde luego.

El hombre que responde apenas puede llamarse un adulto. Se muestra vacilante y hace girar el sombrero entre las manos.

—No tengo costumbre de acudir a establecimientos como éste, ¿sabe? Voy a casarme muy pronto y algunos amigos casados me han aconsejado que primero gane algo de experiencia en las artes de Freya.

—No quiere usted decepcionar a la novia.

—Eso es, eso es.

—Pues es un hombre sensato, y sus amigos saben lo que dicen. Acomódese aquí, mire. Su esposa disfrutará mucho al lado de un hombre tan considerado como usted, y no sólo bajo el dosel. —Le pone una mano cómplice en el brazo—. En cuanto haga sonar la campanilla vendrá la muchacha: *mademoiselle* Klara. Si le gusta, sólo tiene que asentir con la cabeza y los dejaré a solas. ¿Tiene alguna pregunta?

Él niega con la cabeza y traga saliva para recuperar el habla.

—Ninguna.

—De acuerdo.

La Pequeña von Platen agita la campanilla y Klara entra desde la otra habitación. Como siempre, Elias queda fascinado con su transformación, la facilidad con la que adopta nuevos modales y gestos. Le sonríe al invitado con timidez, pero como si, a un tiempo, tuviera que esforzarse para dominar su curiosidad. Elias nota que el joven está encantado, aunque mudo. Sólo unos momentos después recuerda lo que tenía que hacer y asiente mirando a la Pequeña von Platen, que enseguida los deja solos. Parece barro en las manos de Klara, o un ternerito que se deja conducir sin saber si lo llevan a un prado o al matadero. Elias ya la ha visto hacer aquello, y muy a su pesar lo fascina. Con palabras y gestos va tejiendo una red de coerción, pero haciendo parecer que todo es espontáneo y consentido. Es muy hábil. Al poco rato ya lo ha hecho estirarse en el diván, le ha bajado los pantalones hasta las rodillas y le ha susurrado al oído cosas que han despertado su virilidad. Se tumba delante de él, con la espalda pegada a su pecho, y le coge el miembro. Él suelta un suspiro tembloroso y cierra los ojos, cosa que ella aprovecha para ponerse aceite entre los muslos. Luego lleva el miembro del joven hasta allí y lo anima a iniciar un movimiento de vaivén. El invitado está demasiado extasiado como para notar la diferencia, jadea cada vez más fuerte en su camino hacia la «pequeña muerte». Elias ya ha visto bastante. Se aparta de la ventana y se tapa los oídos con las manos. Después de unos momentos aparta una mano: ya ha terminado todo. Vuelve a esperar.

Primero se marcha el cliente, luego Klara y la criada salen a la corta escalera de la puerta principal, a los pies de Elias, a fumar en sus pipas de arcilla medio rotas. Klara se ha quitado el vestido prestado y luce uno mucho más sencillo, de algodón. En vez de la cinta de seda azul lleva un tocado francés que se ha atado por debajo de la barbilla. Se sientan en los escalones. Para poder fumar, la criada se sube el saco que usualmente le cubre la cabeza; procura mirar hacia otro lado para que Klara no le vea el rostro, pero en su esfuerzo le ofrece una visión directísima a Elias, que siente un escalofrío y respira hondo varias veces para no vomitar lo poco que ha comido: es como si la cara se le hubiese podrido en vida. Él sabe que, por desgracia, la enfermedad suele venir con el oficio. La llaman «el beso del diablo» y, aunque es consciente de que no es más que una dolencia entre muchas, ese sobrenombre le trae a la mente imágenes horribles: el mismísimo Satanás caminando sobre sus ancas de macho cabrío, acercándose y rodeando con los brazos a una bella joven, veneno y baba goteando de sus labios ávidos, y luego el beso, largo y libidinoso, con el hocico bien abierto y la lengua bífida estirándose hasta el fondo de la garganta. La piel del rostro cubriéndose de pústulas, la nariz que se pudre y se cae, los rasgos de la cara irreconocibles. Debe darse prisa antes de que su madre corra la misma suerte. Clava los ojos en Klara y su belleza le parece aún mayor en semejante compañía.

Ella suspira y la criada se anima a preguntar:

—¿Qué tal ese joven?

Los labios deformados hacen que pronuncie mal las palabras.

—Si no era su primera vez, era la segunda.

—Dinero fácil, pues.

Klara da una larga calada, contiene el aliento y levanta la cabeza. Por un instante, Elias teme que lo descubra. Por suerte, tiene los ojos cerrados.

—Aun así estoy cansada. —Suelta el humo hacia un cielo que ha empezado a oscurecerse—. Elsa, dime la verdad, ¿aún soy hermosa?

—Por favor, Klara, brillas como un sol. Aquí no hay otra como tú, y la Platen lo sabe muy bien: por eso es tan dura contigo.

Los labios deformados continúan balbuceando cumplidos y Klara vuelve a suspirar. Cuando habla de nuevo, su voz delata amargura:

—Pero todo se acaba, Elsa. —Limpia la pipa con un palito y se sacude las hebras de tabaco del regazo—. Que la jodan. Si tuviera alguna otra opción, me iría de aquí ahora mismo. En fin, Elsa, adiós por hoy.

Cruza la verja y Elsa vuelve a sus tareas. Elias se apresura a bajar. La localiza enseguida porque sabe que se dirige a casa y dónde vive. La sigue a una distancia prudencial hasta la puerta: aún vive con sus padres, cuando sus hermanas menores ya están casadas y se han ido. También sabe lo que le dirán en cuanto cruce el umbral porque los ha escuchado muchas veces a través de la puerta: «¿Dónde has estado? ¿Cómo es posible que llegues tan tarde? ¿Es que no te importa tu reputación? No te avergüenzas sólo a ti misma...» Pero en cuanto les dé las monedas que ha ganado firmarán una tregua provisional... hasta el día siguiente.

2

Elias no regresa hasta la mañana. La primavera está resultando húmeda y fría: el invierno, terco y emperrado, no quiere irse sin dar batalla. Por suerte sabe de unos panaderos que siempre están somnolientos y distraídos por las mañanas, y que suelen abrir la ventana para que el aire fresco los ayude a despertarse. Lleva por dentro de la chaqueta la hogaza que acaba de hurtar, caliente como un cachorrillo, y sabe que en su refugio tiene agua del pozo de la plaza Stortorget, donde sabe mejor, dulce y fresca.

Camina procurando no dejarse ver. La ciudad está llena de gente que va y viene como hormigas. Aun así, le gusta la ciudad entre puentes: con tantas calles y callejones que hay, muchos ni siquiera tienen nombre. Quien sepa moverse por ahí puede volverse casi invisible para los demás.

Ha encontrado, en el barrio de Cerbero, un pequeño sótano abandonado reconvertido en improvisado almacén para los trastos que han dejado sucesivos inquilinos de cierto señor, y que éste ha preferido guardar antes que sacarlos a subasta por no correr el riesgo de acabar delante de un juez por si reaparecen los respectivos dueños. Atrancó la puerta con una cómoda y, seguramente después de salir por una de las ventanas, las tapió con listones de madera dejando en una de ellas una ranura sin duda demasiado estrecha para un adulto y aun para muchos adolescentes, pero no para Elias, desde luego. Cada vez que va a colarse por ahí, mira a los dos lados para comprobar que nadie lo observa, e incluso tiene la precaución de ponerse la mano en la entrepierna como si simplemente quisiera meterse para orinar en un sitio discreto. Pasa por la ranura fácilmente y baja por la escalera de muebles que él mismo ha construido. Luego se queda quieto un momento, esperando nervioso a que sus ojos se acostumbren a la oscuridad y pueda ver a la chica. Está sentada en la penumbra, casi inmóvil excepto por el pecho, que sube y baja al compás de su respiración. Se tranquiliza, se acerca y arrodilla delante de ella.

—Déjame verte. —Va por un cazo con agua, moja un paño y empieza a limpiarle la cara con sumo cuidado. Cuando se siente satisfecho, le quita la camisa, que simplemente lleva sobre los hombros, y le limpia los brazos y el estómago—. Ahora vamos a lavarte el pelo.

No siempre dispone de jabón, aunque en esta ocasión sí. Moja la pastilla y empieza a frotar la cabeza de la chica. Como cada vez, se avergüenza al comprobar hasta qué punto la suciedad ha ennegrecido ese cabello rubio. La hace inclinar la cabeza hacia delante y le aclara el pelo con agua.

El peine es una de sus pertenencias más caras. Está tallado en una sola pieza y es de color marrón jaspeado y translúcido. De caparazón de tortuga, según ha oído por ahí, pero es incapaz de imaginarse el animal con un caparazón como ése. Por ese peine decidió asumir un riesgo fuera de lo común que pudo haberle costado un año o dos de trabajos forzados con grilletes en los pies, pero disfruta muchísimo usándolo, oyéndolo susurrar mientras lo desliza por el pelo color lino de la chica contando cada pasada.

—Hoy he vuelto a ir a ver a madre donde la Platen. Cómo me gustaría que pudieras verla tú también: es la más bella de todas, la más bella de toda la ciudad. No me extraña que esa vieja la vigile como un policía. —Se le salen las lágrimas de pura rabia, pero pestañea y respira hondo: es el hombre de la casa y llorar como un crío no es de recibo. Tiene que ser valiente. Se pellizca el brazo izquierdo hasta que el dolor lo hace pensar en otras cosas y finalmente escupe por encima del hombro como si haber mentado el nombre de la Platen fuera una invitación a los poderes sombríos—. Los criados de la vieja son unos tíos forzudos, así que todo el mundo hace lo que ella dice por miedo. Madre tiene que trabajar para pagar su deuda, ¿qué otra opción le queda? —Sigue desenredándole el pelo con el peine; dentro de poco ya no tendrá piojos—. Madre no entiende cómo funcionan las deudas en la calle: nunca se acaban de pagar, aumentan cada día. Sin ayuda, nunca será libre.

Una lágrima se le escapa pese a sus esfuerzos. Carraspea y se percata de que ha perdido la cuenta de las pasadas que lleva con el peine. Empieza de nuevo. Contar sigue sin dársele demasiado bien: después del diez siempre se le complica, pero termina cuando cree haber llegado a cien. La monotonía del gesto ha terminado por servirle de consuelo.

—Ahora desayunemos.

No es fácil hacer que la chica coma: él tiene que ir cortándole trocitos de pan del tamaño adecuado, mojarlos en agua y acariciarle los labios con cada uno hasta que ella entreabre la boca como por efecto de viejos recuerdos. Si no estuviera atento, él solo se terminaría la hogaza antes que ella se tragara el primer bocado. Ha ocurrido algunas veces, y le duele recordarlo, así que ahora siempre parte el pan por la mitad y sólo come de la parte que le toca. Cuando la chica termina, Elias va a buscar un orinal agrietado pero aún utilizable, se lo pone debajo a la chica y se queda esperando. Luego la limpia. No es nada del otro mundo. Aún recuerda la primera vez que ella sangró: los hilos rojos bajándole por las piernas. Se pensó que estaba muriéndose sin que él supiera por qué. Corrió a la farmacia inventándose que era su hermana, pero cuando describió el sangrado el farmacéutico se rió en su cara. Así fue como aprendió que las mujeres, a partir de que han madurado, sangran cada mes. Lo despacharon con unas cuantas tiras de tela y la instrucción de cambiarlas a menudo. Ha aprendido mucho acerca del poder que el mes tiene sobre el cuerpo de las mujeres desde que comenzó a espiar a las chicas del burdel de la Lagarta. Ellas saben calcular la aparición de los sangrados y los marcan en el calendario porque dicen que la simiente del hombre sólo arraiga en el útero de la mujer durante unos días concretos en los que, por tanto, conviene evitar algunos servicios. Por las noches le cuenta a la chica lo que ha escuchado, pero últimamente ya no ha tenido que lavarla: los sangrados han cesado. De nuevo acudió al farmacéutico y le preguntó por qué, pero él volvió a reírse y se limitó a responderle con otra pregunta: «¿Está flaca o gorda?» Él respondió que flaca.

—Entonces es el hambre.

Por el camino ha cogido una flor que se había abierto paso entre dos piedras. Se la pone en el pelo, claro pese a la escasa luz del sótano, y se queda mirándola un rato. Tiene mejor aspecto ahora que la ha acicalado. Sigue estando demasiado delgada, pero tiene mejor cara y el pelo muy bonito. Otra cosa es la chaveta: sólo habla cuando duerme profundamente, y se mueve más dormida que despierta. Él intenta entender lo que dice, pero nunca lo ha logrado.

La primera vez que la vio iba con dos criaturas, una niña y un niño, que llevaba al orfanato. Sólo ella se dio cuenta de que no era imbécil, pese a que fingía serlo. Él le dio de su pan a cambio de unos arándanos que ella llevaba. Los niños han muerto. En ocasiones, él se pregunta si seguirían con vida si no la hubiese espantado contándole las privaciones del orfanato. Pero no: no pesan en su conciencia. Todo lo que le dijo era verdad. Al final habrían muerto igualmente, pero después de haber sufrido mucho más.

Quién sabe cuánto tiempo pasaría contemplando las llamas que mataron a sus hijos, pero en algún momento el viento debe de haber arrastrado las cenizas en dirección a la playa donde la encontró, y ella debe de haberse dejado llevar por ese viento. El hecho es que él no se decidió a cruzar el puente del lago

Klara hasta cuatro días después del incendio: sabía que, igual que sucede con cualquier otra actividad de la vida, sólo se podría peinar las ruinas en busca de cosas de valor siguiendo una jerarquía estricta: primero, los adultos; luego los jóvenes y niños más desarrollados, y finalmente los chicos como él, con la fútil esperanza de que la suerte o el ingenio les permitieran encontrar algo que todos los demás habrían pasado por alto. Pero apenas había cruzado al otro lado la vio sentada en una playa pedregosa, sola y callada, sucia y descalza, muerta para el resto del mundo. La tomó de la mano y ella lo acompañó, tan dócil como si todo fuera un sueño.

3

Elias ha corrido bajo la llovizna agachándose para evitar que el paquete que lleva en las manos se moje, pero en cuanto entra al sótano se lo pone detrás de la espalda.

—Adivina lo que tengo para ti.

Ella no mueve ni un músculo, se queda acurrucada en el suelo como un niño. Sólo le falta meterse el pulgar en la boca. Pero él está acostumbrado y se imagina sus respuestas, que construye echando mano del deseo y la intuición.

Con una sonrisa triunfal, le tiende el paquete. Es un vestido. Lamentablemente, la penumbra del sótano le roba parte del esplendor.

—Espera a ver bien los colores: blanco y azul; bueno, tan azul como puede ser sin mosquear a los policías. Estaba colgado de un tendedero altísimo en una granja del barrio de Pomona. Me ha costado bajarlo, ¿eh? Un paso en falso y me habría partido el cuello.

Se acuesta delante de ella, le aparta el pelo de la cara con un dedo cariñoso y le susurra:

—Esta tarde iremos al teatro. ¡Madre va a bailar! Por fin podrás conocerla.

La chica pesa bastante. Si tuviera que cargarla sería imposible sacarla de ahí, pero no es necesario: sólo hay que saber algunos trucos —pequeños empujones y pellizcos— para hacer que camine hacia donde uno quiere, aunque sea tan lentamente como si estuviera bajo el agua. Consigue que se ponga en pie y la sujeta por los hombros hasta que está convencido de que las piernas la sostienen, luego le pasa el vestido por la cabeza, le coloca bien los tirantes, da un paso atrás y pone cara de decepción.

—Lo sé: no te queda bien. Aún no. Ten un poco de paciencia. Hay más cosas en el paquete.

Elias saca un cojincito con alfileres y pacientemente empieza a ajustar el vestido al cuerpo de la chica. Sólo una vez se equivoca y la pincha, pero ella simplemente no reacciona. Eso sí: el asunto le lleva un buen rato porque es la primera vez que lo hace —aunque ha visto a la Platen ajustarle los vestidos a Klara muchísimas veces—, pero, al cabo, un vestido que originalmente podría haber albergado a dos como ella le queda más o menos ceñido al cuerpo. Le ha costado mucho hacerla comer, pero está contento de ver que el esfuerzo ha dado sus frutos: el pecho, antes hundido, vuelve a asomar un poco, y las caderas tienen un mínimo de carne. Desde luego, no tienen ningún tontillo para dar forma a las faldas, pero él sabe que la moda está cambiando y que las nobles últimamente prefieren ponerse vestidos más sencillos de líneas rectas, así que se contenta con hacerle un dobladillo con más alfileres y dejar que la tela caiga naturalmente. Cuando termina la mira satisfecho, da un paso atrás y después la rodea. Finalmente confirma su propia aprobación asintiendo con la cabeza.

—Será mejor que nos vayamos. Aún falta mucho para que empiece la función, pero hay que caminar un buen tramo y tú no eres especialmente rápida.

Después de lavarse un poco la cara y las manos, se prepara para quitar la pesada cómoda que el casero ha utilizado para atrancar la puerta: sólo cuando estaba en los huesos, la chica cabía por la ranura por la que él suele colarse, ahora ya no. Empuja el mueble con todas sus fuerzas desde un costado, pero no consigue moverlo ni un centímetro hacia delante; entonces se decide, tira de él y consigue volcarlo produciendo un estruendo. Se queda quieto un momento para intentar percibir si el ruido ha alertado a alguien, pero por fortuna parece que no ha sido así. Baja la manilla de la puerta y la abre con muchísimo cuidado para evitar que los goznes rechinen. Toma a la chica de la mano y la guía hacia fuera. Ha dejado de llover y el cielo se ha despejado. A la luz de la tarde, Elias comprueba con decepción que sus pobres habilidades como sastre quedan en evidencia; por suerte, no falta mucho para que el anochecer venga en su ayuda.

El tedio del orfanato lo volvió paciente. Sabe que lo que aburre a los impulsivos puede suponer un entretenimiento para quienes son capaces de valorar las pequeñas cosas. Su lento avance no lo desespera lo más mínimo. Lleva a la chica cogida de la cintura y de una mano, y se concentra en esquivar obstáculos e inmundicias. Ella camina arrastrando los pies, y cualquier piedrecita suelta podría hacerla ir a dar al suelo, con lo que se mancharía y se desgarraría el vestido. Al llegar al puente que cruza la Corriente, el anochecer se apiada de ellos y el vestido vuelve a verse más o menos a la altura. De vez en cuando, Elias le dice a la chica alguna cosa para animarla y descubre que, aunque ella no parece oírlo, él sí se siente más motivado. Un rato después, ve las cuatro torres. La gente se ha empezado a reunir en el muelle y en los jardines de Kungsträdgården, preparada para entrar en el teatro y disfrutar del espectáculo.

Tras conseguir meterse entre la gente, suben la escalinata empujados por la multitud hasta encontrarse con un hombre ataviado con una librea sucia.

—¿Las entradas?

Elias niega con la cabeza, confuso: él simplemente ha traído la cantidad de dinero que ha oído que cuesta entrar a la función. Se la ofrece al vigilante, que pone los ojos en blanco, pero un segundo después mira a uno y a otro lado y, con un discreto gesto de cabeza, les indica que pueden pasar. Sin embargo, cuando su mirada recae sobre el rostro de la muchacha, titubea.

—Oye, niñato, ¿cuánto ha bebido tu hermana? —Tiende la mano para agarrarlos, pero la gente empuja impaciente y Elias y la chica se ponen enseguida fuera de su alcance—. ¡Si vomita allí dentro os arranco la cabeza a los dos!

Elias sólo tiene que seguir a la muchedumbre hasta el interior del teatro. Entra boquiabierto: no está preparado para lo que le espera. El edificio es tan alto que tiene su propio cielo, en cuyas alturas flotan ángeles que observan inmóviles a los mortales. Abajo, colgando de las paredes, hay una especie de terrazas llenas de gente elegante. Las mujeres se llevan a los ojos de tanto en tanto algo que centellea y miran aquí y allá. Se ríe cuando comprende que allí donde está él se apretujan los desgraciados, que tienen que contentarse con permanecer de pie mientras los ricos tienen sillas tapizadas. Al lado mismo del escenario hay una terraza que destaca sobre las demás porque tiene unas columnas con adornos dorados e incluso está decorada con cortinas. En primera línea se ve a un hombre todavía vigoroso, muy erguido, con peluca blanca, un traje elegantísimo y una cruz blanquiazul en el pecho. Elias tira del brazo que tiene más cerca y pregunta señalando al hombre elegante:

—¿Quién es ése, el que está allí sentado?

El interpelado parece incómodo por un instante, pero enseguida cede ante la posibilidad de un sabroso cotilleo; incluso se inclina un poco para que Elias lo oiga mejor.

—Es el príncipe Federico Adolfo en carne y hueso. Mira lo enfurruñado que está: se le nota desde aquí el mohín en la boca.

—¿Y por qué está tan enfurruñado?

—El duque Carlos se ha marchado al sur, a la provincia de Skåne, y se ha llevado consigo a nuestro reyecito *in spe*. La última vez que el duque salió de viaje, su hermanito Federico Adolfo tuvo ocupó su asiento. Tenía que dirigir el Consejo, pero en vez de eso se dedicó a la caza y la promiscuidad, y ahora ya no confía en él. No debería sorprenderlo, pero incluso así se mosquea: todos quisiéramos algo a cambio de nada, aunque pocos lo consiguen.

Tienen que esperar un buen rato allí, de pie, hasta que finalmente sube el telón y empieza el espectáculo. El mismo hombre que acaba de ponerlo al día de la situación le susurra por la comisura de la boca:

—Ése es Hjortsberg, el actor principal, el del pincel y la paleta. Es el actor más distinguido del país.

La obra comienza y a Elias, que está muy nervioso, le cuesta entender lo que ocurre: los actores hablan deprisa y con un acento forzado. Pilla algo de una hija que se ha casado por amor, pero su padre se ha enfadado y ella está triste. Elias ríe como el resto de los espectadores ante el cursi capitán Strutz, que hace el ridículo, pretende leer en francés y se tropieza con su propio sable: una burla de la ternura no correspondida. En la pausa entre actos sale una compañía de danza, y por fin ve a *mademoiselle* Klara, con un vestido amarillo, igual que sus compañeras. Se la señala a la chica y alza tanto la voz que algunas personas le piden que guarde silencio.

—Ahí está madre. La rubia de la izquierda. ¿No es hermosa?

Con el corazón en un puño, mira con suma atención todo el intermedio temiendo que madre vaya a partirse un tacón o a resbalar provocando las risas del público. Sin embargo, todo sale bien, y mientras toda la fila de jóvenes de amarillo hace una genuflexión entre aplausos, Klara se levanta la falda más que el resto, muestra un tobillo desnudo y vuelve la cabeza hacia el palco. Los aplausos se intensifican y toda la compañía se retira del escenario entre silbidos y vítores. Elias ya ha visto lo que venía a ver, y habría preferido marcharse directamente al final de la obra si no hubiese sido por el gentío y el hombre que les grita:

—¡No se marchen todavía! El autor va a hablar.

Un hombre muy joven, casi un muchacho, sale al escenario. Lleva la corbata abierta y el cuello descubierto. Habla demasiado bajo como para hacerse oír, y la gente le grita que hable más alto, pero enseguida notan que tiene la cara enrojecida: está borracho. Se oyen gritos de entusiasmo, algunos lo espolean para que haga aún más el ridículo, hasta que al fin entra un criado para llevárselo y salvarlo de sí mismo. Sólo entonces Elias se percata de que el hombre que tienen al lado ha abierto las costuras del lateral del vestido de la chica y la está manoseando. Con un grito rabioso, le aparta el brazo y el hombre le dedica una sonrisa burlona.

—Debería darte vergüenza, chiquillo. ¿Acaso no he respondido todas tus preguntas? ¿No puedes dejar que me divierta un poco, como agradecimiento? No voy a hacerle daño, la dejaré en perfectas condiciones para el que sigue. Además, ¿quién eres tú para decir nada? Hasta ahora ella misma no ha abierto la boca.

4

Una vez fuera, el buen humor de Elias se ha esfumado y se siente abatido. La expectación que ha sentido en el estómago al ver salir a Klara se ha convertido en inquietud, y cuando mira a la chica le resulta obvio que sus esfuerzos han sido en vano: es como un títere movido por un niño. Ha sido estúpido y no ha sabido verlo. Tiene la cara gris y macilenta, el pelo nuevamente desordenado. El vestido del que se había sentido tan orgulloso es feo y está descosido, cuelga de su cuerpo como la cera seca de una vela. Se ha equivocado desde el primer momento, ¿cómo se le ocurrió robar una prenda de un barrio pobre como Pomona? La tela está desgastada y ha perdido color. Huele a otros cuerpos, pese a que lo habían lavado. Debe de ser más viejo que ellos dos juntos, heredado por varias generaciones. No sirve ni para que su dueña lo lleve en el ataúd. Niega con la cabeza: no lo ha hecho bien, nada bien. Tira del brazo de la chica con más fuerza de la necesaria hasta que las piernas de ella obedecen y empiezan a moverse.

Alguien los sigue. Elias no podría decir de dónde ha sacado esa idea porque al principio hay mucha gente que va en la misma dirección, pero está acostumbrado a estar siempre muy atento: nunca se sabe qué peligros acechan. Vuelve la cabeza y ve a un hombre flaco y encorvado. Mientras otras personas apresuran el paso para llegar a sus casas antes de que se haga tarde, él camina aún más despacio, pero el perseguidor no los alcanza ni así. Cojea, quizá simplemente para justificar por qué avanza tan despacio como ellos. Él hace lo que puede para acelerar el paso y dobla la esquina de un callejón donde sabe que hay una placita con otras vías de escape. Elige una al azar, dobla otra esquina y empuja a la chica para que se meta debajo de un carro aparcado. Hace un esfuerzo para no hacer ruido al respirar, y le pasa un brazo por la cara para también disimularla. Al poco rato, los pasos que estaba esperando se acercan, y su ritmo discontinuo revela que la cojera es auténtica. Los pies deambulan de un lado a otro, se acercan a distintas esquinas. Se oyen juramentos y maldiciones. El hombre desquita su rabia pateando un embudo roto que sale rebotando sobre los adoquines. Desde su escondite, Elias lo ve alejarse: casaca azul, sombrero abollado, cinturón blanco y sucio con un palo de avellano donde debería ir un sable. Es un guardia municipal y, por tanto, probablemente un soldado licenciado al que hirieron en una pierna y después curaron mal, condenándolo a quedar cojo. Elias mira la cara impasible de la chica.

—A veces desearía que pudieras hablar.

La toma de la mano y se la lleva de allí, de vuelta a la seguridad.

5

Elias se ha quedado dormido. Cada vez le cuesta menos, a medida que han ido pasando las semanas y hace más calor. No entiende a la gente que ha estado a punto de morir de frío y ahora se queja. Él disfruta dejando que sus preocupaciones se desvanezcan en una bendita indiferencia y la vida se quede en pausa. Se despierta de sopetón. La piel le escuece. Alrededor, las tejas de cobre están muy calientes; sólo las que tiene debajo y ha cubierto del sol con su cuerpo están un poco más frescas. Tiene los labios agrietados y mucha sed, y por unos instantes se siente desubicado, hasta que comprende dónde se encuentra y por qué, y qué es lo que lo ha despertado: el graznido afónico de la carcelera, la bruja.

—Copenhague está en llamas, ¿te has enterado?

—A estas alturas todo el mundo se ha enterado, pero me cuesta creer que me hayas hecho venir para que compadezcamos juntas a los daneses.

La Platen suelta una risotada ronca.

—Bueno, azucarillo mío, no es ningún secreto que desde hace un tiempo consideras que mi establecimiento se te queda pequeño y no recibes la recompensa adecuada por tus virtudes. ¿Cuántas veces te he pedido confianza y paciencia, y te he prometido que llegarán tiempos mejores?

—Yo...

—Pero, bien, dejemos de lado los resentimientos. Si escuchas con atención, pronto oirás a la fortuna llamando a nuestra puerta.

Elias se asoma a la habitación. Klara y la Pequeña von Platen están solas y la última invita a la otra a sentarse en el canapé con un gesto de la mano.

—Eres demasiado joven como para acordarte, incluso yo era apenas una jovencita. Fue en el sesenta y ocho, o sesenta y nueve, quizá. En el verano, se celebró un baile en los salones de palacio que pertenecen a la Academia de Guerra. El anfitrión era Hasenkampff, un hombre disoluto que había tenido la suerte de casarse con la baronesa Wrangel. Pese a estar casado, siguió rodeándose de libertinos, y aun así era muy apreciado en la corte por la gracia de sus impertinencias. El caso es que Hasenkampff quería organizar un baile de disfraces que superara a cualquier otro, y en el Palacio Real de Estocolmo, nada más ni nada menos. Le encomendó a *mademoiselle* Torstensson, la más distinguida de las alcahuetas de la ciudad, la misión de organizar un ejército femenino para la batalla y ella reunió a las jóvenes más bellas y con mejor reputación en su oficio. Estaban Asunander, la Burbuja, la Corderita, Attendé, Spaas... jamás se había visto ni se volvió a ver semejante colección de damas públicas. El salón escogido para el baile no era grande, pero en el pasillo había una docena de despachos de funcionarios preparados con camastros y colchones para la velada en cuestión. Allí se turnaban las parejas, cada vez más a menudo a medida que avanzaba la noche. La cosa se fue poniendo cada vez más salvaje. Después de medianoche, vi a la mismísima Kjellström bailando minué en corsé, pasando de unos brazos a otros. Tenía veintipocos años y era bella como el amanecer. Unas horas más tarde, los amantes apelotonados en pleno salón, todo el mundo compartía con todos y nadie podía ya decir quién había dado y quién había recibido. Evidentemente, se armó un escándalo: los periódicos no hablaron de otra cosa durante semanas. Se compusieron odas en honor de los héroes de la noche y sátiras para los que habían fracasado, pero también poemas de encendida defensa de la moral. Sólo se castigó al mayordomo de palacio, al que despidieron.

Poco a poco, la Pequeña von Platen se ha ido acercando a la ventana, distraída por los recuerdos, pero se ha aproximado tanto que Elias no se atreve ni siquiera a respirar porque una simple mirada hacia abajo lo pillaría en su escondite. Pero entonces la mujer da la vuelta y se abre teatralmente de brazos.

—De eso hace casi treinta años, pero ahora se va a repetir. La Academia de Guerra se ha trasladado a otro sitio y la reina viuda ha ocupado esas estancias; sin embargo, se ha ido a pasar el verano en Ulriksdal y el ala norte será nuestra por una noche.

Klara guarda silencio. Titubea.

—¿Y el nuevo mayordomo no sabe lo que pasó hace treinta años?

—Espera, que todavía no te he contado lo mejor: el príncipe Federico Adolfo le ha dado su beneplácito a la fiesta. Al fin y al cabo, ya ha caído en desgracia y ésta es su oportunidad de darle en los morros a Reuterholm y sus secuaces. Se dice que asistirá en persona; de incógnito, desde luego, pero seguro que podrás identificarlo enseguida debajo del disfraz ahora que has tenido ocasión de verlo más de cerca. Mi querido azucarillo, he ahí la oportunidad que llevas anhelando tanto tiempo. Dale una noche que le cueste olvidar, que estaría encantado de repetir, y no tendrás que volver a preocuparte de nada más en tu vida.

—¿Y cuándo será?

—El último jueves de agosto. Baja a ver a Elsa para que hablen de tu atuendo.

Elias oye la puerta chirriar y luego a la Pequeña von Platen paseando sola por la habitación. No se atreve a moverse y poco a poco el sueño se vuelve a apoderar de él, pese al entusiasmo que le ha producido lo que ha escuchado. Pronto ya no es capaz de mantener los ojos abiertos. Cuando se despierta, todo le parece tan igual que al principio piensa que aún está soñando, pero luego ve que las sombras se han estirado y que ya está entrada la tarde. Vuelve oír una conversación, y cuando se asoma ve a la Platen hablando con una chica a la que nunca había visto, de expresión descarada pese a su juventud. Las palabras que oye le resultan familiares:

—... y no tendrás que volver a preocuparte de nada más en tu vida.

6

Elias baja varias veces la palanca hasta que empieza a salir agua por las fauces del león. Primero apenas un hilo, pero luego toda una cascada. El verano es cada día más caluroso. Tras unos instantes de titubeo, mete la cabeza bajo el chorro y enseguida siente un gran alivio. Cuando ya no puede mantenerla más allí dentro, da un paso atrás y se sacude antes de hacer un cuenco con las manos para beber con frenesí. Detrás de él, una señora se queja por las salpicaduras y al instante otros más se suman al coro. Muchas personas son de la opinión de que no debería permitirse a los niños de la calle hacer cola junto con la gente que necesita agua para cosas más importantes, pero a Elias no le preocupa: alza la cara al cielo y, refrescado, disfruta un momento de los rayos del sol.

Entonces descubre, fijado en la pared, un papel con un retrato y duda de su vista un segundo: le parece que sigue deslumbrado. Pero no, ahí está y, cuando se acerca, su primera impresión se confirma: es ella, la chica, dibujada con cuatro trazos simples, pero aun así perfectamente reconocible. Las bellas facciones, la mirada perdida; y a su lado, un chiquillo de nariz chata y pelo revuelto. Arranca el papel y se va corriendo hasta la escalinata de la Bolsa. A la sombra de la arcada, busca su reflejo en una ventana. Se mira de frente y de perfil y se compara con el dibujo. Sin duda es él: alguien los ha retratado a hurtadillas. Debajo hay algo escrito. Elias no sabe leer: nunca ha logrado entender cómo unos garabatos de tinta pueden convertirse en una lengua que la gente entienda. Mientras obligaban a otros a apretujarse en estrechos bancos para aprender la catequesis de Lutero, Gråbeck y Olov Svebilius de memoria, a él le daban una escoba y lo dejaban en el patio, y cuando los demás salían con el reverso de las manos enrojecido por los golpes del maestro, él se consideraba afortunado. Ahora, desde que ha cogido las riendas de su propia vida, se arrepiente cada vez más a menudo. Cierra los ojos con el pecho lleno de angustia y enseguida vuelve a abrirlos y mira el papel como si pudiera sorprender a las palabras antes de que la ignorancia se meta por medio. Por supuesto, no funciona, así que arranca el trozo de papel donde estaba su retrato y se acerca corriendo al primer hombre que ve: un aprendiz de pintor, como revelan las brochas, el cubo de cal que lleva en las manos y la escalera cercana, y le cierra el paso.

—¿Me puedes leer esto, por favor?

Al principio, el aprendiz se piensa que le está gastando una broma. Mira a un lado y a otro buscando un grupito de amigos preparados para reírse de él, pero observa la cara enrojecida y la expresión de nerviosismo de Elias y finalmente coge el papel.

—Pone «muchacho», y luego...

Sus labios se mueven sin producir sonido alguno hasta que se le agota la paciencia y se sonroja.

—Vete al infierno si no quieres salir mal parado, niñato.

Levanta la mano y Elias sale corriendo. Después de evitar por poco chocar contra la escalera, le grita por encima del hombro:

—Será mejor que te eches cal en la cara, imbécil, así no se te notará tanto la vergüenza.

Baja corriendo hacia la plaza Järntorget y, en la esquina donde los poetas anónimos suelen colgar sus sátiras y endechas, ve otro cartel igual que el primero y, más adelante, otro. Arranca ambos, los arruga y se los mete por dentro del pantalón. En una de las pilastras del pozo de la plaza Tyska Brunnen hay otro más. Finalmente, detiene a un hombre mayor que se conmueve ante su ignorancia y acepta leerle el texto. Se pone los anteojos con solemnidad, lo mira por encima del armazón y se aclara la garganta.

—«Muchacho, si buscas comprador para lo que tienes para vender, ven a buscarme cuando mejor te vaya.»

Luego el nombre de una calle y el número de una puerta.

7

Lo que Elias tiene que hacer lo obliga a ir por lugares desconocidos y lo empuja a correr riesgos que siempre ha procurado evitar. Sus años en la ciudad le han permitido aprender la regla de oro de los ladrones. Es simple: hay que pasar desapercibido, aprovechar la distracción, ser rápido, no ser avaricioso y poner cara de inocencia. Pero de poco le sirve si lo que busca sólo se puede encontrar allí donde él no debería estar. Tan pronto asoma su cara sucia, cesan las conversaciones y la gente lo mira con suspicacia, a la espera de que explique qué hace allí o se marche de una vez. En Korpen, le basta cruzar la puerta de una tienda para que los dependientes lo echen. Intenta ver desde la ventana si alguna clienta compra un vestido como el que le interesa, pero sólo ve espaldas. Después de un rato, se da cuenta de que no tiene opción. Se le ocurre que sería más fácil robárselo a una criada, en vez de cogerlo de una tienda o pretender arrebatárselo a una señora, pero enseguida comprueba las dificultades que eso conlleva. Primero que nada, suelen ir de dos en dos, o incluso en grupos más numerosos. Eso no le conviene. Y cuando logra dar con alguna que camina sola por donde él puede emboscarla —allí donde el gentío le permite disimularse y hacerla tropezar para que suelte el paquete—, tiene que confiar en que su buena suerte le permitirá toparse con una criada que le lleve a su señora un vestido apropiado para la chica. Lo intenta varias veces, pero sin éxito. Como ni siquiera está seguro de que los paquetes contienen vestidos, se hace con un montón de cosas, eso sí; entre otras, potingues varios y jabones.

Para colmo, el vestido tiene que ser perfecto, no como el otro. Aún tiene fresca en la memoria la vergüenza de la función teatral, y sólo lo consuela pensar que no volverá a cometer el mismo error. En los callejones de los barrios que frecuenta la ropa es gris y aburrida: se emplea apenas para cubrir la desnudez, renunciando a toda picardía y estilo. Los modistos, si los hay, no se atreven a poner el cartel de abierto para ofrecer productos mejores, y en los tendederos sólo cuelga ropa de mala calidad. Pensaba que simplemente se había equivocado de barrio, pero ahora se da cuenta de que de nuevo se estaba quedando corto: ¿por qué hacerse con un vestido al azar, en lugar de ver a la modelo adecuada luciéndolo? Deambula por Stortorget y Skeppsbron desde la mañana hasta el anochecer, cuando la luz que brota de las ventanas de la Bolsa ilumina la escalinata y le permite escudriñar, desde su escondite, a señoritas con los vestidos más hermosos justo antes de que sus acompañantes les pongan algo que les cubra los hombros para protegerlas de la brisa nocturna o simplemente para anotarse un punto por su caballerosidad.

Pero aun así encontrar la prenda correcta es una tarea complicada. Por suerte, sabe que la paciencia es el mejor recurso de los pobres y afronta la labor con ecuanimidad. En días subsecuentes, prueba distintos escondites para ampliar su campo de visión.

Por fin, una mañana ve a la joven adecuada con el vestido adecuado; va acompañada de su sirvienta, una mujer de mediana edad. La prenda es azul y la joven es delgada y tiene el pelo rubio como la chica para la que Elias necesita el vestido; de hecho, podrían ser hermanas. Se apresura a ir tras ella, pero la pierde de vista entre la gente y, cuando elige una calle al azar, se equivoca. Vuelve corriendo a la plaza y prueba con otra, pero no tiene suerte: la oportunidad se le ha escapado de las manos. Jadeante, se golpea los muslos con los puños de pura rabia.

Tiene que esperar una semana entera para verla de nuevo. Ya no luce el vestido azul, sino uno rosa pálido —seguramente para no desafiar tan abiertamente la ley suntuaria—, pero da lo mismo: es la candidata ideal. Lleva un parasol para que el astro no vaya a arruinar su tez blanquísima y canturrea entre dientes; nuevamente va acompañada de su sirvienta, que la exhorta con voz severa a que camine más rápido. Él va tras ellas y, cuanto más se acerca, más convencido está de que la joven y su vestido son los indicados.

Ve a la joven y a su criada entrar a una casa. Se aposta en una ventana y pronto ve a la joven sentarse a un clavicémbalo y empezar a tocar escalas inseguras bajo la mirada atenta de su profesor, un joven atildado que ha encontrado la mejor posición para disfrutar de una buena dosis de escote. La sirvienta se ha sumido en la lectura de un libro. Cuando termina la lección, Elias las sigue hasta su casa con el máximo cuidado, aunque, una semana después de la primera ocasión, algo ha aprendido sobre cómo disimularse en ese entorno.

A partir de ese día, se concentra en conocer los hábitos de la chica. Observa cómo sale siempre acompañada de la sirvienta y se entera de que muchos días ambas permanecen en la casa. Se queda hasta tarde para aprender la secuencia en que se apagan los candelabros y sigue las llamas titilantes a través de las ventanas a medida que los distintos miembros de la familia se van a la cama. Averigua con toda probabilidad cuál es su habitación y, con seguridad absoluta, que los martes le toca clase de música y los jueves de baile. No obstante, aún no se siente en condiciones de intentar nada. Un sábado, sin embargo, ella sale a la calle con sus padres y la criada se queda sola en la casa. El verano ha ido avanzando, las noches son más largas y él sabe bien que, si el interior de un lugar está iluminado y el exterior oscuro, los cristales de las ventanas se convierten en espejos. Lo ha comprobado en innumerables tabernas: ha llamado al cristal con los nudillos y le ha sacado la lengua a los borrachuzos de dentro obteniendo por respuesta sólo caras de desconcierto, en vez de insultos. Se asoma sin miedo a la ventana y descubre a la sirvienta en la planta baja. Se permite seguirla de una estancia a otra con la cara tan cerca del vidrio que casi podría empañarlo. La ve robar dulces de la cocina; posar delante de un espejo luciendo una estola de su señora; tumbarse en una *chaise longue*, meterse la mano bajo el vestido y jadear como si le faltara el aire...

A esas alturas, a Elias le parece que ya conoce todo el armario de la joven y tiene claro lo que le gustaría llevarse: una prenda sencilla pero llamativa, de tela suficientemente vaporosa como para revelar hasta cierto punto el cuerpo de quien lo lleva y de color azul; es decir, el vestido que llevaba la joven el primer día que la vio.

8

Ha investigado la mejor vía de entrada: un edificio contiguo, más bajo, desde cuyo alero con suerte podría saltar hasta la cornisa de una ventana. El espacio que separa las dos construcciones es estrecho y parece improbable que a los transeúntes que pasan por el callejón se les ocurra mirar al cielo. Una tarde por fin ve a la familia marcharse dejando atrás solamente a la criada, que se dedica a beber licor de ciruela y pronto empieza a bostezar.

Después de tiznarse la cara para parecer un limpiachimeneas, salta el muro del edificio, sube por la escalera y se cuela por una trampilla hasta el tejado dejando un rastro de tizne y negras huellas allí donde ha puesto las manos. Algunas tejas en mal estado se quiebran bajo su peso y caen en trozos hasta el callejón. Con cuidado, baja la pendiente hasta el alero. Entonces mira hacia abajo y siente vértigo: el abismo lo llama, un pequeño paso bastaría... Retrocede un poco y procura rehacerse. Toma aire, echa a correr y salta hacia la cornisa. Aterriza y se tambalea. Intenta cogerse de un saliente y nota cómo el revoco se deshace bajo su mano, que se tiñe de amarillo por el vitriolo. Ve pasar su vida delante de sus ojos de puro pánico, pero al fin, con el corazón saliéndose del pecho, consigue estabilizarse. Por primera vez, se le ocurre que quizá tenga que regresar por el mismo camino y nota unas ganas tremendas de orinar. Necesita vaciar la vejiga ya a cualquier precio y, como no puede moverse gran cosa, asoma una pierna al vacío y deja salir el pis. Cuando termina, lo invade un alivio que triunfa sobre el miedo y la incómoda sensación de tener el pantalón mojado. Observa satisfecho que ha conseguido mantener casi seco el sitio donde tiene los pies. Golpea la ventana con el codo para romperla y el pánico vuelve a apoderarse de él cuando descubre que ha opuesto mayor resistencia de la esperada y el golpe lo ha empujado hacia delante. Girando los brazos para no caer, se impulsa como puede hacia atrás y la ventana por fin se quiebra. Otro codazo le permite abrir un hueco por el que consigue meter la mano y abrir el pestillo. Una vez dentro, en una habitación repleta de estanterías, siente que las piernas le tiemblan y tiene que sentarse en el suelo. Se abraza a sí mismo, cierra los ojos y tararea una nana que escuchó una vez y que le gusta porque no tiene frases que produzcan miedo:

Duerme, niño mío,
que tengo quehacer:
me han traído el trigo
y está por moler.

La vida le ha enseñado que el tiempo es el mejor consuelo y al cabo de un rato se siente mejor. Aguza el oído para escrutar el silencio contenido de la casa y, como no oye nada que lo alarme, abre la puerta de la habitación, sale al pasillo de puntillas y trata de orientarse.

Las largas horas que ha pasado fuera le son de gran ayuda: haciendo corresponder mentalmente puertas con ventanas, localiza a la primera la habitación de la joven. Dentro, descubre un gran armario y lo abre. Aunque la penumbra reduzca todos los colores a gris, encuentra lo que busca casi al instante: el vestido azul está colgado en una percha entre muchos otros. Como no quiere mancharlo de tizne, abre distintos cajones en busca de algo adecuado con que envolver su botín. En uno cualquiera encuentra un montón de prendas de una índole que no ha visto nunca. Levanta una en la semioscuridad y tarda un rato en comprender que debe de tratarse de ropa que la joven usa bajo el vestido, en contacto con la piel desnuda. Una sensación desconocida le recorre el cuerpo, parecida a la euforia y al miedo. Se lleva una prenda a la cara y aspira profundamente: huele a lavanda. En todo caso, nada de eso sirve para envolver el vestido. Mira la gran cama con dosel y le llama la atención la colcha, perfectamente lisa. Palpa la tela suave; titubea, pero sabe que se le está brindando una oportunidad que no va a repetirse. Con cuidado de no hacer crujir la base, se sube al suave colchón y se acomoda. Es imposible comparar aquello con ningún camastro de los que pueda haber conocido, mucho menos con el suelo duro y frío. Aparta la colcha y tiene que taparse la boca para ahogar la risa de sorpresa que le provoca el tacto de las sábanas. No parecen de este mundo: la tela floreada es increíblemente suave; ligera, pero cálida. Se mete debajo y suspira al ver el techo del dosel, forrado de tela ondulada. En la almohada de al lado hay una muñeca con el pelo trenzado y un coqueto vestido. Cuando la coge, la descubre sonriente, como si le diera la bienvenida a su mundo. La rodea con los brazos y apoya en la mejilla su cabecita.

Lo despierta un ruido en el pasillo: son pasos que suenan cada vez más cerca. Apenas le da tiempo de bajarse de la cama antes de que la puerta se abra. Se tambalea sobre piernas entumecidas que amenazan con doblarse. La sangre le sube de golpe a la cabeza y le nubla la vista, pero consigue llegar a la puerta justo a tiempo para toparse con la chica en el umbral, meterla de un tirón en la oscuridad y sujetarla de tal manera que no pueda soltar un grito de sorpresa.

9

Elias no se atreve a salir de su escondite en la calle Skeppsbron hasta pasada la medianoche. Ha estado metido detrás de un tonel, oculto entre el olor a agua estancada. Prueba a apoyar el pie que se ha torcido al precipitarse por las empinadas escaleras. Abre y cierra los puños, que le duelen. Recuerda haber aporreado con impotencia la cara interior de la puerta de la casa hasta que se le ocurrió probar el pestillo. Los padres no estaban: debían de haber pasado a dejar a la hija para después continuar hacia otro sitio; la sirvienta seguía roncando, pese a todo. El dolor de los puños le sube hasta los antebrazos.

El vestido azul tiene una fea mancha de sangre que él ha estado mirando obsesivamente durante horas. Ahora ve otra en la manga de su camisa. Corre hasta el embarcadero, donde puede alcanzar con facilidad el agua y se arrodilla para mojar y frotar la tela. Un recuerdo repentino lo hace sollozar: en una época, recién llegado al orfanato, la sangre siempre era suya porque le pegaban a menudo, cruelmente. De algún modo entendió que, si no podía defenderse, tampoco le convenía obedecer. De hacerlo, los golpes no cesarían nunca. Decidió no expresar nada: aflojaba el cuerpo y dejaba que pegaran hasta que se cansaran. Las lágrimas y los temblores sólo surgían cuando ya lo habían dejado en paz, a solas. Así les enseñó que la vara servía de poco con él, demasiado tonto para sentir dolor como los demás, y al poco tiempo sólo le daban estopa muy de vez en cuando, si alguien se había puesto de mal humor y necesitaba a otro con quien desquitar su rabia, alguien que no fuera a cuestionar por qué lo golpeaban y que luego no fuera a chivarse. Cómo los odiaba: sus ridículas caras retorcidas por las muecas de la cólera. Él nunca se había imaginado a sí mismo ocupando su posición. Ojalá no se hubiese quedado dormido, ojalá la joven hubiese accedido a quedarse callada. Pero el grito no paraba de sonar bajo sus manos silenciadoras y ninguna de las palabras que había probado había sido capaz de ponerle fin.

El agua del mar es negra y oleosa alrededor de sus dedos. Una y otra vez, moja un pliegue del vestido para frotar la tela entre sí. Hay mala luz; no se puede distinguir un color del otro y las lágrimas lo ciegan más todavía, pero aun así puede ver perfectamente que la mancha no se va, que no se irá nunca. Siente un escalofrío en la calurosa noche de verano.

10

—Maldito verano. Es un milagro que no se hayan secado los pozos. Menos mal que queda poco para que termine.

Johan Erik Edman mira fijamente a Ullholm, de pie en el umbral del despacho con la peluca y el sombrero en la mano, secándose el sudor de la cara con la manga de la chaqueta. Edman le lanza un gruñido y Ullholm busca una silla donde sentarse.

—¿Cómo va la búsqueda?

Edman niega con la cabeza y se afloja la corbata.

—Reuterholm está desesperado. Cada día que pasa se hace más difícil lidiar con él. Creo que está en su peor momento: aún es muy poderoso, pero entiende que se le está acabando el tiempo. Este año será el último para él. Si lo que busca es quemar el legado del rey Gustavo y abonar la tierra con las cenizas, es ahora cuando tendría que hacerlo. ¿Has visto los impresos que están circulando?

—He oído hablar de ellos, pero no los he leído.

—Reuterholm es bastante incompetente, salvo cuando se trata de ponerse obstáculos a sí mismo, y me parece saber por qué: debe de ser casi imposible comprender lo que la gente piensa y siente cuando sólo la has visto desde la ventana de un palacio. En fin, el primero es una carta del ministro sueco en Nápoles, quien niega haber contratado a un asesino para matar a Armfelt con una energía que huele a azufre. Entre nosotros, pocas personas se alterarían tanto por algo que no fuera verdad. El otro es una colección de cartas de Armfelt, dirigidas a los conspiradores que ya han sido juzgados, que se han dado a conocer para dejar aún más clara su culpabilidad. La gente en general parece estar de acuerdo en que la primera carta ha sido redactada con menos dignidad de la que se espera de un representante del reino, y que las otras son un mezquino intento de echar sal en las heridas de los que ya han recibido su castigo. El resultado es que los pocos que hasta ahora defendían al barón y se negaban a creer que era un tipejo rencoroso y mezquino se han quedado sin argumentos. —Se abre de brazos en un gesto de resignación y cambia de tema—: ¿Qué harás cuando Reuterholm haya vuelto a Finlandia y el rey sea coronado, Magnus?

—Yo estoy bien donde estoy. Cuando Reuterholm y Armfelt hayan caído en el olvido podré dormir bien y cuidar de mi salud. He pensado mucho en ello, Johan Erik: las cosas tendrían que venir muy mal dadas para que se considere a un jefe de policía responsable de algo. El puesto es demasiado visible. Cuando se cansen de mí tendrán que despedirme con honores como prueba de lo satisfechos que han quedado con mis servicios, cualquier otra cosa sería reconocer que fueron unos estúpidos al darme el puesto. ¿Y tú?

Edman pone mala cara.

—Tienes suerte: todo el mundo sabe quién es el jefe de policía, pero a un secretario delegado se le puede despedir sin que la corona sufra ningún daño, por muy poderoso que haya sido en un momento determinado. Si quiero llegar a ser canciller de justicia, como Lode, debo mostrarme capaz en el trabajo sin crearme enemigos. Ser diligente y mantenerme al margen de la política, conseguir el respeto de todos. Te aseguro que no es fácil, lo cual nos lleva al asunto que quería tratar contigo: si encontramos a Anna Stina Knapp y la carta de la Rudenschöld, ambos dormiremos tranquilos en el futuro. Nos acercamos al momento decisivo, ¿está todo listo para el gran día?

Ullholm sonríe a modo de respuesta, seguro de sí mismo.

—Ha costado tejer la red, pero sí, está todo listo. Los guardias reales y municipales, ayudados por policías, empezarán en la Casa de la Moneda y, a partir de ahí, barrerán toda la ciudad. Han estado ensayando la maniobra y seguirán haciéndolo hasta el último momento. Los indeseables serán llevados a la Esclusa: allí se les acabará el cuento. Y entre ellos estará la tal Anna Stina Knapp. Será todo un espectáculo, Johan Erik, y la ciudad tardará en olvidarlo.

11

Elias se levanta temprano de una noche inquieta que ha transcurrido entre vanos intentos de hallar la postura apropiada para descansar un poco. Últimamente, todas sus noches son así: recuerdos de la suave cama de la joven que pronto se convierten en pesadillas de las que despierta tan sólo para que el ciclo vuelva a empezar hasta que el amanecer le trae algún consuelo. Se echa agua en la cara y de pronto siente la cabeza despejada: los pensamientos incompletos y las imágenes distorsionadas de la somnolencia dan paso a una idea clara y cierta: ha llegado la fecha esperada. Será esa noche. Siente excitación y miedo a partes iguales. Mientras termina de desperezarse oye los chillidos de una rata que seguramente se ha asustado y busca escapar. Se vuelve hacia la cama y ve a la chica con ojos entreabiertos y la mirada perdida en el vacío. Cada mañana se repite la misma historia: un escalofrío le recorre la espalda hasta que comprueba, por el subir y bajar de su pecho, que aún respira.

A veces se pregunta si dormirá en algún momento porque nunca ha visto en su rostro la expresión apacible que suele acompañar el sueño. Más bien, parece siempre suspendida entre el letargo y la duermevela, con la boca relajada, y la frente y las sienes ligeramente contraídas por una secreta inquietud. Mezcla en un cuenco algunos granos de cebada con agua, remueve con los dedos y los aparta a un lado para dar tiempo a que se hinchen antes de dárselos de comer poquito a poco. A cada bocado ha de seguir un recordatorio de que debe tragar. Le aparta el pelo de la cara.

—Hoy tenemos mucho que hacer, ¿me oyes? Debes tener paciencia e intentar ayudarme todo lo que puedas aunque te resulte difícil.

Va a buscar agua al pozo. Es temprano, así que los pocos que hacen fila tienen cara de dormidos y bostezan; sin embargo, ya hace calor: el día promete ser sofocante, el peor de toda la semana. De vuelta en el sótano, disuelve un poco de jabón con olor a rosas en agua, le quita la camisa a la chica y la lava de pies a cabeza, incluyendo el pelo. Después, la guía hasta donde un solitario rayo de sol se cuela en la guarida para verla mejor. Inquieto, va a buscar algunas cajas de las que robó en Korpen y las va abriendo para ver qué contienen. Encuentra un tarro cuyo contenido es blanco y pringoso y empieza a untárselo a la chica en la cara. Ha visto muchas veces a Klara pintarse delante de su espejo y sabe que el rostro ha de ser blanco y los labios y las mejillas rojos. Varias veces tiene que lavarla y volver a empezar. Va escuchando los tañidos de las campanas a medida que el tiempo pasa y agradece haber sido tan precavido.

Por último, el vestido. Casi ha olvidado cómo es, puesto que lo ha tenido guardado desde la mañana en que volvió después de robarlo, pero ahora lo desdobla y lo pone sobre los hombros de la chica para medírselo. Entusiasmado, se lo pasa por la cabeza, ata las cintas, y ve superadas todas sus expectativas: resalta el azul de sus ojos y, aunque su dueña fuera más joven, la talla es la correcta. Engalanado, el cuerpo escuálido de la muchacha ya no habla de pobreza, sino de moderación, de sencillez, de inocencia.

—Déjame verte. —La hace girar cogiéndola de las manos y lo que ve hace que se le empañen los ojos—. Estás muy bonita.

Le hace una reverencia y rasca el suelo con un pie para invitarla a bailar. La hace dar una vuelta tras otra con cuidado, animando aquella cáscara vacía a moverse en un baile lento y torpe.

Cuando llega la hora y el callejón se ha sumido en la penumbra, Elias le echa a la chica por encima la manta con la que duerme y le cubre el rostro. Una vez fuera, toma la calle Prästgatan para evitar ir por Långgatan, llena de gente incluso a esas horas, y después continúa por las vías menos concurridas, aunque los obliguen a dar un rodeo. Fuera de las tabernas hay grupos de hombres con las camisas arremangadas y los botones abiertos: han salido a refrescarse un poco. Maldicen la cerveza caliente de los locales que no tienen los medios para mantenerla fresca y la pésima comida: quien no se contenta con comer pan tiene que roer tocino en salazón como si fuera un marinero atrapado en la calma chicha. Él guía a la chica lo mejor que puede para esquivarlos, le da ánimos y reza en silencio para que no vaya a tropezar con algún adoquín ahora que su destino está cerca.

Encuentra el sitio fácilmente. Recorren el atrio desierto hasta que ven un portón iluminado y al hombre uniformado que lo resguarda.

El guardia real los mira atusándose el negro bigote y luego esboza una sonrisa torcida.

—Eres de lo más raro que he visto. ¿Qué llevas bajo esa tela?

Elias descubre a la chica y al vigilante se le ponen los ojos como platos. Le toma un instante poder hablar de nuevo.

—¿Es para entretenimiento?

Elias asiente enérgicamente con la cabeza.

—Sí, sí, para entretenimiento.

—¿Y ella está de acuerdo?

Elias prefiere asentir en silencio que decir una mentira con todas sus letras. El hombre se queda un momento pensando y se retuerce un lado del bigote hasta obtener un rizo puntiagudo, luego se encoge de hombros y les indica que pasen con un gesto de la cabeza.

—Bah. A la mierda. ¿Quién soy yo para juzgar el gusto de los demás? Por lo menos es joven. Venga, pasad.

Al otro lado del portón hay una escalera tan ancha que perfectamente podría acomodar una manzana entera de su barrio, y con peldaños en los que dos hombres podrían dormir lado a lado. De arriba llegan voces y risas. Unos candelabros con velas de cera les indican el camino hasta una puerta que mantienen abierta de par en par unos cordones de terciopelo sujetos a las paredes: parece la entrada a un reino donde la luz es más pura. Titubea: jamás había visto un lugar tan iluminado en plena noche, a pesar de que, como tantos otros, se ha demorado muchas veces delante del salón de fiestas Vauxhallen y de la Bolsa con la boca abierta, viendo danzar las llamas de los candelabros al otro lado de las ventanas. Pero esa luz le ha dejado siempre un regusto amargo porque no es más que un sobrante que se vuelca más acá de una frontera que ni él ni sus semejantes se atreverían jamás a cruzar, ¡si sólo los más afortunados tienen la suerte de poder mirar con ojos entornados la lumbre de un hogar! Y ahora él está a punto de cruzar el umbral y se siente completamente anonadado. Entonces, pasa una mujer levantándose las ampulosas faldas y huyendo entre risas de un hombre que la persigue con la cola del traje agitándose al viento y el hechizo se rompe. Él oye a los músicos afinar, se vuelve para mirar a la chica y le acaricia el pelo.

—Ha llegado el momento, ¿me oyes?

Luego la coge del brazo y se adentran en la luz.

12

La luz lo deslumbra, pero no se permite ni un parpadeo hasta que empieza a lagrimear. Busca un lugar discreto para él mismo y para la chica: se disimulan detrás de un jarrón con flores que está sobre una mesa al lado de la pared. La majestuosidad de la estancia lo abruma: es tan grande como el teatro, y el altísimo techo abovedado, bordeado de ramas de oro, también está decorado con pinturas del cielo: querubines jugando a pillarse entre las nubes. El resto de las paredes no son menos impresionantes, con tapices tan bellos y vívidos que Elias tiene que tocar uno para cerciorarse de que no es una simple alucinación tejida con hilos; cuadros gigantescos con retratos de personajes desconocidos que otean la sala desde sus mundos lejanos, tan reales como el suyo; los hombres, severos y desafiantes frente a flotas o campos de batalla, con los pechos llenos de condecoraciones; las mujeres sonriendo gentiles, vestidas de encaje, posando al lado de las jaulas de mimbre de sus marmotas, a las que sostienen en el regazo. Las ventanas, abiertas en profundos nichos, asoman a las caballerizas reales de Helgeandsholmen y los puentes que llevan a Norrmalm.

La pequeña orquesta ha empezado tocando piezas suaves, destinadas a llenar el vacío de las conversaciones; pero muy pronto varios caballeros dejan sus copas a un lado e invitan a elegantes damas a bailar, la música se vuelve cada vez más intensa y animada y las parejas giran por todo el salón. Muchos van disfrazados; ellos, sobre todo con antifaces de seda; ellas, con mascarillas que sostienen con un palo; pero unos pocos llevan grandes máscaras de animales o de seres desconocidos que espantan a Elias. Dedica un buen rato a otear la sala hasta que encuentra la cara que busca, y agradece que por lo menos ella vaya descubierta. Coge a la chica de la mano y se acerca hasta que la Pequeña von Platen se queda sola. Ésa es su oportunidad. Ella le lanza una mirada de estupor cuando se le planta delante, como si de repente un gran charco de barro hubiera aparecido justo donde pretendía poner el pie. Se da la vuelta para marcharse, pero él la detiene.

—Espere.

La Pequeña se sorprende tanto al sentir la mano del chico en su brazo que se frena y vuelve la cara.

—Quiero hablarle de Klara.

—¿Disculpa?

La Pequeña von Platen los mira a ambos con los ojos entornados detrás de sus impertinentes.

—Ya no la necesita más. Puede dejarla marchar. Quiero llevármela de aquí.

La Platen necesita un momento para encontrarle sentido a lo que acaba de oír. Elias da un paso a un lado y tira de la chica para ponérsela delante.

—Tengo a otra para intercambiarla. Es más joven y más bella. Puede servirla por más tiempo.

La Platen se esfuerza para emitir algún sonido. No deja de mirarlos, a él, a ella. Luego se ríe.

—¿Ésta? ¿Una gata callejera muerta de hambre? ¿Quién querría una? ¿Qué harapos lleva puestos? ¿Y por qué va maquillada como un arlequín?

Levanta la barbilla de la chica con un dedo afilado, y hace que vuelva la cara de aquí para allá en un intento de captar su mirada vacía. En vano.

—¿Y qué problema tiene?

A Elias le tiembla el labio, la crítica a sus esfuerzos le roba el habla. La Pequeña von Platen se vuelve para dirigirse a la mujer que tiene al lado.

—¡Klara! Dime, ¿eres mi esclava? ¿Te he obligado alguna vez a algo? ¿Acaso no eres libre de entrar y salir de mi casa cuando quieras?

Klara se ve hermosísima con su vaporoso vestido blanco. Lleva el pelo recogido, fijado con bellas agujas. Hasta entonces no se había percatado de la presencia de los mendigos con los que está hablando la Platen y, después de volverse a un lado y a otro, les dedica una mirada de incomprensión.

—¿Qué? Por supuesto que no soy tu esclava, ¿qué pregunta es ésa?

La Pequeña von Platen mira a Elias enarcando una ceja, pero frunce los labios ante su expresión dubitativa.

—Klara, sólo para que pueda deshacerme rápido de este mocoso, ¿serías tan amable de explicarle la naturaleza de nuestra colaboración?

Klara suelta una carcajada. No entiende el juego en el que se le pide que participe. Se inclina hacia Elias y le dice con el tono de voz que se utiliza para enseñarle algo a un crío:

—Quiero conocer a caballeros que me den regalos a cambio de mi ternura. Los hombres que necesitan cariño acuden a esta buena señora y me los presenta y nos presta una habitación para charlar a cambio de una parte de esos regalos.

De pronto, la Platen se pone tiesa, coge a Klara del brazo para acercársela, estira el cuello y le señala con los ojos a un caballero apuesto con una peluca perfectamente peinada. Lleva un uniforme en cuyo pecho brillan infinidad de insignias y condecoraciones y un antifaz.

—Mira allí. ¿Verdad que es él? ¿Federico Adolfo? ¡Y está solo! Es tu oportunidad, ve allí ahora mismo y demuéstrale lo que vales.

Klara se apresura hacia el centro del salón caminando tan rápido que la copa de champán se le derrama y va dejando un rastro de gotitas en el suelo.

La Pequeña von Platen se vuelve de nuevo hacia Elias.

—No quiero montar un numerito, pero vuelve a molestarnos a mí o a Klara y te prometo que haré venir a un guardia para que os echen a ti y a tu famélica gata callejera.

Con esas palabras, da la vuelta y empieza a caminar siguiendo las huellas húmedas que Klara ha ido dejando tras de sí.

13

Elias arrastra a la chica hasta un rincón. Hay tanta gente procurando llamar la atención que nadie los mira. Las velas se van consumiendo. Los que se han puesto las máscaras más extrañas se retiran poco antes de medianoche, pero quienes se quedan no lo lamentan porque así hay más espacio para echarse en brazos de desconocidos. Los músicos están cada vez más borrachos; desafinan y pierden el ritmo, pero nadie se da cuenta porque todo el mundo está concentrado en satisfacer sus pulsiones. Bailan hasta que, en un momento dado, el caballero toma a la dama de la cintura y la saca al pasillo con la esperanza de encontrar una habitación con cama libre, cosa que se vuelve más difícil según avanza la noche. Entonces, muchos empiezan a fornicar detrás de las cortinas, pero luego, cuando el alcohol ya ha hecho inevitablemente su trabajo, la mayoría deja de lado sus inhibiciones y lo hacen abiertamente, con orgullo, compitiendo por mostrarse a cuál menos vergonzoso en el centro de la sala, entre un corrillo de espectadores y con la ropa a modo de lecho. Las llamas parpadeantes de las velas juguetean con las formas: cuesta ver dónde termina un cuerpo y empieza el otro, fundidos hasta conformar algo que Elias ya no puede considerar humano. Coge a la chica del brazo y baja con ella las escaleras, temeroso de que alguien muy necesitado los vea por fin y decida llevársela.

La sienta contra la fachada del palacio y se pone en cuclillas a su lado. Llora. Luego descubre que no están solos: los sirvientes esperan allí por sus amos. Unos se van turnando para mantener encendidos sus faroles mientras juegan sus partidas de naipes, otros se han echado a dormir en el suelo después de apagarlos para que no les roben el sueño. Las llamitas se agitan al viento que entra desde el mar. Elias atisba a Elsa, la criada de la Pequeña von Platen, entre los durmientes. Tiene la cabeza metida en el saco y se estremece a cada momento.

La oscuridad cede, una a una las estrellas van cayendo presas de la luz que anticipa la llegada del sol que pronto pintará de azul el Báltico. El cielo, por su parte, va tiñéndose de rojo a la altura del horizonte, entre nubes y relámpagos que anuncian tempestad. Los juerguistas van saliendo del palacio, algunos solos, otros en pareja, unos pocos en grupo, y Elias vuelve a ponerse en pie y va de aquí para allá buscando a la Pequeña von Platen antes de que todo el mundo se pierda por los callejones tambaleándose sobre pies inseguros. En un momento dado la reconoce y, sin pensárselo, corre a cerrarle el paso una vez más. Va sola, con la mirada turbia de los que han bebido, envuelta en una nube con olor a alcohol y procurando como puede asegurar cada paso para no tropezar y caer al suelo.

—¿Dónde está?

Está más borracha de lo que se esperaba. Su rostro es de absoluta incomprensión, aunque un momento después, con cierto esfuerzo, parece recordar que lo ha visto antes y la petición que le ha hecho. Abre la boca para quitárselo de encima, pero se detiene y, en vez de eso, le pregunta:

—¿Cuánto rato llevas esperando?

—Toda la noche.

Ella junta las manos y suelta una carcajada interrumpida por el hipo.

—¡Creo que lo ha conseguido! —Mira a su alrededor en busca de un público mejor, pero no hay nadie, y se vuelve de nuevo hacia Elias con el triunfo brillando en el rostro—. Se ha emparejado con el Príncipe Federico: los he visto abandonar el salón. Él se la ha llevado a sus aposentos. Otras deben contentarse con colchones de heno o con el suelo desnudo, pero no la Dulce Klara; para ella, una gran cama con dosel, sábanas de seda, edredón de plumas y manta de marta cibelina.

Elsa ya está a su lado, se da a conocer a su ama antes de correr para alcanzar a otro criado y robarle un poco de fuego para encender su farol: la luz natural no es suficiente todavía. Cuando regresa, los tres se quedan en silencio hasta que el rumor de unos pasos los hace volverse hacia el palacio.

Klara se acerca cojeando. Lleva el vestido rasgado, seguramente por su amante impaciente, y tiene que sostenérselo con un brazo para no dejar descubierto el pecho. La otra mano la lleva en la entrepierna, donde la sangre ha empapado la tela y corre muslos abajo. Cuando el farol de Elsa la ilumina mejor, los tres reconocen la impronta de una mano en la piel enrojecida. Tiene la cara roja, un labio partido y las mejillas húmedas de lágrimas y mocos.

—No era el príncipe, sino otro con su ropa, pero me ha engañado y yo le he dejado hacerme daño delante de sus amigos, que han formado un corro. Me hiciera lo que me hiciese, he fingido que me gustaba hasta que se ha quitado la máscara y todos se han echado a reír: se han burlado de la estúpida puta y su avaricia inútil. Me ha desgarrado, pero no les ha importado, no les importa. ¿Cómo he llegado a esto? ¿Qué va a ser de mí?

El corazón de Elias late cada vez más deprisa: ve ante sí una oportunidad mejor de lo que esperaba. Corre hacia la chica y tironea de ella hasta tenerla delante de la Pequeña von Platen. La sujeta por los hombros para mostrársela.

—¿Y ahora? ¿Ahora sí quieres hacer el intercambio?

La Pequeña von Platen pestañea desconcertada y niega con la cabeza sin entender.

—¿Por qué?

Elias se seca los ojos con una manga sucia.

—Ella es mi madre. Me dejó en el orfanato porque no tenía otra opción.

Klara se tambalea y la Platen la sostiene a regañadientes, procurando que no se le manchen los bajos del vestido.

—¿Klara? ¿Es cierto lo que dice el niño?

Ella niega con la cabeza.

—No: yo nunca he tenido hijos.

La voz de Elias asciende hasta convertirse en un chillido lastimoso.

—Aunque al dejarme dieras un nombre que no es el tuyo, la gobernanta te vio cuando llegaste conmigo envuelto en paños y te ha seguido la pista desde entonces. Sin saber que yo la estaba escuchando, dijo que mi madre se hallaba en el burdel de la Lagarta con la Pequeña von Platen.

La Platen suelta una risotada con un relincho.

—Ahora entiendo. Elsa, ¿verdad que te quedaste encinta hace unos años? Pues yo diría que este chiquillo tiene la edad correcta. Me dijiste que ibas a abortar e incluso te di un dinero, pero se ve que al final decidiste tenerlo y llevarlo al orfanato.

Un sollozo brota de debajo del saco de Elsa. Está a punto de dejar caer el farol, pero se las arregla para dejarlo en el suelo. La tela que le tapa la cara no le basta, también se la cubre con las manos. Al principio, Elias se queda paralizado, pero luego suelta a la chica y se acerca a su madre. Ella trata de apartarlo, pero él no responde con fuerza, sino con ternura. De ese modo consigue su propósito: levanta el borde del saco y descubre la cara deformada hasta lo indecible, la frente llena de ampollas, las dos hendiduras en donde debía estar la nariz, arrebatada por el beso del diablo. Con los labios deshechos, Elsa balbucea su nombre:

—Elias, mi Elias.

Él baja la tela con dedos temblorosos y, cuando ella alza la mano para tocarlo, se echa atrás y delata su espanto con un grito ahogado. Se sienta en el suelo con las piernas recogidas y se cubre la cara con los brazos como si intentara protegerse. El momento es tan terrible que incluso la Platen parece conmovida. Coge a Elsa del brazo enérgicamente, aunque cuidando de no hacerle daño, y la aparta del chico. Luego murmura como si la borrachera hubiera quedado atrás en un instante:

—Venga, Elsa, nos vamos; y tú también, Klara.

Klara y la Platen cogen a la criada del brazo y Elias oye sus sollozos alejarse hasta perderse en la distancia. Cuando se atreve a abrir de nuevo los ojos descubre con sorpresa que se ha dejado el farol en el suelo. La llama atrapa su mirada hasta que el pabilo empieza a crepitar y el fuego perece con un suspiro, convertido en un hilillo de humo. Siente frío. Se levanta con las piernas entumecidas, busca la mano de la chica, la coge y ambos enfilan las calles de la ciudad.

—Ven, vámonos.

Sin que se haya dado cuenta, ha empezado a lloviznar. Desde lejos le llega un murmullo sordo: más abajo, en los establos junto al puente del río Norrström, hay grupitos de hombres que se dan palmadas en los hombros para entrar en calor mientras esperan a formar. Se pasan botellas y beben mientras alguien más los ayuda a acomodarse el uniforme para ahorrar tiempo y esfuerzo.

14

Hay un caos frente a las caballerizas de Helgeandsholmen. El capitán Lennartsson, de la Guardia Real, va y viene entre grupos de hombres que se agolpan de cualquier manera. Algunos son sus propios subordinados, pero hay miembros de otros cuerpos de seguridad de la ciudad. Previsiblemente, se ha topado con antiguos compañeros de armas y se ha quedado horrorizado: si la guerra no acabó con ellos, el tiempo sí que lo ha conseguido. Son un conjunto de lisiados patéticos que, una vez más, han sido enviados adonde nadie más querría ir. En cuanto al resto, un montón de indeseables a quienes se ha comisionado para limpiar de indeseables la ciudad. Sus hombres tienen mejor aspecto, pero tampoco es para tirar cohetes. Con ojo experto va examinando uniformes y armas, un mal hábito que ha tratado de quitarse desde que dejó su puesto en el ejército porque, vistos en detalle, dejan siempre tanto que desear que es mejor mirar a otro lado. Los puños blancos de las casacas se ven sucios y están rotos o desabotonados; los han usado para limpiarse los mocos o para cubrirse las manos al coger algo pringoso. Los cinturones y polainas están maltrechos; los sombreros, abollados y coronados por plumas medio peladas; los pantalones, llenos de manchas. Lennartsson sabe bien que, en contra de lo que dicta el reglamento, los uniformes son portados con gusto en las tabernas, preferiblemente después de la hora de cierre oficial, para poder beber gratis. Y Dios lo libre de ordenar una inspección de las armas, porque seguro que más de la mitad de los sables están tan oxidados que ni siquiera es posible sacarlos de la vaina. Por suerte, difícilmente las necesitarán, y mejor eso a que algún imbécil se venga arriba y produzca un baño de sangre. En fin, eso es lo que hay, y si quería que los uniformes estuvieran limpios debería haberles ordenado antes que los llevaran a la lavandería.

Están todos medio dormidos y los bostezos corren como la pólvora. Algunos hombres apestan a vino y empiezan a sufrir la resaca después de decidir, con la lógica inversa que suele caracterizar a guardias y soldados rasos, que no valía la pena dormir si tenían que presentarse tan temprano. El alba no ha despuntado aún, pero la luz ya arroja sombras nítidas, y la luz va venciendo a la oscuridad minuto a minuto. El verano está llegando a su fin a ojos vistas y, pese a que Lennartsson, igual que todo el mundo, ha rogado porque el calor termine de una vez, no le habría importado que las lluvias se demoraran algunas semanas. Mar adentro se ven los relámpagos de una tormenta. A lo mejor la tempestad como tal no llega a tierra, pero de la lluvia no van a librarse. El cielo tiene un color rojo colérico, y con la creciente luz del día llegan también fuertes ráfagas de viento. Desde hace mucho, en la esquina del barracón de los guardias hay un barómetro hecho con el cono de un abeto que se va cambiando de tanto en tanto. Los oficiales que saben escoger sus batallas suelen mirarlo con atención, y la tropa le atribuye los poderes de un oráculo. Él, por su parte, nunca se va a casa al término de una jornada sin echarle un vistazo, y sabe que la noche anterior estaba encorvado: un acusador dedo de abeto apuntaba al suelo reseco y agrietado que pronto se vería inundado de agua. ¿No ha empezado a lloviznar ya?

Mientras va de aquí para allá, va lanzando miradas asertivas a los suboficiales con que se encuentra: un leve asentimiento con la cabeza basta para ponerlo todo en marcha. Su orden implícita va descendiendo por el escalafón hasta la media docena de cabos de la Guardia Real que dan palmadas para acallar la cháchara y poner a sus hombres en filas. La inspección no se alarga más de lo necesario: se pasa lista, se identifica a los ausentes, se los registra y Lennartsson, por fin, ordena explícitamente el inicio de la operación.

—Sabéis lo que tenéis que hacer. Llevamos practicando dos semanas y por fin ha llegado la hora. Quiero una cuadrilla en cada esquina, dos hombres se quedan en el puesto y el resto barre la calle puerta por puerta. No os dejéis ningún recoveco. Reunión e informe en la siguiente esquina y confirmación visual a los siguientes grupos de delante, derecha e izquierda, antes de avanzar. Y así continuaréis. Cualquier persona que no tenga nada que hacer por allí será detenida. Echad mano de nuestra experiencia para distinguir a la buena gente de la chusma y, ante la duda, detened antes que dejar ir. Poned atención a las mujeres, y si encontráis alguna por la que nadie responde inmediatamente, lleváosla: si alguien quiere reclamarla ya lo hará después. Los que huyan serán atrapados por las líneas de delante o de detrás, de la derecha o de la izquierda, no corráis tras ellos, concentraos en mantener vuestra posición. Aprovechad el factor sorpresa ahora que todavía no ha amanecido porque, a medida que avance la jornada, la chusma irá ensayando maneras de escapar. Concentrémonos para tenerlo todo limpio cuando caiga la tarde. Suerte y nos vemos en las puertas de la Esclusa.

Luego se vuelve llamativamente hacia la deslucida tropa de guardias municipales, quienes lo observan perplejos.

—Y vosotros, apoyad en lo que podáis. Usad las aptitudes que os queden y, sobre todo, no os pongáis en medio, pues corréis el riesgo de acabar pasando la noche en la raspería porque, para cuando lleguemos a la Esclusa, seguro que estáis tan borrachos y lleváis los uniformes tan sucios que costará diferenciaros de la gente de la calle.

Los policías aprovechan para reírse de los guardias a una, como si se lo hubieran ordenado. Antes de que cunda el relajo,

Lennartsson los interrumpe agitando la espada y gritando a voz en cuello:

—Barramos este maldito estercolero de una vez por todas. Si el humor decae cuando se alargue la jornada, desfogaos con la chusma que tiene la culpa de que os toque bregar, pero dentro de lo razonable: no quiero tener que mandar traer carros para transportar cadáveres, y si las furcias no pueden caminar por sí solas, podéis tener por seguro que me encargaré de que el responsable arrastre la camilla él solo. Mantened la formación ¡y adelante!

15

Los guardias y los policías entran en formación en la ciudad, tensando un arco desde el puente de Riddarholmsbron, al oeste, hasta el pedestal vacío, frente al Palacio Real, donde el rey Gustavo debía volver un día vistiendo una capa de bronce. Una larga flecha azul pasa delante del palacio y de los palacetes de la plaza Slottsbacken y la calle Skeppsbron, y se adentra en las calles y callejones de los barrios de Faetón, Pigmalión, Cefeo y Casiopea, y entre las calles Stora Nygatan y Lilla Nygatan. Los uniformados no tardan en toparse con sus primeras presas: una madre y su hija, que duermen en un rincón de un portal. La madre, sin esperanzas de escapar, añade una dosis de dramatismo a la escena cuando anima a su hija a salir corriendo sólo para que ésta, dubitativa, vaya a dar a los brazos de un guardia. Ambas son enviadas hacia la retaguardia para que allí se decida su destino. Puede que las separen: la madre a la hilandería y la hija a Norrmalm, pero a lo mejor tienen una casita fuera de la ciudad y simplemente las envían ahí en carro. En un pajar sorprenden a todo un grupo de niños de la calle apretujados unos con otros para darse calor. Éstos les ponen las cosas más difíciles y, de los siete, escapan todos menos dos: con uniforme y botas no es fácil atrapar a corredores semidesnudos y descalzos. El más descarado de los prófugos hace un alto en mitad del callejón para bajarse los pantalones y enseñarles el culo. Ya lo encontrarán más tarde, cuando hayan estrechado el lazo y tengan la Esclusa a la vista. Pese al fracaso, finalmente se animan: la caza está en marcha. Limpian Faetón, limpian Pigmalión. La gente que ha pasado la noche en una acera miente como bellaca: uno ha perdido la llave; otra es la prima del campo que no ha encontrado a sus familiares en casa; otro es un marido que ha discutido con su esposa, quien ahora lo niega pese a haber jurado que le sería fiel en lo próspero y en lo adverso, ¡maldita! En el fondo, resulta bastante sencillo distinguir a quien vive en la calle de quien tiene una casa, y quienes mienten no suelen insistir en su engaño cuando los cogen por el cuello de la camisa. Por otra parte, ante la duda, los uniformados sólo tienen que dictar sentencia —nunca en favor del acusado— y dejar la verdad en manos de los compañeros de más atrás, a ver si ellos se aclaran.

Sigue lloviznando, pero el calor de los cuerpos en movimiento impide que guardias y policías queden empapados. La noticia ya ha corrido y con ello se pierde el factor sorpresa: los mendigos y vagabundos se avisan unos a otros, y se los ve abandonar sus escondrijos antes de que llegue la guardia, y correr por los callejones con la esperanza de conseguir ponerse a salvo al otro lado de la Esclusa, en los barrios pobres de la colina, adonde la ley no llega. El viento sopla cada vez con más fuerza haciendo sonar los callejones como si fueran grandes flautas, y quien se asoma a la ventana y otea el Báltico entre los edificios se espanta al ver las nubes negras que se elevan desde el agua hasta el cielo.

Cuando llega la mañana, todo el mundo está despierto y consciente de lo que está ocurriendo. Delante de la primera línea de guardias y policías se despliega el ajetreo cotidiano: la mejor manera de demostrar que uno no está desocupado ni ocioso. Algunos de los suboficiales más comprometidos, en pro de la eficacia, se adelantan y advierten a la gente de que van a proceder a registrar sus domicilios. Obediente, la mayoría vuelve a casa, reúne a la familia en un cuarto y se mantiene al margen mientras los uniformados peinan los edificios desde el sótano hasta la buhardilla. Los guardias y policías reconocen a vagabundos y raterillos que han logrado persuadir a un conocido para que los esconda, y confiesan ante la menor presión, por lo que son enviados hacia atrás con una cuerda atada en el brazo. En general, sin embargo, la gente está tranquila porque hay poco riesgo de que la confundan, y disfruta del espectáculo: casi nadie siente simpatía por la chusma que se pasa el día holgazaneando y que vive a costa de los demás robando, ofreciéndose a los hombres casados, recogiendo las migajas que caen de las mesas de la gente honorable. Ya era hora de que recibieran su merecido. Los mirones van de un edificio a otro y suben las escaleras recién registradas para apretujarse en los huecos de las ventanas en busca de la mejor vista de la siguiente casa que se va a inspeccionar.

Detrás de la flecha azul se ha improvisado una unidad de avituallamiento: los taberneros más listos han cargado carros prestados con barriles de cerveza, y han empezado a invitar a los uniformados a refrescarse a cambio de unas monedas. Las caras conocidas pueden beber de fiado si no tienen con qué pagar, pero deben ser conscientes de que las deudas se anotan con meticulosidad. La idea cunde rápidamente y al poco rato hay un barril en la puerta de cada taberna. Se impide el paso a los ambulantes y muchos llegan a las manos por exigir su derecho a vender su producto mientras los guardias aprovechan para servirse de los barriles dejados en el descuido. No hacen nada para separarlos: basta con dejar los grifos abiertos y permitir que la cerveza chorree en la cuneta para que la avaricia venza a las ganas de pelear. Los cabos intentan mantener el orden entre sus hombres con ayuda del látigo, pero todo el mundo puede ver por dónde van los tiros: el caos flota en el aire. Cuanto más se acercan a la Esclusa, más prófugos se acumulan en los escondites que quedan disponibles, muchos incluso en los tejados. Un agente pisa una teja partida y atraviesa el techo de una pocilga, los compañeros lo sacan en volandas entre risas con la pierna rota y el uniforme cubierto de excrementos de lechón.

Corre el rumor de que la chusma se ha alzado en armas y ha matado a un uniformado, un acto vil e infame. Hay que tomar represalias: el honor del cuerpo ha sido mancillado.

Desde el principio ha quedado claro que los sables eran poco prácticos: se van columpiando del cinto y entorpecen la marcha si toca correr. Se ha ordenado a un guardia que los recoja y custodie, así que las tropas se ven obligadas a equiparse con lo primero que encuentran: desprenden adoquines a puntapiés o arrancan listones de madera del suelo, rompen barriles para hacerse con los flejes de hierro, incluso se hacen de cualquier cosa que pueda usarse como baqueta o tambor, y marcan el ritmo que dicta la sed de sangre; el que no tiene nada más, taconea en el suelo o choca el puño contra la palma de la otra mano. La pulsión mantiene unida a una tropa que en otras circunstancias se habría desordenado y dispersado; avanzan juntos por los callejones golpeando a mujeres, niños y borrachos que no tienen la sensatez o la fuerza suficiente para marcharse a tiempo. Los chillidos de los apaleados resuenan entre el fragor rítmico que ha invadido la ciudad.

La tormenta aún se mantiene a distancia, sólo se ven los relámpagos y se oyen los truenos a lo lejos, pero la lluvia ha ido intensificándose, y el viento la inclina de modo que choca directamente contra los rostros. No obstante, es una lluvia tibia, y no logra apaciguar la locura que va en aumento callejón tras callejón; simplemente disuelve la sangre que enrojece las cunetas, nubla la vista y el oído, y permite que actos que podrían haberse evitado sigan teniendo lugar sin impedimento alguno. Los uniformados se quitan las casacas mojadas y las guardan en los huecos de las ventanas. Al poco rato, la mayoría tiene la camisa teñida de rosa.

16

Las circunstancias conspiran para que Elias no se entere de lo que está pasando. Él, siempre tan atento al ánimo de la ciudad, que consigue intuir con un sentido sin nombre como si los callejones fueran venas y Estocolmo un enorme corazón latiente, está durmiendo ajeno al mundo tras una larga noche en vela, consolándose de la decepción de la única manera que le queda. En algún momento, sin embargo, percibe el chapoteo de alguien que pasa corriendo sobre los adoquines mojados delante del sótano: ésa es la primera advertencia. Da un respingo como quien intuye que un puño está a punto de golpearlo y, tras asegurarse de que la chica sigue dormida, o al menos tan dormida como puede llegar a estar, corre hacia la ventana tapiada a medias, pero no ve gran cosa y se decide a salir a la calle. En un segundo queda empapado hasta la médula, pero entorna los ojos y se pone una mano a modo de visera. Varias personas corren en su dirección cegadas por la lluvia y él tiene que apartarse para que no lo arrollen. De la cuesta que lleva a la plaza Stortorget le llega un estruendo rítmico al que se suman gritos y alaridos. Un chiquillo se acerca corriendo; él se interpone en su camino y consigue agarrarlo por la camisa.

—¿Qué está pasando?

El niño está sangrando de una herida en la cabeza, y tironea para liberarse y huir.

—Contéstame y te dejaré marchar.

—Vienen los polis y los guardias. No sabía que hubiera tantos. Avanzan en fila y registran casa por casa. Si no tienes familia ni ocupación, te pillan. He oído que arrastran a los detenidos hasta la escalinata de la Bolsa y les cortan la cabeza allí mismo.

Elias no puede evitar mirar al suelo y ver el agua que baja desde la plaza teñida de marrón a causa de la porquería que se había acumulado, reseca, durante las largas semanas de sequía.

—¿Qué cuentos son ésos?

El chiquillo se aferra a su propia camisa y se la arranca a Elias de las manos.

—Ve a preguntar tú mismo, o quédate para averiguarlo, porque pronto estarán aquí.

A su alrededor, los portones y contraventanas están cerrados: la gente con posibles ha protegido su morada a la espera de los registros. El resto se asoma por los cristales sucios.

Elias avanza por el callejón hasta que ve con sus propios ojos a los uniformados avanzar ahuyentando a todo el mundo a su paso. Da media vuelta y vuelve corriendo por donde ha venido.

El cuerpo de la chica es torpe e intransigente. Elias tiene que empujar para que salga. En el portal, se encuentran con una señora que les lanza una mirada severa y una media sonrisa.

—Vaya, vaya, pero si son los aprovechados del sótano. Al final os toca despedir los buenos tiempos.

La mujer les abre la puerta para que salgan a un callejón por donde cae suficiente agua como para mover una rueda de molino.

—Será mejor que os deis prisa si es que quieres seguir con vida. Y no le digáis a nadie que os he ayudado.

Elias tira de la muchacha, a esas alturas igual de empapada que él, para que lo siga, y la va guiando en dirección a la Esclusa lo más rápido que puede. A sus espaldas, el estruendo del avance de los uniformados. Cuando alcanzan el último edificio y la calle se abre, divisa entre la lluvia la trampa que los espera: los dos puentes levadizos, el azul y el rojo, están subidos, y por doquier hay guardias y policías que esperan a los que huyen de la ciudad para atarlos con cuerdas y llevárselos a la penitenciaría de Långholmen. Los miserables llegan en tropel desde Skeppsbron y Nygatan, lo suficientemente agitados como para que él comprenda que por allí tampoco hay escapatoria. Las naves que acostumbran a estar amarradas a un salto del muelle se han retirado hasta las boyas para evitar que los prófugos busquen esconderse a bordo, y estando el comercio temporalmente interrumpido, las tripulaciones se juntan en la cubierta para contemplar el espectáculo.

Por todas partes, gemidos y gritos; por todas partes, personas tropezando unas con otras. Los que pueden posponen lo inevitable, y terminan replegándose delante del molino, a la misma distancia de sus perseguidores y de los hombres que los esperan al pie de los puentes. La masa de cuerpos se agita nerviosa bajo la lluvia, incapaz de quedarse quieta, impotente ante la falta de una vía de escape. Los niños de la calle aún tienen energía, y se niegan a comprender que las piernas que hasta ahora los han librado de todo mal pronto no van a servirles de nada. Como si de un nuevo juego se tratara, corren de un lado a otro mientras la pinza que va a atraparlos se va cerrando poco a poco.

Elias arrastra a la chica hasta la pared de una casa, donde quedan resguardados de la lluvia cuando el caprichoso viento se apiada de ellos. Percibe algo que ya conoce: la injusticia de que el cerebro se aturda cuando el peligro acecha, justo cuando más lo necesitas. Por un momento es incapaz de hacer nada más que mirar a un lado y a otro, pestañeando como recién despertado para quitarse el agua de los ojos mientras el alboroto de las callejuelas se acerca cada vez más. El viento vira y le moja la cara; entonces entiende lo que debe hacer: coge a la chica por la cintura y la obliga a correr.

Trastabillando, cruzan la plaza en dirección al agua. Lejos, por la orilla del canal Riddarholmskanalen, atisba una fila de casacas azules acercándose, y procura que él y la chica se agachen para no llamar su atención más de lo necesario. Se ponen a cubierto detrás de la hilera de baños públicos. El hedor es insoportable. Delante de ellos hay una barrera que les bloquea el paso, pero sólo por un momento.

Se hallan delante de Flugmötet, un depósito de bazofia en el corazón mismo de la ciudad, siempre plagado de moscas. Él nunca se había acercado tanto, sólo lo veía desde lejos. Allí sólo van los vaciadores de letrinas, de dos en dos, llevando sobre los hombros el palo del que pende su barril y salpicando el contenido al menor traspié. Es un lugar legendario, objeto de bromas y ocurrencias, y también de historias truculentas sobre desgraciados que han sido enterrados ahí por malhechores o simplemente arrojados para cumplir con la justicia callejera. Ha oído decir que las lombrices solitarias que se alojan en las entrañas de tantos son a veces expulsadas y pueden seguir viviendo en ese lugar, fuera de los intestinos, y crecer robustas y grandes, y alimentarse de ratas jóvenes y descuidadas. La altura de la montaña da pie a muchas especulaciones y controversias, igual que su antigüedad. Es como una gran efigie de mierda acumulada que desafía la gravedad; de hecho, Elias la ha oído comparar muchas veces con la estatua ecuestre del rey Gustavo que debería estar delante de la ópera, pero que jamás llegó a develarse: «Mira hacia allí —siempre decía alguno—, allí sí que tienes un monumento irrefutable a los esfuerzos del ser humano.»

El zumbido de las moscas aumenta de volumen a medida que se acercan hasta imponerse sobre el rumor de la lluvia. Están por todas partes, caminan como embriagadas sobre la porquería y alzan erráticas el vuelo para ir a posarse aquí o allá y continuar con su festín. Una valla de madera reforzada con puntales contiene la montaña para que no se derrumbe y acabe cubriendo el muelle de Kornhamn. Una humilde escalera conduce a lo alto, de modo que sea más fácil volcar los barriles por encima. Elias ayuda a la chica a subir y a sentarse a horcajadas en el borde; luego, él hace lo mismo y contempla la porquería a sus pies temiendo que quizá no tenga fondo. Respira hondo y la obliga a saltar con él.

A los costados de la montaña, la lluvia ha disuelto los excrementos, que han escapado por las rendijas de la valla; gracias a eso, la bazofia les llega solamente hasta el pecho, así que Elias bendice la lluvia que acababa de maldecir momentos antes. De todas formas, se siente completamente abrumado: la mierda es más densa que el agua, desde luego, y le oprime el pecho impidiéndole respirar con normalidad. No puede mover los pies y el hedor es, a cada momento, como una bofetada en la cara; un miasma invisible, rancio y acre, y con infinitos matices. Sobre aquella especie de cenagal yacen semillas, pepitas y espinas de pescado: todo aquello que sus habitantes le devuelven a la ciudad. Elias trata de respirar lo menos posible hasta que siente un vahído y se ve obligado a aspirar hondo; entonces, la boca y la nariz se le llenan de moscas, así como los párpados, las orejas y, en general, cada palmo de su piel. Vomita varias veces hasta que sólo arroja bilis, luego aprieta los párpados con fuerza y se pellizca para que el dolor lo ayude a volver en sí.

Entonces por fin se acuerda de la chica. Se da la vuelta y la descubre allí, quieta e impávida, aunque rodeándose el cuerpo con los brazos como si tuviera frío. La toma de la mano y trata de avanzar, aunque sea muy lentamente, apoyándose en la cara interior de la valla. Aún no están a salvo: siguen siendo perfectamente visibles para cualquiera que se asome. Elige una cuesta de la montaña que le parece menos abrupta y comienza a escalar. Una y otra vez, resbala y tiene que levantarse entre arcadas y volver a avanzar por los surcos que él mismo va abriendo inopinadamente con las manos. Siente que no llegará jamás a la cima, y la chica simplemente no avanza si él no la arrastra tras de sí. Está tan cansado y desesperado que se echa a llorar y le ruega con voz quebrada:

—Tienes que ayudarme, tienes que trepar; si no, nos detendrán, me llevarán a la raspería y a ti a la hilandería.

La última palabra funciona casi como una contraseña, porque ahora sí que se mueve, aunque sin dejar de tomarlo de la mano. Poco a poco, logran ascender hasta la cima, donde se encuentran una especie de cráter cavado por la lluvia, lo suficientemente hondo como para esconder un cuerpo tumbado. Él le indica que se acueste y se acurruca junto a ella para que se den un poco de calor, sin mucho éxito. De todas formas, en un momento dado pierde toda sensibilidad y le entrega su cuerpo a la lluvia, al frío y a las moscas que caminan sobre él: ya no le importa que se posen sobre su boca, su nariz, sus párpados; es como si flotara, ingrávido, sobre aquella montaña de porquería mientras la lluvia cae con fuerza y el crepúsculo va oscureciendo el cielo.

17

Es complicado distinguir entre sueño y vigilia: su mente es como una llama en medio de una corriente de aire. Transcurrido un segundo —o un mes— después de quedarse traspuesto, la penumbra de la noche se difumina y llega la mañana. Aún está nublado, pero la lluvia ha hecho una pausa y el viento ha amainado. La mañana le devuelve sus verdaderos colores al refugio, volviéndolo más repulsivo si cabe. Oye murmullos y poco después el sonido de un barril que se vacía y los pasos de los vaciadores de letrinas. Se siente caliente, cuando debería tener frío, y eso lo asusta. Se toca la frente y la descubre como un panel de metal recalentado por el sol.

Se incorpora como puede y mira a su alrededor: no hay casacas azules en la Esclusa, y la gente vuelve a circular libremente por los puentes levadizos. Los marineros se han apresurado a recuperar el tiempo perdido el día anterior, y ya hay barcos que regresan para descargar lo que han capturado sus redes. Siente el cuerpo entumecido. Se mira las manos pálidas bajo la bazofia, con la piel arrugada de los ahogados. Sacude a la chica para despertarla y procura que desciendan de la mejor manera posible. Qué esperanzas: se siente torpe mental y físicamente, y casi se puede decir que bajan deslizándose, él delante y ella detrás. Avanzan a gatas hasta la valla y luego se incorporan para buscar el punto exacto donde, al otro lado, está la escalera. Trepa como buenamente puede y después obliga a la chica a hacer lo mismo.

Una vez en tierra firme, se frota las piernas y luego hace lo propio con las de la chica. Poco a poco ha empezado a sentir el frío de la mañana, pero no está mucho mejor: necesita de la chica tanto como ella necesita de él. Avanzan juntos, apoyándose cada uno en el otro, en dirección al canal y, tras armarse de valor, van introduciéndose poco a poco en el agua hasta que es suficientemente profunda para que les llegue a los hombros si se acuclillan. Él le enjuaga el pelo y la ayuda a quitarse el sucio vestido de fiesta, luego se quita la camisa, agita las prendas bajo el agua para lavarlas hasta donde sea posible y las retuerce para secarlas un poco antes de tenderlas sobre un trozo de remo que hay por ahí y sentarse abrazándose las rodillas a esperar, erizado el vello de todo el cuerpo, a que el tímido sol haga su trabajo.

Aún tienen la ropa húmeda cuando se adentran cogidos de la mano por los callejones. El ambiente ha cambiado de un día a otro: los de su clase han sido depurados. Los ociosos y desocupados han sido eliminados del barrio, y las esquinas y los portales donde antes buscaban sombra y cobijo están desiertos, reconvertidos en lugares de paso. No hay rumor de riñas ni de diversión. La gente trabajadora sigue allí, claro: va de un lado a otro bajo el peso del deber como si nada hubiese sucedido. En cuanto a los ricos, se pasean por la calle Skeppsbron luciendo sus joyas o las cadenas de oro de sus relojes de bolsillo conscientes de que los dedos más ágiles de la ciudad han sido puestos a raspar o hilar. La ciudad ha vuelto a ser de ellos, y Elias camina pegado a las fachadas y mirando al suelo, temeroso de ser descubierto. Pero nadie se fija, y los pocos agentes a los que ve bostezan con actitud indiferente, cansados y saciados con la labor de ayer.

En todas partes oye a la gente hablar del súbito cambio del tiempo: se refieren a la tormenta de la noche anterior como una salva disparada en el entierro del verano.

Dos señores comparten una bolsita de tabaco junto a la escalera donde una anciana se ha sentado a tejer.

—Pues ya está: ahora vendrá el otoño y luego el invierno, y la cosecha ha sido mala. Sálvese quien pueda.

—El verano ha sido infernal, pero dentro de cuatro días lo echaremos de menos.

La viejecita mira las nubes con los ojos entornados e interviene mientras se acaricia una pierna:

—A mí, las rodillas me anuncian que seguirá lloviendo, y mucho.

Elias, por su parte, va de los escalofríos a los accesos de calor con total independencia del tiempo —el viento es fuerte, pero templado—. A ratos tirita y se pega a la chica para hurtarle un poco de calor, a ratos suda y tiene que agitarse la camisa. Ambos siguen apestando: hace falta mucho más que un chapuzón en las aguas turbias del muelle de Kornhamn para quitarse el hedor de Flugmötet. La chica lleva el vestido hecho jirones: una parte del dobladillo se ha desgarrado y lo arrastra como una cola, es imposible adivinar de qué color era. Tiene el pelo enredado y la cara indeciblemente pálida e hinchada en varios sitios.

18

El portón que busca, cuyo número memorizó cuidadosamente, queda más abajo en la pendiente. Llama primero con discreción, luego más fuerte, y espera titubeante y sudoroso a causa de la fiebre. El criado que abre se tapa enseguida la nariz y le pregunta con voz nasal qué quiere. Él siente la garganta llena de flemas, y tose antes de poder hablar.

—Tengo algo para vender.

El criado asiente con la cabeza, se da la vuelta y se va sin decir nada.

«Tiene que haber un médico, o algo parecido, que pueda hacer que sea bella de nuevo, más bella que Klara; pero el mercurio, la belladona, los paños limpios y las camas mullidas son caros. A lo mejor me dan treinta riksdalers, quizá incluso el doble... Si les ha merecido la pena colgar nuestras caras en cada pared de la ciudad, seguro que estarán dispuestos a pagar al menos treinta...»

Tiene que apoyarse en la pared para permanecer de pie. Vuelve la cara y le dice a la chica:

—Ahí dentro no hará frío, y te darán de comer. No tengo idea de qué quieren de ti, pero seguro que te sale más a cuenta que quedarte conmigo. —Se tambalea y mira al vacío como si estuviera contemplando una escena—. El bisturí del médico cortará todo lo feo para que lo bello pueda volver a crecer. Volverás a ser hermosa, quizá lo suficiente para enamorar al mismísimo príncipe Federico. Si es así, no te olvides de mí.

Cuando la puerta vuelve a abrirse aparece un hombre con un rostro muy peculiar: resulta imposible decir si sonríe o no. Él le tiende el cartel, convertido en una bola de papel empapado con un dibujo indiscernible: dos figuras borrosas acechadas por una neblina de tinta corrida.

CUARTA PARTE

Descansa junto a este manantial

OTOÑO E INVIERNO DE 1795

En el seno de la muerte
el descanso es dulce
para los que sufren.
La necesidad creciente,
el destino inquietante,
los deseos salvajes,
los cambios, la amargura
que nos persiguen aquí,
en la fría sepultura
nos dejan en paz por fin.

Carl Lindegren, 1795

1

En la playa de Långholmen, Cardell baila a la luz de la luna con Petter Pettersson. Aprieta los párpados porque el sudor se le mete en los ojos, y obliga a sus reticentes piernas a avanzar y retroceder buscando la mejor posición. Los espasmos persisten: le parece un milagro poder moverse siquiera. Percibe sombras alrededor, ve pipas que se iluminan, pero no puede permitirse ninguna distracción porque el látigo que Pettersson blande con la mano izquierda chasquea en la oscuridad como un disparo de mosquete y le deja los oídos pitando. Un par de veces ha conseguido atrapar el arma y acercarse de un tirón a su enemigo, pero no ha acertado a golpearlo y el otro ha terminado zafándose; de tanto en tanto ha conseguido darle de lleno. Pettersson, en cambio, ha dado en el blanco con más frecuencia, hiriéndole el brazo con que quería defenderse, los hombros e incluso la nuca.

Sea como fuere, el combate ha encontrado su ritmo: los contrincantes se mueven de forma sincronizada, intercambian golpes, retroceden para valorar cuánto han dado y cuánto han recibido. Cardell rechina los dientes ante la injusticia del destino: cualquier otro día sin duda habría hecho mejor papel. Sus miembros no responden como deberían, se mueve con torpeza, no acierta a conectar los golpes. No entiende cómo es que aún sigue en pie, por qué Pettersson no concluye su tarea: es como el gato que juguetea con el ratón antes de comérselo de un bocado.

La mente se le ha nublado, el pasado y el futuro han desaparecido, sólo queda ese momento, y él mismo no es más que un cuerpo que lucha por sobrevivir al precio de la vida de otro. En el fondo, resulta liberador, y lo sabe bien porque lo ha experimentado otras veces. Nada que ver con esos combates que se zanjan con una mezcla de pólvora y buena fortuna, destinados a medrosos y apocados; en el cuerpo a cuerpo no hay lugar para la duda, lo complejo debe dejar paso a lo simple e inequívoco: no hay lugar para los por qué, sólo para los cómo. Ni siquiera podría decir si la mueca de su cara es producto de un espasmo o si surge del éxtasis de la pelea, del reencuentro con su naturaleza de depredador.

En el ejército vio a muchos intentar convertir la reyerta en ceremonial: jóvenes esbeltos con sus floretes, dando pasitos de ballet con la espalda recta y la mano en la cadera. Todo aquello le repugnaba: le parecía un jueguecito perverso propio de quienes piensan que la muerte es algo que sólo les sucede a los demás, que nunca han visto a hombres hechos y derechos llorar y llamar a su madre a gritos mientras procuran volver a meterse las tripas en la barriga.

La sal del sudor hace que le escuezan las heridas: pequeños dolores que lo distraen de los dolores de verdad. Y desde unos momentos antes también percibe un sonido que le parece totalmente fuera de lugar: un jadeo que se parece mucho a un sollozo. ¿Es él mismo? No. Tarda un rato en comprender que se trata de Petter Pettersson, e imaginar su vista nublada lo llena de nuevos bríos. Hace un amago y enseguida da una larga zancada que pone a Pettersson en su radio de alcance. Lanza un golpe con el puño de madera, girando todo el cuerpo, empleando toda su fuerza y de pronto siente un impacto acompañado de una punzada de tremendo dolor. La luz de la luna lo ciega, pero percibe salpicaduras en la cara, el sabor de un sudor distinto del suyo y un regusto a hierro en la boca.

El enorme cuerpo yace en el suelo y él mismo ha caído de rodillas contra unas piedras. Se acerca gateando cautelosamente: no se cree que haya ganado, ya ha cometido antes el error de confiarse y lo pagó muy caro. Palpa con la mano buena la gran vena del cuello, pero es incapaz de distinguir si esos latidos son de Pettersson o suyos; termina por echársele encima y pega la oreja a su boca para oír si respira. Los silbidos se prolongan unos instantes y luego desaparecen; casi puede sentir cómo la sangre se aquieta y se espesa en las venas del que ya no es otra cosa que un cadáver. Entonces, se permite abandonarse por fin, y se queda tendido sobre aquel cuerpo como un amante que se entrega a su amado después de bailar con él. Con el final del duelo, la emoción arrebatadora da paso al dolor. Por todas partes afloran heridas que no sabía que tenía, y que se funden entre sí como en el fuego de un alto horno.

Percibe manos sobre su cuerpo y agita los brazos sin fuerza contra esos nuevos enemigos invisibles que tiran de él. Entonces recuerda que todavía tiene algo pendiente y cuela los dedos entumecidos en la casaca del muerto hasta sentir el tacto del papel. Cierra el puño alrededor de lo que ha encontrado, arrugándolo y ocultándolo. Enseguida, nota cómo lo levantan del suelo y procuran ponerlo de pie, y cómo se lo llevan casi a rastras.

2

Un policía se apresura a alcanzarlo mientras camina por la cuesta de Slottsbacken.

—¡Eh, fantasmita, espera un momento! Justo iba a buscarte. Han encontrado otro cadáver no muy lejos del primero. Al parecer, esta vez sí lo han aceptado en San Jacobo.

Cuando llega a la iglesia le indican que vaya al cementerio y allí ve al párroco con su sotana negra y al sacristán, que mira al suelo con aspecto avergonzado. Un poco más allá están dos sepultureros que él recuerda de la iglesia de San Juan, ambos descansando sentados en el montículo de hierba donde yace el cadáver. El aire está muy húmedo y todos parecen estar pasando frío, principalmente el sacristán. Seguro que ha sido él quien ha encontrado el cuerpo y ha dado la voz de alarma.

Emil saca su Beurling del bolsillo del chaleco y ve la hora: son un poco más de las siete. Respecto del reloj del campanario, el suyo va veinte minutos atrasado. Toma la llavecita que lleva en la cadena y, después de levantar la tapa, la introduce en el agujero correcto y coloca las manecillas en la posición deseada. Cierra la tapa cuidadosamente para no romper el cristal y vuelve a utilizar la llave, esta vez para darle cuerda al reloj. Entretanto, el pastor se frota los hombros y zapatea en el suelo con impaciencia mal disimulada. Finalmente, Winge se vuelve hacia él. Ni siquiera tiene que formular ninguna pregunta.

—Mark, aquí presente, lo ha encontrado, aunque el muy desgraciado debe de haberse quedado dormido, porque no ha visto a nadie entrar ni salir, ¿verdad, Mark? Supongo que no habrá caído del cielo, ¿verdad, Mark? Es una vergüenza: con vigilantes como éste es un milagro que Estocolmo no haya acabado todavía como Copenhague, pero ya ajustaremos cuentas a la hora de pagarle el sueldo.

Han cubierto al muerto con una sobrepelliz y, cuando Winge la retira, el sacristán y el pastor apartan la mirada, mientras que los dos sepultureros estiran el cuello y ponen cara de entendidos.

Es un chico un poco mayor que el que apareció dos días antes, y rubio. Tiene los brazos cruzados sobre el pecho y una expresión apacible, como si se hubiese acostado simplemente por cansancio y el sueño lo hubiese vencido mientras rezaba, aunque la palidez de su rostro y la sangre que le mancha la camisa, agujereada a la altura del costado, obliguen a descartar esa impresión.

Emil procura quitarle la camisa, pero se ha pegado con la sangre y tiene que dar unos tironcitos para revelar la herida entre las costillas. Junto al cuerpo ve una pieza de metal negro un poco más larga que su brazo con una punta aguda y aplanada.

—¿Tú has acomodado así el cuerpo?

El sacristán niega enérgicamente con la cabeza.

—No, señor: he encontrado el cadáver tal cual y de inmediato he ido a llamar al pastor. Sólo me permití cubrirlo con la sobrepelliz mientras lo esperaba.

El pastor le lanza una mirada severa.

—Y difícilmente se le quitarán esas manchas.

Emil alza la voz para que los sepultureros puedan oírlo:

—Ayudadme a tumbarlo de lado.

Los rudos hombres manipulan el cuerpo con sorprendente delicadeza y, mientras lo hacen rodar, murmuran unas palabras a medio camino entre el rezo y el conjuro: cada gremio posee sus propias supersticiones y costumbres. Emil se pone de cuclillas y encuentra, junto a la columna vertebral, un orificio parecido al del costado, aunque mayor. Oye a Cecil susurrar en su oído y se dirige a los sepultureros:

—El joven del otro día, al que llamáis el Jesús de Kungsträdgården, ¿sigue en la morgue de San Juan?

Ambos sepultureros asienten y uno de ellos contesta:

—Sí. Ya debería estar enterrado, pero era tarea de Joakim y está con dolor de espalda. Gracias a Dios no ha hecho calor, pero deberían hacer algo hoy mismo si no quieren que empiece a apestar.

Winge lo mira en silencio y el otro se pone nervioso y se siente obligado a corregir:

—Me refiero a Jesús, ¿eh?, no a Joakim.

Winge señala al muerto.

—¿Podéis llevarlo a la iglesia de San Juan? Que nadie lo lave porque primero quiero hacer mi examen, simplemente poned las camillas una junto a la otra.

Los dos hombres hacen lo que les ha pedido: se alejan por el borde exterior de los jardines de Kungsträdgården y luego por callejones sin adoquinar seguidos de cerca por Winge. A su derecha corre el canal de Rännilen, en su trayecto desde la ciénaga de Träsket a las aguas de la bahía de Katthavet, en donde los pesqueros han arrojado ya sus redes. La tierra que tanto tiempo ha estado seca y agrietada ha saciado su sed, y cada vez que pone un pie fuera de los senderos donde el paso de otros ha aplanado el barro, se hunde y se mancha las medias. El verano que parecía haber ocupado la ciudad para siempre jamás ha terminado. El aire es denso, en el cielo hay unas cuantas nubes negras y el viento de levante anuncia que hará frío.

Los han colocado lado a lado en la morgue, en sendas camillas apoyadas en humildes caballetes. Jesús, que ya tiene varios días fuera del mundo, ha adquirido, ahora sí, los colores más propios de la muerte: bajo su abdomen han aflorado manchas que van del amarillo pálido al rojo oscuro, y sus venas ennegrecidas recuerdan los zarcillos de la vid, pero Winge se concentra en el otro. Empieza analizando su ropa: las prendas sencillas y gastadas propias de un pobre, pero no de un vagabundo. Aquí y allá hay zonas blancas que demuestran que poco antes habían pasado por la tina y la tabla de lavar. Los pantalones tienen remiendos. Intenta desnudar el cadáver, pero el *rigor mortis* se lo impide, de modo que tiene que ir a pedir un cuchillo afilado y corta la camisa por los lados y las perneras de arriba abajo. Después, retira los pedazos y se los lleva a la nariz. Huelen a humo.

Cecil dice: «Revísale las manos», y Winge le abre los puños procurando no aplicar más fuerza de la necesaria y le acaricia las palmas y los dedos, que descubre llenos de callos como corresponde a alguien que trabaja con herramientas.

Retrocede para poder contemplar los dos cuerpos al mismo tiempo. El joven de la derecha era menor que el de la izquierda, pero no por mucho: perfectamente podrían haber sido camaradas. Uno es rubio y el otro moreno. El mayor tiene las extremidades más fuertes, el cuerpo musculado de alguien que está a punto de convertirse en adulto. Winge vuelve a concentrarse en el joven, le pone un dedo en el pecho y aprieta; la piel no se pone blanca: la muerte les ha llegado a los dos en el mismo día.

Cecil dice: «La sangre en su miembro y sus ingles no parece provenir de ninguna herida.» Emil busca la herida, pero no la encuentra. Pasa un rato en silencio, asintiendo al ritmo del zumbido de las moscas y mirando alternativamente las heridas de los dos cadáveres.

Sale un momento y se llena la pipa hasta el borde tirando un montón de tabaco al suelo por culpa del temblor de los dedos. Después mira por las ventanas en busca de alguna chimenea humeante y, tras pedir fuego, por fin consigue fumar. Lo hace hasta que la resina del tabaco burbujea en el fondo, luego vuelve a entrar y se dedica a pasar los dedos por el pelo rubio del cadáver hasta que encuentra lo que busca: pequeños fragmentos de espejo que, colocados bajo el haz de luz del ventanuco, rompen el blanco en todo el espectro de colores.

Cecil dice: «Se dejó caer sobre su propia espada: es el Judas de nuestro Jesús.»

3

Tycho Ceton va y viene por la estancia arrastrando los pies bajo la mirada de preocupación de Bolin, que piensa en su lujosa alfombra.

—Cálmate de una vez.

—Es que no lo entiendo.

Bolin pone los ojos en blanco y cambia de postura para descansar la pierna enferma.

—Mira, el espectáculo fue un éxito, sin duda. Después del primer acto nadie sabía qué esperar, pero el segundo conquistó a todo el mundo. ¿Quién había visto nunca algo semejante? Nos ha dejado un recuerdo imborrable. En cuanto al tercero... después de algunos titubeos acabó saliendo a pedir de boca. ¡Ese momento en que el herrerito se levantó de entre los muertos y bajó al patio del teatro tambaleándose, atravesado por aquella barra de hierro! No sé si lo notaste, pero algunos hermanos pensaban que todo era una farsa a base de zumo de remolacha y tomate triturado hasta que el chico se acercó y pudieron tocarlo con sus propias manos y mancharse de sangre. Y, por cierto, el hierro debía de estar taponando la hemorragia, de otro modo... En fin, ¡qué voluntad, qué espíritu del chico! ¡Cuánta pasión en el sentido bíblico y no bíblico! Pocos intérpretes habrán recibido una ovación más merecida que él.

Ceton asiente irritado con la cabeza.

—Entonces, si todo el mundo ha quedado tan contento ¿dónde está el problema?

Bolin se frota las manos mientras busca las palabras adecuadas.

—Tu propia actuación se consideró... digamos... curiosa. La mayoría tuvo la impresión de que el gesto de romper los espejos al final del segundo acto no estaba planeado, sino que fue una reacción espontánea, y de que las cosas salieron bien a pesar de ti y no gracias a ti. El caso es que tus enemigos no van a perder una oportunidad como ésta para echarle leña a tu hoguera. Los más astutos, de hecho, argumentan precisamente basándose en el éxito del espectáculo: afirman que no se puede confiar en un genio capaz de rebasar los límites de nuestra propia orden, que no son precisamente estrechos. ¿Más vino?

Ceton le alarga la copa y Bolin le sirve de la jarra de plata y aprovecha para cambiar de tema.

—Pero no todo son malas noticias: pese a los esfuerzos del guardia manco, ya tienes a la famosa Anna Stina Knapp a buen recaudo en tu habitación, ¿no? Seguro que sabrás aprovecharlo. Por mi parte, me ofrezco a informarles a los demás miembros de la orden de que has empezado a resolver tus problemas por ti mismo.

—En el estado en que se encuentra, la chica no me sirve de mucho.

—Pues a lo mejor deberías procurar que mejore. —Bolin niega con la cabeza y de nuevo procura poner una nota de optimismo—: Bueno, no podemos hacer otra cosa que esperar y ver qué ocurre. Los hermanos nos reuniremos en breve y estoy seguro de que tendrás un buen número de defensores. Mientras tanto, aquí estás a gusto, ¿no es así? —Bolin alza su copa llena para brindar—. Ten fe, Tycho: a menos que mis cálculos sean completamente errados, mi voto podría ser el que decida esta cuestión a tu favor.

4

Está en casa, acostado, y un espasmo le pone el cuerpo tan rígido como la madera del camastro. Echa la cabeza atrás; encorva la espalda, que cruje; tensa dolorosamente las piernas. Dura un momento, después remite, y él puede relajarse entre jadeos e intentar dormirse de nuevo. Cambia de postura su corpachón inmenso, pero sólo hay una posición en que encuentra un poco de paz: acurrucado como un crío, el brazo bueno apretando el muñón contra el pecho, las rodillas recogidas. En el letargo, la fiebre arrastra sueños delirantes como una marea: recuerdos de sus momentos más desgraciados, imágenes que vuelven obsesivamente. Ve muertos a su alrededor, tan cerca que apenas se atreve a respirar.

Está nuevamente en la batalla de Svensksund, sobre la cubierta del *Ingeborg*, condenado por el destino a hundirse en las aguas revueltas del golfo de Finlandia. Los rusos disparan al azar una bala de cañón con nulas posibilidades de hacer blanco; sin embargo, un punto débil del casco se convierte inesperadamente en un imán que parece atraerla. Entonces viene el estruendo, los hombres que, tras el impacto, saltan por los aires como peleles y caen tiñendo de rojo la cubierta, los que aún viven gimiendo como mujeres, los vivos y los muertos impotentes ante el viento y las olas que los arrastran y los sumergen en el mar insaciable. Se ve a sí mismo en el oleaje, apresado por la cadena del ancla. El cuello de la guerrera de Johan Hjelm se le resbala de los dedos: pierde a su amigo; hunde la cabeza y distingue, apenas por debajo del espejo aceitoso de la superficie, sus ojos abiertos de par en par y los botones de su uniforme, y sigue viéndolos, tal como vemos figuras fantasmagóricas después de que nos deslumbra el sol, cuando Hjelm se hunde sin remedio. Se siente delirar de nuevo tras pasar varias horas en el agua, y los infructuosos tirones de quienes intentan liberarlo. Los oye comparar cuchillos y pasarle el más afilado, de mano en mano, a quien ha sacado la paja más corta. Revive la sorpresa de no sentir nada en el brazo entumecido y experimentar de pronto un dolor de una magnitud desconocida, y la sorpresa de descubrir que el brazo que le falta sigue doliéndole incesantemente.

Vuelve a perder una bota en la margen cenagosa del lago Fatburen, y cae presa del pánico cuando deja de percibir el fondo bajo sus pies, y se agarra a un cadáver hinchado como único salvavidas. Vuelve a sentir un abrazo y a balbucear una promesa en medio de la borrachera.

Ve a Cecil Winge sonreír a la luz de las velas en la taberna Hamburg, y darse la vuelta y abrir una puerta que no da a la calle Postmästarbacken, sino a un abismo negro. Se ve delante de su tumba rodeado de poquísima gente: «... y en polvo te convertirás.»

Corre entre llamas por los pasillos de Hornsberget mientras el Gallo Rojo ruge de hambre y delirio; los niños piden piedad a gritos, pero no se la concederá. Avanza tambaleándose con los hijos de Anna Stina en los brazos y, cuando se desvanecen, le da muerte a Erik Tres Rosas en el bebedero.

Ahogados o quemados, los fantasmas lo acosan, lo presionan hasta casi asfixiarlo unidos por la envidia de lo que se les arrebató y él todavía conserva. ¿En qué sentido puede eso ser justo? Y él se asfixia, se asfixia...

Se despierta cuando se da la vuelta y va a dar al suelo golpeándose la cabeza y el muñón. Una vez, las puertas del infierno se entreabrieron para él, pero sólo su brazo tuvo tiempo de pasar antes de que se cerraran de nuevo. Desde entonces, su extremidad está asándose de antemano para que prácticamente se funda en la boca cuando el diablo le organice su fiesta de bienvenida. Nunca le había dolido tanto como esa noche: eso es lo que repite cada mañana. De todas formas, cuando los fantasmas lo despiertan da un buen golpe en el suelo con el muñón para que el terror y el duelo den paso a un dolor más terrenal, más comprensible. Alguien responde pegando contra la pared y exigiendo que lo dejen dormir, pero Cardell se limita a mandarlo a la porra.

Ya es de noche. Una llamita se agita en el pabilo de una vela de sebo, llueve tras la ventana. Ve un rostro: es Emil Winge, encorvado sobre unos papeles. Reconoce la cartera de cuero repujado en oro: es el testimonio de Tres Rosas, encontrado en el cuartucho de Tycho Ceton. Su respiración lo delata, porque Winge vuelve la vista, se acerca, le pone un paño húmedo sobre los labios apretados y le toma el pulso en la muñeca sin que él pueda impedírselo.

—¿No te pedí que te lavaras la herida?

Cardell no puede contestar: tiene la mandíbula bloqueada y la aprieta tanto que le crujen los dientes.

—Es el tétanos. He hecho venir a dos médicos distintos que te han tratado con mercurio, pero no ha funcionado: la enfermedad está muy avanzada. Te curarás por ti mismo o morirás, Cardell. Vendré a verte tanto como pueda hasta que suceda una cosa u otra.

Cardell lo mira un momento, pero pronto se abandona y vuelve a su letargo.

Se despierta en otra ocasión y ve que Winge sigue leyendo, si bien algo distinto: una carta arrugada. Intenta permanecer despierto, pero vuelve a caer al abismo.

• • •

La siguiente vez que vuelve en sí, nota que los espasmos han remitido lo suficiente como para permitirle abrir la boca. También puede moverse, aunque sea un poco. Se da la vuelta en la cama y despega la espalda frotándose contra las sábanas. El mero hecho de poder cambiar de postura es una bendición, y con eso le basta. Winge llega al atardecer y le da de beber como a un recién nacido. Luz y oscuridad se desplazan por el cuarto a medida que avanzan los días. Si él puede, conversan brevemente. Varias jornadas después, cuando por fin tiene fuerzas para incorporarse, Winge aprovecha para acercarle un objeto alargado envuelto en tela gruesa. Lo pone en el suelo, junto al camastro, y, después de desenvolverlo, se lo muestra sosteniéndolo con ambas manos: es una larga barra de hierro con una punta afilada como un punzón; unas marcas en el metal de la cabeza dejan ver que se la ha golpeado con un martillo.

—¿Sabes qué es esto, Jean Michael?

Cardell alarga la mano y Winge, tras un momento de duda, le entrega la barra. Pesa más de lo previsto o, más bien, debe de estar muy débil aún. Es bastante larga; la sopesa buscando el punto en que se equilibra sobre el dorso de la mano.

—Sí, he visto muchas como ésta.

—¿Y?

—Es una espada inacabada. Después de forjarla y templarla tendrían que haberla pulido para enviársela al grabador, de modo que pudiera ponerle el monograma del rey, y luego al broncista, que le colocaría la empuñadura; por último, un oficial de caballería recién salido del horno se la habría colgado del cinto meramente para presumir o, en el mejor de los casos, la habría blandido para señalar un punto determinado adonde los verdaderos soldados tendrían que dirigirse con sus viejas y lamentables bayonetas, porque el cuerpo a cuerpo, la sangre y la muerte se reservan a quienes no tienen rango.

Winge asiente, satisfecho con la información.

—La Academia de Guerra debe de tener listas de todos los permisos otorgados para la forja.

—Dime en qué estás pensando.

—El segundo cadáver que han encontrado, al que he llamado Judas, es el de un aprendiz de herrero: sus ropas olían al humo de la fragua, tenía el brazo derecho más fuerte que el izquierdo y la mano derecha más recia y callosa; los hombros requemados y enrojecidos excepto allí donde los protegían los tirantes del delantal, y las muñecas más blancas que el resto de los brazos porque debía de usar gruesos guantes. Creo que murió tras arrojarse sobre su propia artesanía.

—¿Quieres decir voluntariamente?

—Ésa es mi teoría. Lo único cierto es que después alguien lo trasladó al lugar donde lo encontraron y acomodó el cuerpo con evidente respeto, incluso diría que con amor.

—¿Y yo qué hago? No me dejes fuera de esto.

—Los hombres que llamaron a tu puerta en verano difícilmente lo hicieron con la esperanza de robar este sitio tan lujoso. Allí hay gato encerrado. Cuando te hayas recuperado lo suficiente, ¿crees que podrás averiguar qué pretendían?

—¿Los Euménides? ¿Ceton ha conseguido que vuelvan a acogerlo entre ellos?

—Eso creo, pero no empleemos el pincel de la fantasía antes de que la realidad acepte servirnos de modelo.

—Aun así, pareces estar pensando un montón de cosas que no me dices.

—Antes de contestar, déjame hacerte otra pregunta. Pongamos que hubiese habido un espejo en la sala de anatomía la noche que estuvimos allí, y que Ceton hubiese podido verse haciendo el gesto que me describiste, ¿crees que lo habría llevado bien?

—Difícilmente.

Winge asiente ensimismado y se mordisquea una uña.

—Bueno. Mi idea es que Jesús y Judas son obra de Ceton, que participaron en alguna clase de espectáculo pensado para que los Euménides volvieran a aceptarlo en la hermandad. Tiene lógica porque, si ése fuera el caso, recibiría protección frente a nosotros y podría aspirar de nuevo al estilo de vida del que gozó alguna vez. Creo que intentaron matarte en su nombre, y que alguien debe de haberles revelado dónde vives.

—¿Y tú? Estuve vigilando tu escalera pensando en que irían también a por ti, pero no fue así.

—De momento estoy demasiado cerca de la jefatura de policía: si me hicieran algo surgirían preguntas difíciles de responder. Y hablando de la jefatura, aquí tienes tu sueldo. Les pedí que añadieran lo que recibes de la guardia y que ellos lo reclamaran a quien corresponde.

Winge hace ademán de dejar la bolsa de tela sobre la mesa, pero se detiene cuando ve que allí hay un papel con nombres y más nombres en líneas salpicadas de sangre.

Cardell hace un intento de sentarse más erguido, pero se rinde con un jadeo.

—El año pasado mandaron a la muchacha, a Anna Stina, entrar por un camino secreto a la hilandería para que la Rudenschöld, que pasó allí unas noches a la espera de una prisión definitiva, le diera ese documento: una relación de los gustavianos que ella reclutó para Armfelt y que estarían dispuestos a alzarse en armas contra Reuterholm y la regencia. Los conspiradores no se conocen entre sí, por lo que la revolución está en pleno declive. Pettersson, el alcaide de la hilandería, descubrió a Anna Stina y luego la dejó ir, pero se quedó la carta como garantía de que ella volvería para someterse a sus perversiones sin imaginar su importancia. Seguía teniéndola en sus manos hasta hace poco mientras medio mundo buscaba a la muchacha sin encontrarla.

Emil Winge se pone pálido y vuelve a dejar el papel sobre la mesa como si fuese una serpiente venenosa dispuesta a morderlo.

—Dios mío.

Cardell asiente con un gruñido.

—Jean Michael, ¿cuánto entiendes de política?

—Sé lo bastante para no preferir a los déspotas de ayer frente a los de hoy.

—Entonces, ¿tu intención es no hacer nada?

—A Anna Stina y a muchos otros les va la vida en esa carta, pero ella sigue desaparecida; por lo tanto, la carta se quedará donde está.

—Pues mantenla a buen recaudo.

5

Emil Winge se adentra cada vez más en el barrio de Södermalm, por lugares de los que sólo había oído hablar. Después de dejar atrás los puentes de las esclusas, pasa por delante de la iglesia que resguarda el polvo en que debe de haberse convertido su hermano y sube cuestas coronadas por molinos cuyas aspas crujen bajo el azote del viento. Al menos el ascenso lo hace entrar en calor. Al otro lado de la colina le espera la miseria: un solitario asilo de pobres se erige entre barracas de madera que, de estar en otra zona, se habrían derruido ya por el peligro de incendio, y es posible oler y oír las fábricas mucho antes de verlas: el aire huele a tabaco y a pigmentos, y se oyen órdenes e insultos de los capataces seguidos de quejas y disculpas. Viejas mansiones señoriales han sido reutilizadas como talleres y sus majestuosas estancias se han destripado para hacer lugar a ruecas o mesas de carpintero. Una racha de viento detiene a Emil como si delante de él se alzara una barrera invisible: es el hedor que revela la presencia de Flugmötet. Se le revuelve el estómago y tiene que taparse la nariz y doblarse sobre sí mismo para evitar vomitar. Entonces, entre dos edificios, vislumbra una gran superficie de agua que refracta la luz dividiéndola en colores que parecen de otro mundo: es el lago Fatburen. Contra lo que dicta el sentido común, camina sin dejar de taparse la nariz hacia la margen cenagosa porque ha oído cosas sobre él y quiere saber si le han hecho justicia. Las aguas no son más que una papilla burbujeante, enturbiadas hasta asemejarse a la pez por toda la porquería que se les encomienda. No muy lejos, lago adentro, divisa flotando la cabeza de un buey con los ojos cubiertos de moscas. Alguna corriente la hace girar y sumergirse, y tras ella aparecen las patas y el vientre hinchado del animal. Entonces, se acuerda de lo que Cardell vivió allí, y que fue el comienzo de todo. Da media vuelta y se aleja a paso ligero: prefiere dar un rodeo antes que seguir avanzando por aquellas orillas.

Al poco rato tiene que preguntar por el camino y obtiene por respuesta una mano que se agita en el aire sin comprometerse: «Sigue, sigue.» La nariz que poco antes ha tenido que taparse viene a su rescate: huele a carbón. Se vuelve hacia la brisa que lo ha ayudado y sigue el rastro que le marca el olfato. Detrás de una cerca de madera está la forja, abierta y libre como para tentar al fuego que cualquier día podría escapar y exigir venganza. Le basta con poner una mano en la verja para que el herrero deje el fuelle y vaya a su encuentro.

—Si buscas empleo, tengo que decirte que se te ve algo flojo, aunque no soy demasiado exigente.

Bromea. Da unos pasos atrás y se lava la cara sobre un bidón de agua. Luego se limpia el hollín de la frente con la manga de la camisa, se seca las manos sobre el delantal e invita a Winge a sentarse en un tocón. No es, ni mucho menos, la primera forja que éste visita: la lista de los herreros contratados por la Academia de Guerra es larga. Conversan y el herrero le cuenta la misma historia que sus colegas:

—Corren malos tiempos, ¡me cago en la batalla de Svensksund! No es que me hubiera gustado tener un rey ruso, pero tan sólo con que esa batalla hubiese terminado más igualada tendríamos aún algunos años de guerra por delante. Recuerdo los años ochenta y ocho y ochenta y nueve, entonces los martillos sonaban día y noche: había que dotar a los soldados de bayonetas, espadas y cuchillos. Los que teníamos contrato con la corona entrábamos y salíamos como Pedro por su casa de la báscula de Järnvågen, y pedíamos lo que nos parecía bien por nuestro trabajo sin necesidad de regateos. Los bailes del reino eran todo un espectáculo: ¡parecíamos nobles con nuestra ropa nueva y nuestras hebillas de plata bien pulidas! Pero ya ves: ahora estoy aquí cubierto de polvo y cenizas, vestido como un peón y con dos hijas a las que no puedo dar una dote, por lo que tendrán que ingeniárselas para quedarse embarazadas si quieren casarse algún día. —Escupe en tierra y continúa—: La guerra nos hace avanzar. ¿Qué espolea más el ingenio del ser humano que la certeza de que el enemigo ha cruzado la frontera dispuesto a clavarte una espada por la espalda, atar a tu hijo al yugo y convertir en rameras a tu mujer y tus hijas?

Winge lo deja hablar. Se enciende la pipa.

—Mira en lo que se ha convertido Estocolmo, una ciudad donde hay tanta gente sin oficio ni beneficio que han tenido que recurrir a la fuerza pública para sacarla de las calles, y por lo visto ni eso ha bastado, porque vuelven a ser multitud. Habrá que repetir la limpieza cada tanto. En cambio, una buena guerra pondría a todo el mundo en su sitio: los mejores conseguirían volver y nos quitaríamos de encima a los peores. Y eso sin contar con el beneficio económico que traen consigo los botines de guerra y las ventajas de tener menos población: lo que los campos producen no alcanza para tanta gente y ahora amenaza la hambruna, la hermana cruel de la paz. Todo el mundo sabe que sólo la sangre lubrica convenientemente los engranajes de la sociedad, aunque no se atrevan a decirlo. —Lanza un suspiro—. Dicen que el difunto rey echó mano de toda clase de intrigas para iniciar la guerra y echarle la culpa a los rusos... ¿y qué? Él sabía bien lo que la gente necesita. Hoy en día ya casi nadie canta esa tonadilla, el *Brindis por Gustavo*, menos los herreros: nosotros sí que añoramos al viejo rey.

Winge saca la espada inacabada de la tela que la envuelve y se la tiende al herrero, quien la toma con cara de entendido.

—Un buen ejemplo de lo que te he dicho: hace poco más de cien años había que hacer un alto en las batallas para que ambos bandos pudieran enderezar las hojas a golpes de martillo y sacarles filo otra vez, mientras que hoy en día, ayudados con fuelles, logramos templar el acero elevando la temperatura del carbón bajo el crisol hasta un punto que haría sudar al mismísimo diablo, y cuando la espada está por fin terminada se puede acabar con un regimiento entero antes de tener que afilarla otra vez.

El herrero se acerca el arma al ojo para comprobar que la hoja está recta y luego le lanza a Winge una mirada de curiosidad.

—¿Viene de mi forja?

—Ésa es mi pregunta.

El herrero se coloca la espada sin terminar en el dorso de la mano buscando el punto de equilibrio.

—¿Es de mi aprendiz? Por las marcas del martillo, juraría que es de Albrecht. ¿Vienes del consistorio? ¿Ha llevado el chico su superstición demasiado lejos?

—Vengo de la jefatura de policía.

—Peor todavía.

—Háblame de él.

El herrero se lleva las manos a la cabeza.

—No le falta aptitud, simplemente necesita tiempo para aprender. El oficio de herrero no es fácil, que lo sepas: se necesita fuerza y meticulosidad, y también una buena cabeza; si no, el hierro se echa a perder. Recuerdo cuando me hicieron oficial: los jóvenes que habían terminado el aprendizaje antes que yo mearon en un bacín, me afeitaron la cabeza y me sumergieron en los orines. ¡Joder, cómo me escoció! Pero fue una especie de bautismo, y Albrecht ya está casi listo para el suyo, aunque es extranjero y... Porque ya sabrá que él y su primo llegaron del sur, ¿verdad? Traían una carta que explicaba que somos parientes lejanos. En fin. El caso es que cogí a Albrecht como aprendiz y puse a Wilhelm a encargarse del fuelle hasta que sus brazos fueran lo bastante fuertes para ayudar con el yunque.

—La pregunta le parecerá rara, pero ¿eran muy religiosos?

—Ambos se habían acercado a la Hermandad de Moravia. Obviamente, me di cuenta de que no iban a misa y rezaban sus propias oraciones en una lengua extranjera, pero eran trabajadores y obedientes, así que lo dejé pasar: los buenos aprendices no crecen en los árboles, sobre todo los que no piden más que comida y alojamiento como pago por su trabajo.

—¿Albrecht era rubio y más fuerte que el otro; Wilhelm era moreno y delgado, aunque tan parecido que bien podría haber sido su hermano?

El hombre asiente.

—El viernes por la mañana no aparecieron temprano en el taller, lo que me pareció insólito. Fui a su cuarto a buscarlos, pero estaba claro que no habían dormido allí. Desde entonces no he tenido noticias de ellos: he tenido que avivar el fuego yo mismo, y hacer trabajo de aprendiz y maestro, todo a la vez. ¿Están presos? ¿Qué han hecho?

Winge se queda un momento sumido en sus propios pensamientos.

—Búscate nuevos ayudantes: éstos no van a volver.

El herrero abre la boca para hacer nuevas preguntas, sin embargo la mirada de Winge lo hace desistir. Ambos se levantan, Winge para marcharse y el herrero para atizar el fuego. Cuando empuña el mango del fuelle, lanza un largo suspiro.

—Quizá sea mi castigo por permitir que unos herejes martillearan el don del Señor.

—¿A qué te refieres?

El herrero lo mira como si fuera el más obtuso de los seres.

—A la paz, por supuesto.

Tras cruzar la verja, Winge lo oye tararear al compás de los soplidos del fuelle:

¡Un brindis por Gustavo!
El mejor rey que el norte ha dado.
Con él, la balanza no se inclina hacia un lado.

6

La lluvia se cuela por el tejado del cuarto, y con ella el frío. Los días y las noches se suceden y los espasmos de Cardell son cada vez menos largos e intensos. Se ha convertido en un convaleciente experimentado: sabe bien cómo pasar el tiempo en el lecho de enfermo. Duerme todo lo que puede, cosa que su cuerpo agradece, y cuando no puede dormir más, reduce la vigilia a una especie de sopor obligándose a mirar al vacío pacientemente y a pensar con la máxima lentitud posible.

Ya no sueña, ronca como un buey apaleado y cada noche la enfermedad remite un poco más. Cuando puede, sale a trompicones por la puerta y merodea un rato por la escalera hasta que aparece el hijo mediano de la familia de abajo; entonces agarra al chico por el pescuezo y lo manda a comprarle comida a la taberna más cercana a cambio de promesas de enorme riqueza. Luego engulle lo que le han llevado como si no hubiese comido en la vida, tan agradecido por el arenque amargo como por la carne en salazón, y sin fijarse en las cuentas que lleva en la pizarra. Eso sí, el día que al chico se le ocurre llevarle una jarra de cerveza, lo colma de elogios.

En su soledad, le da vueltas a lo que le preocupa y que se niega a dejarlo en paz: toda su vida parece haber consistido en peleas o en intervalos entre una pelea y otra. Se ha enfrentado a hombres mucho más fuertes, incluso, y siempre ha conseguido ganar. Reproduce una y otra vez su duelo contra Petter Pettersson, golpe a golpe, paso a paso, y siempre llega a la misma conclusión: su contrincante era más robusto, más rápido, pegaba más fuerte, estaba igual de curtido que él, y aun así consiguió vencerlo y sobrevivir. La impresión de haber triunfado injustamente, de haber participado en una injusticia de naturaleza desconocida, lo atosiga como una mara, uno de esos pérfidos espíritus de los bosques. Fuera, ya es otoño.

Empieza a moverse más. Primero, va y viene por la habitación contando las ranuras entre las tablas del suelo, aunque sin lograr alejarse más de diez pasos de la cama y procurando siempre tener a la mano una silla o una mesa en que apoyarse. Lo siguiente son las escaleras: sube y baja hasta que el corazón le late tan rápido que teme morir. Después, sale a la calle, a la ciudad entre puentes, pérfida como Sodoma y Gomorra, da una vuelta a la manzana y vuelve a casa. Cada día que pasa se siente un poco más fuerte. Finalmente consigue caminar hasta la plaza Järntorget, se queda esperando a que aparezcan las chiquillas con sus cestos y hace correr la voz de que está buscando a Lotta Erika, hijastra de Frans Gry, del barrio de Santa María Magdalena.

Una vez sembrada la semilla, ayudándose con una escoba a modo de muleta, baja lastimosamente hasta el muelle a fin de buscar un carro que lo lleve hacia el norte. Un hombre que acaba de descargar se apiada de él al verlo hecho trizas, sin blanca, sentado sobre los enharinados maderos donde se depositan los sacos de ese polvo que resulta de la molienda del trigo, y lo deja en la aduana. Allí conversa con los guardias, que terminan por dejarlo pasar. No se encuentra nada en forma, y suda a raudales bajo la chaqueta y la camisa por el esfuerzo de caminar entre hierbajos marchitos y matas de distintos tamaños. Después de atravesar a duras penas los matorrales que marcan la linde del bosque, el terreno le resulta más fácil, y al poco rato da con senderos conocidos. Cruza un prado donde las ramas atadas en cruz marcan tumbas anónimas, sigue el arroyo que nace en la colina y se mete por debajo de las ramas de los árboles hasta topar con unas piedras colocadas en círculo alrededor de maderos carbonizados. Allí no hay absolutamente nadie, pero se arrodilla para tocar el hollín. Todavía conserva el calor de la hoguera.

—¿Estás aquí?

No la oye llegar, cuando vuelve la cabeza, la ve allí plantada: Lisa Soledades, tal como la recordaba. Es como si el tiempo fuera bueno con ella, después de que la vida le negara tantas cosas: las mismas prendas raídas, la misma cara juvenil con la gran marca de nacimiento que parece un efecto del fuego. Sin embargo, Cardell atisba una arruga de preocupación cuando ella lo reconoce.

—No te has cuidado mucho que digamos.

—Cuando una vagabunda se compadece de ti, es que vas por muy mal camino. No apures: he estado enfermo, pero cada día recupero fuerzas. Dentro de poco estaré mejor que antes. —Después de una pausa, responde a una pregunta que ella no le ha formulado—: Todavía no la he encontrado.

Lisa Soledades se acerca y se sienta sobre una rama caída.

—El otoño se nos ha echado encima. He esperado todo el tiempo que me puedo permitir. El invierno está por llegar, cada día más cerca. Los zorros y las liebres cavan madrigueras más hondas. En breve llegarán los lobos, y cuesta mucho mantener vivo el fuego cuando la leña está húmeda. Si quiero sobrevivir tendré que irme al sur.

Cardell asiente con la cabeza.

—Eso imaginaba. Me alegro mucho de haberte encontrado a tiempo. Quiero que sepas que no me he rendido.

Se quedan otro rato allí sentados antes de que Cardell se marche. Lisa Soledades puede oír sus jadeos y maldiciones hasta mucho después de que se ha alejado pisando raíces. En la guarida todo está listo para partir, sólo le falta trenzar unas ramas para ocultar la entrada antes de echarse el hatillo a la espalda, pero antes coge el sendero hacia la bahía de Uggleviken, donde sabe que todavía hay raíces de alumbre y *nemophilas* de cinco pétalos, que la gente llama «ojos de bebé». Recoge un buen puñado y vuelve por donde ha venido hasta el prado en la cuesta del bosque. Encuentra el sitio que buscaba y lo limpia de hierba y de ramitas. Lleva todo el verano durmiendo a unos pocos pasos de donde yace el hijo al que nunca llegó a ver, pero las noches se han vuelto demasiado frías, la lluvia cae sin piedad y el viento azota ese lugar como vengándose por la calma que reina bajo las copas de los árboles en la Sombra. Si se demora, la única ofrenda sobre su tumba serán sus propios huesos. Tararea una apacible melodía mientras trenza una corona de flores azules y hojas granate que luego deposita sobre el lugar donde su hijo duerme para siempre como si lo arropara. «Hasta el año que viene.»

7

Ceton se rasca la cicatriz, sobre la que de nuevo crecen el vello y la picazón, mientras espera en la habitación que Anselm Bolin le ha prestado hasta que se produzca el fallo de los hermanos Euménides. Se arrepiente de haberle hablado a Bolin de sus perseguidores porque ahora todos saben que la jefatura de policía está hurgando en su pasado, cuando todos ellos valoran la discreción por encima de todo. Puede que la tozudez del loco y del lisiado sirva de pretexto para mantenerlo lejos y negarle lo que se ha ganado en buena ley. En cualquier caso, los que lo desprecian siguen atrincherados en sus opiniones, hecho que lo enfurece, pero no le sorprende: si no se puede confiar ni en la propia sombra, qué se puede esperar de quien nos tiene mala fe. Por fortuna, gracias al dibujo del guardia tullido el crío fue a buscarlo y la muchacha cayó en sus manos, aunque en un estado tan lamentable que probablemente no valga nada.

Espera mientras se pasea de un lado a otro y mira a cada momento el reloj de bolsillo que se ha permitido comprar. A una hora bastante próxima a la acordada, un criado de Bolin hace pasar al invitado, a quien Ceton observa con atención. Es un joven con ropa algo vieja y actitud servil, pero hace la reverencia que se espera de alguien medianamente bien educado.

—Bienvenido. Soy Tycho Ceton. Puede que nos hayamos visto antes: mi protegido, Erik Tres Rosas, estuvo ingresado en el hospital de Danviken el año pasado.

La verdad es que no recuerda de nada a ese joven médico de rasgos insulsos. Tampoco el otro se acuerda de él. Si acaso, lo vería fugazmente. De todas maneras, por cortesía, arruga la frente como si intentara recordar.

—Me acuerdo de haber visitado a Erik Tres Rosas cuando estudiaba con el doctor Hagström. Era un caso imposible, por lo que tengo entendido, pero ha dejado una mancha en el historial del manicomio. En fin, discúlpeme: no era mi intención ser tan brusco al hablar de ese diagnóstico. Seguramente paso demasiado tiempo con mis colegas, y ya sabe usted que los médicos tendemos a endurecernos emocionalmente para poder continuar ejerciendo nuestra profesión. Créame que siento mucho lo que le sucedía a aquel muchacho.

—No se preocupe: yo mismo sé lo que implica dedicarse a cuidar del prójimo. Fíjese, hace poco que Tres Rosas falleció y ya vuelvo a tener a mi cargo a una persona a la que la vida ha tratado igual de mal.

—¿Por eso me ha llamado? ¿Para que examine a esa persona?

—Efectivamente.

Unas monedas cambian de mano, y Ceton abre la puerta de la estancia contigua. La muchacha está sentada en la cama vestida sólo con un camisón. Una criada se asegura de que se mantenga erguida cogiéndola de un hombro. Está dándole de comer una papilla, pero se va en cuanto Ceton le hace una señal. El médico se pone unas gafas que no necesita, pero que lo hacen parecerse a su mentor, se remanga la camisa y mira a Ceton con una ceja enarcada.

—¿Me permite?

—Desde luego y, por favor, diga todo lo que observe sin temor a herir mis sentimientos o los de la muchacha.

El médico la contempla unos momentos con mirada crítica.

—Bien, una chica entre los quince y los veinte, la edad es difícil de determinar con seguridad en un rostro tan carente de expresión.

Le palpa muslos y pantorrillas, mueve cada pierna hacia delante y hacia atrás y luego hace lo mismo con los brazos. La hace recostarse y le palpa el abdomen. Luego la incorpora de nuevo y le da unos golpecitos en la espalda mientras acerca la oreja a su pecho.

—Parece hallarse relativamente sana. No veo nada que no resuelva una mejor alimentación. Las estrías del vientre pueden indicar un embarazo más o menos reciente o una antigua gordura que me parece improbable.

Agita una mano ante los ojos de la chica, primero despacio, luego con fingida violencia, de un lado a otro y de arriba abajo. Le gira la cabeza hacia la ventana y luego hacia la pared.

—Parece que no ve: no fija la mirada y las pupilas no se dilatan ni contraen. —Le pone dos dedos en el cuello para escuchar el pulso mientras observa su reloj. Le levanta un brazo y lo deja caer. Luego se sienta él también en la cama y pone cara de estar reflexionando; entonces, mueve el brazo repentinamente y le clava un dedo entre las costillas—. Nada: no responde a los estímulos. El corazón está bien.

Se quita las gafas, las limpia con la corbata y se las guarda con cuidado en el bolsillo del chaleco antes de volverse hacia Ceton.

—¿Puedo preguntar si ha habido algún acontecimiento en concreto que la haya sumido en este estado?

—Digamos que una serie de circunstancias desafortunadas.

—¿Hace cuánto tiempo?

—El invierno pasado.

El joven médico asiente con la cabeza como si ya se esperara esa respuesta.

—Justo lo que imaginaba: la mente, o el alma, si así lo prefiere, ha salido de casa y se ha extraviado. En este tipo de casos lo que intentamos es estimular el cuerpo de tal modo que la mente vuelva. Años atrás a estos enfermos se los contagiaba de sarna, pero hoy en día tenemos métodos más modernos a nuestra disposición. El más interesante en mi opinión es una cama giratoria que infunde un pánico lo bastante intenso como para que la locura ceda y el auténtico yo vuelva a su sitio. El aparato en sí, y me refiero a la cama, es todo un triunfo de la mecánica: yo mismo he comprobado que alcanza las ciento veinte revoluciones por minuto. El efecto es que la sangre se acumula en la cabeza y los malos humores brotan en forma de lágrimas.

—¿Y los locos se curan?

El médico se lo piensa un momento antes de contestar.

—El procedimiento es bastante nuevo y quizá se necesite más tiempo para probarlo. En todo caso, usted sabe que cada enfermo reacciona de un modo distinto y ni siquiera los mejores remedios aseguran un éxito general. En todo caso, funciona mucho mejor que los laxantes, que también están probándose. Si lo desea, puedo concertarle una cita.

Ceton se frota el áspero mentón.

—Creo que por el momento le ahorraré la cama giratoria a mi protegida, pero me ha dado usted mucho en qué pensar. —Acompaña al médico hasta la puerta y le da unas monedas—. Le aseguro que ese dinero me parece bien empleado. Sólo una cosa más, señor doctor: así como usted sabe dónde vivo, yo también conozco su domicilio. Procuraré olvidarlo si usted hace lo mismo. De otro modo... en fin, creo que me entiende.

8

Obtener indicaciones no tiene ninguna complicación. Cualquier policía puede señalar el camino: la Hermandad de Moravia es muy conocida porque Svala, el predicador, lleva años evangelizando a viva voz bajo una antorcha en las plazas de la ciudad entre puentes —algunos fieles hacen guardia para avisarlo de que la policía ha llegado para echarlos de allí, lo que se ha convertido en rutina—, y lo mismo sucede con la finca que les sirve como sede, aunque pocas personas ajenas a ese culto tienen motivos para ir. Los terrenos de la finca van desde la alameda que bordea Kungsträdgården hasta la orilla de la bahía de Katthavet, junto a la plaza de Packartorget. Allí llevan desde principios de siglo, tolerados en aquel entonces por su bajo número de feligreses y ahora porque son muchos. El llamamiento se ha extendido sin atender a diferencias terrenales: hay fieles altos y bajos, jóvenes y ancianos, e incluso la reina viuda y el joven rey Gustavo Adolfo se han dado tiempo para escuchar el mensaje de los herejes. Los pastores de la Iglesia oficial echan pestes desde sus púlpitos y amenazan con el purgatorio a quienes presten oídos a esas supersticiones, pero no van más allá: esperan el momento oportuno.

De camino a la finca, Emil Winge vuelve a pasar por delante de la iglesia de San Jacobo y a los pies de la Inigualable, a esas horas cerrada y silenciosa, pues la programación de la temporada de otoño está discutiéndose y no habrá ensayos hasta que se llegue a un acuerdo. Los amurallados jardines de Kungsträdgården también están desiertos. Los árboles ya han perdido las hojas, que se acumulan en los rincones adonde el viento las ha empujado. Winge se sube un poco más el cuello del abrigo, encoge los hombros e inclina la cabeza para defenderse del frío incipiente.

El edificio principal, de ladrillo y de dos plantas, da precisamente a los jardines, y justo detrás puede verse otro edificio igual de alto, aunque con revoco más claro, y varias casetas de madera rodeadas de una valla hecha del mismo material y más alta de lo que un hombre alcanza con el brazo estirado. Sin tener claro adónde debe dirigirse, Winge sube la escalinata que conduce al gran portón y llama con el badajo. Le abre una criada con expresión malhumorada que le susurra:

—¡La viuda está durmiendo la siesta!

Winge le da el nombre que Blom ha mencionado y ella lo guía a través del edificio hasta la puerta trasera que da a las casetas, entre las cuales se apretujan manzanos con las ramas cargadas de fruta. Escaleras y cestos dan noticia de que la cosecha está en marcha. La criada pone rumbo al otro edificio, pero se detiene a medio camino y, de nuevo en susurros, pero haciendo muchos gestos con las manos, le dice a uno de los hombres que están cosechando las frutas:

—¡Lars, te buscan!

El tipo va en mangas de camisa pese al frío, incluso se seca el sudor de la frente antes de ir al encuentro de Winge, a quien le parece un religioso de lo más extraño, rudo como un leñador y con una gran barba entrecana. Pero enseguida cambia de parecer: hay una gran dulzura en su mirada. Comprende que, proclamada por un hombre como ése, la palabra de Dios debe de inspirar credibilidad.

—Yo soy Lars Svala, a sus órdenes.

—Mucho gusto. Me llamo Emil Winge y trabajo para la jefatura de policía.

Svala titubea un momento y luego asiente brevemente con la cabeza. Bajo los manzanos hay un sendero que avanza hasta un punto en el que se bifurca en todas direcciones, pero ellos caminan alrededor del huerto, Svala claramente decidido a dejar que Emil lleve la voz cantante.

—No conozco los detalles de vuestra fe.

—Sabes más de lo que crees. Adoramos al mismo Dios, la diferencia es que nosotros nos reservamos el derecho de hacerlo en nuestros propios términos, y tomamos distancia de la Iglesia: renunciamos a tener intermediarios con la salvación.

—No me extraña que la Iglesia se la tenga jurada.

Winge nota que Svala se ruboriza y que su respiración se vuelve más pesada.

—¿Y cómo no, si su sustento está en juego? ¿Es justo que los obispos vivan en palacios con el dinero que obtienen convenciendo a su congregación de que lo que les dan servirá para comprar un trozo de tierra en el paraíso? ¡Como si a Dios le importara el dinero! —Se calla, avergonzado de pronto—. Discúlpame, ya te imaginarás que el tema me llega muy dentro. Allí hay un banco, sentémonos.

—¿Cumplís los mismos mandamientos, observáis los mismos sacramentos?

—Por supuesto.

—¿Y dirías que a un hombre que conoce la palabra de Dios se le exige ser más virtuoso que a alguien que la ignora?

Svala asiente pensativo con la cabeza.

—Un pecado cometido sin intención puede ser más fácil de perdonar lo mismo para Dios que para los hombres.

—¿El castigo para la ofensa consciente es mayor?

—Sería justo.

—¿Y si el hombre que conoce la Palabra eres tú, y la falta guardarse algo para sí?

Svala esboza una sonrisa melancólica.

—Entonces me habría enredado en mi propia fe. Pero si tus preguntas me llevan a admitirlo, al menos me alegro de que quien me abra los ojos no sea un mentecato.

—Antes que nada, déjame decirte una cosa: sé que los guardias nocturnos os echan de las plazas, pero no he venido por eso. No siento ninguna animosidad por tu fe, no la juzgo más falsa que cualquier otra ni le deseo el mal a nadie que no haya cometido una fechoría tras otra. No me conoces, pero te doy mi palabra y te pido que confíes en que no miento.

Lars Svala lo observa un instante y luego suspira.

—He hablado en otras ocasiones con representantes de las autoridades, pero tú me pareces distinto. Indigno como soy, me ha tocado ser el pastor de mi rebaño y eso me ha dado cierto conocimiento de los seres humanos. No creo que seas una mala persona, haré lo que me pides.

Winge hace un gesto hacia la arboleda.

—Has dejado tu sombrero y tu abrigo debajo de la escalera, pero veo que llevas un crespón.

—Un cordero ha caído presa del lobo.

—¿Y el cordero respondía al nombre de Albrecht?

La sorpresa asoma en el rostro de Lars Svala.

—¿Cómo lo sabes?

—¿Fuiste tú quien lo llevó a la iglesia de San Jacobo, o alguien de tu congregación?

Svala se pone las manazas sobre los muslos como si estuviera predispuesto a que lo esposaran.

—Yo lo llevé, yo solo.

—¿Quieres contármelo desde el principio?

—Estaba despierto en la cama, no sé por qué, escuchando el viento, que soplaba más fuerte cada vez. Era como un mal presagio. Oí ruidos en el patio, encendí un farol y cuando salí encontré a Albrecht en el suelo con un hierro atravesándole el cuerpo. Le pregunté qué le había pasado, si alguien lo había herido de ese modo tan atroz, pero él simplemente se llevó una mano al pecho. Sólo pude darle mi bendición y tomarle las manos en sus últimos instantes. Faltaba poco para que amaneciera y decidí llevarlo a mi cuarto y rezar allí por él. Debes comprender que tomar esa decisión no fue fácil, pero soy el responsable de mi grey y hay mucha gente que nos odia: el hallazgo de un cadáver en nuestra sede podría hacernos muchísimo daño, incluso destruirnos. Esperé a que cayera la noche, lo llevé al cementerio de San Jacobo y lo coloqué de modo que alguien lo encontrara con la luz del día. Al fin y al cabo, el cementerio es tierra consagrada.

—¿La herida se la hizo en tu patio? ¿Había sangre?

—No.

—¿Sabes de dónde venía?

—Tenía los pies llenos de sangre e iba dejando huellas. Seguí el rastro hasta la verja y después hasta donde me alcanzó la vista, pero había empezado a llover.

—¿Y de qué dirección te parece que venía?

Svala señala hacia la Corriente y Winge asiente con la cabeza.

—Si lo que dices es correcto, no puede haber caminado mucho. ¿Has echado en falta a algún otro de tus fieles?

El rostro de Svala se transforma en un ruego.

—A Wilhelm, el primo de Albrecht. No me digas que él también...

Winge agradece no ser un hombre como Svala, atado a la verdad bajo la amenaza de la condenación eterna, pero igualmente prefiere no responder y cambia de tema:

—¿Podrías mostrarme el lugar donde celebráis vuestras ceremonias?

Svala se queda desconcertado un momento, pero luego le agradece en silencio que le ahorre una cruda realidad, se levanta y lo guía hasta la casa de oración. En la sala hay varias filas de sencillos tablones colocados sobre caballetes a manera de bancos. Forman un semicírculo para que todos estén tan cerca como sea posible del altar, tras el cual se ve un crucifijo del que cuelga el Salvador coronado de espinas. Winge se acerca para ver mejor bajo la escasa luz y ve en la figura de madera las mismas heridas que ya ha visto en la carne de un joven aprendiz de herrero.

—Háblame de las heridas.

—Son cinco, las de los clavos en manos y pies y la de la lanzada de Longinos, el soldado romano, en el costado de nuestro Señor.

Winge pasa los dedos por el costado de la imagen, donde un esmerado escultor ha tallado una herida abierta, más ancha en el centro y con los bordes separados como un capullo recién abierto o una boca.

La voz de Svala suena casi soñadora mientras explica:

—Nosotros sentimos especial veneración por esta última herida porque se abrió paso hasta el sagrado corazón del Salvador, siempre dispuesto a perdonar y recibir a los pecadores en el abrazo de la redención.

Winge reflexiona durante unos momentos y luego se vuelve hacia él.

—¿Conoces a un tal Tycho Ceton? Tiene una herida en la mejilla que lo vuelve inconfundible.

Svala se pone pálido y se estremece.

—¿Lo que sucedió es obra suya?

—¿Cómo lo conociste?

—Se acercó una noche mientras yo predicaba en una plaza. Vi claramente la miseria en que se hallaba su alma, me apiadé de él y le ofrecí una cama durante el verano.

—¡¿Estuvo viviendo aquí, bajo tu propio techo?!

—Muy pronto me di cuenta de a qué clase de hombre había invitado a mi casa, pero ¿quién merece mayor esfuerzo del pastor, sino la oveja descarriada? Así lo entendí yo y, con Dios de mi lado, tenía esperanzas. Ahora ya las he perdido: el demonio se aprovecha de los buenos y los incita a pecar.

Winge asiente y se concentra en las cuestiones prácticas: cuándo llegó Ceton y cuándo se marchó, qué fue lo que le contó, qué lo vio hacer. Luego hace ademán de marcharse, pero se detiene:

—¿Sabías que es hijo de un pastor de la Iglesia?

Svala aparta la mirada y asiente brevemente con la cabeza.

—Lo imaginaba. —Titubea durante un momento antes de proseguir—. Cuando le solicité que se fuera, me pidió un último favor: me aseguró que en su juventud, cuando aún vivía en el sur, contrajo una enfermedad de la que nunca se ha curado del todo. Sentía que la fiebre volvía y me pidió quedarse hasta que remitiera.

Svala cambia el peso de su cuerpo de un pie a otro y se desabrocha un botón del pecho porque ha empezado a sudar otra vez.

—No pude resistir la tentación de acercarme a su puerta, lo oí agitarse y delirar y entré en el cuarto con la esperanza de poder ayudar al menos a que no se hiciera daño a sí mismo. Estaba muy mal, se retorcía en la cama y de pronto me sentí tentado... pensé que jamás volvería a presentarse una oportunidad como aquella.

—¿Y qué hiciste?

—Le dije: «Hijo mío, ten fe; estoy aquí contigo, y Dios también.» Que Jesucristo me perdone porque cometí un pecado gravísimo, y ahora acabo de cometer otro al romper la secrecía que debe existir entre un pastor y el pecador que deposita su confianza en él.

—Pero ¿qué dijo Ceton?

—Me miró de una manera que me hizo entender que, a causa de la fiebre, veía, en lugar de mi rostro, el de otra persona. En su desvarío, se tomó mis palabras al pie de la letra y pareció experimentar una especie de triunfo, como si algo que llevaba mucho tiempo esperando acabara de ocurrir, pero luego se llenó de espanto y se echó a temblar de angustia. Me agarró del brazo clavándome las uñas y me dijo: «Padre, ¿ha visto los esfuerzos que he hecho por encontrarlo? ¿Cuánto me ha costado? ¿Puede ver que mi corazón está limpio?» Comprendí que se creía muerto y en presencia de su padre. «Hijo mío —le respondí—, Dios es amor y perdón.» Y con ello su expresión volvió a relajarse y supe que esas palabras suponían un enorme consuelo para él. Se sumió en un letargo y, cuando se despertó, daba la impresión de pensar que todo había sido un sueño. Entonces se marchó, tal como me había prometido. —Lars Svala se vuelve hacia el crucifijo—. Bendita sea la omnipresencia de Dios porque Él, que todo lo ve, decidirá si he obrado mal. Me entrego a su infinita misericordia, ahora igual que siempre, y espero que haber quebrantado mis votos sirva por lo menos para aclarar lo que les sucedió a Albrecht y Wilhelm.

Salen juntos y, delante del sendero entre los manzanos, Svala se vuelve hacia Winge.

—¿Y cómo va tu propia fe, Emil Winge?

—Digamos que muchas veces pienso que Dios es el nombre que le damos a aquello que no podemos explicar de forma racional.

Svala responde con una sonrisa de resignación, como si aquellas palabras le resultaran de lo más familiares. Se detienen junto a la verja.

—Por mi parte, pienso que si Dios no existiera, sería preciso inventarlo.

Emil esboza una sonrisa.

—Pues en ese caso a lo mejor soy yo el que se ha enredado en sus propias ideas.

9

Ha corrido la voz: Cardell ha tenido que esperar una sola noche para que alguien llame a la puerta de su edificio y un vecino lo informe de que una niña pregunta por él.

La chiquilla lo saluda tímidamente. Ha pasado tiempo desde la última vez que hablaron.

—Dicen que has estado a punto de morirte.

—Para nada: simplemente soy muy vago y me gusta tomarme mis tiempos para descansar. ¿Tú cómo andas, Lotta?

Su rostro se ilumina con una sonrisa.

—Ahora sólo somos mi madre y yo. Se puso triste cuando el viejo murió, pero la libertad le sienta bien. Además, nos quedamos con lo poco que tenía y yo ya no tengo que mencionar su apellido cuando me presento, lo cual me gusta. En invierno dejaré la cesta y empezaré a ordeñar vacas cerca de Danto, en un establo en el que no hará frío.

Se quedan callados y Cardell se alegra de poder compartir la alegría de la niña aunque sólo sea durante un minuto.

—Lotta, la última vez que nos vimos me advertiste sobre tu padrastro, que en paz descanse. ¿Sabes algo más? En sus últimos días, ¿se juntaba con alguien al que no hubieras visto antes?

—Sí: los oía beber por las noches a través de la pared y hablaban como si fueran viejos amigos. Si tan sólo pudiera acordarme de su nombre. Era corto y extranjero.

—¿Oíste de qué hablaban?

—De la guerra, me parece.

—¿Gry bebía en los sitios de siempre o buscó tabernas nuevas?

—Fue bastante a Sista Styvern. Antes nunca iba tan lejos.

Cardell le da las gracias. Sabe que debería esperar a recuperarse del todo, pero no quiere. El paseo hasta más allá de la aduana fue agotador; sin embargo, parece haberle sentado bien, pese a todo, porque ahora con un poco de esfuerzo puede caminar sin cojear.

En casa, se pone el puño de madera en su sitio y tensa las correas, que se sienten extrañas después de no habérselas puesto tanto tiempo. Hace muecas de descontento cuando prueba el peso del puño en distintas posiciones. A la mierda. Su aspecto continúa siendo fuerte y peligroso; eso basta, aunque no sea verdad.

Johan Kreutz ha bebido demasiado últimamente, algo que le queda claro por las mañanas, cuando tiene que soltar lastre en la letrina padeciendo los tormentos del infierno por culpa de los ácidos estomacales. Al menos el aguardiente se lo anotan en su cuenta, porque no hay nada mejor que posponer el pago de una deuda y, si se cayera al ir caminando por el puerto de Stadsgården y se partiera el cuello, le saldría gratis. La cicatriz que le dejó en el labio el puño de madera de Cardell —que el diablo se lo lleve— le recuerda lo mal que sana de sus heridas ahora que se ha hecho mayor. Ésta, en particular, se le ha infectado varias veces y ha tenido que arrancarse la costra para limpiarse el pus, y al cabo ha quedado tan fea que cada vez que se mira al espejo o se ve reflejado en un charco echa de menos su belleza perdida. Las monedas que Bolin le dio a cambio de que Cardell pasara a mejor vida se le han escurrido de las manos y en su lugar han quedado manchas de la sangre de Frans Gry, sacrificado totalmente en vano. Cuando bebe se conmueve al recordarlo, incluso se le escapan unas lagrimitas, pero ya sobrio no se siente tan mal porque la muerte de alguien como Gry tampoco es un drama para la humanidad.

Ya hace algunas semanas que no ponía un pie en la taberna Sista Styvern para dejar enfriar cualquier rastro, pero la verdad es que nadie parece haberlo echado de menos, lo que lo desanima profundamente, aunque parezca ilógico. ¿En serio ha caído tan bajo que no le importa a nadie si vive o muere? Maldita sea. Es tarde y sólo ve siluetas borrosas sentadas en los bancos. Quizá ya haya puesto suficientemente a prueba la paciencia del tabernero y sea hora de irse a casa. Se lleva la jarra de cerveza a la boca y echa la cabeza atrás para dar un trago, pero se le escapa de las manos y va a caer sobre la paja del suelo. Intenta recogerla, se mete debajo de la mesa y se queda allí, hecho un ovillo, pero es inútil: cuando vuelve a abrir los ojos, Cardell está delante con una sonrisa de oreja a oreja.

—Caramba, ¿no eres el sargento Kreutz? Creo que nos vimos por última vez en el *Fäderneslandet*. ¿O fue después, ya en Lovisa? El dolor en el brazo puede haberme nublado la memoria.

Kreutz sopesa la posibilidad de decir que no es él, pero opta por fingir que no se acuerda de Cardell.

—¿Carlander?

Cardell suelta una carcajada.

—No: Cardell, Mickel Cardell. ¡Peleamos juntos en la batalla de Hogland! Yo estaba en la cubierta de armas, debajo de la tuya, y luego me enviaron al *Ingeborg* y a ti… ¿al *Torborg*?

—Al *Styrbjörn*.

—¿Lo ves? ¡Si prácticamente éramos compañeros de barco!

Para terror de Kreutz, Cardell se sienta a horcajadas en el banco, a su lado, le da unas palmaditas en la espalda con la mano derecha como si fueran viejos amigos además de compañeros de armas y hace un gesto para que les llenen las jarras justo la única noche desde el verano en que siente que realmente ya no puede beber más. Intenta tímidamente negarse, pero Cardell parece estar de un humor excelente y con ganas de hablar de la guerra.

—No te preocupes por el dinero, hermano, ¡invito yo!

Kreutz le sigue el juego como buenamente puede mientras el miedo le remuele las tripas como una piedra de molino y un sudor frío le recorre la espalda. No puede sino sospechar de ese encuentro supuestamente fortuito: ¿qué posibilidades hay de que el hombre al que le rajó el brazo en la oscuridad hace sólo unas semanas aparezca por la misma taberna y se siente con él a intercambiar anécdotas sobre la batalla de la bahía de Viborg? Al mismo tiempo, compara febrilmente al hombre al que conoció durante la guerra con este que tiene delante. Nunca fue muy listo: nació para llegar a cabo, cuando más; era aplicado y comprometido, pero le faltaban imaginación e inteligencia, y tampoco recuerda que tuviera la clase de astucia que entusiasma a los marineros rasos que se reúnen por las noches a jugar a dados o a naipes, juegos en los que triunfan los tramposos o los taimados. De hecho, Cardell nunca aparecía en esa clase de reuniones. Era un tonto, para decirlo rápido, y es imposible que un hombre cambie mucho en unos pocos años, ¿no? Eso lo tranquiliza, y al cabo el aguardiente también hace su parte y se relaja. ¿Qué puede hacer, sino seguirle el juego y confiar en la suerte? Al poco rato ya están riendo, comparan sus cicatrices y se mecen en el banco como si el Golfo de Finlandia se extendiera bajo las tablas resquebrajadas del suelo de la taberna Sista Styvern.

—Menudo morro te han dejado, oye.

—Alguien se había dejado olvidado un rastrillo por ahí, y en la oscuridad... además, mira quién habla.

El tabernero termina echándolos a la fría noche. Se quedan otro rato delante de la taberna, hasta que Kreutz lanza el discurso que lleva una hora preparando, una mezcla de palabras de agradecimiento y falsas promesas de un pronto reencuentro. Pero Cardell le rodea el cuello con el brazo.

—No, no, si tengo cerveza y aguardiente en casa, ¡y hasta una hogaza de pan de centeno! La noche es joven y todavía no me has contado cómo se perdió el *Riksens Ständer*.

Pese a la borrachera, Kreutz no pasa por alto que, a su pregunta, Cardell le da una dirección distinta de la de su cuarto, en el callejón Överskärargränd, hacia la Esclusa, y quiere llevarlo hacia la montaña y la iglesia de Santa Catalina.

—¿Queda lejos? Tengo el cuerpo entumecido: ya no soy ningún jovenzuelo.

—Está aquí mismo, y si te da sueño puedes quedarte a dormir. Llevo años viviendo en el barrio de Santa Catalina y no sabes lo tranquilo que es por las noches, mucho más que la ciudad entre puentes.

Kreutz no puede evitar que sus miradas se encuentren un instante, pero enseguida vuelve la cabeza para no revelar sus sentimientos. La mentira ha salido a la luz y él es el ratón con el que quiere jugar el gato. Su única esperanza es que Cardell no esté cien por cien seguro y aún pueda convencerlo de su inocencia.

Endereza la espalda y suelta una risotada bonachona.

—Vamos, claro que sí, ¿cómo voy a negarme a tomarme un par de copas más con un viejo amigo y compañero de armas?

Mientras caminan, Kreutz le cuenta la batalla de Reval, en el año 1790, donde se perdieron dos navíos de línea. Reproduce palabra por palabra lo que le oyó contar a un compañero que aseguraba haber sido uno de los que le prendieron fuego al *Riksens Ständer* para no entregárselo a los rusos, y cuando la memoria le falla recurre a la imaginación. Mientras tanto, Cardell lo hace entrar por la verja del cementerio de Santa Catalina. No es el atajo que Kreutz se imaginaba que tomarían, pero Cardell lo hace callar chistando. Ante ellos está una fosa que los sepultureros han cavado hace poco; de hecho, aún pueden verse sus palas clavadas en el montón de tierra.

Ellos dos se quedan allí de pie, en silencio durante unos momentos.

—Caramba, Johan; estás sudando como una ramera en la iglesia.

—¿Por qué hemos parado aquí, Mickel? ¿Qué pasa con el aguardiente y el agasajo?

—Aquí está el lecho que te he prometido; hasta me han dejado una pala para que pueda arroparte debidamente. Aquí estarás cómodo esta noche y las siguientes hasta la eternidad.

—Pero ¡¿qué broma es ésta?!

Cardell sujeta entre el pulgar y el índice un objeto que, a la luz de la luna, parece de color ámbar.

—He aquí un diente que encontré en mi rellano hace unas semanas. Es igual de amarillento que los que te quedan, ¿quieres que veamos si encaja en el hueco que tienes en la fila de arriba?

Kreutz cierra la boca con cara de angustia.

—Ríndete ya, Johan. No has apartado la mano del puñal desde que hemos salido de la taberna. Si piensas desenvainar, ya es hora. Eso sí: espero que hayas lavado la hoja porque la última vez me dio tétanos. De hecho, sigo teniendo secuelas, lo cual, bien pensado, a lo mejor te da una oportunidad de vencerme.

Kreutz baja la mirada y comprueba que su propio cuerpo lo ha traicionado: su mano derecha se aferra al mango del puñal con tanta fuerza que tiene los nudillos blancos. Desenvaina con mano temblorosa; el filo se ve oxidado y sucio. Sus ojos se encuentran con la oscura mirada de Cardell y siente un pánico que lo deja fuera de combate antes de empezar. Lanza lejos el puñal y levanta las manos en gesto de rendición.

—Muy bien, Johan. Vas a tener que tomar otra decisión: o te pones muy digno, te metes en el hoyo y me dejas echarte tierra encima o me dices el nombre de quien te contrató para matarme y me indicas su puerta esta misma noche.

Kreutz, en su borrachera, oye una especie de susurro mientras intenta entender la disyuntiva que le ha planteado Cardell, algo así como un viento que silbara entre los árboles y lo azotara cuando se halla al borde del abismo. Pero el aire está, en realidad, tan quieto como los muertos que descansan ahí. ¿Será que lo llaman desde sus sepulcros para que se sume a ellos? Siente algo caliente bajando por sus piernas y, aunque sepa que se está meando en los pantalones, la sensación le resulta agradable: un calorcillo reconfortante que lo devuelve a la vida con todo su dolor y su disfrute, cada vez más lo primero que lo segundo, conforme pasan los años, pero aún no lo suficiente para que quiera irse ya. La supuesta disyuntiva no es tal: sabe lo que tiene que hacer.

10

El otoño les ha reservado a los habitantes de Estocolmo una mañana de fría plata el día que Tycho Ceton sale de casa con la muchacha y la guía hasta la calle Skeppsbron, donde un carruaje los espera para llevarlos a lo largo del muelle, más allá del Palacio Real y los puentes que cruzan la Corriente. Mientras caminan, él procura abrigarla con una capa de lana, aunque jamás ha mostrado ningún malestar.

Ya en el carruaje, avanzan por la plaza donde la ópera y el palacio de Sofia Albertina parecen reflejarse uno en el otro, se desvían en dirección a la iglesia de Santa Clara para evitar la cuesta y luego continúan a trompicones por el adoquinado de la calle Drottninggatan, entre casas de ladrillo. Ceton va sentado a su lado y la rodea con un brazo para protegerla de las sacudidas del vehículo.

—Es hora de que hablemos en serio tú y yo. Tu nombre es Anna Stina Knapp. El año pasado tus hijos mellizos fueron aceptados en el orfanato de Hornsberget, que yo mismo había fundado, después de que yo llegara a un acuerdo con un tal Jean Michael Cardell. Tus hijos se llamaban Maja y Karl, y ambos murieron, junto con muchos otros niños, cuando un incendio consumió Hornsberget. —Guarda silencio y espera a ver alguna reacción en la chica, pero nada sucede, apenas balancea un poco la cabeza—. Lo que no sabes es que Cardell fue el culpable de ese incendio. —Ceton vislumbra el observatorio sobre una colina y se da cuenta de que pronto llegarán a su destino—. Las cosas ocurrieron así: como una obra de caridad, me hice cargo de un joven noble llamado Erik Tres Rosas al que habían declarado incapacitado. Sufría de una enfermedad mental que le provocaba ataques de cólera de los que luego no conservaba recuerdo alguno. En uno de ellos le dio muerte a su propia esposa, nada menos que en su noche de bodas. El caso es que yo lo quería bien y no quise entregarlo sin más a la justicia: pensé que si se curaba, el asesino desaparecería y no habría a quien perseguir. Pero a pesar de pagar una suma cuantiosa para poder ofrecerle el mejor tratamiento en el hospital de Danviken, su estado empeoró y no tuve más remedio que trasladarlo al manicomio por su propia seguridad y la de los demás. Allí Cardell y su compañero, un tal Emil Winge, a quienes la suegra del joven Tres Rosas había encargado limpiar el nombre de su yerno, se dedicaron a alimentar sus alucinaciones y apuntaron sus cañones hacia mí por un motivo tan retorcido que yo mismo he tardado mucho tiempo en comprenderlo. —El carruaje se detiene y Ceton ayuda a la muchacha a bajar y cruza con ella la verja del orfanato público Allmänna Barnhuset—. Durante sus investigaciones, Cardell se cruzó en mi camino y yo le mostré Hornsberget no sin orgullo por lo que había conseguido construir. Poco después volvió, esa vez para exigirme que aceptara a dos mellizos, Maja y Karl. Como no tenía recursos económicos ni confiaba en mi buena voluntad, recurrió a las amenazas: según él, tan sólo si cedía a sus exigencias podría volver a vivir tranquilo; de lo contrario, haría todo lo que estuviera en su mano para fabricar pruebas en mi contra. Yo acepté a los niños con independencia de sus amenazas: al fin y al cabo, acoger a críos necesitados era la finalidad misma de Hornsberget. —Ceton la toma del brazo y la guía desde el fango de la calle hasta el empedrado de un patio—. Poco después, el orfanato ardió hasta sus cimientos y muy pocos niños se salvaron. Murieron un centenar, entre ellos tus hijos. Erik Tres Rosas, que acababa de fugarse del manicomio, le prendió fuego. ¿Por qué? Pues porque Cardell se había ido de la lengua y lo había convencido de que yo, nada menos, era el culpable de su desgracia y había orquestado la muerte de su esposa recién casada para beneficiarme. Erik, en su confusión, se aferró a ese clavo ardiendo que le permitía culpar a otro de sus actos. —En el patio, que se inclina hacia el agua, hay un pozo junto al cual espera una mujer con dos bultos en los brazos—. Este mundo en que vivimos es terrible, Anna Stina. Basta rascar un poco la superficie de lo que parece una buena acción para que debajo aparezcan intenciones aviesas, tú debes de saberlo mejor que nadie. —Ceton se detiene lo suficientemente lejos de la mujer para que no pueda oírlo, coge a Anna Stina de los hombros y trata de que lo mire—. Las mentiras que Cardell le contó a Tres Rosas no fueron un error: lo hizo de forma deliberada. Seguro que esperaba que yo mismo pereciera en el incendio para que jamás pudiera rebatirlas, aunque la suerte quiso que yo no estuviera ahí. Sin embargo, yo no era la víctima más importante, sino tus hijos: Cardell los quería fuera de este mundo. —Baja la voz y acerca su mejilla deformada por la cicatriz al oído de Anna Stina—: Su actitud no es rara entre los animales, como ha observado Linneo; los osos y los leones devoran sin piedad a los cachorros de otro padre. Doy por hecho que ya sabes que él te desea, ¿verdad? ¿No ha tratado alguna vez de robarte al menos un beso? Él mismo sabe que es demasiado viejo para ti, pero el deseo enloquece a los hombres. Debía de imaginarse a tu lado en la clase de cuartucho que le permite su sueldo de guardia, sin importar dónde, sólo que fuera lo suficientemente espacioso para albergar una cama para ambos. Sin embargo, tus hijos, los hijos de otro, no tenían lugar en esa fantasía, interrumpiendo su concupiscencia con sus chillidos y lloriqueos. Maja y Karl no eran más que un estorbo. Cuando fue a verme por segunda vez, bebió de mi vino, sin duda mejor que cualquiera que haya tomado antes, y enseguida se le subió a la cabeza. Entonces, borracho ya, se delató: me dijo que te dejarías convencer para abandonar a tus pequeños con sólo visitar Hornsberget y ver los cuidados que ofrecía. Muy pronto, tú misma le hiciste ver que tu amor de madre te empujaría a luchar por tus pequeños y a recuperarlos en cuanto pudieras, y eso selló el destino de esos pobres niños.

La lleva hasta la fuente. Desde una sala que no pueden ver les llega un coro de ruecas crujiendo y silbando rítmicamente.

—¡Mi estimada señora! Veo que ha traído lo que le pedí. ¿Le importaría dejarnos solos en el patio un momento? La llamaré en cuanto hayamos terminado.

La mujer titubea, pero luego le entrega su carga a Ceton, que se desespera y chasquea la lengua.

—Vamos, que he dirigido un orfanato yo mismo. —Son dos bebés, ambos de menos de un año. Uno está dormido, el otro muestra una expresión de sorpresa. Ceton los sostiene delante de la muchacha—. Anna Stina, lamento mucho lo que voy a hacer, pero el tiempo se nos ha echado encima. Aquí tienes dos niñitos sin nombre como los que las jóvenes que se han quedado embarazadas sin querer vienen a dejar a diario. Podemos ponerle los nombres que nos gusten más; te propongo que al niño lo llamemos Karl, y a la niña, Maja.

Con cuidado, los mete en un balde que hay junto al pozo. La niña se despierta y observa su entorno con la mirada escrutadora de los infantes. Ceton los arrulla y, sin dejar de tararear una nana, levanta el balde por encima del borde del pozo y lo amarra con la cuerda que se balancea por encima del abismo y que permite subirlo y bajarlo mediante una polea. En ese momento retrocede unos pasos sosteniendo la cuerda, hasta donde está Anna Stina. Se pone detrás de ella, la rodea con los brazos como si la abrazara y le enrolla la áspera cuerda en los dedos.

—¿Estás preparada, Anna Stina? Voy a soltar la cuerda, que quedará en tus manos. Vuelve al mundo.

Permanecen un momento en silencio y sus respiraciones se acompasan. El niño se queja con un balbuceo de la dureza de la madera y el calor que le falta; la niña ha vuelto a cerrar los ojos, mecida por el balanceo del balde. Entonces, Ceton suelta la cuerda.

11

Winge abre las puertas de vaivén y, cuando éstas se cierran a su espalda, el farol que le ha prestado el vigilante le sirve de poco. Estaba advertido: aunque todavía quede día por delante, allí no hay rendijas por las que se filtre la luz, y la sala es demasiado grande para esa llamita. Avanza a ciegas por el patio del teatro, donde los espectadores más pobres observan la obra de pie, pero poco a poco sus ojos se van habituando a la penumbra. Alza los ojos y ve brillar en las alturas el pan de oro de las cenefas; percibe a su alrededor sombras tan grandes como una casa, la de un candelabro lo hace pensar en una araña que caminara por las pinturas del techo. Le llama la atención la irrealidad de aquel lugar: un gran espacio separado del mundo, no muy distinto de una iglesia, pero dedicado a otra clase de divinidades y erigido para albergar ilusiones y engaños. La ruidosa ciudad está inmediatamente detrás de esos gruesos muros, pero allí dentro reina el silencio más absoluto.

El escenario semeja un negro baluarte; avanza a sus pies buscando una escalera. Arriba, el vacío se hace aún más tangible. Si mira hacia delante, los límites de su campo de visión quedan marcados por las dos mitades del telón, atadas con cordones dorados. Entre ellas, y a falta de las miradas de los espectadores, se abre un abismo. Siente un escalofrío: los lugares en los que suele haber ajetreo asustan cuando están vacíos y silenciosos. Winge se sacude esos pensamientos y se concentra en su tarea. Se dirige al centro del escenario, el lugar que le parece más prometedor, lo ilumina con su farol y, efectivamente, descubre una mancha que debe de haber sido limpiada y tallada hasta reducirla casi a un mero recuerdo, pero que resulta evidente para quien va buscándola, grande y oscura sobre los tablones del suelo. Se pone de rodillas para desprender una astilla con la uña. Luego se pasa la lengua por la palma de la mano, la deposita ahí y la frota con el pulgar para quitarle el polvo. El resplandor amarillo del farol dificulta identificar los colores, pero está seguro de que, a la luz del día, la astilla será rojo sangre. Mece un poco el farol y, como respuesta, recibe unos destellos: los colores del arcoíris atrapados en las uniones de la madera. Trocitos de un espejo atrincherados allí donde ningún cepillo logra alcanzar.

12

La cuerda corre como una serpiente entre las manos de Anna Stina, dejando a su paso un escozor en palmas y dedos, pero sólo por un instante. Después, ella la detiene de golpe y el peso del balde le sacude hombros y brazos, haciéndola trompicar hasta que consigue echar el cuerpo hacia atrás, un movimiento que en el pasado habría sido de lo más natural, pero que hora le parece desconocido. Músculos que llevan meses en barbecho son puestos a prueba y el esfuerzo le roba el aliento. Casi de inmediato comienza a temblar, siente que le fallan brazos y piernas, la grava cruje bajo sus talones.

—Justo lo que me esperaba, Anna Stina. Bienvenida al mundo de los vivos.

La voz de Ceton suena baja, y peor aún, lejana. Se ha apartado: está a demasiados pasos como para correr en su ayuda si la cuerda se le escapa de las manos. Busca las palabras, intenta mover una boca y una lengua desacostumbradas.

—Ayúdame.

—Lo haré encantado, pero sólo cuando me hayas convencido de que estás aquí para quedarte y no volverás a escabullirte a tu mundo de sombras tan pronto como veas una oportunidad. Tienes que elegir, Anna Stina; si no, nada merece la pena. Saca el cubo del pozo y podrás contar con mi ayuda.

Del pozo escapan los quejidos de los bebés, distorsionados por el eco, y ella se descubre respondiendo en el mismo idioma:

con gemidos trémulos. Trata de conseguir que su cuerpo obedezca, pero en vano. Tiempo atrás habría hecho subir el balde del pozo alternando las manos como si nada, pero ahora no se atreve por miedo a que la cuerda se le resbale de las manos. Para colmo, cada segundo que pasa se siente más cansada y ha comenzado a lloviznar. Busca una solución y, aunque el pánico le nuble el pensamiento, logra encontrarla: gira el cuerpo una y otra vez, enroscándose la cuerda en la cintura y, a cada giro, la cuerda se vuelve más estable y las palmas de las manos le escuecen menos. Giro tras giro se va acercando al muro redondo del pozo, donde se encuentra el balde; de pronto, Ceton aparece a su lado, coloca el balde en el borde del pozo y después lo baja cuidadosamente al suelo. El alivio le arrebata a Anna Stina sus últimas fuerzas. Se le doblan las rodillas, nota la lluvia picándole la cabeza y el peso de la ropa que le pusieron, a esas alturas ya empapada. Sentada en el suelo, se lleva las manos a la cara y se echa a llorar inevitablemente mientras Ceton permanece impasible a su lado, bajo la lluvia, con las criaturas en brazos, arropadas bajo la pechera de su abrigo.

—Estos niños tienen frío y deben de estar hambrientos. Va siendo hora de que vuelvan bajo techo, donde les esperan una cuna y unas papillas. ¿Querrías llevarlos con la encargada de la casa?

Ella asiente en silencio. Ceton la ayuda a ponerse en pie y le pasa primero a la niña y luego al niño. Entonces, recuerda la sensación de cargar a dos bebés: la curiosa manera en que esos cuerpecitos calientes se adaptan al tuyo, haciéndose más ligeros de lo que son en realidad. Contempla sus rostros hinchados y le vienen a la cabeza las caritas de sus hijos —los hoyuelos en las mejillas, las naricitas respingonas—, tan distintas, y que creía perdidas para siempre. Ésos no son Maja y Karl, sino dos desconocidos con el nombre prestado. Camina con esfuerzo hacia la casa, paso a paso, y Ceton no la atosiga, simplemente la sigue en silencio, le abre la puerta y, con un gesto, la advierte de la altura del zócalo.

13

Emil Winge apenas ha cruzado el umbral de la puerta cuando Cardell le hace una señal con la mano para que dé media vuelta.

—Bajaremos a comer algo: el estómago me ruge.

Winge no disimula su sorpresa.

—Pensaba que no estarías en pie hasta dentro de varias semanas.

Cardell junta las manos sobre la cabeza y estira la espalda; después, sin bajar los brazos, mueve la cabeza de un lado a otro.

—No cuentes conmigo para una pelea, pero siempre se me ha dado bien sanar. Lo que no está claro es si eso es un don o un castigo.

Bajan juntos la escalera y, cuando salen al callejón, Cardell olfatea en ambas direcciones antes de señalar cuesta arriba.

—Me parece que Lången, del callejón de Gåsgränd, ha matado una gallina: desde aquí se huele ese caldero borboteante.

El local es igual que tantas otras tabernas de la ciudad: un cuchitril con sitio para cinco personas, el doble si la borrachera lo permite. Todavía es temprano y sólo se encuentran al dueño, un tipo larguirucho, encorvado sobre sus fogones y preparado para decirle a quien sea que se presente que el local aún no está abierto. Sin embargo, reconoce a Cardell.

—Ah, eres tú. Sentaos. La gallina todavía tardará un rato, pero puedo ofreceros pan de ayer con un descuento.

Cardell golpea el pan duro contra el canto de la mesa y suena como madera contra madera.

—¿De ayer, dices? Más que de harina de trigo, parece hecho con polvo de piedras. ¿Pretendes que me lo coma sin tener dónde mojarlo y que aún te pague, pese al esfuerzo? Ni la rata más miserable arriesgaría así sus dientes.

El dueño, mosqueado, se encoge de hombros.

—Pues dame lo que te parezca que vale.

Cardell hace correr un chelín por la mesa.

—Esto es por dos cuencos de consomé, un par de cervezas y el pan, de paso.

El larguirucho caza la moneda con impecables reflejos, inclina la cabeza torciendo la boca en un sucedáneo de sonrisa y vuelve a concentrarse en los fogones. Pela unos nabos haciendo correr el filo del cuchillo pegado al pulgar. Cardell se sirve él mismo una jarra de cerveza directamente del barril, bebe hasta que casi se ahoga y la deja sobre la mesa con un golpe.

—Anselm Bolin.

—¿Quién?

—Ése es el nombre del caballero que pagó para que unos matones me apuñalaran en mi propia casa, pero cometió el error de hacerle el encargo a Johan Kreutz, un tipejo al que conozco de la guerra. Se ve que querían que mi muerte pareciera una disputa entre antiguos compañeros de barco. El caso es que ayer me encontré a Kreutz y no hizo falta gran cosa para hacerlo cantar como un mirlo y convencerlo de llevarme hasta la puerta de Bolin.

—¿Y dónde es?

—En el barrio de Glauco. La puerta da al callejón de Gaffelgränd.

Winge titubea un rato antes de opinar.

—No quiero quitarle valor a tus pesquisas, pero ¿te parecen buena idea en tu estado?

—Que haya estado enfermo no te convierte en mi niñero por siempre jamás. Como adulto, puedo tomar mis propias decisiones.

Emil baja la mirada.

—Por mi parte, yo he ido a visitar a los herejes de Kungsträdgården. Fue a ellos a quienes Ceton acudió tras la trampa que le tendimos en su casa. He averiguado que los muertos se llamaban Albrecht y Wilhelm, que tuvieron la mala fortuna de cruzarse en el camino de Ceton y revelarle ciertas debilidades, y que él los convirtió en protagonistas de su intento de recuperar el favor de los Euménides.

—¿Y Bolin?

—Supongo que es el protector de Ceton y quien lidera a sus simpatizantes. Si tenemos suerte, todavía estará hospedando a Ceton en la casa que has descubierto.

—¿Y qué hacemos?

—Primero tengo que hablar con Blom, para ver de qué recursos dispone la jefatura de policía. A la calle Skeppsbron, donde tiene sus negocios la gente con posibles, no se accede de cualquier manera: se armaría un escándalo. Casi todos deben de tener el sótano abarrotado de mercancías no declaradas y, si la policía entrara sin previo aviso, sumarían fuerzas hasta conseguir la cabeza de Ullholm. Cada año que pasa, la nobleza de sangre pierde más terreno frente al dinero, y ni siquiera Reuterholm puede permitirse ignorarlo. Después de que hable con Blom y confirmemos el paradero de Ceton, lo detendremos de una manera u otra.

Cardell asiente con la cabeza y luego estira el cuello intentando averiguar en qué anda el tabernero, que no les ha servido el consomé. Se termina la jarra de cerveza.

—¿Puedo preguntarte una cosa, Emil?

—Desde luego.

—¿Qué fue realmente lo que os separó a tu hermano y a ti?

—Elegimos caminos distintos. Nuestro padre tenía ideas propias sobre cómo hay que criar a un niño. Cecil halló la forma de seguirle el juego y eso le dio buenos resultados hasta que se lo llevó la tisis; en cuanto a mí, elegí rebelarme, y ya ves: sufrí mucho a cambio de muy poco. El caso es que ahora me encuentro en una posición en la que debo pensar como Cecil, y cada vez que lo hago oigo su voz hablándome. Es como si me susurrara al oído.

Cardell aparta la jarra y se queda observando a Emil con semblante pensativo.

—Hay algo más, ¿no? Una vez lo viste en plena calle, pese a que ya estaba muerto y enterrado. ¿Sigues viéndolo?

—Conoces mi enfermedad. Estoy mejor, pero no curado.

—¿Con qué frecuencia lo ves?

—¿Importa? Sé tan bien como tú que el umbral del sepulcro sólo se cruza en una dirección. No es un fantasma lo que veo, sino una alucinación que sólo hace que el recuerdo de Cecil sea más amargo. Cuando esto termine y ya no precise de los saberes que le atribuyo me dejará en paz.

—¿Has llegado a un acuerdo con tu alucinación?

En vez de contestar, Emil mira para otro lado mientras Cardell se revuelve incómodo en el banco.

—Bueno, si te he pedido que no te comportes como si fueras mi niñero, no voy a pretender convertirme en el tuyo. Simplemente debes entender que me crié junto a un bosque que la superstición había llenado de fantasmas y mi educación consistió en cuentos de viejas. Y volviendo a nuestro asunto, tengo que hablarte de algo más.

—¿De qué?

Cardell clava los ojos en Winge para ver qué cara pone.

—Tiene que ver con Petter Pettersson.

Winge se encoge de hombros.

—¿El alcaide de la hilandería?

Cardell tamborilea con los dedos sobre la mesa y en ese momento aparece el tabernero larguirucho con dos platos rebosantes de consomé.

—Olvídalo.

14

En la habitación de la calle Skeppsbron huele a chocolate: humea en un cazo calentado en la estufa de cerámica. Anna Stina le lanza una mirada, desacostumbrada a que el mundo exterior condicione sus pensamientos y sensaciones. Luego deja que Tycho Ceton la lleve hasta un sillón que ha acercado a la estufa. Se sienta delante de ella después de servirle una taza que ella rodea con las manos para calentárselas y que de tanto en tanto se lleva a la boca, y la ve hacer gestos porque la bebida está caliente y el sabor del cacao es fuerte.

—Me alegra poder charlar contigo, Anna Stina. Espero que podamos tener una conversación sincera pero, antes que nada, contéstame una cosa que me da mucha curiosidad: ¿eras consciente de lo que pasaba a tu alrededor? ¿Guardas recuerdos del año que ha transcurrido desde el incendio?

Ella responde afirmativamente con la cabeza y después habla con la voz titubeante que debe esperarse de quien ha permanecido mucho tiempo en silencio.

—Estaba allí, aunque lo veía todo como desde muy lejos, nada me importaba, nada me movía a hacer un esfuerzo.

—¿Estabas en Kungsholmen cuando Hornsberget ardió?

—Estaba en la isla de Långholmen cuando las campanas comenzaron a tocar a rebato. Vi que el incendio iluminaba el cielo y de algún modo supe lo que les pasaría a mis hijos. Me puse a correr como si las campanas doblaran sólo para mí, pero cuando llegué el edificio ya había quedado reducido a cenizas.

—¿Y qué hiciste?

—Simplemente me quedé allí sentada mucho rato. Había mucha gente intentando apagar el incendio, pero nadie pareció percatarse de mi presencia. En un momento dado me levanté y me dirigí a la ciudad, y durante todo el camino fui preguntándome por qué. Cuanto más pensaba, más absurdas me parecían las respuestas, y cada paso era más lento que el anterior. Salí del camino y llegué a una playa donde me senté. La desesperanza me paralizó. Unos niños, hijos de pescadores, se acercaron para ver qué me pasaba, pero después de un rato se rindieron, al ver que no respondía. Recuerdo preguntarme cuánto tiempo podría permanecer allí sentada antes de que el hambre y el frío me vencieran, y me di cuenta de que tampoco eso me importaba.

—Y allí te encontró el chico que luego te trajo a mi puerta.

—Sí, él no se rindió. Nos habíamos visto antes, en el orfanato público, cuando fui a dejar a Maja y Karl. No sabía qué quería de mí, pero tampoco tenía fuerza de voluntad para oponerme. Me daba de comer pan mojado en agua; a veces me lo tragaba, a veces no, dependiendo de lo que fuera más fácil.

—¿Nos guardas rencor a los que hemos querido ayudarte?

—¿Y cómo no, si lo único que quería era que me dejaran morir en paz? La muerte se lleva a tantos que no quieren fallecer que me parecía razonable pensar que daría prioridad a los pocos que se van por su voluntad.

—¿Escuchaste lo que te conté? El responsable de la muerte de tus hijos sigue libre y nadie lo persigue. ¿Eso tampoco te importa, ahora que lo sabes? ¿La rabia no ha venido a hacerle compañía a la desesperación?

—De eso trata todo esto, ¿verdad? Quieres que mate a Cardell; yo, que puedo acercarme a él más que ninguna otra persona. Y no lo quieres por mí, sino por tus propios intereses.

—Di más bien que nuestros intereses corren parejos: yo mandé construir un edificio para proteger a un montón de niños y él lo hizo arder hasta sus cimientos. Ahora, un círculo de hierba quemada marca el lugar donde murieron cien niños que estaban a mi cargo y por los cuales no pude hacer nada, y además ese guardia pretende culparme simplemente para pasar él mismo por inocente. —Agacha la cabeza y, después de unos instantes de silencio, la vuelve a levantar y formula una pregunta—: ¿Acerté en mi suposición? ¿Alguna vez intentó besarte?

Ella recuerda una hoguera en el bosque, una taza de barro rota, una mirada y un intento frustrado...

—Sí, lo intentó una vez.

—¿Y tú no querías?

—No.

Ceton suspira y niega con la cabeza.

—Se dice que los niños asesinados no descansan hasta que su muerte ha sido vengada, que deambulan muertos de frío entre dos mundos, encendiendo pequeñas velas para iluminar el lugar del crimen con la esperanza de que se les haga justicia. Dos de ellos deben de ser los tuyos, los otros noventa y ocho son los míos. ¿No queremos lo mismo, reparar esa injusticia? Si es el caso, yo te ayudaré, desde luego, pero Cardell está fuera de mi alcance: ya no tengo ningún poder, dependo de la benevolencia de otros. En cambio, a ti te abrirá las puertas. Si no quieres, no puedo obligarte; eres libre de marcharte cuando quieras. Si necesitas algo más de mí, dímelo, aunque no tengo mucho que ofrecer.

Anna Stina cierra los ojos: busca una respuesta dentro de sí y, de pronto, la ve surgir en la oscuridad.

—Yo quiero lo mismo.

—Cuando te hayas recuperado lo suficiente te daré un cuchillo afilado y te mostraré dónde vive.

15

Sobre las aguas del Báltico flota un grueso manto de nubes que se recorta contra el cielo gris claro. Winge cruza la plaza Stortorget y se mete por las callejuelas detrás de la casa Grills Hus, en pleno barrio de Cefeo, y echa un vistazo a la torre de la catedral para constatar que llega con tiempo a su cita con Isak Blom. Aun así, camina a paso ligero, ansioso de saber la respuesta a su solicitud de vigilar la casa del barrio de Glauco. Ve a lo lejos a alguien que espera, pero cuando se acerca ve que no es Blom, sino otro: un hombre que se apoya en un bastón, vestido con ropa elegante, pero sin extravagancias, con las mejillas marcadas por la viruela. Se quita el sombrero a modo de saludo y revela una calvicie salpicada de empecinados mechones de pelo aquí y allá.

—Me llamo Anselm Bolin.

—Y yo Emil Winge.

Bolin señala un basto tablón colocado sobre dos caballetes a modo de banco junto a una pared que el sol logra alcanzar por encima de los tejados.

—¿Le importa si nos sentamos? La gota me atormenta sobre todo cuando intenta decirme lo que todos sabemos: que el invierno se acerca.

—No, no, sentémonos.

Bolin se deja caer sobre la madera, recoloca su pierna mala ayudándose con las manos y suspira de alivio.

—Ha llegado a mis oídos que está buscando el permiso de la jefatura de policía para vigilar mi residencia.

—Quien se lo haya dicho no mentía.

—No me extraña porque yo siempre he procurado ser amigo de mis amigos. En fin, entenderá que, por agradecimiento, no voy a revelarle quién me lo ha dicho, pero también me contó que, desde su llegada el otoño pasado sin más recomendación que el prestigio de su difunto hermano, ha terminado usted convirtiéndose en una figura muy valorada en la comisaría. Me cuentan que tiene un gran futuro allí y que sólo los malhechores estarían contentos si renunciara a él.

Winge intuye adónde se dirige y lo deja terminar sin interrupciones.

—«Vive y deja vivir» ha sido siempre mi lema, pero no puedo permitir que se inmiscuya en mi vida, así que me veo obligado a advertirle de que, si sigue por ese camino, no tendré más remedio que utilizar todas mis influencias para que pierda su predicamento en la jefatura. Sería mejor si pudiéramos llegar a un acuerdo aquí mismo, como dos desconocidos con rumbos opuestos que se encuentran en un cruce, conversan un rato y, tras mostrarse sus respetos, continúan cada cual por su camino en un mundo donde hay escasas probabilidades de volverse a encontrar.

—¿Está amenazándome?

—No, todavía no. De hecho, tengo esperanzas de que no sea necesario.

Winge asiente en silencio, pensativo; saca su pipa y empieza a cargarla. Se disculpa un momento, se acerca a una ventana donde huele a pan recién horneado y regresa con la pipa encendida.

—¿Le importaría hablarme un poco de usted? Además de hacer nuestra conversación más amena, me ayudará a tomar una decisión.

—A estas alturas soy un simple funcionario en el ocaso de su vida, pero alguna vez fui un joven con ambiciones y me uní a una hermandad de aventureros en cuya jerarquía ascendí poco a poco. Llevo algunos años como secretario por una única razón: mi reputación es lo suficientemente mediocre como para que nadie me considere peligroso. Me ocupo de llevar las actas en las reuniones del círculo interno y las votaciones, y en general hago lo que puedo para reforzar la unidad del grupo porque se trata de gente obstinada con personalidades más fuertes que la mía.

—¿Y qué me dice de Tycho Ceton?

—Sería un error utilizarlo como vara de medir de los demás miembros del grupo. Sin ir más lejos, si hubiese sido por mí Ceton jamás habría sido aceptado. Desde luego, sé que es lo bastante astuto como para embaucar a los necios, pero que hallara a dos hermanos tan ingenuos como para apadrinarlo me decepciona hasta hoy. En fin, aquello es agua pasada y ahora es uno de los nuestros, una especie de niño travieso a quien no le han enseñado la diferencia entre un orinal y una maceta, y no podemos sino aceptarlo.

—Pues yo tenía entendido que los Euménides no siempre han sido amables con él.

—Ese nombre ya ha cumplido su ciclo: solemos cambiarlo cada tanto.

—¿Y cuál será el siguiente?

—Supongo que lo votaremos en breve. He oído que los Bacantes es uno de los favoritos.

Se acerca a Winge y le dice en voz baja:

—Independientemente del nombre, la realidad es la misma: Tycho Ceton cayó en desgracia, pero se le dio la oportunidad de recuperar la confianza de los hermanos y su suerte ha quedado, digamos, en suspenso. Desde luego, todo sería más fácil para usted si ninguno de nosotros lo protegiera, pero algunos hermanos lo valoran, y además nos sentimos obligados a cuidar de los nuestros.

—Por lo que veo, la actuación de los jóvenes de la Hermandad de Moravia en la Inigualable no fue ningún fiasco.

Bolin sonríe, enarca las cejas y finge aplaudir.

—Muy bien, Emil Winge. Veo que no han exagerado al describir tus habilidades. Eso me confirma que llegaremos a entendernos. En fin, el espectáculo resultó controvertido: no fue del gusto de todos. A algunos les pareció demasiado metafórico; a otros, demasiado grosero, pero fueron suficientes los que vieron ventajas en inclinarse a favor de Tycho Ceton, al menos por el momento: son malos momentos para el reino y el tedio es mucho. En tiempos de la ley suntuaria, las distracciones son un bien escaso. Me apostaría algo a que incluso los detractores de Tycho están pensando en qué será lo siguiente que se le ocurrirá. Pero, bueno, me queda poco tiempo; entonces, ¿cómo quedamos usted y yo?

—Si aún no me ha amenazado, ya va siendo hora.

Bolin suspira, se levanta con engorro y da unos brincos sobre la pierna buena antes de conseguir apoyar la mala.

—Winge, usted es un hombre joven, y durante esta conversación me ha impresionado su sutileza, algo que puedo decir de muy pocos de su generación, con lo rala que la dejó la guerra. Pero hablemos claro: yo creo que entiende que estoy aquí, humillándome, para evitar que abandone el mundo antes de tiempo. No me gustaría cargar con esa culpa, así que no tome un camino que no conduce a ninguna parte sino a su desgracia. Preste oídos a mis consejos y los dejaremos en paz a usted y a su amigo manco. Podrá vivir una vida larga y fructífera.

—Subestima usted a Jean Michael, y ese error le ha costado caro a muchas personas.

—Esa advertencia me habría sido útil en verano, pero no acostumbro a cometer dos veces el mismo error.

—Pues nada, señor Bolin; si no le importa, tengo que ir a la jefatura a seguir buscando información sobre usted. Hasta la vista.

16

Cardell abre los ojos y a través de la ventana ve las consecuencias de la primera helada del año: los tejados blancos destellan bajo los primeros rayos del sol. Él no es nada friolero; de hecho, casi se acalora cuando se enfunda la chaqueta, el abrigo y las botas. Baja a paso vivo las escaleras y, en cuanto sale al aire quieto de la mañana, fresco y limpio, nota que el ánimo de los madrugadores ha cambiado porque el invierno se aproxima. Son malas noticias: los inviernos son crueles y pronto empezarán a encontrarse aquí y allá a borrachos que se han quedado dormidos en un portal o en plena cuneta y han muerto durante la noche, y ese frío que cala hasta los huesos y es capaz de matar se prolongará durante tanto tiempo que la idea misma de que algún día volverán a sentir calor les parecerá absurda. Los días serán cada vez más cortos y la jornada laboral se recortará en consecuencia, junto con los ingresos: se imaginan sin una sola moneda en el bolsillo, luchando por mantener encendido el fuego con unas tristes astillas.

Estocolmo, sin embargo, luce preciosa, como si llevara un vestido blanco de seda y una tiara de diamantes. Cardell sube la cuesta, pasa a los pies del campanario de la catedral y sigue la fachada del palacio hasta el portón de la Casa Indebetouska, que está entornado para el personal que va llegando. En el vestíbulo hay un cesto de hogazas secas: pan del día anterior que algún panadero ha llevado tras llegar a un acuerdo informal para acortar de ese modo su condena. Sin el menor pudor, Cardell coge una, la parte y se lleva un trozo a la boca ante la mirada desconcertada de un policía.

Consigue darse a entender con la boca llena: busca a Isak Blom.

—Todavía no ha llegado, y suele ser el último en llegar. Si sabes dónde está su despacho, ve hasta allí, coge una silla y espéralo en la puerta.

Cardell se le acerca y le susurra al oído:

—Oye, ¿hay café? Y no me salgas con la ley suntuaria: vuestro trabajo es duro y exigente, y no me creo que podáis realizarlo sin el lubricante adecuado en los engranajes. Seguro que en estos días habréis confiscado una olla de cobre que estará borboteando en alguna parte.

El agente reflexiona un segundo antes de hacerle un gesto espasmódico con la cabeza para señalar una escalera que baja.

—Sigue el olor. Di que vas de parte de Josefsson y te darán lo que necesitas hasta con un chorrito de aguardiente.

Cardell le pone una mano agradecida en el hombro.

—Este mundo es una montaña de estiércol, pero espero que en el otro recibas la recompensa que mereces.

Vigorizado y de buen humor, Cardell se sienta a esperar delante del despacho de Blom con el puño de madera colgado al hombro y la mano derecha frotándose el muñón. Luego se levanta y camina de aquí para allá: el edificio es muy frío y los escuálidos leños con los que alimentan las estufas de cerámica ayudan poco. Blom aparece por el pasillo y, en cuanto lo ve, se para en seco con expresión de sorpresa y desagrado. Cardell levanta la mano en son de paz.

—Venga, Blom, por una vez que vengo sin intención de molestarte.

En el despacho, Blom se derrumba en la silla y se frota la frente.

—Mira...

El secretario lo interrumpe con un gesto.

—No pierdas tu tiempo, Cardell: no puedo hacer nada por ti, el asunto está fuera de mi alcance.

—Pero...

—Entiendo tu decepción, pero el mismísimo Ullholm ha metido su cuchara en esto y mientras siga en su puesto todos mis esfuerzos serán en vano.

—¿De qué estás hablando?

Blom titubea y frunce la nariz desconcertado.

—¿Y tú? ¿Tú de qué estás hablando?

—Aunque sé que no he hecho gran cosa para merecer tu ayuda, la necesito en una cuestión relacionada con el alcaide de la hilandería de Långholmen, Petter Pettersson.

Blom se quita las gafas y se frota los ojos con un suspiro aliviado.

—Sé de quién hablas: el año pasado se llevó un tirón de orejas porque castigó con excesivo celo, y con un látigo, nada menos, a una de las hilanderas, que acabó muerta. Sea como sea, permaneció en su puesto, lo que dice mucho de la relevancia que se le da a la hilandería: a nadie le importa lo que pasa allí. En fin, ¿tú qué tienes que ver con él?

—Pues resulta que Pettersson murió a finales del verano tras llevarse el segundo premio en una contienda con un enemigo envalentonado que por mí puede permanecer en el anonimato. —Se inclina sobre el escritorio y Blom se reclina en la silla para mantener la distancia—. Pettersson era un hombre del tamaño de un buey y, la verdad, esa madrugada no estuvo a la altura. Quiero saber si sucedió algo digno de mención la noche antes de que lo mataran.

—Eres un guardia, Cardell, aunque sólo sea formalmente. Seguro que hay más gente a la que puedes recurrir.

—Me temo que sobrevaloras mi popularidad, Blom. Los guardias en general me tienen por un gandul, un bastardo engreído que se considera demasiado fino para hacer el trabajo sucio y prefiere dejárselo a otros, y la verdad no los culpo por el malentendido.

Blom se queda pensando en silencio y Cardell se acomoda de nuevo en la silla para darle más espacio.

—Dios sabe que estoy en deuda contigo y que te he dado muy pocos motivos para que me quieras bien, pero necesito tu ayuda y te la pido humildemente. El solo hecho de que esté aquí ya da prueba de la importancia que le doy a este asunto.

—De acuerdo, entonces. Considéralo tu indemnización.

—¿Cómo?

—Emil ha caído en desgracia. Veo que no te has enterado y lamento ser yo quien te dé la mala noticia. Es *persona non grata* en la jefatura desde ayer; ya no puede considerarse autoridad, y me temo que lo mismo ocurre contigo.

17

Llamar a la puerta de Winge no le sirve de nada, pero prueba la manilla y la puerta se abre entre chirridos revelando una habitación penumbrosa. Winge está sentado en su cama mirando algo que está sobre la mesa que tiene al pie de la ventana: botellas de aguardiente, y tantas que el sobre de la mesa se ve claramente combado. Cardell se acerca, coge una y le quita el tapón para olisquear el contenido. Un vistazo rápido a su alrededor le sugiere que la que él mismo tiene en la mano es la primera que se ha abierto, y no ve ningún vaso vacío tirado en el suelo.

—Un buen producto, Emil. De lo mejorcito que hay, y en cantidad.

Winge asiente con la cabeza sin mirarlo y él coge una de las dos sillas que hay en el cuarto y se sienta entre su anfitrión y el tesoro que hay sobre la mesa. Siente rabia, pero hace lo que puede para controlarse.

—O sea que te ves en un aprieto y ésta es la mejor solución que se te ocurre... Recuerdo bien cómo estabas la última vez: tuve que limpiarte el vómito y sujetarte para que no fueras a hacerte daño por culpa de los espasmos. Si tomas ese camino de nuevo ya no habrá vuelta atrás.

Sus miradas se encuentran y Emil niega con la cabeza.

—Lo has malinterpretado, Jean Michael: las botellas no son mías. Desde mi punto de vista ni siquiera son botellas.

—¿Y entonces qué son?

—Un mensaje: me las he encontrado aquí tal como están.

—¿Y quién te ha enviado ese mensaje?

—Anselm Bolin, y lo que ha querido decir está claro: sabe dónde encontrarme, puede entrar aquí cuando le plazca y conoce mis debilidades mejor de lo que me habría atrevido a imaginar. No dudo de que también sea una muestra de piedad, aunque cruel al mismo tiempo. Hablamos, me hizo una advertencia y, en cuanto lo puse a prueba, respondió. Pero, generosamente me ofrece otra forma de escapar de la catástrofe: lo único que tengo que hacer es beber como antes y olvidar; entonces, él se olvidará de mí también.

—¿Cuánto rato llevas ahí sentado?

—No lo sé. ¿Qué hora es? Desde que volví de la jefatura de policía. Debió de ser ayer.

—¿Has estado sopesando la posibilidad de volver a beber?

Emil traga saliva y se pasa dos dedos por las comisuras de la boca.

—Se me ha pasado por la cabeza.

—Nada de eso: tiene que haber otro remedio.

Winge lo mira con los ojos inyectados en sangre.

—¿Cuál, Jean Michael? Dime. Pensaba que contaba con el apoyo de la jefatura, pero no es así. Mi trabajo no ha servido de nada: no tenemos recursos a nuestra disposición y nadie puede ayudarnos. Cualquier cosa que intentemos ya no estará bajo el amparo de la ley, sino todo lo contrario. Se nos verá como meros alborotadores, perturbadores de la paz.

Cardell se ha puesto en pie, espoleado por una frustración demasiado grande para dominarla, y empieza a ir y venir por la estancia gesticulando con el brazo como si animara a las palabras a salir. Al final, se detiene y habla por fin:

—Pues tendrás que resolverlo tú mismo. ¿Acaso te he pedido que fueras a pegarles a un par de marineros para sacarles información? Yo he cumplido con mi parte, cumple tú con la tuya.

Winge niega con la cabeza.

—No puedo. Le he dado mil vueltas y no encuentro solución.

—Entonces es que no has pensado lo suficiente.

Cardell se rasca la cabeza llena de cicatrices de quemaduras, da media vuelta y busca la manija de la puerta. El tono miserable de la petición de Emil al despedirse no hace más que irritarlo:

—Jean Michael, ¿podrías llevarte las botellas de aquí?

—¿Para qué? Al fin y al cabo toda la ciudad está que rebosa de aguardiente. La tentación te espera en cada puerta. Si no quieres beber, no lo hagas; la elección es tuya igual que siempre.

Abre la puerta y hace ademán de salir, pero vuelve la cabeza una última vez.

—Si no tienes suficiente inteligencia para hallar una solución, pregúntale a tu hermano.

18

Anna Stina Knapp observa la habitación que le han destinado: amplia y provista de todo lo que puede necesitar. Un largo pasillo conduce hasta allí, y el resto de la actividad de la casa se reduce a un rumor lejano: pasos en el suelo de madera de la habitación de arriba, ruidos de la cocina y del lavadero, voces amortiguadas que murmuran palabras incomprensibles. La puerta no está cerrada con llave: le han dejado claro que no está presa ni atada por ninguna deuda; es libre de abrir en cualquier momento, recorrer el pasillo y salir a la ciudad entre puentes. Su anfitrión le ha dejado claras sus intenciones y ha contestado a todas sus preguntas; ha decidido que la verdad es su aliada y que la colaboración voluntaria de ella es indispensable para conseguir lo que quiere.

¿Por qué iba marcharse? Allí tiene de todo, no en demasía, pero aun así es una riqueza que supera su imaginación, comparada con el año que ha pasado: le sirven tres comidas al día y cada mañana le llevan un balde de agua caliente, jabón y un paño limpio para secarse. Poco a poco, su cuerpo se ha ido acostumbrando. Al principio protestó, expulsó todo cuanto ingería obligándola a caer de rodillas sobre el orinal entre dolores estomacales. Aun así, ella insistió y se forzó a sí misma a comer y a retener la comida. Ha engordado un poco, las costillas ya no sobresalen en su costado como antes, brazos y piernas se van llenando de nuevo, las mejillas han recuperado redondez y color. El tocador tiene un espejo y ella suele mirarse. Cada día que pasa la vagabunda famélica, la desconocida de la mirada hueca, va dejándole su lugar a una mujer en la que ella se reconoce. Es como si el tiempo hubiera caminado al revés. Por las noches cena con Tycho y conversan siempre sobre lo mismo: él le pregunta por su vida y ella se la cuenta, sorprendiéndose al revivir a todos aquellos a los que ha perdido: Maja, su madre; Lisa Soledades; sus desgraciadas compañeras en la hilandería penitenciaria de Långholmen.

Por las noches sueña con sus hijos Maja y Karl. Sus pieles quemadas se han enfriado hasta formar una costra carbonizada. Ahora tienen frío. Llevan sendas velas, pero las pequeñas llamas no los calientan. Están famélicos y sedientos, tienen las piernitas delgadas como astillas. Como nunca aprendieron a caminar, consiguen ponerse en pie, pero se tambalean impotentes en el sitio, sin poder alejarse de la tierra quemada que marca el lugar donde una vez estuvo el orfanato de Hornsberget. A su alrededor, el mundo está desierto y oscuro: los vivos no son más que sombras lejanas, intangibles, fantasmas para quienes viven en el mundo de los fantasmas. Gritan sin palabras, y sus voces afónicas apenas se sobreponen al viento frío que sopla entre hollín y matas de hierba calcinada, pero ella sabe lo que dicen: «Madre, ¿dónde estás? Madre, ¿por qué nos has dejado aquí?» Se despierta empapada en sudor frío, sobre un revoltijo de sábanas mojadas, con una desesperación que sólo mitiga la rabia: ésa es la única manera que tiene de consolarse. La asusta, pero no quiere rehuirla. Ve a Cardell inclinándose para besarla: la muerte de sus hijos nos es más que un destello en su mirada libidinosa.

Ceton va a verla cada mediodía, siempre atento a sus necesidades. De hecho, parece saber siempre qué es lo que ella necesita: hablar, escuchar, guardar silencio en compañía de otra persona durante un rato. Al otro lado de la ventana el mundo es gris: el otoño le ha robado sus colores. Pesadas gotas chocan contra los cristales empujadas por el viento del mar. De vez en cuando la lluvia deja paso a la nieve, que se derrite lentamente en el quicio de la ventana. En un rincón de la habitación hay una estufa de cerámica para ella sola. Por la mañana y por la tarde la alimentan con suficiente leña para que esparza su calor durante toda la jornada.

Un día empiezan a dolerle el vientre y las articulaciones, siente presión en la frente, pero ha pasado tanto tiempo desde la última vez que menstruó que se pregunta si no será una de esas fiebres que sobrevienen cuando quedan atrás los meses de calor. Al día siguiente empieza a sangrar. Es la primera vez en meses. Tiene que pedir paños, que aparecen rápidamente y sin preguntas. Unos días más tarde se acaba. Espera unos días más para estar segura y finalmente, un mediodía, le da a Ceton la noticia que estaba esperando:

—Estoy lista para ir. Déjame ver tu cuchillo.

19

La ciudad entre puentes tiene su propia voz: el bullicio, y en los meses que ha pasado allí Emil Winge ha aprendido a escucharlo y a interpretarlo. En las primeras noches cálidas del año estaba lleno de promesas y de excitación por las próximas ejecuciones en el patíbulo de Hammarby.

Esa mañana, sin embargo, el bullicio expresa indignación, ira y asombro. Oye corretear a quienes llevan la noticia a los incautos que todavía no se han enterado. Él no ha podido dormir y ha oído a la ciudad despertarse. Sabe que ha ocurrido algo relevante y se apresura a meterse la camisa dentro del pantalón, ponerse el abrigo, bajar las escaleras y salir a la calle a desafiar el frío. Está claro que los impresores tampoco han pegado ojo: los periódicos de la ciudad ya van por la segunda edición, llena de erratas por las prisas. Lleva encima dinero suficiente para comprar no uno, sino dos, y ojea un tercero por encima del hombro de un caballero rubicundo que le lanza una mirada de resignación.

Se abre paso entre la gente que se apretuja y de pronto oye que alguien le susurra en el oído y percibe un vaho frío y con olor a tumba. Conoce bien esa voz.

Cecil dice: «Ésta es tu oportunidad.», Cecil dice: «Esto lo cambiará todo.»

20

Ha pasado algo: la plaza Slottsbacken está llena de gente. Cardell oye las voces de quienes se han congregado allí. Algunos parecen nerviosos, otros han bajado la voz hasta un mero susurro. Han puesto guardias en la puerta de la Casa Indebetouska, varios policías fornidos maltratan a los que se acercan a preguntar. Cardell se abre paso a duras penas entre la muchedumbre mientras calcula sus posibilidades de que lo dejen entrar meramente por su labia: tienen aspecto de haber hecho carrera a base de no escuchar ni comprender. Se detiene y espera, dubitativo. Ve que dejan pasar a muy pocos y se decide a rodear el edificio. Enseguida encuentra la puerta de atrás, también fortificada, pero considerablemente menos vigilada. Aprovecha que un policía está entrando para mandarle un aviso a Blom y al poco rato el secretario asoma por la puerta, con el sombrero puesto y el abrigo sobre el brazo.

—Cardell, llegas en el momento oportuno. Me doy a la fuga, guíame hacia la libertad.

En una de las tabernas que sirven chocolate caliente con la esperanza de aprovechar que las cafeterías están cerradas consiguen hacerse un hueco a una mesa. Luego, Cardell da algunos codazos con su brazo bueno para que les den más espacio.

—¿Qué está pasando?

Blom lo mira atónito.

—¿Hablas en serio? Debes de ser el único en toda la ciudad que no lo sabe. ¿Es que no lees los periódicos? ¿No tienes amigos?

Cardell se estira para poder coger un periódico abandonado en la mesa y desliza la mirada por todas las páginas entornando los ojos.

—La última vez que leí uno de éstos, la noticia del día era una batalla poética entre dos plumíferos, y a la mayoría de la gente la considero un estorbo, sentimiento que me parece que es mutuo.

Blom se inclina hacia delante y baja la voz como si tuviera un secreto que compartir.

—Anoche le tendieron una emboscada al mismísimo duque: un grupo de asesinos se atrincheró delante del palacio de Drottningholm, entre los arbustos del jardín, con un arma cargada. El disparo se oyó hasta en los salones.

—¿Han matado al duque Carlos?

Blom niega con la cabeza.

—No, no. Los criminales se confundieron. El duque es amoroso por naturaleza y suele tomar atajos por el parque de camino a sus *tête-à-tête*, pero en esta ocasión ha tenido suerte: le dispararon a un guardia que estaba por allí y que era lo bastante parecido a él para que lo confundieran en la oscuridad de la noche. Para colmo erraron el tiro, pero cuando el guardia corrió al palacio a dar la voz de alarma llevaba un buen agujero en el abrigo. Han estado toda la noche buscándolos, aún sin resultados. Al parecer eran tres.

—¿Quién los mandó?

—Los gustavianos, sin duda. Puede parecer que a los partidarios de Armfelt se los ha tragado la tierra, pero siguen ahí. Quieren ver al joven príncipe tomar el relevo de su padre, y sin el duque de por medio la regencia caería como un castillo de naipes.

—Entiendo. O sea que en realidad no ha pasado nada. La situación es la misma: mucho ruido y pocas nueces.

—En un sentido sí, pero las consecuencias políticas de esta agresión parecen ser de largo alcance: Reuterholm no ha tardado en explicar el atentado como una venganza por el cierre definitivo del *Extra Posten* y a los perpetradores como unos traidores dispuestos a derramar sangre con el fin de poder promover bazofia sin censura. Es el pretexto ideal para intensificar la persecución de sus enemigos políticos, y en el palacio, lo mismo que en la Casa Indebetouska, todos corren de aquí para allá como pollos sin cabeza con la esperanza de destacar por su compromiso y su lealtad a pesar de que nadie tiene ni idea de dónde están los asesinos frustrados ni de qué puede hacerse para encontrarlos.

Cardell se aclara la garganta.

Busca las palabras adecuadas; sin embargo, como de costumbre, se ve obligado a conformarse con las primeras que le vienen a la cabeza.

—Pues yo iba a buscarte por otro asunto.

Blom entorna los ojos.

—Ah, claro. Discúlpame. El misterio del alcaide de la hilandería con poco ímpetu.

—Exacto, ¿has averiguado algo para mí?

—He hecho mis pesquisas. Hybinette, que compartía estancia con Pettersson, tenía mucho que decir sobre el asunto, y al precio de unas cuantas jarras de cerveza. Puedo confirmar tus sospechas: se dieron unas circunstancias sumamente singulares aquella noche.

Blom hace una pausa dramática, y Cardell intenta complacerlo poniendo cara de curiosidad a pesar de las quemaduras.

—Petter Pettersson fue despedido ese mismo mediodía: el inspector Krook le comunicó la decisión, que era irrevocable. Tenía que marcharse de inmediato, tras todos esos años en la hilandería.

—Hay que joderse.

—Hybinette, que no tardó en sentirse a sus anchas, me contó más detalles. Krook recibió, al amanecer, la visita oficial de una persona que le mostró documentos que daban fe de su autoridad y que dijo estar investigando varios supuestos maltratos en la hilandería penitenciaria, adonde muchas buenas conciencias habían dirigido la mirada en estos tiempos de desgracia en los que otros establecimientos destinados a la corrección de los delincuentes se han cerrado. Se trataría de castigos reiterados y arbitrarios sufridos por las hilanderas, motivados, en su mayor parte, por el placer que el alcaide Pettersson encontraba en infligirlos. Krook se dejó convencer para ir en persona hasta la hilandería y comprobar los abusos, y quiso la casualidad que Pettersson estuviera ese día pintando el pozo de rojo, y con una erección que por poco le reventaba las costuras del pantalón. Tras preguntarles a los guardias qué había hecho aquella joven, descubrieron que su única falta había consistido en preguntar si podían darle otra corteza de pan en el desayuno. Acto seguido, Krook fue a visitar la enfermería y allí encontró la explicación a los pésimos resultados económicos de la hilandería. Lo demás ya te lo imaginas: a Petter Pettersson no se le volvió a ver sobrio y, como lo expresó su amigo Hybinette, daba la impresión de haber perdido las ganas de vivir. Así que el duelo del que me hablaste llegó en el momento oportuno, y fuera quien fuese quien acabó con él, probablemente le hizo un favor.

Cardell se masajea los párpados con los dedos de la mano derecha y ve toda clase de fuegos fatuos.

—¿Y quién era el hombre que fue a ver a Krook?

Cardell llama a la puerta de Winge, pero no obtiene respuesta y esta vez no consigue abrirla. Mira a través del cerrojo y mueve la cabeza de un lado a otro intentando ver todos los rincones de la habitación. Las botellas siguen en la mesa en hileras impecables y con los tapones en su sitio, los vasos están cubiertos de polvo. No hay nadie.

Termina encontrando a Emil en su propio cuarto del callejón Överskärargränd, donde la puerta destrozada da paso libre a cualquiera que se sienta invitado. Está sentado con varios periódicos en el regazo.

—He hecho lo que me has pedido: he encontrado una solución.

21

Emil pone los periódicos en la mesa delante de Cardell como haría una adivina con sus cartas. Todos han elegido la tipografía más grande para los titulares, pero la información es escueta y el resto son especulaciones escritas a toda prisa durante la noche —aunque algunos han sacado más de una edición actualizando detalles o agregando datos aportados por fuentes presuntamente bien informadas—. Cardell hace un gesto de impaciencia.

—Entiendo que lo que tienes en mente es el fallido asesinato del duque.

Emil Winge asiente con la cabeza.

—Sí. He conseguido todos los periódicos que he podido. Hay mucho por aclarar y creo que nada es lo que parece.

—¿A qué te refieres?

—La más antigua de las estratagemas bélicas es fingir ser la víctima de un ataque y justificar así el supuesto contragolpe. Quizá esto sea un montaje. Los gustavianos, a los que Reuterholm tanto odia, parecen estar en un largo compás de espera, pero de esta forma el barón podría demostrar que todavía suponen un peligro. El guardia al que han disparado es el único testigo, y lo cierto es que no importa: Reuterholm tiene a la jefatura de policía bajo su yugo. Se sacarán las conclusiones que más le convengan al régimen. En fin, a ti y a mí ni nos va ni nos viene.

—Eso mismo pensaba yo. Por mí, los altos jerarcas pueden matarse a tiros entre sí. De todos modos, me parece que no has venido a verme para sugerirme que me suscriba a un periódico.

—Te lo contaré a su debido tiempo. Por el momento basta con que sepas que he hallado una solución a nuestros problemas. Sólo necesitamos dos cosas.

—¿Que son?

—Primero necesitamos a Anna Stina Knapp, la muchacha a la que tanto tiempo llevas buscando.

—Ésa es la primera, ¿y la segunda?

Winge mira hacia la ventana.

—Necesito refutar el imperativo categórico.

—¿Qué?

—La verdad es que tengo mis dudas: no sé si el plan que he pensado se puede llevar a cabo.

—¿Me tomas el pelo?

Winge niega con la cabeza y aprieta los labios.

—¿Al final todo lo que hemos hecho será en vano? ¿Acaso no juramos que ningún precio sería demasiado elevado con tal de triunfar en esto?

—Sólo he dicho que tengo mis dudas, no que me haya rendido. Simplemente necesito más tiempo para reflexionar, pero primero que nada tengo que hacer una cosa que llevo mucho tiempo postergando.

Cardell, que había estado caminando de aquí para allá por su cuarto se detiene, pone la mano en la pared y apoya la cabeza sobre el brazo. Intenta tranquilizarse. Con un suspiro, se vuelve de nuevo hacia Emil y le habla con una paciencia que le sorprende a él mismo:

—Está bien, Emil. Haz lo que tengas que hacer. Ya me contarás.

Winge recoge los periódicos de la mesa, los dobla y se los guarda en el bolsillo del abrigo. Se dirige hacia la puerta pero se detiene en el umbral.

—Te lo has tomado con mucha más serenidad de la que esperaba.

—Creo que las conclusiones a las que llegues no cambiarán nada: llevo un año buscando infructuosamente a esa chica y no veo cómo las cosas puedan ponerse a mi favor de golpe y porrazo.

22

Los tilos que bordean los jardines de las mansiones señoriales de la dehesa de Ladugårdslandet han perdido sus hojas. Sopla un viento caprichoso, las aguas de la bahía de Katthavet ondean pesadamente después de unos días de bochorno inusual y su permanente mal olor se percibe con menos intensidad en la ciudad. Emil Winge pasa por delante de la iglesia de Eduviges Leonor y el asilo de pobres de la parroquia. En ese barrio, las chabolas se apretujan manzana tras manzana, mal preparadas para el frío que se avecina. Los niños, con los labios azulados y las rodillas rojas, juegan a pillarse por los callejones, ansiosos de mantenerse en movimiento para combatir el frío. Más allá, las casas se espacian, alternadas con terrenos de cultivo y pastos para el ganado. Encontrar una dirección en esa zona le parece casi imposible cuando ni siquiera conoce los nombres de las calles. No le queda más que preguntar a partir del único nombre que tiene, y de preferencia a los viejos, para aprovechar su larga memoria. Así, va avanzando con indicaciones que no siempre le parecen convincentes.

La casa que busca queda apartada, detrás de un muro y al abrigo de un manzano cargado de fruta. Una escalera se adentra en su copa, y en lo alto hay un hombre con la chaqueta desabrochada para refrescarse un poco. Se apoya en las ramas para alcanzar los ejemplares más rojos, y se los va pasando de uno en uno a una mujer que, entre risas, los atrapa con el delantal para luego dejarlos en un cesto. El hombre dice algo que Winge no alcanza a oír y la mujer vuelve a reír. Es muy bella. Ya no es joven, pero el tiempo ha sido benévolo con ella, y lleva con gracia sus pocas arrugas, unos hoyuelos algo más hondos que antes, unas incipientes patas de gallo alrededor de los ojos. El hombre parece unos años menor. Está elegante con su cuerpo esbelto, sus bigotes muy negros y bien recortados, su atuendo sencillo. Emil se queda observándolos un rato desde la verja hasta que la mujer lo descubre y deja caer al suelo la manzana que acaba de coger. Desde la copa del árbol se oye una exclamación de sorpresa cuando la siguiente fruta cae al suelo y rueda por la hierba. La escalera cruje quejumbrosa bajo el peso del hombre mientras éste desciende; entretanto, la mujer se acerca a Emil con pasos inseguros, pálida como la nieve.

—¿Cecil?

Emil niega en silencio.

—Soy Emil, su hermano.

Aunque Emil continúa detrás de la verja, el hombre va hacia allí y se pone delante de la mujer con las mejillas enrojecidas por la certeza de que algo va mal y aquel visitante espontáneo tiene la culpa. Su voz tiene el tono brusco de quienes están acostumbrados a dar órdenes.

—¿Qué buscas aquí?

La mujer le pone una mano en el hombro.

—Johan, ¿me harías el favor de dejarnos solos un momento?

La expresión del hombre pasa a ser de sorpresa y, desconcertado, mira al uno y la otra.

—Emil es mi cuñado.

El hombre abre la boca para decir algo, pero no lo hace. Toma la mano que se ha posado en su hombro, se la lleva a los labios y la besa. Luego abre la verja y sale antes de dejar entrar a Emil, a quien saluda con un breve movimiento de cabeza sin dejar de mirarlo con unos ojos que lo dicen todo. Finalmente, se dirige a la mujer con intención de que el otro lo oiga:

—Llámame si me necesitas, Emma. Estaré aquí al lado.

Se abotona la chaqueta y se echa a andar con despaciosa ostentación mientras le da un mordisco a la última manzana que ha cogido.

Emil y Emma se quedan un rato de pie sin que nadie se atreva a decir la primera palabra. El llanto de un niño, que llega desde dentro de la casa viene a su rescate.

—Se ha despertado, acompáñame dentro.

Las vigas rojas de la casita se asientan firmes y juntas, cada hendija cuidadosamente tapada con lino. Sólo hay dos cuartos, uno con una estufa, el otro con una cama y una cuna donde está el pequeño. Emma ve sus grandes ojos azules bien abiertos y lo coge en brazos. Luego se sienta en una silla y, mientras lo acomoda en su regazo, le ofrece otra silla a Emil.

—Se llama Erik. Cumplirá dos años en diciembre. Estamos intentando destetarlo, pero cuando Johan no está lo malcrío a escondidas.

El niño ha descubierto al desconocido y, mientras Emma lidia con el chal para poder descubrirse un seno, mira atentamente a Emil, quien intenta identificar rasgos conocidos en el rostro regordete.

—¿Es hijo de...?

—¿De Cecil? A veces lo miro y me pregunto lo mismo, pero no lo sé. Johan y yo hemos decidido que él sea su padre.

Se recoloca al niño bajo el chal mientras Emil mira hacia otro lado. Se siente un intruso y el chal sirve de poco. Poco después siente que ella lo está mirando.

—Te pareces muchísimo.

—Mucha gente lo dice.

—Siendo así, quizá comprendas las heridas que abres con tu visita. ¿Por qué has venido?

Emil se retuerce en la silla, no sabe si debería decir lo que ha ido pensando a lo largo de todo el camino.

—¿Te habló alguna vez de mí?

—Sí, Emil, me hablaba a menudo de ti.

—Entonces ya sabes cuántas veces supuse una molestia. El caso es que ni siquiera ahora, cuando ya no está, puedo dejar de serlo: vengo por razones puramente egoístas.

—¿Y cuáles son esas razones?

—Cecil y yo teníamos puntos de vista muy distintos. Es muy tarde para que nos reconciliemos, pero he pensado que igualmente me ayudaría saber por qué tomó ciertas decisiones hacia el final de su vida y ver adónde han conducido.

Busca en vano las palabras adecuadas para continuar y ella tarda en echarle una mano.

—Te refieres a Johan y a mí...

Él asiente en silencio, sonrojado y sin atreverse a mirarla a los ojos.

—Veo que sabes lo que ocurrió. No mucha gente puede decir lo mismo.

—Cecil se confió a un amigo que a su vez me lo confió a mí. No se lo he contado a nadie más.

Ella se endereza y suena casi desafiante en su sinceridad:

—Entonces ya sabrás que fue Cecil quien me buscó un amante. Debió de haberle tomado tiempo encontrar a Johan, y después lo frecuentó para cerciorarse de que era el adecuado. Pienso a menudo en cómo se debió de sentir, pero, bueno, todo salió como lo había previsto... hasta que un día abrió la puerta de un dormitorio demasiado pronto y cayó en el hoyo que con tanto esmero había cavado. Entonces nos dejó a Johan y a mí solos con la culpa, sin poder hacerle reproches a nadie más. —Se pone al niño en el otro pecho—. De todas formas, el plan de Cecil estaba tramado a la perfección, como todo lo que él hacía: la vergüenza tendría que habernos consumido. Después de traicionar a su amigo moribundo, Johan sólo quería unirse a algún ejército y que el enemigo decidiera su destino, y mi tormento no era menor. Me ha tomado bastante tiempo reconciliarme con las intenciones de Cecil y conseguir que Johan entienda que la mejor manera que tenemos de honrar su memoria es amarnos y perdonarnos aquella infidelidad.

—¿Sois felices juntos?

Ella asiente con la cabeza.

—Claro que sí. ¿De qué otro modo se justificaría el sacrificio de Cecil? Ambos lloramos su muerte. Nos casamos el año pasado. Erik ya había nacido, pero el pastor comprendió la situación y fue tan bondadoso que nos dejó registrarlo a nombre de Johan. La guerra ha terminado y con ella cualquier perspectiva de ascenso: tendremos que apañarnos con su sueldo de cabo por mucho tiempo, pero aunque la pobreza es dura me consuela pensar que mi marido no morirá en un campo de batalla. En realidad, tenemos lo que necesitamos; esta casa es pequeña, pero suficiente para los tres y ya veremos cómo hacer sitio si vienen más. Tenemos pan y leche, manzanas y a veces incluso carne los fines de semana, y si todo eso se terminara aún nos tendríamos el uno al otro. Cecil nos dio todo eso. Si todavía siento alguna amargura, la endulzo con agradecimiento.

Emil se queda un rato quieto en la silla, como para guardarse cada palabra en la memoria. El niño está saciado, eructa satisfecho y gorjea contento cuando Emma lo acuna después de abotonarse la blusa.

—¿Es eso lo que has venido a escuchar, Emil?

—Sí, era eso. Muchas gracias.

Ella lo acompaña a la puerta y, justo cuando él está a punto de cruzar el umbral, lo agarra del brazo. Sorprendido, Emil se vuelve y siente la mano de Emma en la mejilla. Permanecen así un momento hasta que ella cierra los ojos y se inclina hacia delante para besar unos labios que él sabe no son los suyos.

—Gracias por haber venido.

Cuando se ha alejado lo suficiente, tiene que buscar apoyo en una cerca para tratar de poner en orden sus pensamientos. Luego sigue su camino tambaleándose como si estuviera ebrio. Las palabras que ha escuchado revolotean en su cabeza, las frases saltan de aquí para allá, el suelo se le antoja inestable. Unos niños lo toman por un borracho y empiezan a seguirlo entre gritos y risas hasta que su indiferencia hace que se marchen. Emil ni siquiera se ha percatado de su presencia. No sabe adónde va, ni siquiera percibe el frío creciente de la tarde. El cielo y la tierra se oscurecen; ve relámpagos. Se le saltan las lágrimas y la tormenta interior lo hace reír y llorar alternativamente.

23

Cardell hace su triste ronda con la rutina como estrella polar. No le queda otra: hace tiempo que la ciudad entre puentes dejó de ofrecerle caminos nuevos y le parece que ya ha visto cada rostro con el que se cruza. Los mendigos han vuelto tras la limpieza del verano porque estos días albergan la última esperanza del año: las heladas ya vuelven mortales las noches, y en breve el frío será demasiado como para sentarse en cualquier sitio. Todo el mundo tiene menos dinero y la limosna escasea. Cada vez oscurece más temprano, apenas hay unas horas de luz grisácea. Por encima de la cabeza de Cardell, el manto de nubes descansa sobre las columnas de las chimeneas: el mundo vuelve a tener techo bajo.

Camina despacio porque sus músculos siguen rígidos y reticentes, sólo su aspecto fiero y su evidente miseria lo salvan de los ladrones. Su deambular lo lleva a dar la vuelta a toda la isla de Stadsholmen, del muelle de agua salada al puerto del lago Mälaren, de los palacios reales a las letrinas. No obtiene nada. El cuarto de Emil está cerrado con llave, el suyo está igualmente desierto. De camino a casa ha conseguido un trozo de pan y un poco de cerveza. Come y bebe deprisa, simplemente para aplacar el hambre. En su cuartucho hace frío y no puede hacer otra cosa que recolocar los trapos que algún huésped anterior, más espabilado, ha dejado por ahí para tapar las hendijas del marco de la ventana, ceñirse más el abrigo y esperar que su propio cuerpo caliente el cuarto. Sentado en su camastro escucha las campanas de las iglesias, que van contando horas y cuartos hasta que termina el día y el vigía de la torre sustituye los tañidos con gritos afónicos. Da una cabezada y reacciona con el cuello adolorido, pero se vuelve a dormir. En sueños, sigue recorriendo la ciudad, pero al contrario que en la realidad encuentra por fin a Anna Stina y lo invade una sensación de triunfo y de terror a un tiempo.

Lo despierta el rechinar de los goznes. Pestañea en la penumbra: no está solo. Se frota los ojos, pero la imagen persiste: es ella, de pie en el quicio de la puerta, inmóvil como si ése fuera el umbral del sueño. El miedo le oprime el pecho y le impide decir nada. Sólo puede quedarse quieto y seguir mirando, temeroso de que cualquier movimiento ahuyente a la aparición. Ella tampoco se mueve. La escasa luz que se cuela por la ventana hace destellar fugazmente el puñal que ella lleva en la mano. Por fin consigue hablar, aunque con voz ronca y poco firme:

—Te he buscado durante mucho tiempo, Anna Stina. He pasado muchísimos días y noches deambulando sin rumbo. ¿Dónde has estado?

—Lejos.

Se acerca al borde del camastro para verla mejor: parece entera, limpia; pálida pero sana, y se alegra por ella, sea lo que sea lo que esté por venir. Guarda silencio y espera pacientemente sus palabras.

—Mis hijos están muertos y se dice que la culpa es tuya.

Un abismo se abre a los pies de Cardell y siente el vértigo de la caída.

—No mienten.

Se levanta de su sitio y va a su encuentro. Ella alza el arma.

—Si vienes para que salde mi deuda contigo, no pienso resistirme: esa deuda me pesa muchísimo. Coge todo lo que tengo; ojalá fuera más, suficiente para comprarte algo que valga la pena.

Cardell se agacha y, con evidente esfuerzo, se pone de rodillas delante de ella. Despacio, extiende la mano y la pone sobre la de ella, que aprieta el mango del puñal, y se acerca el alma al cuello hasta colocar el filo justo en la escotadura yugular.

—Clávalo aquí, así podrás estar segura de que será efectivo y rápido. No necesitas mucha fuerza. Lo he visto antes. Pero saldrá mucha sangre, Anna Stina, así que apresúrate a apartarte si no quieres mancharte la ropa.

Sólo con un esfuerzo sobrehumano consigue soltar su mano cálida, y le resulta igual de difícil cerrar los ojos, pero lo hace de todos modos, no por él, sino más bien por ella: le parece que ya ha recibido más de lo que se habría atrevido a pedir. Unos recuerdos le vienen a la mente y no sabe si habla en voz alta o sólo está pensando:

—Siempre ha sido así tratándose de nosotros: tú, yo y un borde afilado entre los dos. A la tercera va la vencida.

El infierno aparece delante de sus ojos cerrados: un fuego lejano, ansioso por completar la tarea que el incendio de Hornsberget dejó a medias. Oye un ruido e imagina que son las puertas del averno cerrándose tras él, pero abre los ojos y ve el cuchillo caído en el suelo y a Anna Stina sentada en la silla. Se palpa el cuello: la herida es tan diminuta que sólo ha salido una gotita de sangre. Sin saber por qué, siente cierta indignación: estaba listo y ella se lo ha negado, sigue vivo y sin perdón. Una vez más, nota el escozor de la culpa que tendría que haber pagado ya y que a todas luces seguirá creciendo.

—¿No habías venido a eso?

—He venido para confirmar lo que jamás tendría que haber puesto en duda.

—¿Qué?

—Que unas veces se hace el mal buscando el beneficio propio y otras, con buenas intenciones: tú no mataste a mis hijos a propósito.

—No, fue por estupidez: unas pocas palabras dichas con rabia delante de unos oídos que creía sordos. Puse en manos de Erik Tres Rosas el arma que necesitaba para vengarse.

La vergüenza de poner palabras a su crimen lo hace callar, pero un último rayo de esperanza lo impulsa a hablar de nuevo:

—¿Ya que me has dejado vivir, ¿puedes perdonarme?

—No lo sé.

—¿Y entonces?

Anna Stina acaricia la piel requemada sobre una de sus clavículas, fina como las alas de una polilla, y él la siente estremecerse.

—No sé con certeza adónde nos lleva la muerte. ¡Maja y Karl vivieron tan poco tiempo! En mis sueños veo un mundo de sombras donde vagan las almas a las que se les negó una vida larga. A lo mejor ese sitio existe, a lo mejor venían de allí, tomaron forma humana en mi vientre y ahora han regresado, pero quieren estar con su madre: en mis sueños, oigo cómo me llaman en un idioma que solamente yo entiendo. Quiero volver a tenerlos conmigo, si no a ambos, al menos a uno.

A la distancia, oyen el grito que marca las dos. Miran hacia la ventana y, como tantas veces a esas alturas del año, descubren que el cielo, que parece ocultarse a la vista durante el día, se muestra de noche: las nubes se han dispersado y brillan las estrellas.

—Tú conoces mi historia, Mickel: los hombres siempre me han hecho daño. Estoy rota: jamás volveré a miraros con alegría ni disfrutaré de lo que tenéis que ofrecer. Pero ahora necesito uno... y sólo te tengo a ti.

Incapaz de decir nada, Cardell niega con la cabeza.

—Mírame a los ojos y dime que no es esto lo que llevas mucho tiempo deseando.

—Así no, Anna Stina, nunca así.

—Elias me contó todo lo que aprendió escuchando a escondidas en los burdeles. Las mujeres cuentan los días para poder evitar algunos y no poner en riesgo su medio de vida. Yo he hecho lo contrario: es el momento adecuado para mí, y tú mismo has reconocido tu deuda conmigo. Tienes que pagarla. —Ella lleva una camisa que se desabrocha con dificultad. Su desnudez se perfila tímidamente bajo la luz de las estrellas—. ¿Te es más fácil si finjo que me gusta?

Fingen los dos.

24

Winge llama a la puerta rota del cuarto de Cardell de buena mañana. El sol aún no ha salido y la luz sólo alcanza a delinear el horizonte. Lo oye arrastrar los pies y hacer esfuerzos, luego ve que entreabre la puerta y asoma medio rostro quemado y un ojo hinchado, nada más.

—Espérame en la calle, Emil. Bajaré en cuanto acabe de empolvarme la peluca.

El callejón Överskärargränd está a oscuras: el único farol de la manzana ha consumido ya la última gota de sebo y esparce un tufillo a pabilo chamuscado. La escarcha cubre los adoquines y las cornisas de las ventanas que dan al callejón. Winge taconea en el suelo intentando no helarse hasta que el portón se abre de golpe y Cardell sale a la calle. Ninguno de los dos propone una dirección en concreto, pero enfilan hacia Skeppsbron, donde el sol de la mañana no tarda en asomar tras una red de mástiles y sogas.

—¿Qué te ocurre, Jean Michael?

—No quiero hablar de ello.

Se queda callado y señala con su puño de madera en dirección a una bobina de cuerda en la que hay sitio para los dos.

—¿Y tú, Emil? ¿Cómo has pasado la noche? Ayer tarde fui a tu habitación y no había nadie. Sea lo que sea lo que ha pasado, parece que te ha hecho bien, pero ¿dónde has estado?

—No sabría decirlo con seguridad. Estuve deambulando por la ciudad. Necesitaba tiempo para pensar.

—¿Vagaste sin rumbo toda la noche? ¿Con este frío?

—Sí.

—¿Y ha merecido la pena?

—Sí, Jean Michael. Ahora está todo claro.

—¿A qué te refieres?

—A que he sido un loco toda mi vida, un alucinado peleando con sombras. Ayer fui a la casa de mi cuñada y descubrí que mi hermano me había dejado pruebas que confirman teorías que he rechazado toda mi vida. Pero al mismo tiempo sé que yo tenía razón. Entonces, ¿cómo conciliar los opuestos, cuando la verdad de uno parece por fuerza ser el error del otro?

Cardell frunce el entrecejo y se encoge de hombros, Emil cierra los ojos y busca el sol con la cara.

—Vamos dando tumbos por la vida con los medios que tenemos a nuestro alcance. Elegimos ciertos símbolos, los dotamos de valor con tal de poner orden en el caos y luego nos sometemos a ellos: es como si todos hubiésemos nacido para ser esclavos. Las mentiras que nos contamos para consolarnos se vuelven gruesas cadenas.

—¿A qué mentiras te refieres?

—A todo aquello a lo que le damos crédito en nuestra estupidez. En caso de no ser mentira, no tiene por qué ser la verdad última. Existen las opiniones y las perspectivas, y ni siquiera lo bueno y lo malo son absolutos.

—Pero ¡qué dices! Si no creemos en nada, ¿cómo vamos a continuar viviendo?

Emil niega con la cabeza.

—Somos libres de creer lo que queramos, pero debemos elegirlo por nosotros mismos, sin que nos condicionen la tradición y la costumbre. Toma mi eterna batalla contra mi padre y Cecil, ¿de qué sirvió, sino para confirmar su intransigencia y la mía? La razón era nuestro becerro de oro. La única verdad es que no existe ninguna garantía y que, si queremos ser libres, tenemos que sacarnos de encima lo que nos han inculcado y atrevernos a pensar por nosotros mismos. Era tan fácil como levantar un velo, pero yo lo creía un pesado yugo. Siempre he tratado de explicar lo que me pasa con la lógica de otros, o bien reconciliar ideas en conflicto. No lo haré más: mis decisiones no tienen por qué ser consecuentes a ojos de los demás; no he de responder ante nadie y hasta ahora no lo había entendido. Soy libre, Jean Michael, en la mente y en el corazón.

—¿Y Cecil?

—Se ha ido como las sombras cuando se impone la luz, ahuyentado y perdonado. No volverá a importunarme. Que descanse en paz en su tumba. Desearía que hubiese vivido más tiempo, pero todos somos fichas de un juego de azar.

Cardell suelta un suspiro y vuelve hacia el sol la parte de su cara que no sufrió los efectos del fuego.

—No voy a fingir que entiendo de qué hablas, Emil; con que tú lo entiendas me basta. Simplemente asumiré que tus tribulaciones han quedado atrás. Así que, ¿cuál es el plan?

—Erik Tres Rosas, su Linnea y su pobre primo Schildt; la viuda Colling; Albrecht y Wilhelm, los jóvenes de la Hermandad de Moravia cuyas vidas fuimos incapaces de salvar pese a estar advertidos del peligro que representaba Ceton; no me siento capaz de dejar todas esas muertes inexplicadas y condenarlos al olvido: su inocencia tiene que salir a la luz y Tycho Ceton debe ser llevado ante la justicia y condenado con pruebas.

—Seguro que sus hermanos Euménides harán todo lo posible para protegerlo.

—En efecto, y ahí reside parte de nuestra tarea: hay que reducir a los Euménides a la nada. He pensado muchísimo en ese asunto y la única arma de la que disponemos golpeará a todo el mundo con la misma fuerza. Nosotros mismos deberemos cometer perjurio, y los delitos de los que los acusaremos no son aquellos por los que deberían responder. El camino de la justicia es tortuoso. Teniendo esto claro, ¿quieres seguir adelante?

Cardell se rasca una picadura de piojo detrás de la oreja y escupe el jugo de tabaco con suficiente fuerza como para hacer que un pato cambie de dirección en el agua.

—Que se vayan todos al infierno, no me importa el camino que cojan mientras los descansos sean pocos.

—Entonces sólo nos falta la muchacha: la lista no puede estar en sus manos, a riesgo de involucrarla.

Cardell finge seguir una gaviota con la mirada hasta volver la cara por completo.

—Sé dónde está.

25

Las ventanas iluminadas arrojan una luz trémula sobre la escalinata de la Bolsa y Gillis Tosse se ha soltado la corbata y se ha desabotonado el chaleco y la camisa, dejando el pecho expuesto al viento que azota la plaza. El frío no lo incomoda: puede que sea un flagelo para los pobres, pero para él siempre resulta refrescante. En la sala, el baile continúa sin él, los tacones golpean rítmicamente la madera y entre los golpes se cuelan las notas de la música. La melodía le suena, aunque no se sepa el nombre; intenta silbarla, pero enseguida se rinde. Está borracho, pero aún hay sitio para más, así que se lleva la copa de vino a los labios y echa atrás la cabeza para alcanzar hasta la última gota; entonces, el mundo cambia: la plaza desaparece y ve, entre las nubes, las estrellas que se apretujan, hermosas y lejanas, y las saluda como hermanas con una sensación de triunfo: todas y cada una están iluminándolo precisamente a él. Pero el peso de su propia cabeza lo desestabiliza; tiene que dar un paso atrás para no perder el equilibrio; sin embargo, su talón choca con un escalón más alto y termina por irse de espaldas. No pasa nada: cae sentado en un escalón superior. Le ha saltado la peluca y, cuando lo nota, suelta una carcajada que más parece un relincho. Llegan dos plebeyos al rescate, seguramente con la esperanza de recibir a cambio una recompensa. Le dan la mano, lo ayudan a ponerse en pie, pero la mano se le antoja extraña y, cuando la palpa, descubre que está dura y rígida. Pestañea y, de pronto sin color en la cara, mira primero a uno y luego al otro. Dos rostros que recuerda vagamente. Desconfiado, Gillis Tosse niega con la cabeza.

—Esto ya ha pasado otra vez.

El grandullón lo coge del brazo con la mano buena y lo guía escaleras abajo sin darle ocasión a elegir mientras Tosse escruta al más pequeño con ojos entornados.

—¿Es una tomadura de pelo? Diablos, ¡¿qué le han echado al vino?!

Se detienen a la vuelta de la esquina, al pie del campanario de San Nicolás. Tosse se tambalea sobre piernas inestables entre la fachada y el puño de madera. La voz del guardia es ronca y amenazante, como si tuviera almacenados un montón de improperios para más tarde.

—Sí, ya nos hemos visto antes, y justo aquí. Hace dos años. Gracias a Dios, vosotros, los epicúreos, sois una tropa muy predecible: nunca os perdéis un baile en la Bolsa, ¿no?

Tosse dirige una mirada acusatoria a Emil.

—Pero ¿qué estás haciendo aquí? ¡Si estás muerto! Lo celebré con champán. *Faux pas*, maldita sea. Un mal hábito donde los haya.

—Deja que te presente a Emil Winge.

Tosse asiente con ojos empequeñecidos y, con dedos torpes por el aguardiente, se abotona la camisa, ahora que el calor del baile lo ha abandonado.

—El hermano menor. Idéntico. Es verdad: lo recuerdo de Uppsala. El eterno estudiante. ¿Y bien? ¿Qué queréis?

La voz del tal Emil tampoco es muy distinta a la de su hermano, si bien no tan afónica.

—Hemos venido con una propuesta que difícilmente podrás rechazar.

—Permíteme que lo dude.

—Te ayudaremos a disfrutar de una vida más larga.

Gillis Tosse siente que la embriaguez empieza a ceder antes cuestiones de mayor importancia; su autoridad vuelve a asentarse firmemente sobre sus cimientos, que no son otros que su propia persona. De repente, la preocupación que le perseguía le parece ridícula.

—¿Me amenazáis? ¿A mí? ¿Un sábado por la noche, en pleno baile? No estoy desprotegido: puedo hacer que os azoten como perros con tan sólo chasquear los dedos.

Irritado, Tosse constata que sus dedos lo traicionan y le roban todo el efecto a su réplica. Hace ademán de marcharse, pero el puño de madera se lo impide con tal firmeza que su cogote choca contra el muro.

—Cierra el pico y atiende, si sabes lo que te conviene.

Emil Winge se le acerca y baja la voz.

—Recordarás que Magdalena Rudenschöld se libró de la picota el otoño pasado. Antes de que la trasladaran a otra prisión, pasó un tiempo en la hilandería penitenciaria y logró sacar, a escondidas, una lista de personajes, hasta entonces desconocidos entre sí, dispuestos a apoyar a Armfelt y alzarse en armas contra la regencia. Esa lista había estado perdida, pero ya no: la tenemos en nuestro poder.

—¿Y qué tiene que ver eso conmigo? A mí la política me la trae sin cuidado. No dudaría en mearme en la cripta de Gustavo, y tampoco me importaría salpicar a Reuterholm.

—Seguro que eres lo bastante astuto como para entender lo que les pasaría a quienes aparecen en la lista si cayera en manos del régimen, en especial en estos días, cuando han intentado matar al duque en los jardines de palacio.

—No los envidiaría por su destino. La Rudenschöld se libró sólo porque tiene tetas y coño. A los hombres el duque los despellejaría, les partiría los huesos y colocaría sus cadáveres en un poste en lo alto de la colina de Hammarby a modo de aviso para otros, y todo eso sin mayores protestas. Anckarström, el asesino del difunto rey, contemplaría la escena desde el infierno y pensaría que sus últimas horas no fueron nada en comparación.

—Pues nos sería muy fácil añadir tu nombre a esa lista: hay bastante espacio en el papel.

La sangre abandona la cara de Tosse. Balbucea, pero no pronuncia palabra, se apoya en la pared y le parece oír el siseo de las tenazas al rojo vivo y el crujido de sus huesos al partirse. Busca una vía de escape a la derecha, a la izquierda, pero en vano. Se inclina hacia delante y vomita, bajo la mirada de asco de Winge y Cardell. Después se sienta un momento en el suelo y, mientras busca apoyo para incorporarse, su voz suena resignada en su abyección:

—¿Cómo puedo ayudaros?

Winge prefiere sentarse en cuclillas antes que esperar a que Tosse recupere el equilibrio con sus inútiles intentos.

—Los Euménides, a los que tú perteneces, tienen un círculo más íntimo, ¿no es así? Me refiero a los hermanos que eligen qué mociones se llevan a votación.

—Todo apunta a que ahora nos hacemos llamar los Bacantes.

—Eso es irrelevante, responde a la pregunta.

—Sí, sí, es correcto: la camarilla. Pero no a todos se nos confían sus nombres.

—Averígualos para nosotros.

—Pero ¿cómo?

Cardell gruñe.

—Si fuera fácil, lo haríamos nosotros mismos antes que correr el riesgo de que nos salpiques con vómito. Arréglatelas como puedas.

Winge es más amable:

—Anselm Bolin debe conocerlos, ¿no es cierto? Ve a verlo y consigue que te los revele. Aquí el compañero Cardell te seguirá y te esperará fuera.

Ninguno de los dos reconoce una sola palabra entre los sonidos que Tosse emite. Cardell mueve la cabeza como para relajar el cuello.

—Por lo que he oído, a Anckarström le cortaron el pene y se lo metieron en la boca antes de decapitarlo.

Tosse tiene el estómago vacío, pero la bilis corre amarilla por la cuneta. Todo está claro.

26

Gillis Tosse titubea un momento con el puño cerrado antes de llamar a la puerta de Bolin, en el callejón de Gaffelgränd. No le hace falta volver la cabeza para recordar que lo están observando: Cardell espera en la esquina cuesta arriba, entre las sombras, bajo una farola apagada. La borrachera ha tocado a retirada, cediendo el paso al frío. Tosse tirita y se palmea los hombros, el pecho y la barriga intentando entrar en calor. Luego hace de tripas corazón y deja que sus nudillos golpeen la madera. Hay luz en una ventana de la tercera planta y, efectivamente, al poco rato oye el quejido de la escalera y unos pasos lentos, como de alguien que cojea afectado por la gota. Cuando la puerta se entorna, es Bolin en persona quien asoma la nariz y le lanza una mirada de sorpresa e irritación a partes iguales.

—¿Tosse? ¿Qué ocurre? Es pasada la medianoche.

—Tenemos que hablar, Anselm. Por favor, déjame entrar.

Bolin frunce los labios ante el tuteo, se inclina hacia delante y olfatea el aire.

—¿Estás ebrio?

Tosse suspira con resignación.

—Por desgracia ya se me ha pasado.

Se queda callado, cambiando el peso del cuerpo entre los dos pies, hasta que Bolin se encoge de hombros y da un torpe paso a un lado.

—Pasa. De todos modos, la edad ahuyenta el sueño.

Bolin sube con lentitud las escaleras, apoyándose en la muleta y en la barandilla alternativamente, y Gillis Tosse lo sigue de cerca. Se dirigen a la luz: una llamita solitaria arde en un candelabro en el salón privado. A medio camino se encuentran con un criado somnoliento y desfajado. Salta a la vista que se ha despertado con el ruido en la puerta y se ha apresurado a echarse cualquier cosa encima. Corre a encender las demás velas del candelabro.

—Gillis, ¿quieres café?

—Me encantaría si tú también quieres beber un poco.

Bolin le hace un gesto a su criado y luego se deja caer con cuidado en un sillón cuyo asiento lleva ya la profunda marca del peso de su cuerpo. Se carga la pipa con esmero y Tosse le da fuego. Al rato vuelve el criado con una bandeja y una jarra de cobre humeante encima; también lleva tazas de una porcelana tan fina que a Tosse le parece ver las llamas de las velas a través de ellas, y un platillo con galletas bañadas en cacao. Alrededor de Bolin y Tosse se suceden las vitrinas llenas de mariposas, cada una sostenida por un alfiler de plata. Varias están abiertas, y sobre una almohadilla hay más especímenes esperando ocupar su sitio. Bolin sirve café mientras Tosse mira en derredor.

—¿Dónde van esas mariposas?

Bolin se encoge de hombros y da un sorbo.

—Es curioso, Tosse. A menudo me parece haber encontrado la clasificación perfecta, pero apenas me siento y cambio de parecer, y pienso que mis papiliónidos deberían estar junto con mis ninfálidos por el tipo de alas, y me paso una noche entera trasladándolas. Entonces regreso aquí a la mañana siguiente y los colores se me clavan en los ojos, y entonces me pongo a devolverlas al lugar donde estaban.

Da una larga calada a la pipa y, mientras deja escapar el humo lentamente, reclina la cabeza y entorna los ojos.

—Has venido por algo relacionado con Tycho Ceton, ¿no es cierto?

—¿Aún lo tienes aquí contigo?

—Todavía es mi invitado, pero cuenta con su propia habitación y me cuido de cerrar bien la puerta que separa la suya de la mía cada noche. No debes preocuparte por él.

—Esto del cambio de nombre me molesta más de lo que creía.

—¿Por qué? ¿Tienes gustos más conservadores respecto de las tragedias griegas?

—¿Cómo?

—Nada, era una broma.

Bolin se frota los ojos cansados, y Tosse rellena la taza vacía de su anfitrión mientras aprovecha la oportunidad de pasear la mirada por toda la estancia. Su corazón se acelera cuando descubre la hermosa carpeta de cuero grabado que está sobre el escritorio de Bolin, la misma que vio en sus manos mientras recibía a los invitados en la escalinata de la Inigualable. Recuerda que ponía una marca junto a cada nombre que le susurraban al oído. Bolin sigue hablando con voz trémula:

—No entiendo por qué le das tanta importancia a una cuestión tan banal. Nuestra sociedad tiene por costumbre cambiar de etiqueta cada tanto, dependiendo de las circunstancias y del ingenio. Hace que nuestros pasos sean más difíciles de seguir, lo cual nos beneficia a todos. No falta gente erudita en nuestro círculo y, tras el espectáculo de Ceton, alguien sacó a colación el destino del rey Penteo a manos de los seguidores de Dionisio. De ahí el nombre. Fue una coincidencia: Ceton no tuvo nada que ver.

—Aun así...

—¿Qué tiene Ceton que te molesta tanto?

—No es uno de nosotros.

—Tú no entiendes a Tycho Ceton y eso te asusta. No te culpo, pues así lo planeó la naturaleza: la mayoría persigue el placer de la vida, pero a Tycho le interesa la muerte. La mayoría de las cosas que dice para ganarse nuestro favor las ha sacado de libros franceses, ingenuamente escritos por alguien que no conoce la realidad. En fin, es una larga historia. Puede que estés en lo cierto, pero nuestros intereses se cruzan en muchos sitios. *Quod erat demonstrandum.*

Bolin se termina la taza por segunda vez y hace una mueca de desagrado cuando llega al poso. Se inclina hacia delante en su sillón y trata de hacer una mueca que inspire confianza, pero no lo logra del todo.

—Piensa en él como en un animal exótico: una víbora venenosa o un macaco con un sombrero divertido, una distracción que, ciertamente, hay que mantener, y que no se puede dejar desatendida porque podría crecer más de lo esperado y dar más problemas que placer, incluso morder la mano que lo alimenta. Llegado ese día es preciso devolverla al lugar de donde viene, pero no antes. En todo caso, no es muy peligroso.

Tosse se retuerce en la silla y cruza las piernas. Tanto café ya debería de haberle dado a Bolin ganas de orinar. Con un jadeo ahogado, se estira para llenarle la taza por tercera vez, y maldice la gota que debe de haberlo obligado a entrenar su vejiga para dilatarse hasta lo inconcebible. Levanta la jarra y en ese momento ve complacidos sus ruegos.

—Discúlpame un momento, Tosse. La naturaleza me está llamando.

Mientras Bolin se levanta y se dirige cojeando al rincón oculto donde está el mueble con el orinal, Tosse exagera su interés en las vitrinas llenas de insectos voladores, aunque en cuanto el otro se ha alejado lo suficiente se pone de pie y va detrás del escritorio. Con manos temblorosas, pasa las hojas de la carpeta hasta que encuentra la que busca y se la guarda por dentro del chaleco.

27

Cardell percibe algo en el aire y se pregunta si serán imaginaciones suyas. No sabe decir qué es, pero le resulta desconocido y familiar a un tiempo. La obsesión debe de estar haciéndolo delirar mientras espera en las sombras. A su alrededor, la ciudad ha quedado en silencio. Un uniformado hace su ronda a toda prisa para no pasar ni un instante más de lo necesario lejos de la protección de su puesto de guardia. Muchos juerguistas caminan de vuelta a casa apoyándose unos en otros, pero en un puñado de tabernas arden aún las velas, y tras los cristales de las ventanas se adivinan fantasmas tambaleantes que van a orinar y vuelven. Así son los locales baratos: después de medianoche se transforman de sitios para beber en techos bajo los cuales los vagabundos y miserables se quedan a dormir pegados unos con otros para calentarse. La totalidad de los cuerpos dormidos genera un calor mayor que la suma de sus partes: por una vez, la naturaleza fue benévola. Las ventanas están empañadas por el vaho.

Cardell oye abrirse la puerta de Bolin, unas voces que se despiden, unos pasos que resuenan por el callejón desierto. Espera un momento en su esquina hasta que la impaciencia lo saca de su escondite para ir al encuentro de Tosse. Éste se mete una mano por dentro del chaleco y le entrega un papel arrugado como si le quemara los dedos mientras reza en voz baja e hipa intermitentemente.

—Toma, cógelo. Y prométeme que me dejarás en paz. ¿Me das tu palabra?

Cardell asiente con la cabeza.

—Sí.

Tosse se sacude como un perro inválido y murmura para sí mismo.

—Joder, qué noche. Me pregunto si el baile continúa. A lo mejor me da tiempo de beber lo suficiente para despertarme sin recordar nada.

Tras quedarse solo, Cardell empieza a subir la cuesta en dirección a Överskärargränd, pero se detiene. Es muy tarde, las pocas farolas que se han molestado en encender ya han consumido su sebo, pero una sigue ardiendo en la esquina de la calle Österlånggatan, y su luz lo atrae como a una polilla. Con su única mano, alisa las arrugas del papel contra la pechera de la chaqueta. Sus ojos tardan un rato en poder cumplir su cometido: el farol no es más que un balde de metal colgado en alto con agujeros lo bastante discretos como para salvar la llama del viento. Para que las letras vayan apareciendo bajo la luz, tiene que ir moviendo la hoja entre suspiros y vaho. Nunca ha sido un lector rápido, y necesita tiempo para descifrar la elaborada caligrafía. Va leyendo los nombres uno a uno, baja el papel, continúa. Varias veces hace ademán de marcharse, pero se fuerza a seguir. Al final, baja el papel y se queda de pie cabizbajo. Tiene que apoyarse en la pared como si estuviera mareado y el puño de madera resbala en el revoco helado. Termina sentado en el suelo, se cubre la cabeza con el brazo bueno y se queda así mucho rato, meciéndose lentamente. El campanario de la iglesia de Santa Gertrudis marca la hora. Entonces siente una caricia gélida en la mejilla y abre los ojos, consciente de pronto del origen de la sensación que lleva toda la noche rondándolo: nubes de nieve. Han empezado a soltar su carga sobre la ciudad entre puentes. A su alrededor, los esponjosos copos descienden parsimoniosamente hasta caer sobre los adoquines. La ciudad se va envolviendo con la mortaja de la expiación y él tantea con la mano buscando dónde apoyarse para ponerse en pie. Luego sacude el cuerpo para quitarse la nieve de los hombros y avanza mancillando el manto blanco de la cuesta con las suelas de sus botas a lo largo del camino que Tosse recorrió momentos antes, hasta la misma puerta.

28

Emil Winge va de tienda en tienda tapándose la cara con la bufanda para no darse a conocer más de lo necesario. Otros hacen lo mismo porque el frío escuece en la cara y amenaza con congelar las narices, así que no llama particularmente la atención. Busca los papeles correctos entre grandes pilas, y las horas le enseñan a distinguir una hoja de otra como si se tratara de animales de distintas especies. Lo primero que nota es que, entre lo que parecía simplemente blanco, hay muchísimos matices que van del blanco más puro hasta el amarillo y el marrón, pasando por el color hueso. En algún momento piensa que su búsqueda ha terminado con éxito, pero una comparación con la nieve de fuera lo convence de su error.

Sin embargo, el color no es la única diferencia: hay hojas finas como el ala de una mariposa y otras tan gruesas que, en cuanto las dobla, se quedan marcadas con feos pliegues. La textura es el tercer rasgo. De lejos es fácil pasarla por alto, pero basta acercar el ojo e inclinar el papel bajo la luz para descubrir un paisaje completamente distinto: diferentes materias primas producen tramas inconfundibles entre sí, el algodón, el lino, el cáñamo, algunas veces con pétalos de flores mezclados. Se ha permitido desgarrar una esquinita para apurar sus posibilidades, teniendo cuidado de no manchar el trozo con sus dedos desnudos, pero el tiempo puede haber hecho su trabajo y haber transformado a los papeles hermanos en extraños irreconocibles. Se desespera, y con las horas comprende que lo máximo a lo que puede aspirar es algo a medio camino de todos los requisitos, demasiados para satisfacerlos todos. Hace su elección, la que más indicada le parece. Luego empieza a probar diferentes tintas.

En la Esclusa, los chiquillos ponen a prueba el hielo quebradizo. Insensibles al frío por efecto del frenesí, compiten para ver quién se acerca más al agua sin mojarse los zapatos. Las aguas del Báltico asoman aquí y allá bajo sus pisadas. Ha caído mucha nieve y la gente tiene que avanzar por estrechos senderos en calles que el día anterior eran suficientemente anchas para albergar a todo el mundo. Ahora, en cambio, tienen que apretujarse, empujarse y clavarse los codos entre juramentos. Emil conoce lo bastante bien la ciudad para saber que los más altos y robustos pasarán primero. Consciente de su estatura y peso, espera su turno saltando sobre uno y otro pie para no helarse.

Cardell le ha sugerido que se hospede en casa de la viuda Gry y su hija Lotta, en el barrio de Södermalm, lejos de las redes de Bolin. El cuartucho no le permite dormir estirado del todo, pero le basta, y junto al ventanuco ha podido colocar una tabla a modo de escritorio. Se apresura para aprovechar la poca luz que aún queda del día. La viuda parece llevar bien su presencia allí. Es muy maternal, y Emil sospecha que su estatura y su cuerpo enclenque lo convierten en un buen sustituto para Lotta, que planea mudarse por su cuenta en cuanto llegue la primavera. Le guarda la mejor parte de la comida y, cuando se sientan a la mesa, incluso insiste en que no se levante hasta acabarse la sopa y las gachas. Como pago, él ha estado enseñándole a la niña a leer mejor. Ella es buena estudiante, y él, mejor profesor de lo que pensaba. En su interior, la voz de Cecil ha desaparecido, igual que la duda y el desasosiego; se ha cerrado la puerta que daba a toda una biblioteca en la que no había cabida más que para la razón y la lógica. No la echa de menos, ya no la necesita. Se ha despedido con gusto de la astucia y del cálculo, de la maquinación y la estrategia. Ya ha pensado todo lo necesario, ahora es tiempo para la acción.

Necesita un momento para que sus manos heladas entren en calor antes de ponerse en marcha. Es más difícil de lo que recuerda de los inviernos en su cuarto de estudiante: sus dedos permanecen mucho rato blancos y entumecidos por mucho que los agite y los caliente en las axilas. Cuando finalmente lo consigue, apoya meticulosamente el cuchillo contra la pluma y corta hasta que la punta traza una raya del mismo grosor que las de la lista que ha colocado delante con sumo cuidado, como si un movimiento demasiado brusco fuera a reducirla a un montón de migas. Ha comprado bastante papel barato para practicar, y dos hojas del correcto para poder darse más de una oportunidad. Luego se pone a escribir, primero despacio y con cuidado, para aprenderse todas las particularidades de la diestra pluma de Magdalena Rudenschöld, debidamente enseñada por sus preceptores, más tarde con seguridad, para que la letra contraste abiertamente con la torpe caligrafía de la lista de Bolin. Copia los nombres una y otra vez con creciente confianza. Cuando anochece, enciende una vela y dedica aún algunas horas más a su tarea antes de probar con la primera hoja del papel correcto. Asiente satisfecho ante el resultado. Ya casi está; todas las piezas que necesitan para armar el puzle de su plan están a punto de quedar en su sitio. Para cuando salga el sol, será como si la mismísima Rudenschöld hubiera sujetado la pluma y escrito la lista entera de su puño y letra. Entonces el pabilo titila y suelta su último suspiro con una columnita de humo oloroso. Él termina de apagarla con los dedos humedecidos de saliva, se acurruca en la cama con la ropa puesta y se duerme agotado y esperanzado entre los ronquidos de la viuda, al otro lado de la pared.

Dedica la mañana siguiente a conseguir que todos los detalles queden perfectos; desgasta los bordes del papel, lo arruga y ensucia un poco para luego echarse encima todas las prendas que tiene y desafiar al frío para ir al encuentro de Cardell. Como las puertas de las cafeterías siguen selladas, han decidido quedar en la catedral. Los numerosos fieles tiritan en los bancos. Sin duda están allí para resguardarse del viento gélido, más que por su devoción. Los sacristanes van de aquí para allá vigilando a los congregados y escarmentando a los que han encontrado una postura lo bastante cómoda para echar una cabezadita, a los que pillan con una botella o abiertamente borrachos. Al lado del altar ensaya el coro de niños, y el entusiasmo de los chiquillos irrita al resacoso director. En cualquier caso, cantan como los ángeles, y entre el ruido de plegarias y de pasos que se arrastran por las naves sus voces se elevan y parecen iluminar las bóvedas.

Winge y Cardell avanzan discretamente por un pasillo, entre columnas acabaladas, y encuentran un rincón tranquilo bajo el pedestal en que San Jorge está a punto de dar muerte al dragón con su espada. Emil le tiende a Cardell su obra, que ha llevado por dentro del chaleco con la palma de la mano encima todo el camino desde Södermalm, temeroso de toparse con algún ratero o alguna ráfaga demasiado fuerte.

—Dásela a la muchacha. Sabe adónde tiene que ir, ¿verdad? Después, nuestro destino estará en sus manos. ¿Le has dejado claro lo que tiene que decirle al vigilante para asegurarse de que Edman la reciba?

—Tú no te preocupes.

—¿Será capaz de recordar las respuestas adecuadas si Edman la interroga allí mismo?

—Sabes todo lo que ha tenido que vivir, ¿crees que el interrogatorio de Edman puede ser peor, por más insidiosas que sean sus preguntas?

—Edman es poderoso y resolutivo. Si todo sale como deseamos, sus medidas no se harán esperar. No creo que tarden más de una hora. Tenemos que aguardar en casa de Bolin hasta que llegue la policía y, en cuanto lo hayan sacado a rastras, entrar a por Ceton sin que le dé tiempo siquiera a sospechar. Luego será nuestro. Ya tengo preparadas las pruebas, los mensajes para los periódicos y hasta los carteles que colgaremos en las esquinas si la comandancia de policía se muestra obstinada. Pero no lo creo: Magnus Ullholm es lo bastante espabilado como para reconocer una buena historia cuando la ve, y aunque no lo hiciera todo saldría adelante, no tendrá más alternativa que aprovecharse del asunto todo lo que pueda y llevarse el crédito de la detención y posterior ejecución de Ceton.

Emil se mordisquea la uña del pulgar y asiente para sí como repasando cada paso. Luego alza la vista al santo con su armadura dorada y la espada en alto.

—Mañana venceremos al dragón.

29

Cardell se despierta en medio de la noche. El cuarto está tan oscuro que no sabría decir si tiene los ojos abiertos o cerrados. Estira la mano, palpa con delicadeza el cuerpo caliente de Anna Stina, a su lado, y le viene a la memoria una sensación parecida: cuando el cañón estaba cargado y apuntando, y él sólo esperaba el momento adecuado entre la cresta y el valle de las olas para abrir fuego. Solía apartar a los hombres para que nadie fuera a resultar herido en el furioso retroceso del arma. Se quedaba él solo, esperando con la palma de la mano sobre el hierro caliente, hechizado y muerto de miedo ante la proximidad de la irracional fuerza explosiva que la mecha encendida hacía ya inevitable. El mero recuerdo le pone la piel de gallina, pero procura volver a dormirse sólo para despertar un rato después y empezar de nuevo. Pero en un momento dado se queda traspuesto y, al reaccionar, oye a Anna Stina moverse, nota un tironcito en la manta y, cuando abre los ojos y vuelve la cabeza, ve que ha empezado a clarear y distingue, bajo la luz todavía escasa, su hombro, su brazo y su cintura. Ella está quieta, sentada en el borde del camastro, y él también se queda inmóvil: no malgasta su energía pidiéndole piedad al tiempo inexorable, se concentra en grabar aquel perfil en su memoria, en capturar su belleza como si pudiera capturar una frágil burbuja en una campana de cristal.

Finalmente, Anna Stina se mueve despacio para no molestarlo, tantea el suelo en busca de la camisa. Cardell preferiría que la hubiese perdido, pero enseguida la encuentra, se estira para pasársela por la cabeza y a continuación se pone en pie, se agacha para recoger la falda y se la pone. Tres pasos más allá encuentra tirado el abrigo. Sus pasos son tan ligeros que no despiertan a las tablas del suelo. Entonces se vuelve hacia Cardell, alarga la mano y acaricia delicadamente su mejilla quemada.

—¿Mickel?

Cardell la mira a los ojos.

—Te quemaste al intentar salvarlos, ¿no es así? Corriste a meterte entre el fuego.

—De nada sirvió.

Cardell aparta la cara avergonzado, pero ella vuelve a ponerle en la mejilla su mano suave y fresca, irresistible pese a su fragilidad, y lo hace volverse de nuevo; luego se inclina y besa la piel abrasada.

—Mickel, esta herida es bella para mí.

Vuelve a sentarse junto a él y se queda ahí un momento hasta que la luz de la mañana los pilla a ambos en el camastro y ahuyenta el sueño que estaban viviendo. Entonces se pone de nuevo en pie y recoge el resto de su ropa.

—Ésta ha sido la última noche.

—Lo sé.

—Me marcho.

¿Qué puede decir? ¿Qué palabras serían suficientes?

—Adiós, Anna, y cuídate.

Y ya no está, y él se queda inmóvil como un muerto mientras el amanecer otoñal va pintando poco a poco el cuarto con su paleta de grises.

30

Esperan juntos en el callejón, escondidos detrás de un carro de leña que ha volcado. El viento sopla caprichoso, ora en una dirección, ora en la otra, y de vez en cuando les echa encima la escarcha que arrebata de los aleros, pero la nevada ha hecho una pausa, de modo que, aunque sea con los ojos lagrimeando, tienen vista libre de la puerta de Bolin. Cada vez están más cerca uno del otro por razón del frío; Winge salta sobre un pie y luego sobre el otro, y Cardell lo deja hacer, mudo y quieto.

—Un día me preguntaste qué pienso hacer cuando todo esto termine, Jean Michael. Me parece que ya lo sé.

—¿Ah, sí?

—Fui a ver a mi cuñada y pude vislumbrar la vida que Cecil debería haber tenido, con pareja e hijos. Nunca había anhelado algo así, pero era por desconocimiento, y quizá esas cosas estén a mi alcance en un futuro: quizá incluso alguien como yo puede merecer el amor de otra persona. En todo caso, después de hoy, todos los obstáculos habrán desaparecido y, si nada sucede, puede que tenga que culpar a mi propia cobardía.

—El que te llame cobarde tendrá que vérselas conmigo.

Emil da un paso rápido hacia atrás para esconderse.

—Hombres en la cuesta: ya vienen.

Son cuatro, todos ataviados con la casaca azul y el sombrero con pluma del cuerpo de policía, todos moteados de nieve. Siguen el ritmo del que va delante como buenamente pueden, dadas las condiciones del traicionero adoquinado, con los sables en la mano derecha. Se detienen frente a la puerta de Bolin y uno de ellos sube los escalones para llamar con el puño y, cuando abren, los otros van detrás y entran en la casa después de sacudirse la nieve de las botas zapateando en el descansillo de la escalera. Emil saca su Beurling del bolsillo del chaleco para comprobar la hora y asiente satisfecho.

—Muy bien. Por el momento, todo en orden.

Mientras esperan, la nieve empieza a caer de nuevo, y al poco rato lo hace con suficiente fuerza como para obligarlos a ponerse las manos como visera para poder seguir observando. Después de un cuarto de hora la pequeña comitiva vuelve a salir, pero dos policías llevan a una persona fuertemente agarrada por los brazos. Ahora es Cardell quien se muestra inquieto. De los dos que van en cabeza, uno camina cojo, apoyado en su bastón, apenas visible bajo una piel de lobo. La voz de Emil delata su confusión.

—Bolin va delante, el esposado es otro.

Cardell le pone la mano en el hombro.

—Emil, era la única manera.

—¿De qué hablas?

—De lo que me obligaste a hacer.

—Jean Michael, ¿qué está ocurriendo?

—Ésta es la única victoria que podremos alcanzar.

—¿Y por qué?

—Tosse me entregó una hoja con los nombres de los integrantes del círculo más selecto de los Euménides y yo la leí. Tu plan era brillante, Emil, pero no habría funcionado tratándose de esos personajes: una liebre no puede acudir a los lobos llevando los cadáveres medio devorados de otras liebres como ella y quejarse de un lobo abusivo. Lo único que habrías obtenido a cambio de tus esfuerzos es un puñal en el abdomen y un billete de ida al fondo de las aguas de la bahía de

Katthavet con las botas llenas de piedras. Sabíamos que los dados con que jugábamos estaban cargados, pero no hasta qué punto.

—¿El propio Edman estaba en esa lista? ¿Lode? ¿Reuterholm? ¿El duque regente? ¿Modée?

Cardell suspira de mala gana y niega con la cabeza.

—Nombres de ese tipo, mejor que no sepas cuáles.

Emil abre los ojos de par en par a pesar de la nieve mientras su mente se desboca sacando conclusiones.

—¡Hiciste un trato con Bolin! Me diste otra lista, no la auténtica. Lo que creí la desgarbada letra de Tosse era en realidad la tuya. —No puede ocultar su desconcierto—. Pero, Jean Michael, si estábamos en una posición tan mala, ¿con qué pudiste negociar?

—Elegí dos nombres que no me sonaban de la lista sustraída por Tosse y le dije a Bolin que aparecían en la carta de la Rudenschöld: le mentí a ciegas, rezando por dentro para que esos Euménides que me había sacado de la manga fueran lo bastante importantes para él como para que cediera a mis peticiones.

—¿Y cuando se dé cuenta de que lo has engañado?

Cardell sostiene la carta que Emil falsificó.

—No lo hará: ahora están ahí, entre nombres que he sacado de los periódicos o de la imaginación. Y he tachado el suyo.

—¿Qué compras a cambio?

—Vida por vida. En primer lugar, la tuya, Emil. Tú mismo me has obligado.

—¿Cómo?

—¿Acaso no me salvaste tú primero? Hablé con Blom, le pedí que hiciera unas pesquisas por mí: sé por qué Petter Pettersson está pudriéndose en la ensenada de Riddarfjärden. De no ser por ti, el muerto habría sido yo. Fuiste a ver a Krook y lo llevaste a la hilandería penitenciaria para que viera con sus propios ojos lo que sucedía. El despido de Pettersson fue obra tuya. ¿No dijiste que jamás seríamos amigos? Pues habrías tenido que ser consecuente, pero, visto lo visto, ¿qué otra cosa podía hacer yo?

La comitiva está muy cerca de ellos y Bolin se lleva dos dedos al gorro de piel a modo de saludo burlón. Dos agentes corren a coger a Emil.

—¿Adónde me llevan?

Cardell da un paso al frente, aparta las manos de los agentes y agarra a Emil de la nuca para hablarle al oído. Baja la voz hasta reducirla un mero susurro.

—Al manicomio, Emil. Escúchame bien: de sitios así ya has escapado antes. Cuando salgas, estarás a salvo: no te creerán una amenaza para ellos. ¿Quién le haría caso a un loco fugado que habla de complots? Olvida el pasado: la vida que quieres te espera al otro lado de un muro que no es más grueso que el ancho de una mano. Conseguirás escapar, Emil, no hay nada de lo que esté más seguro.

Cardell le aprieta el hombro y Emil abre la boca para responder, pero la vuelve a cerrar y se limita a negar con la cabeza. Anselm Bolin carraspea incómodo.

—Lamento interrumpir vuestras muestras de afecto, pero hace frío y aún quedan asuntos por zanjar.

Cardell se vuelve hacia Bolin y le ofrece la carta, pero cuando el otro va a cogerla retira la mano. Bolin hace un gesto con la cabeza a los policías, que acercan al hombre maniatado. Bolin hace gesto de ofrecérselo a Cardell.

—Según lo acordado.

Intercambian mercancía por el precio de compra. Bolin se aparta un poco para hojear lo que acaba de adquirir y va soltando risas guturales mientras lee los nombres, para terminar asintiendo con la cabeza en una muestra de agrado. Rompe el papel a lo largo y luego a lo ancho y se vuelve hacia los cuatro policías.

—Un riksdaler para quien se trague esto.

Ninguno de los cuatro se puede permitir negarse y, como si de hostias consagradas se tratara, Bolin va colocando trozos del papel sobre las lenguas que se asoman.

—Bien, eso es todo. Un gusto, caballeros. Hay un carruaje esperando abajo, en Skeppsbron, para llevar al señor Winge a su nueva morada. Señor Cardell, ha sido un placer. Adiós.

Los agentes caminan todavía asqueados por el sabor de la tinta y se separan en parejas; dos se dirigen cuesta arriba, dos se llevan a Emil en dirección al mar. Con sumo cuidado para no estropear las flores que se han secado en su cinturón, Cardell se saca el trozo de cuerda que le dieron el día que lo nombraron guardia y lo enrolla en las manos atadas de Tycho Ceton, que lleva en la boca rajada, a modo de mordaza, un pañuelo manchado de sangre. Finalmente, hace un nudo con una sola mano.

—Cinco años llevo arrastrándola y es la primera vez que lo uso, pero me doy por satisfecho.

31

Le han dado una celda individual. Hay paja esparcida en el suelo como si fuera una taberna o una pocilga. En el rincón, un orinal de loza desconchada que debe poner junto a la puerta cuando esté lleno, a cambio de un cuenco con la bazofia que aquí llaman comida: gachas, casi siempre, con manteca cuajada a fuerza de dejarla enfriar antes de servírsela. Los domingos, arenque salado, punzante al paladar, al que le sigue una sed inapagable. La ventana está tapiada con maderas con el fin de dejar sólo un hueco en la parte superior, demasiado arriba para alcanzarlo. Las paredes están repletas de garabatos tallados o escritos con tinta roja, marrón o negra formulada a base de ingenio. Algunos son legibles, otros no: sueños de venganza y de tormento de los enemigos, esperanzas de justicia, deseos carnales. Nada le sirve de ayuda. Por el ángulo de la luz sabe que la celda está orientada al oeste. Si pudiera llegar arriba podría vislumbrar la ciudad entre puentes, la guarnición de Skeppsholmen y la calle Skeppsbron, contrapuestas en las fauces de las islas. El día es corto y la noche larga, la luz nunca supera la penumbra. Por la puerta de la celda asoma la parte posterior de una estufa de cerámica que tapa la trampilla contra incendios. Nunca está caliente, y por las noches tiene que recoger paja del suelo y metérsela entre la ropa. Los murmullos de los locos le llegan desde todos los flancos, nunca hay silencio: un continuo rumor de parloteos, aullidos y berridos de gente hacinada en celdas tan pequeñas como la suya se filtra por las ranuras del suelo y del techo. Llantos y susurros, risas y ruegos, golpes en las paredes, jadeos de lujuria y dolor, ruido de loza al romperse.

No hay escapatoria posible: el muro es sólido, el cerrojo de la puerta, sólido e infalible; además, lo vigilan de cerca, continuamente. La caída, en caso de conseguir saltar por la ventana, sería mortal. Los vigilantes no le dirigen en ningún momento la palabra.

Emil sabe que Cardell no tiene la culpa: no sabía lo suficiente. Él podría habérselo explicado cuando aún estaba a tiempo, pero no había confianza entre ellos y no vio motivo. Ciertamente consiguió huir de la Casa Oxenstiernska, en Uppsala, pero con ayuda de su hermano. Había estado a punto de decírselo a Cardell en el callejón, pero se contuvo en el último momento: ¿por qué envenenar un regalo hecho de buena fe? Prefirió corresponder callándose.

Acurrucado en un rincón, se rodea las flacas piernas con los brazos, el mentón apoyado en las rodillas, y por enésima vez piensa en su dilema, absurdamente fascinado por su simetría: es a la vez perfecto y terrible. Acababa de romper el cerrojo invisible que lo aprisionaba y de ganar una libertad que no creía posible.

Ese cerrojo eran los demás; su padre, Cecil... En este momento, por el contrario, está solo y nadie puede ayudarlo. ¿Debería volver a levantar esos muros en su interior para huir de esa celda en la que se consume? ¿Es posible? ¿Puede la comprensión transformarse de nuevo en desconocimiento a base de voluntad? ¿Vale la pena pagar el precio? No lo tiene claro.

El tiempo inclina la balanza. Pronto, ha perdido ya la cuenta de los días. Apático, observa el miserable trozo de mundo que es ahora su mundo y, en un momento dado, toma conciencia de que una de las voces que parlotean sin cesar es la suya.

Un día, sin embargo, un cambio casi imperceptible de la luz altera las sombras rígidas de la celda. Vuelve la cabeza hacia allí y enseguida nota la sal de las lágrimas que ruedan hasta sus labios mientras sonríe triunfal.

—¿Cecil?

32

Cruzan el puente en dirección norte y luego continúan a través de Norrmalm, donde el frío hace crujir la madera de las casas y la gente ha tapiado las ventanas para conservar el calor del hogar frente al cual pasan horas apretujados. Van dejando un rastro alrededor de la ciénaga de Träsket, en cuya playa el suelo pantanoso se esconde bajo el hielo y la nieve. Pasan la colina donde se eleva el observatorio mientras el molino Spelbomskan intenta librarse de la nieve agitando las aspas. La vista es mala, hay poca gente a la intemperie, son menos aún los que se atreven a desafiar a la nevada alzando la vista para mirar a la extraña pareja y los que lo hacen no ven nada que justifique el esfuerzo: apenas un guardia que conduce a un prisionero maniatado, sin duda una prostituta o un alcahuete. Sólo llama la atención el rumbo que han tomado. Quizá se hayan perdido, lo cual no sería de extrañar porque la nieve ha transformado completamente el paisaje.

Cruzan sin problemas la barrera del puesto aduanero de Roslagstull. Por las ventanas de la caseta, Cardell atisba las espaldas de los aduaneros sentados alrededor del fuego, bebiendo aguardiente como quien echa combustible a las llamas y jugando a los dados, demasiado helados y borrachos como para darse cuenta de nada. Cogen la cuesta que sube hasta el bosque; a cada paso están más lejos de la vista de los demás y a esa altura las huellas a sus espaldas se borran en cuestión de segundos. Se detienen en una arboleda; Cardell no sabe si es la correcta hasta que oye el melodioso chapoteo del manantial, cuyas aguas brotan con demasiada fuerza para dejarse ahogar por el hielo. Limpia de nieve un tronco caído.

—Siéntate.

Clava una rodilla en el suelo para desatar a Ceton y le quita el trapo de la boca, medio congelado. Ceton se frota las manos, los hombros y los brazos. Sólo lleva puesta la camisa y los bajos de su pantalón cuelgan desabotonados a la altura de la rodilla, como si lo hubiesen sacado de la cama y le hubieran concedido sólo unos instantes para ponerse algo encima. Se abotona la camisa, se sube el cuello, estira los bajos del pantalón para taparse las pantorrillas y se rodea el cuerpo con los brazos.

—¿Y ahora?

Cardell se sube las solapas del abrigo y se mete la única mano en el bolsillo.

—Ahora nos sentaremos aquí un rato.

Bajo los árboles, la nevada es menor, cribada por la urdimbre de ramas peladas. El corto día se acerca a su fin. Detrás de las nubes, el sol rueda hacia abajo por el borde del mundo, y pronto no se verá ni la sangre que brota de su herida. Ceton tirita y sus dientes castañetean detrás de la mejilla rajada.

—O sea que al final sólo quedas tú. ¿Quién lo iba a decir? Me alegro de haber presenciado cómo has empujado a tu amigo al abismo. A decir verdad, ha sido una hazaña que merece una corona de laurel. Me gusta pensar que mi ejemplo puede haberte inspirado. Hay que ver lo lejos que has llegado, siendo tullido y todo: la primera vez que te vi pensé que tenías la cabeza tan dura como ese brazo izquierdo de madera.

—En los últimos años he tenido buenos maestros, más de uno.

—¿Y la pequeña Anna Stina? Le dediqué mucho tiempo y la cuidé como si fuera el padre que nunca tuvo. ¿Qué ha sido de ella? Di por hecho que recibirías su puñalada con los brazos abiertos, pero ahora que he visto la sangre fría con la que sacrificas a tus aliados me da que simplemente le partiste el cuello... después de tomar lo que ella te había negado durante tanto tiempo, claro está.

Cardell saca su bolsa de tabaco, se mete un poco a la boca, masca un momento y después escupe; Ceton baja la mirada, tirita de frío y echa un vistazo por encima del hombro: a las sombras, cada vez más densas.

—Discúlpame. Hablemos de otra cosa. ¿Los tiempos que corren, quizá? El último año de la regencia está llegando a su fin. Finalmente, los bienes relictos del viejo rey, entre ellos la propia Suecia, llegarán a su heredero: pronto tendremos un nuevo monarca.

—Esperemos que las cosas salgan mejor esta vez.

—¿De verdad crees que será así?

Cardell se encoge de hombros.

—El muchacho conoce el precio de la guerra: un puñado de perdigones en un cañón sucio mandó a su padre al otro mundo tras dos semanas de gangrena cuando él no tenía ni catorce años cumplidos. No sé de nadie que tenga más razones que él para amar la paz.

—El mismísimo Rousseau se habría quedado mudo ante tu tesis: «Nada enseña mejor a un joven el valor de la paz que el instructivo asesinato de su padre.» Sin embargo, no quiero ser socarrón. Digamos que, sea como fuere, el siglo está llegando a su fin.

—Y con toda precisión, ni un año antes ni uno después.

—¿Crees que el próximo será mejor? ¿Vendrán al fin los buenos años?

—Al menos hay buenas perspectivas. Hemos vivido una guerra tras otra, a cuál más absurda, y en cada una se derramó muchísima sangre. ¿Crees de veras que no hemos aprendido nada? Se habla de ideas nuevas, de un nuevo orden.

Tycho Ceton sonríe cínicamente.

—He oído hablar de ellas y sé que los franceses las han puesto en práctica en modos que sólo puedo llamar maravillosos, pero ¿y después, cuando la guillotina haya perdido filo y se haya saciado la sed de sangre? Incluso un rey puede engendrar a un hijo honesto. Reconozco que las probabilidades son pocas, pero prefiero creer en ellas antes que confiar en quien ha tomado el poder a sangre fría y traicionando a todo el mundo. ¿Y qué pasaría si los débiles se deshicieran de sus ataduras? Se volverían prepotentes y soberbios, y ellos mismos allanarían estúpidamente el camino hacia su perdición: las almenaras de la vanidad sólo sirven para reducir buena madera a cenizas. —Hace una pausa, niega con la cabeza y aprieta un poco más los brazos alrededor del pecho—. Pero quizá todo dé lo mismo. Al menos la diferencia no la marcan unas simples cifras en un calendario: lo único cierto es que una vida entera no da para aprender del pasado. El sufrimiento de los demás no trae consigo ningún aprendizaje. Cada generación siembra sus vientos. Nada mejora; a lo sumo, cambia. Los hombres como tú y yo siempre nos alzaremos por encima de la masa, igual de fuertes o astutos, igual de henchidos de odio. Prosperaremos y blandiremos armas recién forjadas para hacernos más daño el uno al otro de lo que los combatientes de ayer jamás pudieron imaginar, y las vidas que se pierdan por el camino no nos importarán para nada. Bailaremos en círculo alrededor de las atrocidades hasta que hayamos abierto un surco lo bastante hondo como para que sirva de tumba a toda la especie. —Suelta una carcajada—. ¿Quieres pruebas de que lo que digo es cierto? Míranos ahora a ti y a mí. ¿Qué más da si soy yo quien tiene razón, cuando tú eres el fuerte? Vas a matarme.

—Para ser precisos, te matará el frío.

La voz de Ceton se vuelve amarga al responder:

—No estarás pensando que se ganará algo con esto, ¿no? Los peores campan a sus anchas, como siempre, ¿por qué iba a ser de otro modo? Es lo que pasa cuando ciertas personas adquieren suficiente poder para que sus sueños queden al alcance de su mano. ¿De qué valdría la fortuna del rico si tuviera que someterse a leyes pensadas para los pobres? Ya podríais haber declarado enemigas vuestras a las olas del mar o a la nieve que cae. Ellos sólo sacrifican aquello de lo que pueden prescindir sin más, y tú los complaces de buena gana. Es una victoria tan insignificante que ni siquiera merece ser considerada como tal.

Cardell se encoge de hombros.

—Ya es algo.

Ceton se queda callado y zapatea en el suelo.

—¿Sabes? En cierta manera, llevaba esperando este momento desde hace mucho, aunque con sentimientos mezclados. Nada de lo que he hecho ni visto me ha permitido entender lo que ahora conoceré en primera persona.

Se quedan en silencio los dos y así permanecen durante un buen rato. Ceton sacude la cabeza y provoca una lluvia de escarcha en miniatura. Suelta una risita de asombro.

—Ya no tengo frío, mira.

Extiende las dos manos bajo los copos que caen del cielo. Están blancas y ya no tiritan. Vuelve las palmas hacia arriba y hacia abajo, las desliza sobre un piano invisible... Desafiante, se abre el cuello de la camisa y mira a Cardell con una ceja enarcada.

—A lo mejor no será como tú piensas.

Cardell escupe a la oscuridad.

—Esperemos un poco más.

Permanecen sentados otro rato hasta que un repentino desasosiego invade a Ceton. Con el cuello engarrotado, gira sobre sí mismo para otear la noche, no en dirección a la cuesta por la que han llegado, sino lejos, entre los troncos que tiene detrás y a los lados.

—Padre, ¿está...? —No hay nada bajo los árboles, a excepción de una brisa que recorre sin rumbo la capa de nieve virgen—. Este mundo se apaga para mí: ya veo el siguiente, pero ahí está todo negro. —Se queda quieto con la cabeza gacha y las lágrimas de la desesperación caen brillantes sobre la tela de sus perneras—. No hay nadie. Está vacío. Nadie viene a mi encuentro.

Cardell espera pacientemente hasta que el vaho deja de brotar por la mejilla abierta y la nieve deja de fundirse sobre los labios azules de Ceton. Se inclina e intenta moverle la cabeza, pero tiene el cuello rígido; pica un ojo abierto con el dedo. No hay reacción. Se vuelve a acomodar en el mismo sitio de antes y silba desafinando una vieja marcha. Hace un intento de visualizar el rostro del que aún no ha nacido y se pregunta si ella lo mirará alguna vez y atisbará una parte de lo que él fue. Espera que no, pues le gustaría que la criatura tuviera los rasgos de su madre. Entonces se quita el abrigo.

EPÍLOGO

PRIMAVERA DE 1796

De la corteza seca de los árboles y la tierra descongelada brota la vida. El sol alimenta tiernamente los nuevos brotes. El manantial del bosque ha reconquistado viejos cauces, lleno de agua de deshielo, y un torrente borboteante se desliza cuesta abajo y se aleja entre los árboles.

En el centro del claro, unas piedras circundan unas ramas carbonizadas con las que el fuego ha jugado libremente. Lisa Soledades está sentada en un tronco con los ojos cerrados y la cara vuelta al cielo. El sol de mediodía es demasiado intenso para que los párpados sirvan de escudo: ante ellos revolotean fuegos fatuos y colores sin nombre. Oye el canto de los pájaros y el murmullo del arroyo, pero de pronto también unos pasos. Aún están lejos, pero sin duda se aproximan. Ladea la cabeza, pone atención y muy pronto sabe varias cosas de la persona que se acerca: sus pasos seguros hacen pensar que está buscando precisamente ese claro y que sabe cómo llegar hasta allí; pese a esa seguridad, apostaría a que no se trata de un hombre: a veces tropieza con alguna rama, o se detiene y tiene que rodearla en vez de romperla con facilidad echando mano de su peso o de su fuerza. Lisa siente curiosidad por saber de quién se trata, pero una parte de ella, tras el doloroso aprendizaje que ha supuesto su vida, se rebela contra esa curiosidad y la impele a huir. No obstante, permanece sentada con los ojos cerrados hasta que el sonido de una respiración sustituye al de los pasos: el desconocido se ha detenido en el borde del claro; sin duda la ha descubierto y está indefensa; lo único que se le ocurre hacer es apretar aún más los párpados.

—Me dijo que estarías aquí.

Lisa abre los ojos con sorpresa y, tras un suspiro de alivio, responde:

—Vino a verme en otoño apoyándose en una muleta y me dijo que estuviera atenta al comienzo de la primavera, que, si te encontraba, te pediría que vinieras hasta aquí.

Anna Stina lleva la ropa gastada pero limpia y el pelo trenzado. Tiene el rostro pálido y la barriga prominente, aunque el resto de su cuerpo está igual de flaco que siempre. Es y no es la misma, igual que la propia Lisa, que lo sabría si pudiera verse en un espejo. El año transcurrido ha dejado su huella en ambas. Se quedan un rato allí, quietas, hasta que Anna Stina se lleva una mano al vientre.

—Dijiste que dos criaturas eran demasiado, ¿podré ir contigo, esta vez? —Anna Stina no quiere esperar a oír la respuesta: el silencio y la incertidumbre la asustan. Sigue hablando, aunque sin aliento—: Este bosque está lleno de recuerdos, no quiero que se interpongan en el futuro. Sé qué es lo que te hace volver aquí. Si me ayudas, podrías dejar ir a quien de todas formas se ha ido y darle tu amor al que pronto llegará. Sabes que, a cambio, será tan tuyo como mío. ¿Lo harás? —Anna Stina baja la vista, avergonzada—. No tengo nada, que lo sepas, sólo lo que llevo puesto; lo demás es lastre. —Cierra los ojos como si con ello pudiera restarle gravedad al momento y espera, pero los latidos de su corazón no dejan oír la respuesta—. Lisa, no te he oído.

—He dicho que tengo que buscarme otro nombre.

Anna Stina abre los ojos y ve una lágrima en cada mejilla de Lisa, una en la blanca, una en la roja. El sol ha bajado lo suficiente para asomar por debajo de las copas de los árboles; caliente y amarillo, convierte las nubes de mosquitos en un juego de luces y tiñe de oro hasta la más menuda de las ramas. A la distancia se oyen los tañidos apagados de las campanas de las iglesias, primero las de Eduviges Leonor y luego, como respuesta, las de San Juan. Detrás, al límite del oído, resuenan apenas las de los puntiagudos campanarios de la ciudad entre puentes.

—Ya es tarde, pero no quiero quedarme aquí.

—Las estrellas nos guiarán: esta noche el cielo estará despejado. Conozco el sendero con luz y sin ella.

En un abrir y cerrar de ojos, Lisa se ha echado ya al hombro el zurrón que siempre tiene preparado. Anna Stina siente el miedo que la incertidumbre había mantenido alejado hasta hace un momento. Tiembla por dentro: el futuro se inclina sobre el presente como un montón de hierros mal apilados. Vuelve a palparse el pesado vientre.

—A lo mejor el camino que le espera será difícil.

Lisa se vuelve hacia ella y un resplandor ilumina la marca de fuego de su rostro.

—¿Hay caminos de otra clase que merezca la pena caminar?

El sendero las lleva entre campanillas rosas de frágiles tallos. Una mano busca la otra. Las primeras estrellas van encendiéndose en el firmamento, hermosas e indiferentes, lejanas. Tan sólo unos pocos pasos después se pierden en la espesura y el anochecer.

Agradecimientos

Gracias a Fredrik Backman por varios años de amistad, compañía y apoyo, y por nuestros debates sobre literatura, que han supuesto para mí un enorme crecimiento personal.

Gracias a mi editor Adam Dahlin y a mi corrector Andreas Lundberg por las discusiones constructivas en torno a la lengua y la novelística, y por rastrear tenazmente mis malas costumbres lingüísticas.

También quiero agradecer a Sergej Stern, mi traductor al ruso, por su ojo atento y cuidadosa revisión.

Gracias, Federico Ambrosini, amigo y agente, por tu trabajo incansable en mi favor tanto en Suecia como en el extranjero.

Gracias, Marie Gyllenhammar, por la sensibilidad con la que gestionas mis contactos con el mundo exterior.

Gracias, Martin Ödman, por tus correcciones y comentarios.

Gracias, Stina Jackson, por tu apoyo profesional, tus consejos y puntos de vista.

Gracias a Mickel y Cecil, Emil y Anna Stina, mis amigos imaginarios desde hace siete años.

Cada vez que cerraba los ojos estabais ahí. El mundo que habéis habitado no es grato, y con el tiempo os habéis vuelto tan reales para mí que me he sentido mal por eso. Un crítico escribió con perspicacia que cada vez que os he hundido en el lodo ha sido para que os levantarais por vosotros mismos, y vaya si lo habéis hecho.

Gracias a mi mujer y a mis hijos por nuestra vida juntos.